G. Home

Der Dreissigste

G. Homeyer

Der Dreissigste

Unveränderter Nachdruck der Originalausgabe von 1864.

1. Auflage 2022 | ISBN: 978-3-75259-678-6

Verlag: Salzwasser Verlag GmbH, Zeilweg 44, 60439 Frankfurt, Deutschland
Vertretungsberechtigt: E. Roepke, Zeilweg 44, 60439 Frankfurt, Deutschland
Druck: Books on Demand GmbH, In de Tarpen 42, 22848 Norderstedt, Deutschland

DER DREISSIGSTE.

VON

G. HOMEYER.

AUS DEN ABHANDLUNGEN DER KÖNIGL. AKADEMIE DER WISSENSCHAFTEN
ZU BERLIN 1864.

BERLIN.

1864.

Der Schluſs des Pentateuch fügt der Erzählung vom Tode Mosis hinzu: und die Kinder Israels beweinten Mose dreiſsig Tage. Wiederum läſst heutigen Tages das gemeine Sachsenrecht erst am dreiſsigsten Tage nach des Erblassers Tode die Rechte und Pflichten des Erben in volle Wirksamkeit treten. Besteht eine innere Verbindung jenes Gebrauches mit dieser Rechtssatzung? Und wenn dem also, auf welchen Wegen, durch welche Mittel und Kräfte hat eine so ganz positive Bestimmung die Reihe der Jahrtausende zu durchleben, von Volk zu Volk zu dringen vermocht, ist aus der bloſsen Sitte eine scharf ausgeprägte Rechtsgestalt erwachsen?

Bei der Untersuchung dieser Fragen hat das Thema eine etwas breitere Grundlage und zugleich seine nähere Begränzung dahin gewonnen. Wann und wie schlieſst in einem Sterbehause die Zeit der Ruhe und Stille ab und zwar nach der Sitte, der Religion, dem Rechte; zunächst derjenigen Völker, deren Anschauungen für uns bestimmend gewirkt haben, sodann der deutschen Nation selber.

Die Sonderung nach Völkern und Staaten läſst sich den Zeitepochen in der Weise anschlieſsen, daſs die Betrachtung mit dem Judenthum beginnt, zu dem heidnischen und dem christlichen Rom, dann zu dem fränkischen Reiche, dem mittelalterlichen Deutschland und Skandinavien fortgeht, mit dem neuern Deutschland schlieſst. Die anderweitige Scheidung im Stoffe nach seiner volkssittlichen, religiösen und rechtlichen Bedeutung ist jener Hauptgliederung unterzuordnen.

Erster Abschnitt.

Das Judenthum.

Die ältesten Nachrichten reichen bis in die Zeit zurück, da das Volk Gottes in Egypten weilte. Die Genesis berichtet C. 50 V. 2, 3, daſs nach Jacobs Tode auf Josephs Befehl

> die Ärzte Israel salbeten bis daſs 40 Tage um waren. Denn so lange währen die Salbetage. Und die Egypter beweinten ihn *siebenzig* Tage.

Nachdem diese Leidetage zu Ende, zieht Joseph mit groſsem Gefolge nach Canaan, um in der vom Vater selber sich bereiteten Gruft ihn zu begraben. So heiſst es V. 10:

> Und da sie an die Tenne Atad kamen, da hielten sie eine groſse und bittre Klage und er trug über seinen Vater Leide *sieben* Tage.

Es ist anzunehmen, daſs sich hier egyptische Gebräuche mit jüdischen verbanden. Denn Herodot sagt II 86 von den Egyptern: Ταῦτα δὲ ποιήσαντες, ταριχεύουσι λίτρῳ, κρύψαντες ἡμέρας ἑβδομήκοντα; πλεῦνας δὲ τουτέων οὐκ ἔξεστι ταριχεύειν.

Nach Diodor. I 91 wird der Körper zuerst mit Cedernöl und verschiedenen andern Dingen ἐφ' ἡμέρας πλείους τῶν τριάκοντα bereitet; darauf den Verwandten des Verstorbenen übergeben, vgl. I 72. Die neuern Ausleger rechnen von der ganzen Frist der siebzig Tage vierzig auf das eigentliche Einbalsamiren, *dreiſsig* auf das bloſse Beweinen ([1]). Als rein *jüdisch* erscheint dann neben diesem *egyptischen* Gebrauche die Frist der *sieben* Tage, während welcher Joseph seinen Vater betrauerte.

In der Folgezeit treten nun die *beiden* Zeiten der 30 und der 7 Tage bei den Juden hervor. B. IV Mosis C. 20 schlieſst im V. 29:

> Da die ganze Gemeine sahe, daſs Aaron dahin war, beweinte ihn *dreiſsig* Tage das ganze Haus Israel.

Und die Eingangs berührte Stelle Buch 5, C. 34 V. 8 lautet:

> Die Kinder Israels beweinten Mose im Gefilde der Moabiter *dreiſsig* Tage. Und wurden vollendet die Tage des Weinens und Klagens über Mose.

Diese Zeit gilt nicht etwa nur den Führern des Volks; das Gesetz spricht

---

([1]) Vgl. überhaupt Hengstenberg, die Bücher Mosis u. Aegypten 1851 S. 71 Note.

allgemein B. 5, C. 21, V. 13: Lafs sie (die Gefangene) sitzen in deinem Hause und beweinen einen Monat lang ihren Vater und ihre Mutter, danach nimm sie zur Ehe. Ein Gebot, welches Josephus Buch 4 der Ἀρχαιολογία C. 8 dahin wiedergiebt: *τριάκοντα δὲ ἡμερῶν ἐπὶ τῷ πένθει διελθουσῶν, αὐτάρκεις γὰρ ἐπὶ τοῖς δακρύοις αὗται τῶν φιλτάτων τοῖς φρονίμοις.*

Andrerseits kehren auch jene sieben Tage wieder. Um die Judith trauerte das Volk sieben Tage lang, C. 16 V. 29. Allgemein heifst es bei Jesus Sirach C. 22 V. 13: Sieben Tage klagt man über die Todten. Und Josephus im jüdischen Kriege B. 2 C. 1 erzählt, dafs Archelaus, der Sohn Herodis, *πενθήσας γαρ ἡμέρας ἕπτα τὸν πατέρα*, darauf dem Volke ein Leichenmal *ἐπιτάφιον ἑστίασιν* gab, mit dem Beifügen *ἔθος δὲ τοῦτο παρὰ Ἰουδαίοις πολλεῖς πενίας ἄιτιον διὰ τὸ πλῆθος ἑστιᾷν, οὐκ ἄνευ ἀνάγκης, εἰ γὰρ παραλίποι τὶς, οὐχ᾽ ὅσιος.* Darauf erst trat er die Würde an und schmauste mit den Freunden.

Auf jenes Trauermal deuten auch die Worte im Tobias C. 4 V. 18: gieb Almosen von deinem Brot und Wein bei dem Begräbnifs der Frommen, dann im Ezechiel C. 24 V. 17 u. 22: du sollst keine Todtenklage führen und das Trauerbrot nicht essen, und im Jeremias C. 16 V. 7: man wird auch nicht unter sie Brod austheilen über der Klage, sie zu trösten über der Leiche und ihnen nicht aus dem Trostbecher zu trinken geben über Vater und Mutter.

Eine Trennung zwischen einem blofs weltlichen und einem religiösen Gebrauch tritt im alten Testament nicht deutlich hervor. Von einer Bedeutung der Zeitfrist für eine rechtliche Stellung des Erben hat Josephus jene Spur in dem Bericht über Archelaus. Endlich ist eine nähere Scheidung in dem Gebrauch der dreifsig und der sieben Tage aus der heiligen Schrift selber nicht zu entnehmen. Beider Zeiten wird von Alters her, beider wird für Hohe und für Niedere gedacht. Die spätere jüdische Sitte jedoch läfst während der sieben Tage eine strengere, bis zum 30sten Tage eine leichtere Trauer eintreten. Der Talmud und die Rabbiner haben den Unterschied auf das feinste ausgebildet (1). Die in dem Schulchan Aruch, dem im

---

(1) Ich nehme aus Martinus Geier de ritibus lugentium, opuscula philologica Francof. a. M. 1690 p. 18 sq., eine Stelle des Maimonides, aus der ersten Hälfte des 12. Jahrhunderts. Cap. 6 § 12: dum dies septimus ex parte jam transiit, licitum est lavare tam corpus atque vestes, quam reliqua prius interdicta expedire die septimo; parique ratione, cum ex parte jam absumtus est trigesimus, conceditur etiam tonderi ac levigari (vestimenta) die ipso

16ten Jahrhundert bearbeiteten Compendium des Jüdischen Rechts, im Theile Joreh Deah darüber gegebenen Vorschriften werden noch jetzt gehalten. Ein Zusammenhang des Dreifsigsten mit dem Erbrecht ist nicht vorhanden. Es tritt mit dem Ableben des Erblassers sofort in Kraft.

Zweiter Abschnitt.

Das heidnische Rom.

Der jüdische Gebrauch lebte laut Josephus auch in den Zeiten der Unterwerfung der Juden unter die römische Herrschaft und ihrer Zerstreuung unter die Völker der Erde. Bei ihren Überwindern tritt derselbe Gedanke einer fest bestimmten Trauerzeit und der Bezeichnung ihres Schlusses durch ein festliches Mal hervor, doch allerdings anders gewendet und für uns viel deutlicher erkennbar.

Die Zeit läuft in neun Tagen ab. Die *feriae novemdiales* der Römer begreifen theils die von Staatswegen bei gewissen Begebenheiten angeordneten allgemeinen Ruhetage, deren Livius I 31 und Cicero ad Quintum fr. III. ep. 5 gedenken, theils aber auch die *ferias denicales*, welche nach Cicero de legibus II 22 a nece appellatae sunt, das ist die Zeit, da die Familie für sich einen Todten betrauert und die Bestattung vollbringt. Auf diese neun Tage gehen folgende Stellen: novendiales dissipare cineres in den Exoden des Horaz 17 V. 48; si nona diem mortalibus almum aurora extulerit bei Virgil V 64; roscida jam novies coelo demiserat astra lucifer des Statius in funere Archemori libr. VI. Thebaid. v. 238; jamque nono die rite completis apud tumulum sollemnibus bei Apulejus libr. 9 Metam. 31; celebratum esse luctum novem dies, quod apud Latinos Novemdial appellant beim heiligen Augustin zur Genesis; *τὴν Πλωτῖναν ἀποθανοῦσαν ... διαφερόντως ἐτίμησεν, ὡς καὶ ἐπί ἡμέρας ἐννέα μελανειμονῆσαι* bei Dio Cassius LXIX 10. Über den nähern Hergang der Feier und über die Berechnung

---

trigesimo. — C. 13 § 10: non deflent mortuum ultra triduum, neque ...... plangunt ultra septiduum, quae dicta censeri debent de vulgo. At discipuli sapientum plangunt pro ratione sapientiae eorum, neque tamen deflent illos ultra tricesimum, eo quod major apud non sit Mose magistro nostro de quo scriptum est. Und (p. 276) hinsichtlich des Kleiderzerreifsens c. 9 § 1: omnem rupturam quam fecit quidam ob cognatos suos, consuit crasse post septiduum, recte autem resarcit post diem trigesimum. Eam vero quae facta est ob parentes, crasse tantum consuit post tricesimum, nec unquam recte resarcit in perpetuum.

der neun Tage stimmen schon die älteren Ausleger nicht überein. Porphyrio zu der Stelle des Horaz erklärt novemdiale für das sacrificium quod mortuo fit nona die quam sepultus est. Servius aber hat zur Aeneide V 64: apud majores, ubi quis fuisset exstinctus, ad domum suam referebatur .... et illic septem erat diebus, octavo incendebatur, nono sepeliebatur, unde Horatius novendiales etc. Die Worte des Donatus zum Phormio I. 1. 16: in nuptiis etiam septimus dies instaurationem voti habet, ut in funere nonus dies, quo parentalia concluduntur, lassen sich in diesem wie in jenem Sinne deuten; die spätern Ausdrücke aber der Kirchenväter und der Gesetze (s. S. 94) sprechen mehr dafür, daſs das novemdial vom Todestage an berechnet wurde ([1]). Den Schluſs der parentalia bezeichnet die Malzeit, deren Tacitus in den Annalen 6 als der novendiales coenae, Persius, Satyren VI 33 als der coena funeris gedenkt. Hiebei scheidet sich von dem rituellen, zum Scheiterhaufen oder dem Grabe gesetzten *silicernium* noch das Mal, welches nach beendigter Bestattung der Erbe den Verwandten und Freunden des Verstorbenen, unter Umständen in groſser Ausdehnung und Üppigkeit, auch wohl gemäſs der Anordnung im letzten Willen bereitet ([2]).

Die Erinnerung an den Todten wird aber noch durch spätere Begängnisse bewahrt. Februario mense, qui tunc extremus anni mensis erat, mortuis parentari voluerunt majores sagt Cicero de legib. II 21. Von dieser hienach allgemeinen Todtenfeier der *feralia* trennt sich noch, wie gleich zu erwähnen, das *anniversarium*, welches die Einzelnen an dem Jahrestage des Todes ihres Angehörigen oder seines Begräbnisses begehen.

Mit der Sorge der Familie um den Hingeschiedenen geht eine andere Verpflichtung gegen sich selber, gleich jener streng religiösen Characters, Hand in Hand. Das funus, d. i. eigentlich der Todte oder der Tod macht die Stätte zur *domus funesta*, die auch äuſserlich als solche bezeichnet wird ([3]). Aber auch die familia heredis gilt nach l. 28 § fin. D. de stipul. servorum XLV 3 als funesta ex tempore mortis und bedarf der Reinigung. Daher Cicero de legib. II 22: neque necesse est edisseri a nobis, quae finis funestae

---

([1]) So versteht auch Kirchmann de funeribus Romanorum Brunsv. 1661, 8, L. II c. 1: nono post mortem die completis ad tumulum solemnibus, funeris finis fiebat.

([2]) Vgl. Kirchmann II c. 9 und Jahn in der Ausgabe des Persius, 1843 zu VI. 33 ff.

([3]) Kirchmann l. c. I c. 14.

familiae, quod genus sacrificii lare vervecibus fiat etc. Auf diese Reinigung insbesondere bezieht Festus die feriae denicales ([1]).

Die mancherlei Pflichten, welche ein funus den Angehörigen auferlegt, finden auch im öffentlichen Recht ihre Beachtung. Ulpian, l. 2 D de in ius vocando, II 4 nennt, als vom Erscheinen vor Gericht befreit, auch funus ducentem familiae justave mortuo facientem. Die justa beschränken sich nicht auf die Bestattung. Denn die von Gellius XVI 4 aus Cincius de re militari aufbewahrten Stellen gedenken unter den Gründen, welche den Soldaten befugen, einer Ladung des Consuls nicht zu folgen, aufser dem funus familiare noch der "feriae denicales, quae non ejus rei causa in eum diem collatae sint"; ferner des "sacrificium anniversarium, quod recte fieri non posset, nisi ipsus eo die ibi sit". Ein Opfer, welches sich doch nicht füglich auf das Allertodtenfest am Jahresschlusse beziehen läfst, sondern auf eine eigene Feier am Jahrestage des einzelnen Verstorbenen hinweist.

Dritter Abschnitt.

Das christliche Rom.

Die christlichen Bewohner des römischen Reichs, d. h. ja überhaupt die Christen bis zur Völkerwanderung, fanden hienach für ihr Verhalten bei der Sterbhausruhe und der Todtenfeier eine doppelte Richtschnur. Die eine in den durch die heilige Schrift überlieferten Satzungen des alten Testaments, die andre in der fest ausgebildeten Sitte der herrschenden Nation. In der That gehn nun auch die Ansichten und Vorschriften nach Richtung und Inhalt auseinander. Ich scheide die Lehre der Kirchenväter und die Gebote der weltlichen Herrscher.

A. Die Kirchenväter eifern zunächst gegen die Ausgelassenheit, womit selbst bei den Gräbern der Märtyrer das funus beschlossen oder die Erinnerung an den Todten gefeiert wurde.

Ambrosius, de Helia et jejunio c. 17 spricht von denen: qui calices ad sepulcra martyrum deferunt atque illic in vesperam bibunt. Augustinus de moribus ecclesiae c. 43 kennt viele: qui cum luxuriosissime super mor-

---

([1]) Denicales feriae colebantur, quum hominis mortui causa familia purgabatur. Graeci enim νεκρὸν mortuum dicunt. Nach ihm die Glosse zu l. 2 D. de in jus vocando und Kirchmann IV c. 1.

tuos bibunt..., super sepultos se ipsos sepeliunt. Cyprianus de duplici martyrio klagt: an non videmus ad martyrum memorias Christianum a Christiano cogi ad ebrietatem? Mit mehr Nachsicht gedenkt Augustinus de civitate dei L. IX cap. ult. des Todtenmals: quas (epulas) cum apposuerint orant et auferunt ut vescantur vel ex eis etiam indigentibus largiantur, sanctificari ibi eas volunt per merita martyrum.

Überhaupt erkennen sie die Todtenfeier selber als fromme Pflicht an ([1]). Dabei geben sie jedoch den mosaischen Bestimmungen den Vorzug vor den römischen Gebräuchen. So spricht einerseits Augustinus gegen diese in den quaest. super Genesin V: nescio utrum inveniatur alicui sanctorum in scripturis celebratum esse luctum novem dierum, quod apud Latinos Novemdial appellant, unde mihi videntur ab hac consuetudine prohibendi, si qui Christianorum istum in mortuis suis numerum servent, qui magis est in gentilium consuetudine. Andrerseits bezeugt und bestärkt Ambrosius († 397) die Beobachtung der verschiedenen im alten Testament genannten Zeiten. Seine merkwürdige Äufserung lautet in der Rede de obitu Theodosii bald im Anfange: et nunc quadragesimum celebramus ... quia sicut sanctus Joseph patri suo Jacob 40 diebus humationis officia detulit. ... Et quia alii tertium diem et tricesimum, alii septimum et quadragesimum observare consuerunt, quid doceat lectio consideremus. "Defuncto" inquit "Jacob, praecepit Joseph pueris suis sepultoribus ut sepelirent eum, et sepelierunt sepultores Israel, et repleti sunt ei 40 dies. Sic enim dinumerantur dies sepulturae. Et luxit eum Israel septuaginta diebus". Haec ergo sequenda solennitas, quam praescribit lectio. Sic etiam in Deuteronomio scriptum est: "quia planxerunt filii Israel Moysem diebus triginta, et consummati sunt dies luctus". Utraque ergo observatio habet autoritatem, qua necessarium pietatis impletur officium.

Einige also feiern den dritten und den dreifsigsten Tag, andre den siebenten und den vierzigsten, in beiden Fällen auf Grund der heiligen Schrift. Für den dritten Tag fehlt freilich ein Belag und für den siebenten würde, statt des citierten Schlusses des V. 3 mit den 70 Tagen, der V. 10 C. 50 der Genesis gepafst haben. Immerhin sind die mosaischen Bestim-

---

([1]) Vgl. die aus Augustinus de agenda cura pro mortuis und aus seinem enchiridion entnommenen Stellen des Corp. jur. canon. c. 19, 23 C. XIII qu. 2.

mungen als unmittelbare Quelle der in den ersten Jahrhunderten unsrer Zeitrechnung üblichen Gebräuche nachgewiesen; es steht namentlich der dies tricesimus als aus dem Judenthum in das Christenthum hinübergeführt da.

Die sogen. Constitutiones Apostolicae, nach der üblichen Annahme in Syrien im 3ten und 4ten Jahrh. verfaſst, beziehen den Dritten auf die Auferstehung Christi; im übrigen weichen sie in der Angabe der Feierzeiten von Augustin und Ambrosius ab. Es heiſst L. VIII c. 48: peragatur dies tertius mortuorum in psalmis in lectionibus atque orationibus propter eum, qui tertia die resurrexit. Item nonus in commemorationem superstitum atque defunctorum: etiam quadragesimus secundum veterem consuetudinem nec non anniversarium pro memoria ejus.

Diesen letzteren Anschauungen folgt

B die weltliche Gesetzgebung der christlichen Kaiser.

Justinian verbietet 1) in der Novelle 133 Cap. 3, daſs Frauenzimmer ein Mönchskloster oder Männer ein Frauenkloster betreten sollen, selbst wenn sie eine Todtenfeier für einen dort beerdigten Verwandten mit begehen möchten. A. E. heiſst es dabei:

προφάσει τῶν περὶ τὴν ὁσίαν πραττομένων (ἃς δὴ μνήμας καλεῖσιν) εἰς τρίτην καὶ ἐννάτην συνιόντες ἡμέραν, καὶ ἡνίκα τεσσαράκοντα ἐξήκοιεν, ἢ καὶ ἐνιαυτός.	occasione horum, quae circa funus aguntur (quas utique memorias vocant), in tertiam et nonam convenientes diem, aut dum quadraginta compleantur, aut etiam annus.

In völliger Übereinstimmung also mit den Const. Ap. nennt der Kaiser von den jüdischen Terminen nicht den Siebenten und Dreiſsigsten; mit Ambrosius gemeinsam hat er den Dritten und den Vierzigsten, auſserdem die heidnisch-römischen Zeiten des Neunten und des Jahrestages. Die Art der Erwähnung des Neunten in der Reihe der andern Tage spricht dafür, daſs auch dieser von dem Tode an berechnet wurde.

Während Justinian hier der verschiedenen Todtenfestzeiten einfach als in der Sitte beruhender gedenkt, hat er 2) einer dieser Zeiten auch besondre rechtliche Wirkungen beigelegt. Das Cap. 5 der Novelle 115 (a. 541) trägt in der lateinischen Fassung die Überschrift: ut non liceat creditori heredes defuncti pro debito molestare ante novem dies. Im Texte erzählt der Kaiser, wie ein Vater bei der Rückkehr vom Begräbniſs des Sohnes wegen einer Schuld desselben angesprochen worden sei. Um solcher Grausamkeit zu wehren, bestimmt er:

ιδενὶ παντελῶς ἐξεῖναι τοὺς κληρονόμους τοῦ λευτῶντος, ἢ τοὺς γονεῖς, ἢ τοὺς παῖδας, ἢ αμετὴν, ἢ adgnatus, ἢ cognatus, ἢ ἄλλους τοῦ προσγενεῖς, ἢ ἐγγυητὰς, πρὸ τῆς τῶν νέα ἡμερῶν προθεσμίας, ἐν αἷς πενθεῖν δοῦσιν, αἰτιᾶσθαι, ἢ καθ' οἱονδήποτε τρόπον ρενοχλεῖν, ἢ τινα ὑπόμνησιν αὐτοῖς ἐπιφέρειν, ἐν δικαστηρίῳ αὐτοὺς καλεῖν εἴτε ὀνόματι χρέους ρὰ τοῦ τελευτήσαντος καταγομένου, εἴτε ἄλς οἱασοῦν αἰτίας χάριν, εἰς τὰ μνημονευθέντα κῶς ὁρώσης πρόσωπα.

nulli penitus esse licentiam, aut heredes, aut parentes, aut liberos, aut conjugem, aut agnatos vel cognatos, aut alios affines ejus, aut fidejussores, ante novem dierum spatium, in quibus videntur lugere, conveniendi, aut quocunque modo inquietandi, aut aliquam admonitionem eis offerendi, aut in iudicium eos vocandi, sive debiti gratia quod a defuncto descendit, sive alterius cuiuscunque causae nomine ad memoratas personas specialiter pertinentis.

Alle Scheine, Versprechungen, Bürgschaften, die solchen Personen nerhalb der neun Tage abgefordert wurden, sind ungültig. Dagegen soll nn auch aus dem Ablauf dieser Zeit den Gläubigern kein Nachtheil hinhtlich der Verjährung und sonst erwachsen. Die Vorschrift zu Gunsten r Trauerzeit geht also weit über die Angabe jener Überschrift hinaus. icht nur die Erben des Verstorbenen, sondern alle um ihn trauernde Verndte sollen unbelästigt bleiben, und zwar nicht nur wegen Schulden des rstorbenen, sondern auch wegen ihrer eignen Verbindlichkeiten ([1]).

Das *novemdial*, welches Augustinus misbilligte, gilt doch dem Kaiser ch im 6ten Jahrh. als die nächste Trauerzeit. Auch hier ist wiederum e Zeit vom Tode an zu berechnen, denn sonst hätten ja die Tage zwischen od und Begräbnifs keinen Schutz gegen die Störung gewonnen. So verhts auch die Authentica zu l. 6 C. de sepulcro violato IX 19: sed neque te novem dies ab obitu numerandos ulla prorsus fiat molestia adversus emlibet ex persona defuncti.

Vierter Abschnitt.

Das fränkische Reich.

Zur Zeit dieser Erlasse war das römische Abendland schon den Gernen zur Beute geworden. Aber sie vertilgen in den eroberten Gebieten ht römische Sitte und Bildung; sie bekehren sich selber zum christlichen auben. So mischen sich dann in der neuen Ordnung der Dinge germache, römische, christliche Elemente je nach den besondern Staaten in

---

[1]) Vgl. Marezoll in Grolman Magazin IV S. 212.

verschiedenem Grade der Mächtigkeit und der Durchdringung. Wir achte vornemlich auf das Reich der Franken, weil aus seinen östlichen Gebiete Deutschland hervorging. Welche Wendung ist hier für unser Institut ei getreten? Hat etwa eine der beiden Anschauungen, die im christliche Römerreich gegen oder doch neben einander standen, das Übergewicht ge wonnen; insbesondere, ist noch eine eigene Germanische Sitte hinzu getreten und wirksam geworden?

Den Aufschlufs gewähren theils Verordnungen der weltlichen Her scher nebst Rechtsgeschäften, theils Concilienschlüsse und Vereinbarunge der geistlichen Genossenschaften, theils die Lehren einflufsreicher Schrif steller. Ich ordne diese Quellen jenachdem sie der Sterbhausruhe ei juristische Bedeutung geben, oder die kirchlichen Gebräuche nachweise oder endlich die Volkssitte betreffen.

A.

Eine rechtliche Wirksamkeit legen den Trauertagen zwei vo Ludwig dem Frommen im J. 817 zu Aachen ergangene Anordnungen bei.

1. Das "capitulare ad ecclesiasticos ordines pertinens" bestimmt i c. 21: De feminis, quae viros amittunt, placet, ne se sicut hactenus ind crete velent, sed ut triginta dies post decessum viri sui expectent et pc tricesimum diem per consilium episcopi sui .... suorumque parentum a que amicorum id quod eligere debent, eligant (Pertz Leg. I 208, bei A segisus I 96, bei Benedict V 222, excerpiert in den capp. Herardi a. 858 c. bei Baluzius I 1289).

2. Die "capitula quae legibus addenda sunt" lauten im c. 4: Q viduam intra primos triginta dies viduitatis suae vel invitam vel volente sibi copulaverit, bannum nostrum i. e. 60 solidos, in triplum compor (Leg. I 211, Anseg. IV 17, Bened. V 106, 233, capp. Herardi c. 41 bei Bal. I 129

Die Wittwe soll also die Stille der dreifsig Tage nach des Mann Tode weder durch Ergreifen des Schleiers noch durch neue eheliche Ve bindung brechen. Ein Zusammenhang zwischen der hier und der im röm schen Recht geordneten rechtlichen Bedeutung der dem Tode zunäc folgenden Zeit ist so wenig in der Zahl der Tage als in der Bestimmu selber sichtbar. Näher steht den Capitularien die Vorschrift im 5 B. Mos 21, 13 oben S. 89.

3. Eine traditio v. J. 869, Dronke cod. dipl. Fuldensis 1847, 4. Nr. 601 p. 269, lautet: quod nos quatuor germani . . . manu communi tradimus tibi Ruotgere in fidei tuae manum quicquid proprietatis visi sumus habere in pago Grapfelde . . . ita ut, si Adalfridum germanum nostrum supervixeris, ante trigesimum diem obitus sui praedictum locum ad s. Bonifatium . . . tradas . . . ea videlicet ratione, ut ab eo die ratum . . . permaneat ad . . . servitium praedicti mastyris et fratrum illic deo servientium. — Das "ante" ist, nach dem folgenden ab eo die, wie das deutsche bis, binnen, oder das lat. intra so zu nehmen, dafs der dreifsigste Tag noch eingerechnet wird. Bei der Bestimmung selber ist anzunehmen, dafs das Gut, ungeachtet der Auflassung an den Treuhänder, in dem Besitz des Adalfrid blieb. Unter dieser Voraussetzung haben wir hier die früheste Hindeutung auf den viel später ausgesprochenen Satz, dafs erst am Dreifsigsten aus dem Nachlasse eines Verstorbenen etwas verabfolgt wird.

B.

Für den kirchlichen Gebrauch kommen theils die Doktrin theils bindende Normen theils die Übung geistlicher Genossenschaften in Betracht.

1. Einflufsreich wurden vor Allem die um 593 oder 594 verfafsten Dialogen Gregors des Grofsen [1]. Im B. IV C. 55 erzählt er: einem Mönche sei, weil er heimlich Geld für sich gehabt, ein ehrliches Begräbnifs versagt worden. Nachdem er schon dreifsig Tage todt gewesen habe Gregor, dessen Leibarzt er war, Mitleid mit seiner Seele empfunden und dem Vorsteher des Klosters geboten: ab hodierno die diebus 30 continuis offerre pro eo sacrificium stude, ut nullus omnino praetermittatur dies, quo pro absolutione illius hostia salutaris non immoletur. Das geschieht. Nach einiger Zeit erscheint der Verstorbene seinem Bruder und erklärt, jetzt sei ihm wohl. Es findet sich, dafs die Erscheinung auf den Tag falle, "quo pro eo tricesima oblatio fuerat impleta". Gregor folgert: per salutarem hostiam evasit supplicium. IV 57 wird dann gelehrt: die Seelenmessen kommen den Verstorbenen im Fegefeuer zu Gute, und das Gute was diese hier unterlassen haben, kann statt ihrer und zu ihrem Nutzen von Andern gethan werden.

---

[1] So genannt, weil Gregor in ihnen die Fragen seines Freundes, des Diaconus Petrus beantwortet. Vgl. Lau, Gregor der Grofse 1845 S. 316, 510.

Beda, historia Anglorum IV c. 24 berichtet: einem Gefangenen seien jedesmal, wenn sein Bruder, der ihn für todt hielt, Messe für ihn habe lesen lassen, die Fesseln abgefallen, worauf sein Herr ihn losgelassen.

Auf diese Zeugnisse und auf die Aussprüche der Kirchenväter bauend hat die Carolingische Zeit theils die Lehre von der Heilsamkeit der Todtenfeier für die Seelen der Verstorbenen ausgebildet ([1]), theils den Grund und die Bedeutung der einzelnen Feiertage weiter entwickelt.

Es genügt, einige Sätze der Hauptschriftsteller hervorzuheben.

Alcuinus, "de divinis cath. eccl. officiis" unter der Rubrik "de exequiis mortuorum" (Paris 1624 fol. p. 296-298) beruft sich für die Todtenfeier überhaupt mit Augustinus darauf: defunctorum animas pietate suorum viventium relevari, cum pro illis sacrificium mediatori offertur, et eleemosynae in ecclesia fiunt. An einigen Orten werde allgemein für alle Todten in officio vespertinali gebetet, an einigen täglich für sie Messe gelesen. Die Kirche übernehme diese supplicationes als allgemeine Pflicht: ut, quibus desunt parentes aut filii, cognati, amici, ab una eis exhibeatur matre communio. — Für die Feier am Dritten und Siebenten verweist er auf die Vorschrift in 4 Mosis 19 V. 11, 12 dafs wer einen Todten berührt, sich am Dritten und Siebenten entsündigen solle. Beim Dritten sei auch an die Auferstehung des Herrn zu denken, beim Siebenten an seine Bedeutung als Ruhetag. — Für den Dreifsigsten gehe aus Gregors Erzählung von dem Mönche hervor: 30 diebus expletis divina manifestatum est revelatione, communionem sanctorumque societatem recepisse. Haec ergo salutifera inolevit consuetudo, ut trigesima dies defunctorum devotis frequentetur officiis. Auch dafs der Herr 30 Jahre alt getauft worden, dafs David mit 30 Jahren die Regierung angetreten habe, wird geltend gemacht, und dahin geschlossen: celebratur ergo dies tricesima, ut in anima incorruptionis renovetur juventus et corpus quod in humilitate sepultum fuerat, resurgat in gloria, configuratum corpori claritatis Christi. — Die Jahrestage der Verstorbenen werden begangen, quoniam nescimus, qualiter eorum causa habeatur in alia vita.

Amalarius, Bischof von Trier zur Zeit Ludwigs des Frommen, "de ecclesiasticis officiis" spricht im L. IV c. 41 de exequiis mortuorum mit Berufung auf Augustin überhaupt aus: quod propterea debeamus exequias

([1]) Den Gang der Lehre von dem Werth der oblationes pro defunctis schildert J. H. Böhmer, jus eccles. Prot. Lib. III t. 28 § 24-32.

celebrare circa mortuorum corpora, quia Deus vult ea resuscitare; sodann c. 42 de officiis mortuorum: agenda sunt circa tertiam diem et septimam et tricesimam. Quod non ita intelligo, quasi ille, qui tertia die agere vult officia, debeat praetermittere priores duos dies sine supplicationibus, aut qui in septima die, sex superioribus debeat tenere in ocio etc. Sed quod tertia die dicuntur celebrari officia, duobus modis possit, i. e. ut tertia die infra septem, septima infra triginta celebrius aguntur circa officia mortuorum ...., sive ut tertia die consumet illa.

In L. III c. 44 "de missa pro mortuis" führt er jene Vorschrift in 4 Mosis dahin aus. Die Seele des Menschen ruhe auf drei Säulen, der Körper bestehe aus vier Elementen; daher werde die Seele des Verstorbenen in drei Tagen, der Körper in vier Tagen von demjenigen gereinigt was er that und nicht thun sollte. Weiter bis zum Dreifsigsten bitten wir für dasjenige, was er thun sollte und nicht that. Triginta enim diebus completur mensis. Per mensem designatur curriculus praesentis vitae. .... Per diem unaquaeque actio exprimi potest, per mensem autem actionum finis innuitur. Quando studemus, ut opera amicorum nostrorum sint plena coram Deo, 30 diebus pro eis sacrificamus. Zwar können wir täglich für die Todten beten und opfern. Sed quod agitur in tertia, septima et 30ma die, publice agitur, et generaliter ab omnibus amicis, et convenitur simul ad hoc in precibus missarum atque eleemosynis et ceteris bonis studiis.

2. Zu den bindenden Normen gehört: *a*) Das Beichtbuch des Erzbischofs Theodor von Canterbury aus dem 7ten Jahrh. II 4 §§ 1-4; es ordnet für verstorbene Geistliche an: prima et tertia et nona nec non et tricesima die pro eis missa agatur, exinde post annum si voluerint servetur, Wasserschleben Bufsordnungen, S. 117 ff.

b) die allgemeine Vorschrift:

> Fideles pro defunctis amicorum et parentibus eorum jejunia et oblationes triginta dies adimplere faciant,

welche die Sammlung des Benedict Levita B. II als C. 198 giebt. Sie gehört wohl in die Zeit des Bonifacius. Baluze hat sie I 152 als C. 2 eines capitulum incerti anni, datum in synodo, cui interfuit Bonifacius c. a. 744. Er zweifelt aber selbst II 1022, ob ein capitulum a principibus constitutum vorliege. Knust führt in der Analyse der Bestandtheile der Benedictischen Sammlung (Pertz Leg. II Anh. S. 19, 23), hier als Quelle die dem Erzbischofe Theodor zugeschriebenen capitula (Richter Kirchenr. § 71 N. 8) und die statuta des Bonifacius (ebd. N. 4) an. Dieser Vorschrift entspricht

3. der Inhalt der besondern Vereinbarungen unter den geistlichen Personen.

Zur Zeit Tassilos verbinden sich die bayrischen Bischöfe und Äbte und eben so im J. 765 apud villam Attiniacum Bischöfe und Äbte von beiden Seiten des Rheins über die bei dem Ableben eines von ihnen den übrigen obliegenden Leistungen, unter welchen "triginta missae speciales" besonders hervortreten, Merkel L. Baj. Leg. III p. 462, Conv. Attin. Leg. I p. 19.

In das Jahr 800 wird eine Vereinbarung mehrerer Klöster (bei Goldast rerum Alam. script II 140) gesetzt, wonach sofort bei der Nachricht des Todes eines Bruders: presbyteri 3 missas et ceteri fratres pro eo psalterium ac celebrationem vigiliae decantent . . . in die septimo 30 psalmos, tricesimo autem presbyteri omnes pro eo unam missam et caeteri 50 psalmos impleant.

Im J. 838 schliefsen zwei Gallische Klöster eine vom K. Ludwig selber und seinem Sohne mit unterschriebene Verbrüderung dahin, ut quando aliquis a saeculo migraverit, unusquisque nostrorum infra triginta dies psalterium pleniter compleat, d'Achery Spicilegium T. III p. 333.

Am ausführlichsten lautet eine von Ducange s. v. fraternitas aus einem tabularium Flaviniacense angeführte Vereinbarung zweier Klöster v. J. 894. In decessu cujusque fratrum nostrorum per triginta dies vespertinas, nocturnas et matutinas agendas generaliter celebrare, ita ut tertio et septimo et tricesimo die ex more id fiat solennius. Missam quoque pro defunctis per dies praefatos cum oblationibus quotidie canimus. Auch werden 2 psalteria und der Psalm 129 knieend gesungen. Hoc igitur pro recentibus. Aufserdem wird am ersten der Jahrestage vigilia und missa gefeiert, an den folgenden Anniversarien der 12te Psalm gesungen. Alles dieses soll nun auch für die Verbundenen beobachtet werden.

Es ergiebt sich also, dafs der kirchliche Dienst sich durch die ganze Folge der 30 Tage erstreckte, dafs gewisse Tage dieser Frist, der dritte, siebente, dreifsigste und aufserdem der Jahrestag noch besonders feierlich begangen wurden, dafs die Leistungen je nach dem Ansehen der Verstorbenen oder nach besondern Einrichtungen sich mannigfaltig gestalteten und abstuften. Vergleicht man die hervorgehobenen Tage mit den oben S. 93 ff. genannten, so ist der Dritte bei den Kirchenvätern, bei Justinian und den fränkischen Schriftstellern, der Siebente und der Dreifsigste bei den Kirchenvätern und den Schriftstellern, der Jahrestag bei Justinian und den Schriftstellern zu finden. Vom Vierzigsten des Ambrosius, der Constitt. Apostol. und der Novelle 133 ist nicht die Rede; doch bemerken die correctores Romani zu c. 23 C. XIII qu. 2, er sei frequens apud Graecos ([1]).

Den Neunten kennt Theodorus s. oben S. 99. Obwohl nun Alcuin a. a. O. äufsert: quod autem apud aliquos nonus dies celebratur et vocatur novendialis, Augustinus ... redarguit, maxime ... cum sit consuetudo gentilium, wird dennoch mehrere Jahrhunderte hindurch s. unten S. 107, der *novena* gedacht. Mit ihr also, wie mit dem anniversarius wäre doch römische Nationalsitte in den kirchlichen Gebrauch des fränkischen Reiches gedrungen.

Dafs dieser Gebrauch aber nicht nur beim Tode verbrüderter Geistlicher sondern für Verstorbene überhaupt herrschte, geht für den Dreifsigsten schon aus der obigen Vorschrift, S. 99, bei Benedict hervor. Noch umfänglicher erhellt es aus den

C.

die Volkssitte betreffenden Satzungen. Ich ordne sie nach der Zeitfolge, ohne dabei strenge die Gränzen des fränkischen Reiches inne zu halten.

1. Regino "de synodal. causis" giebt I 398 einen Beschlufs, der bald dem Concil von Chalcedon (a. 451), bald einem Arelatensischen (vor 460) zugeschrieben wird, vgl. Wasserschlebens Ausg. des Regino v. 1840 S. 180 Note. Er verbietet den "laicis, qui excubias funeris observant", dort "diabolica carmina cantare, joca et saltationes facere, quae pagani diabolo docente adinvenerunt". Es sei unchristlich, ja unmenschlich "ibi can-

---

([1]) Das bestätigt die im 8ten Jahrhundert griechisch geschriebene Legende von Barlaam und Josaphat, in Boissonade anecd. graeca, Paris. 1832 IV 325. Sie erzählt wie Josaphat nach dem Tode seines königlichen Vaters sich verhält. Er betet am Grabe und zwar: *τοιαύτας εὐχὰς καὶ δεήσεις προσέφερε τῷ Θεῷ ἐν ὅλαις ἑπτὰ ἡμέραις, μηδόλως τοῦ μνήματος ἀποστάς* ..... *Τῇ ὀγδόῃ δὲ εἰς τὸ παλάτιον ἐπανελθὼν πάντα τὸν πλοῦτον καὶ τὰ χρήματα τοῖς πένησι διένειμεν.* — — *Τῇ τεσσαρακοστῇ ἡμέρα τῆς τοῦ πατρὸς τελευτῆς μνήμην αὐτῷ τελῶν, συγκαλεῖ πάντας τοὺς ἐν τέλει, καὶ τοὺς στρατιωτικὰ περιεζωσμένους κ. τ. λ.* In welcher characteristischen Weise die isländische und die altdeutsche Übertragung diese Stelle wiedergeben, wird unten S. 111, 127 erhellen.

tari, laetari, inebriari et cachinnis ora dissolvi et quasi de fraterna morte exsultare", wo nur Trauer und Klage ertönen solle. Dabei wird auf das Verhalten Egyptens und Josephs nach dem Tode Jacobs hingewiesen.

2. In einem Beschlusse des 3ten Concils von Toledo (a. 589), in Benedicts Samml. II 197 heifst es c. 22: ne in mortuorum funeribus juxta paganorum ritum agatur. ... Quando eos ad sepulturam portaverint, illum ululatum excelsum non faciant ... Et super eorum tumulos nec manducare nec bibere praesumant.

3. Ep. Bonifacii N. 82: sacrilegi presbyteri, qui tauros, hircos diis paganorum immolabant, manducantes sacrificia mortuorum. Ep. N. 54: et a sacrificiis mortuorum omnino abstineatis.

4. Das "capitulare Carolomanni" a. 742, Leg. I 17, bezeichnet im c. 5 als "paganias" oder "spurcitias gentilitatis", welche der Bischof mit dem Grafen abthun soll, auch die (profana add. Baluz.) sacrificia mortuorum.

5. Der *indiculus superstitionum*, der ungefähr derselben Zeit angehört (Leg. I 19) nennt unter ihnen das sacrilegium ad sepulchra mortuorum und das sacrilegium super defunctos i. e. *dadsisas*. Grimm Mythol. 2te Aufl. 1178 erklärt diese als Todtenlieder von *dâd* für *dód* und *sisu* oder *siso* d. i. naenia, welche in den Glossen als licsang, lîcleod, byriensang, carmen super tumulum vorkommen.

6. Aus den capitulis des Erzbischofs Hincmar v. Rheims v. J. 852 c. 14 (¹) giebt Regino I c. 226 unter der Rubrik De presbyteris, qui a fidelibus ad prandium invitantur die Vorschrift:

Ut nullus presbyterorum, quando ad anniversarium diem, tricesimum, septimum vel tertium alicuius defuncti ... convenerint, se inebriare ullatenus praesumat, nec precari in amore sanctorum vel ipsius animae bibere, aut alios ad bibendum cogere, vel se aliena precatione ingurgitare, nec plausus et risus inconditos et fabulas inanes ibi referre aut cantare praesumat, vel turpia ioca cum urso et tornatricibus ante se facere permittat, nec larvas daemonum, quas vulgo *talamascas* dicunt, ibi ante se ferri consentiat, quia hoc diabolicum est et a sacris canonibus prohibitum (vgl. Dümmler Ludwig der Deutsche 1862 S. 343 N. 12) (²).

(¹) Die Annahme, dafs die Bestimmung aus dem Concilium Nannetense stamme, widerlegen Wasserschleben zu Regino S. 108 N. 6 und Richter C. Jur. Canon. zu c. 7 dist. 44.

(²) Über die *talamascas* ist Grimm Mythol. 867 und Diez etymolog. Wörterb. 220, über

7. Dieselben capitula c. 16 (Regino II 441) ([1]) gebieten noch, dafs bei den "collectis vel confratriis quas consortia vocant tantum fiat, quantum rectum ad . . . salutem animae pertinet. Ultra autem nemo, nec sacerdos neque fidelis . . . progredi audeat", namentlich auch nicht "in exsequiis defunctorum . . . Pastos autem et commessationes interdicimus" etc.

8. Bei Regino I 304 (Wasserschl. S. 143) lautet eine Beichtfrage: cantasti carmina diabolica super mortuos? Viginti dies poeniteas.

9. Die capitula Walters v. Orleans (Richter Kirchenrecht § 71 N. 4) c. 17 bestimmen ähnlich wie Nr. 6: si quando in cujuslibet anniversario ad prandium presbyteri invitantur, . . . a procaci loquacitate et rusticis cantilenis caveant, nec saltatrices . . . coram se turpes facere ludos permittant.

Zunächst ergiebt sich, namentlich aus Nr. 6, dafs an jenen von der Kirche angenommenen Tagen die Todtenfeier für Geistliche wie für Laien statt fand, dafs mit den geistlichen Handlungen ein weltliches Fest sich verband und dafs zu diesem auch die Priester eingeladen wurden. Sodann, dafs die Aussprüche sich zwar nicht gegen dieses Fest und die Theilnahme der Geistlichen an sich, aber doch gegen zahlreiche dabei vorkommende Unsitten richten. Diese werden im allgemeinen als heidnische, teuflische, abergläubische bezeichnet, Nr. 1, 2, 4, 5, 6, 8. Im besondern sollen gemieden werden: ausgelassene Fröhlichkeit und unziemliche Scherze Nr. 1, 6, unmäfsiges Trinken Nr. 1, 6, 7, das Zutrinken und sich zutrinken lassen Nr. 6, die Todtenopfer und das "super tumulos manducare et bibere" Nr. 2, 3, 4, dem wohl das "sacrilegium ad sepulchra" Nr. 5 entspricht, das Trinken auf das Heil des Verstorbenen und auf die Heiligen Nr. 6, das Erzählen von Märchen Nr. 6, das Singen der "diabolica carmina", der "dadsisas", der "rusticae cantilenae" Nr. 1, 5-9, das laute Geheul beim Hinaustragen Nr. 2, das Tanzen und Zulassen von Tänzerinnen Nr. 1, 6, 9, die Spiele und der Mummenschanz Nr. 6.

---

den Inhalt im Allgemeinen Wilda Gildewesen 21, 22, Hartwig in den Forschungen zur D. Geschichte Bd. I S. 142, 150 zu vergleichen.

([1]) Aus dem concilium Nannetense c. 15, das bald um d. J. 660, bald erst in d. J. 895 gesetzt worden ist, aber wohl dem Anfange des 9ten Jahrh. angehört, jedenfalls der Zeit vor 840, da Benedict Levita einige Stücke daraus kennt, s. Wasserschleben zu Regino S. 69 N. 6, 519; Richter C. J. Can. zu c. 5 dist. 24 und Hartwig a. a. O. I 135, 136.

Diese Schilderungen lassen noch zwei Fragen übrig. Einmal, haben wir dies der christlichen Kirche widerwärtige, immer wieder in die Todtenfeier eindringende Wesen als fortwuchernde ausgeartete römische Sitte zu betrachten, oder sollen wir es dem germanischen Heidenthum zuweisen? Manche Züge schliefsen sich dem römischen ja selbst dem jüdischen Gebrauche an. So der Leichenschmaus mit seiner Üppigkeit, über welche Josephus und die Kirchenväter klagen. Ferner kannten auch die Römer "sacrificia, quae diis manibus inferebant und ludos funebres" ([1]). Und man wird nicht lediglich daraus, dafs einzelnes im Römerthum nicht nachzuweisen, sofort auf germanischen Ursprung schliefsen dürfen. Andrerseits geben unsre sonstigen Nachrichten über rein germanische Leichengebräuche sehr wenig aus. Die Überlieferungen bei Tacitus, Germania c. 22: diem noctemque continuare potando, nihil probrum, c. 27 funerum nulla ambitio, lamenta ac lacrimas cito, dolorem et tristitiam tarde ponunt, feminas lugere honestum est, viris meminisse, lauten zu unbestimmt, gehen für uns nicht tief genug. Beachtenswerther ist, dafs der indiculus superstitionum, oben Nr. 5, die heidnischen Gebräuche mit germanischen Ausdrücken bezeichnet, gleich wie einen anderweitigen mit *nodfyr*, so einen hieher gehörigen mit *dâdsisas*.

Diese Dürftigkeit in allem bisherigen an Zeugnissen die aus der Nation und aus dem Heidenthum selber stammen, läfst eine zweite Frage, ob in jenen Verboten ein ungefärbtes Bild der anstöfsigen Sitte auf uns gekommen, so gut wie unbeantwortet.

Überblicken wir nun den Gang des Instituts in der ganzen Epoche vom 5ten bis zum 9ten Jahrhundert, so wiegt, nach unsern Quellen zu urtheilen, der kirchliche Einflufs auf dessen Gestaltung entschieden vor. Er ist es vornemlich, der die Ruhe- und Feierzeiten bestimmt ([2]); der Volksgebrauch erscheint fast nur, um verworfen zu werden; die juristischen

---

([1]) Kirchmann a. a. O. IV c. 2, 8.

([2]) Schütz de die tricesimo p. 12 sq. meint, den Germanen seien die dreifsig Tage angenehmlich gewesen, einmal wegen der Verehrung des Mondes und seiner Wiederkehr (Grimm Myth. 666, 676, 677), sodann wegen des Glaubens, dafs der Verstorbene erst nach einem Monat zur Unterwelt gehe. Die erste Anknüpfung liegt sehr fern; der Eintritt des Neumondes hat doch nichts mit dem 30sten Tage nach dem Tode des Einzelnen zu thun. Für die zweite verweist Schütz theils auf Schröter Abhdl. I, 382, der aber nur eine Vermuthung ohne weitern Belag ausspricht, theils auf Grimm 795 ff., bei dem ich nichts darüber finde.

Folgen der Termine äufsern sich in untergeordneter Weise. Nun aber treten vier Jahrhunderte später diese Folgen sehr bedeutsam hervor; auch ein Volksgebrauch zeigt sich noch über das Mittelalter hinaus lebendig. Und so fällt den folgenden Perioden noch immer die Untersuchung der ungelösten Fragen zu, ob den Germanen gleich den Juden und Römern der Gedanke eines bestimmten feierlichen Abschlusses der Sterbhausstille und in welcher Gestalt, mit welcher Wirkung er ihnen eigen gewesen.

Am Schlusse des neunten Jahrhunderts erhebt sich mit der Auflösung der fränkischen Weltmonarchie das Land und das Volk der lingua Theudisca zu dauernder Selbstständigkeit. Hiemit ist uns das engere und eigentliche Gebiet der weiteren Betrachtung gegeben. Doch dürfen wir nicht vergessen, dafs die ursprüngliche Verwandtschaft der Deutschen mit andern Nationen uns berechtigt, je nach gewissen Zeiten und Institutionen, die Armuth und Dunkelheit der eigenen Quellen aus den Denkmälern der Stammgenossen zu ergänzen und zu erhellen, Darauf gründet sich die Sonderung der folgenden Abschnitte, von denen der fünfte das deutsche Reich des Mittelalters ins Auge fafst, der sechste sich nach Skandinavien wendet, der siebente wieder nach Deutschland zurückführt.

Fünfter Abschnitt.

Das deutsche Reich seit dem zehnten Jahrhundert.

Ich verfolge

I. Die religiöse Seite

des Instituts in ihrem weiterem Geschick. Für diese Seite tritt bis zum 13ten Jahrhundert hin unsre Kunde noch eben so überwiegend wie in der vorigen Epoche auf. Sie behält ferner wesentlich den schon damals ausgeprägten Charakter während des ganzen Mittelalters bei. Ihre nähere Gestaltung ist endlich nach der wachsenden Thätigkeit und Autorität der obersten kirchlichen Gewalt eine im hohen Grade gleichmäfsige für die christliche Welt des Abendlandes. Denselben Einrichtungen begegnen wir in Westfranken, auf den britischen Inseln, in Skandinavien, in Spanien, Italien, in Deutschland nebst den Niederlanden. Ducange in den Artikeln Anniversarium, Fraternitas, Novena, Septenarius, Tricenarium etc. liefert dazu reiche Belege.

Über England ist noch Dreyer de usu juris anglos. p. 109 und Brand obs. on popular antiquities, London 1841 V. II p. 192 ff. (1), über die Niederlande der Bd. 5 der Verhandelingen der Groninger genootschap p. e. j. p. Anhang S. 162 ff. und Huydecoper in der Ausgabe der Rijmkronijk van Melis Stoke, Leyden 1772, Th. 2 S. 127 ff., für Skandinavien der folgende Abschnitt zu vergleichen (2).

Es genügt, *A* aus der allgemeinen Entwickelung der kirchlichen Lehre auf einige Haupterscheinungen hinzuweisen, um dann *B* genauer die besondern Zeugnisse über Deutschland aufzuführen.

A.

Bedeutsam ist für jene Entwicklung der Umstand geworden, dafs die als Gratians Decret bekannte, um die Mitte des 12ten Jahrh. vollendete kirchenrechtliche Sammlung aufser der Vorschrift aus den capp. Hincmari, oben S. 102 C Nr. 6, (C 7 Dist. 44) und den Zeugnissen für den Werth und über die Weise des Todtendienstes c. 12, 17 sq. C. XIII qu. 2, auch c. 24 ebd. die Stelle aus der Leichenrede des Ambrosius, oben S. 93, aufgenommen hat. Allerdings waren diese, gleich den übrigen Bestandtheilen des Decrets, schon früher in das Rechtsleben übergegangen, allein die Einverleibung der Sammlung Gratians in das corpus juris canonici verlieh doch jenen Bestimmungen über die Todtenfeierzeiten eine festere und allgemeinere Autorität. Dabei erlitt jedoch der Text des Ambrosius eine

(1) Der englische Ausdruck für die Todtenfeiertage ist *minnyng days*, *mynde days*, insbesondere für den Dreifsigsten *months mind*, welcher noch jetzt in Lancashire bekannt ist. Belege für die Begehung der Feier sind folgende. Ein im J. 1439 Verstorbener hatte letztwillig bestimmt "that upon his Mynde day a good and competent dyner should be ordayned to 24 pore man". In einem Testament von 1479 heifst es u. a.: 24 arme Leute sollen brennende Kerzen tragen "as well at the tyme of my burying as at my moneths minde". Der letzte Wille des Historikers Fabyan bestimmt sehr genau die Leistungen "in the tymes of the burying and monethes minde" z. B. Brod, Bier, Fleisch für alle die zu den Tagen kommen, noch besonders Teller und Gabeln an 24 Arme aus dem Kirchspiel; ein "dyner" nur "for my household and kynnysfolks"; 12 der ärmsten Kinder sollen nach der Messe am Grabe kniend beten. — In Irland ist die Feier vier Wochen nach dem Begräbnifs.

(2) Für Frankreich wird auch wohl auf Laurière glossaire II 153, nach Mittermaier D. Privatr. (6te Ausg.) § 145 Note 4, verwiesen; allein das Citat bei M. gehört nicht hieher, sondern zu der Lehre von der Berechnung nach Nächten im § 146, denn davon handelt Laurière a. a. O.

doppelte Änderung. Gratian liest im Anfang: "quia alii tertium, alii tricesimum, alii septimum, alii quadragesimum observare consueverunt", macht also eigentlich aus dem zwiefachen Gebrauche einen vierfachen, wiewohl nachher die utraque observatio stehen bleibt. Sodann ändert er in dem Citat aus der Genesis C. 50 septuaginta in septem, er nimmt also, um den Belag dem Lehrsatze anzupassen, den V. 10 zu Hülfe.

Unter den liturgischen Schriften ist besonders des Durantis c. 1273 geschriebene rationale divinorum officiorum im Lib. 7 c. 35 "de officio nortuorum" zu nennen. Sie weifs für die verschiedenen Feierzeiten zu den bigen Gründen noch neue anzugeben, z. B. für die drei Tage noch die Trinität und die dreifache Sünde durch Gedanken, Worte und Werke, für las novemdiale i. e. officium 9 dierum die neun ordines angelorum, für die dreifsig Tage: "ter decem faciunt *XXX*, per ter enim trinitatem, per decem decalogum intelligimus", für die 40 Tage, dafs Christus so viele Stunden m Grabe geruht. Sie sucht auch ausführlich die besondern Gebräuche bei len Todtenmessen, dem Begräbnisse, den Vigilien zu rechtfertigen.

Aus diesen allgemeinen, so wie aus den besondern Quellen unsrer Kunde, den zahlreichen Ordnungen und Vereinbarungen der einzelnen Kirchen und Genossenschaften, treten für den Todtendienst noch immer olgende Zeiten hervor. Der dies tertius, der wohl mit der Ausfahrt nd depositio, der Hinüberführung der Leiche in die Kirche am Abend or dem Begräbnifs zusammenfiel. Der d. septimus oder septenarius, das eptimale, septenarium, septennale, franz. *seme*. Der trigesimus, tricearius, trigesimalis, auch trigenarium, trentenarium, trigintale, trigintalium, igintanarium, tricennale etc. Der anniversarius oder die calendae ([1]). as allgemeine Todtenfest am Tage aller Heiligen ([2]). Selbst der alte ömische Neunte, wiewohl ihn nach Durantis Manche wegen seines heidischen Ursprunges mifsbilligten, taucht verschiedentlich auf. So unter

---

([1]) Alcuinus l. c. In Calendis etiam seu diebus anniversariis per 9 psalmos . . . simili odo officia persolvuntur. Vgl. Forschungen der D. Gesch. Bd. I, 1862 S. 160 ff. Auch die ätern Kalandsgesellschaften begiengen das Gedächtnifs der verstorbenen Glieder, s. Koserten Pomm. Geschichtsdenkm. 1834 S. 17, 18; Märkische Forschungen IV 27, 28.

([2]) Durantis erzählt nach Peter Damian: der h. Odilio, als er erfahren, dafs die bösen eister beim Aetna klagten, ihnen würden der Verstorbenen Seelen durch die Almosen und ebete entrissen, habe in seinen Klöstern angeordnet, dafs der Todten nach dem Allerliligenfeste gedacht werde, "quod fuit postmodum a tota ecclesia approbatum".

dem Namen novena, neuvaine in den letzten Willen vornehmer Personen, z. B. des Pabstes; als "novenarium, novemdiale" in spanischen Urkunden, welche sogar, s. Ducange, noch zwischen diesen beiden Ausdrücken scheiden ([1]). Diesen Tag haben auch die christlichen Secten im fernen Orient, die Melchiten, Maroniten, Cophten und Jacobiten nebst den andern Tagen bewahrt ([2]).

Nach der zwiefachen Weise der Feier, theils an theils bis zu einem bestimmten Tage können jene Ausdrücke theils den einen Feiertag, theils eine ganze Frist mit täglichem Dienst bezeichnen. Dies gilt namentlich für den Siebenten (septenarium i. e. prima die officium cum missa in conventu et septem aliis similiter, Ducange s. h. v. und Huydecoper zu Melis Stoke II 128), und für den Dreifsigsten, nach Durantis: ideo trigesima die vel triginta diebus fit mortuis officium ([3]). Vgl. die ausführliche Beschreibung einer dreifsigtägigen Feier in dem statutum S. Martini Turon. a. 922 bei Ducange trigesimum.

Es fragt sich ferner, ob diese Tage und Zeiten von dem Tode oder erst von der Beisetzung ab berechnet wurden. Für das letztere möchte man sich berufen auf "lib. 3 Sacramentorum Eccl. Romanae" c. 105: tricesimus vel annualis dies depositionis defuncti, auf eine Urkunde von 1120 bei Huydecoper a. a. O. 127: ut tricesimus dies depositionis ejus celebretur und auf ähnliche Stellen bei Schmeller Bair. Wb. I 411. Doch ist zu

---

([1]) So die Constitt. cardin. de Mendoza: item pro novemdialibus et missis novenarii ... et pro adeundo sepulturam singulis novemdialibus, clerici ecclesiae ... percipere debeant 150 morapetinos.

([2]) In den von Abraham Echellensis ad lib. Ebed-Jesu c. 60 angeführten "Prooemialibus Conciliorum" heifst es: facite tertia die commemorationem pro iis, qui obdormierunt, in psalmis et precibus, quia Christus mortuus est et resurrexit a mortuis. Fiat quoque pro illis nona die in memoriam vivorum et defunctorum. Facito etiam pro iis Trigesimum juxta antiquae legis ritum, quoniam filii Israel luxerunt super Mose triginta diebus. Item fiat pro illis anniversarium etc. S. Ducange s. v. Trigesimum.

([3]) Zuweilen läfst der Ausdruck einen Zweifel zwischen diesem und jenem Sinne. So in den Gesetzen K. Aethelstans († 940) VI c. 8 § 6, bei Schmid Ges. der Angelsachsen 1858 S. 166, 167: "gif him ford-sid gebyrige, þæt ælc gegilda gesylle ænne gesufelne hlâf for þære sáule, and gesinge ân fiftig, odde begite gesungen, binnan XXX nihten", d. i.: wenn ihm (einem Gildegenossen) das Abscheiden widerfährt, dafs jeder Gildegenosse gebe ein Zukostbrod für seine Seele und singe, oder lasse singen ein funfzig (Psalmen) binnen dreifsig Nächten.

bemerken, dafs nach Ducange s. v. "depositio" dieser Ausdruck auch den *obitus* bezeichnen kann. Jedenfalls zeigt der Nachweis in den Vhdl. der genootsch. V Anh. p. 163, dafs eine Berechnung nach dem Todestage gleichfalls vorkam.

Merkwürdig ist sodann, dafs der Begriff sich zuweilen von einem bestimmten Termin nach der Beisetzung oder dem Tode ganz ablöst, so dafs er eine kirchliche Todtenfeier gewisser Art, insbesondre einer gewissen Reihe von Tagen bezeichnet. So heifst es: VI Non. Maii incipiemus trigenarium pro fratribus. — Facient annuatim unum trigesimale pro eo. — Pro anima ipsius in primo obitus sui anni quinque trigintalia fecimus. — Vult unum trigintanarium missarum fieri sine interruptione. Vgl. unten *B* Nr. 13, 17.

Endlich bedeuten jene Ausdrücke auch die Gebühren der Geistlichen für ihre Leistungen. Ducange s. v. Septenarius. Stephanus in regula Grandimontensium c. 5: tricenarium, septenarium, annuale vel quodlibet pretium pro missa nominatim vobis oblatum nullatenus accipiatis, vgl. unten *B* Nr. 18.

Unter allen diesen Tagen und Fristen ragt doch der Dreifsigste besonders hervor, wie schon die Fülle der Belagstellen und der Formen des Ausdrucks für ihn bei Ducange lehrt. Er hat sogar gleich dem Jahrestage noch eine Anwendung auf ein ganz andres festliches Ereignifs gewonnen. Ducange führt aus "Menardus in libro sacrament." an: hanc oblationem, Domine, quam tibi offerunt ob diem tricesimum conjunctionis suae vel annalem, quo die eos jugali vinculo sociare dignatus es, placatus suscipias.

Es ist hier auch der Ort, anhangsweise der Todtenfeier sarmatischer Stämme im Osten Europas zu gedenken.

Über die alten Preufsen berichtet Hartknoch Rer. Pruss. diss., d. 13 de funeribus veterum Prussorum p. 196 sq. nach Joh. Meletius Archipresb. Lyccensis epistola ad Georgium Sabinum de idololatria Prussorum vet. 1551, 1563: Combusto cadavere .... uxor defuncti luctum continuabat diebus triginta, ita ut singulis diebus sub ortum et occasum solis exstincti conjugis tumulo insidens ... orbitatem suam defleret. Und nach Casp. Henneberger, de Prussia veteri 1584 f. 23[b]: conduci solitas praeficas, quae 4 hebdomadis mortuum deflerent. Maritus autem non nisi octiduo uxorem lugebat. Cognatis autem apparabantur convivia funebria tertio, sexto, nono et quadragesimo ab elato funere. Vgl. auch Waisselius Chronicum Prussiae 1599 f. 26[b]. Schon Voigt Gesch. Preufsens Bd. I S. 571 Nr. 1 bemerkt, dafs diese Todtenfeste zwar ihren Ursprung in der heidnischen Zeit gehabt, aber dafs doch in ihren Character, wie ihn jene Autoren schildern, sich manches Christliche eingemischt habe; um so mehr, weil die neubekehrten Preufsen im Vertrage mit dem D. Orden v. J. 1249 versprochen hatten: quod ipsi . . in mortuis comburendis vel subterrandis . . . ritus gentilium de cetero non servabunt, sed mortuos suos juxta morem Christianorum . . . sepelient. Diese Ansicht möchte ich auch für jene Termine, namentlich für den Dreifsigsten geltend machen. Jene Schriftsteller konnten dessen christlichen Ursprung um so eher übersehen, als zu ihrer Zeit die Reformation schon die christkirchliche Feier verdrängt hatte.

Gleichermafsen mag es sich verhalten, wenn Thomas Kantzow um das J. 1540 ([1]) in dem Abschnitt "Von Begrabnus" S. 285 über die alten wendischen Bewohner Pommerns ohne Angabe einer Quelle berichtet: Vnd ist darnach die freuntschafft auff den dreitzigsten tag, vnd abermal auff den sechssigsten tag, vnd abermal auff den hundersten tag stets bei dem grab gegangen, haben da gegessen vnd getrunken . . . vnd dem totten sein teil auch in das grab unter die steine gesetzt.

Die in der christlichen Welt überhaupt übliche kirchliche Todtenfeier tritt nun auch

B

für Deutschland in allen ihren Zügen und während des ganzen Mittelalters hervor. Ich gebe eine Reihe einzelner Belege, mit besonderer Rücksicht auf den Dreifsigsten, nach ungefährer Zeitfolge.

1. Nach dem Tode Heinrichs I. stiftete seine Wittwe Mathilde congregationem sanctimonalium in die tricesima in supra memorata urbe (Quedlinburg), Thietmari Chron. Script. III p. 740 l. 41.

2. Im J. 1002 wird ein Graf Ekkehard erschlagen. Der Sohn eilt mit seiner Mutter herbei und läfst die Leiche zu Geni (nach dem Annalista Saxo in loco ubi Sala et Unstrod confluunt d. i. Grofsjena bei Naumburg)

([1]) Am Schlusse des fünften Buches seiner Pommerschen Chronik letzter Hand, s. W. Böhmer Th. Kantzows Chronik 1835 S. 61, 280.

begraben. Peracto autem tricesimo die, domna Suonehildis ad Misni proficiscitur cum filiis. Ebd. p. 792 l. 44, 45.

3. Zu Dortmund wird im J. 1005 auf einer Synode beschlossen: In obitu cuiusque prenominatorum singuli episcoporum infra 30 dies ... missam pro defuncto celebrent et unus quisque presbiter in monasterio similiter faciat .... Rex et regina infra 30 dies 1500 denarios pro animae redemptione erogent et totidem pauperes pascant etc. Ebd. p. 810.

4. Die Vita Meinwerci, Script. XI p. 152 l. 34 erzählt. Hoc insuper constituens ..... ut a fratribus die xxx obitus eius omnibusque anniversariis missae et psalmodiae celebrentur et eleemosynae ... erogentur etc.

5. Notae Corbeienses, Jaffé Monumenta Corbeiensia Berol. 1844, p. 72 sp. ad a. 1081-1128. In den Statuten einer fraternitas in honore Sti Viti zu Goslar: "si quis morte obierit, 3 solidos statim ei mittunt, unum pro cera ad dies 30, alios pro victu pauperum ut fiat elemosina super funere". Beim Tode eines Bruders zu Corvey werden 3 sol. dorthin geschickt, quos custos — pro anima fratris per dies 30 in luminariis et elemosinis expendet". Nach den Statuten der Veitsbrüderschaft zu Corvey: "tricesimum diem obitus cuiusque .... in pauperum recreatione procurabunt".

6. In einer von W. Wackernagel in Haupts Ztschr. f. D. A. 7. 138 aus einer Zürcher Hdschr. des 12. Jahrh. mitgetheilten Anweisung über das Verhalten beim Tode eines Angehörigen heifst es u. a. unt bit die briestere, daz si die sele dines friuntes dem almahtigen gote beuelhen mit uollemo ambahte ... Daz tu an dem sibenten unt zu iegelichemo drizegisten, so chumit dir diu sele zegesihte alnah diu so ir dinc stet.

7. Pabst Cölestin III schreibt 1191 an die Canoniker zu Schwerin, dafs sie das stipendium eines verstorbenen Canonicus verwenden: ad exequias et ad tricesimum et ad anniversarium. Cod. Pomer. dipl. v. Hasselbach etc. I 166.

8. Rudolphs von Ems deutsche Bearbeitung des Barlaam und Josaphat c. 1220 giebt, Sp. 363 V. 5 ff. die obige Stelle, S. 101, über die Feier des Vierzigsten dahin wieder: er sinem vater hie den drizigesten tac begie mit gehügede (Gedächtnifs), daz er starp.

9. Melis Stoke Rijmkronijk, III v. 51 ff. bei Huydecoper II p. 6, 7:

In dissen tiden so ghelach
Graven Didrix dartichste dach
Eñ Grave Lodewijg eñ sijn wijf mede
Eñ Gravinne Aleid waren ind stede
Von Haerlem comen, omme t'Egmonde
Dat Dartichste te done tier stonde.

Die Goudasche Chronik sagt: daer na ghevielt, dat men Graaf Dircks maenstont soude doen.

10. Der Sachsenspiegel kennt I 22 § 1 bigraft unde drittegesten (al. drizigsten u. jarcit) dun und I 33 to der bigraft oder to me drittegesten, gedenkt aber des Siebenten nicht.

11. Seifried Helbling (Ztschr. f. D. Alterth. 4, 131) läſst einen Pfaffen sagen, S. Bernhard etc. hätten geboten: zem sibenden, zen jârtagen und ze der bevilde (dem Begräbniſs) solt man wesen milde mit opfer und mit sêlgeraet.

12. In Utrecht wurde für einen Canonicus geläutet gleich nach dem Tode, beim Begräbniſs, am Siebenten, am Dreiſsigsten und am Jahrestage. An den letzten dreien dieser Tage kamen alle Canoniker zusammen, Huydecoper II 128.

13. Monum. Boica XXIV 346, 347. Nach einer Stiftung von 1310 soll das Kloster Castel "aller iärchlichen dri drisik mit sele messen", des Stifters "sele ze trost wegen" (begehen) . . . "auch schul wir nach sinem tode drisig naht nah gewonhait unsers klosters sin gedechtung mit singen u. mit lesen als unsers bruder aim wegen".

14. Nach Kosegarten zum Cod. Pom. Dipl. p. 169, wurde in Pommern häufig durch letzten Willen etwas für den dertigesten ausgesetzt.

15. Nürnberger VO. aus dem 14ten Jahrh. bei Siebenkees Mater. zur Nürnb. Gesch. 1792 Bd. 1 S. 205: Man sol ouch nicht kerzen vf di greber setzen, danne ze sibenten vnd ze drizichsten vnd ze iargezeiten. Man sol ouch mit gesang vber di greber nicht mer gehen dan so man di leich leget.

16. Nach dem Kölner Eidbuch v. 1341 § 6 (Ennen und Eckertz Quellen z. Gesch. der St. Köln I 1860 S. 16) soll von den 15 Mitgliedern des engern Raths: engein navolgin zu eynehme graue na deme dage des begengnisse, noch zu dem seuendin, drissichstin, jairgeziden, id inwere eyns vader of moder, wif of kint, broder of suster, of de eyns mans wibes as nasint.

Das Eidbuch von 1372 § 7 (ebd. S. 44) verbietet dies dem engen Rathe und den 31 vom weiten Rathe: as sij gebot bij ein ander haint off up de ungeboeden dage, dat sij bij eijn sint. Es handelt sich also um eine Dispensation von den Rathssitzungen wegen Theilnahme an der kirchlichen Feier zu Ehren gewisser naher Verwandter. — Eben so entschuldigt das Strasburger Stadtrecht (Scherz Glossar S. 1496) den Rathsherrn, welchem Eltern oder Geschwister gestorben, wenn er am Siebenten nicht zu Rathe kommt.

17. Ein Abt des Klosters S. Petri zu Salzburg bestimmt um d. Jahr 1375 u. a.: novem solidos ad tres tricenarios anni pro congregacione und für sich selbst decem missas .. in die anniversarii ipsius incipiendo et novem diebus sequentibus. Script. IX p. 838 l. 20, 30.

18. Strasburger Urkunde v. 1419: so ist mir, dem vorgen. Techan von ir der drysigste worden, also das zu Colmar gewoenlich ist, Scherz Glossar S. 253.

19. Berliner Urk. v. 1420: sic etiam cum introduxionalibus et sponsis et tricesimalibus et anniversariis est observandum, Fidicin dipl. Beitr. I 256.

20. Vertrag zwischen dem Pfarrer in Buckewin und den Einwohnern in Prissen (bei Dobrilugk) v. J. 1435: item das dreyfsigste eines todten sullen di leuthe nach iren vermögen nach gewonheit an der kirchen begehen u. halden lassen, Ludewig Rell. I 474.

21. Eine Frau in Pirna verordnet 1459: man sol ir das drysigste halden item ein selebat (ein Bad für die Armen, damit sie für des Verstorbenen Seele beten), Anzeiger f. Kunde der D. Vorz. Nov. 1861 Sp. 387.

22. Der Thürhüter Herzogs Albrecht VI. von Österreich, Hierfsmann erzählt: nach des Herzogs Tode am 4. Dec. 1463 "pin (ich) darnach bisz zu meins herrn säligen dreyssigest alltag bei irn gnaden" (der Schwester und dem Schwager des Verstorbenen) "gewesen". Und weiterhin: "schier zuo dem dreyssigost, do hat der Wurgenwein vil gesellschaft mit dem burgermaister zuo Wien"; v. Karajan kleinere Quellen z. Gesch. Österreichs, Heft I Wien 1859 S. 46.

23. Nach den Statuten des Kalands St. Gertrudis zu Braunschweig sollen die Mitbrüder zusammenkommen, des Verstorbenen Dreifsigsten zu begehen mit Vigilien, Vespern, Seelmissen, Opferungen und Allmosen, Rehtmeyer, Braunschw. Kirchenchronik 1707 I 178.

24. Magdeb. Schöffenurtheil (Böhme dipl. Beitr. VI 106): czu des mannis dreisegistin, wenne man sine manczit begangen hot.

25. Ein Lübsches Urteil in einer Stralsunder Sache v. J. 1484 gedenkt der "bynnen der negesten maente" nach dem Tode eines Mannes für vigilien u. selemyssen bestrittenen Ausgaben; Michelsen Oberhof 232.

26. In Enkhuizen erhielt der Priester ein Brod, zwei Pfund Butter und eine Kanne Bier bei der *uitvaert* (dem Begräbnifs), der *maenstondt* (dem Dreifsigsten) und der *jarig tijdt.* Huydecoper II 127.

27. Die Salfelder Statuten, Walch I 38, verbieten, dafs jemand zu andern sende, um mit ihm zu opfern: zcu sibenden, zcu drizigen noch zcu jargecziten.

28. Nach Pröckl Eger und das Egerland, Bd. 2 1845 S. 72 wurde dort im Mittelalter am siebenten und am dreifsigsten Tage nach der Leiche eine Seelenmesse gehalten, wobei die nächtsen Verwandten ein Licht der Kirche opferten.

29. Die Vormünder der Kinder eines Entleibten sollen denselben "einmal in der pfarkirchen begeen lassen, als man nach gewonheit der pfarkirchen einen ersamen burger seinen dreissigen pfliget zu halten". Bamberger Urteil von 1502, Ztschr. für Rechtsgesch. II 448.

II. Die weltliche Feier.

Von den eben verzeichneten Stellen lauten die Nr. 2, 8, 9, 10, 24 über das Begehen des Dreifsigsten so allgemein, dafs sie gleichmäfsig auf die weltliche wie auf die kirchliche Seite des Festes gedeutet werden können. Die Nr. 22 aus Wien hebt ausdrücklich eine Gesellschaft am 30sten hervor. Noch deutlicher erhellt die Verbindung eines Gelages mit dem Seelendienst aus mancherlei Klagen über die Schwelgerei, aus policeilichen Beschränkungen oder gar förmlichen Verboten.

Der General der Karthäuser in Frankreich äufsert im Anfange des 12ten Jahrh.: Audivimus plerosque totiens splendide convivari, missasque facere paratos, quotiens aliqui pro suis eis voluerint exhibere defunctis. Quae consuetudo et abstinentiam tollit et venales facit orationes, dum quoties pastuum numerus, totus est et missarum. Huydecoper a. a. O. II 130.

In "Verons Huntyng of Purgatory" Lond. 1561 heifst es f. 36: I schulde speaking nothing in the mean season of the costly feasts and bankettes, that are commonly made unto the priestes (whiche come to suche doinges from all partes, as ravens do to a dead carcase) in their buryinges, moneths mindes and yeares myndes, vgl. oben S. 106.

Im J. 1410 wird in Braunschweig verordnet: Wanne eyn minsche begrauen wert, to der grafft eder to dem drittighesten schal me nicht mer lude to ghaste hebben, wenne X (Urkundenb. der Stadt Braunschweig 1861, 4 S. 140 No. 146). Und etwa gleichzeitig in Nordheim: so eynem... syn angeboren frundt, huswert edder husfrouwe van dodes wegen vorfelle, de schol tho der bygrafft edder v e r w e c k e n n nicht mer denne 20 mynschen ... tho den maltyden u. ethen hebben (v. Bülow u. Hagemann Erört. X 201).

Die Ann. Colmarienses ad a. 1280 (Script. T. XVII p. 207 l. 5) erzählen: Syfridus scultetus Columbariensis sacrificia t r i c e s i m o r u m, anniversariorum, nuptiarum et convivia prebuit (l. prohibuit) (¹). Eben so lauten die Beschlüsse des Concilii Trevirensis a. 1310 c. 54 (Martene & Durand Thes. IV. 251): inhibemus, ne convivia et commessationes teneantur, quae per heredes et successores defuncti in eisdem exequiis fieri consueverunt, sed sumtus hi in usus pauperum et in pias causas in remedium animae defuncti potius convertantur.

Diese Zeugnisse aus der Zeit vom Ende des 9ten bis zum Ende des 16ten Jahrh. geben aber doch kein anschauliches Bild der Volkssitte, geschweige denn, daſs sie uns zu Schlüssen über das Alter und die ursprüngliche Natur dieser Sitte hinführten.

III. Die juristische Bedeutung.

Für diese bieten die Quellen aus der ersten Hälfte jenes Zeitraums noch dürftigere Kunde. Das zehnte, elfte und zwölfte Jahrhundert bilden ja für die Verfolgung des deutschen Rechts überhaupt die unausgiebigste Epoche. Die seltenen Reichsgesetze und Aussprüche der Reichsgerichte beherrschen zwar das ganze Land aber nur für einzelne Institute des öffentlichen Rechts. Die Hof- Dienst- und die noch sparsamen Stadtrechte liefern zwar einen umfänglicheren Stoff, aber nur für einen sehr beschränkten Kreis der Geltung. Zur Gewinnung allgemein waltender Rechtssätze sind

(¹) Der Text ist nicht allein in dem letzten Worte, sondern auch wohl in der Stellung der vorhergehenden verderbt. Der Herausgeber bessert: sacr. tric. anniv. conviviaque prohibuit nuptiarum.

wir für die meisten Institute theils auf zufällige Nachrichten der Schriftsteller, welche oft der juristischen Bestimmtheit entbehren, theils auf Urkunden über individuelle Rechtsverhältnisse verwiesen, welche für sich allein doch nur dann, wenn sie massenweise und dauernd in denselben Satz zusammenstimmen, uns von der Herrschaft eines gewissen Princips überzeugen.

Für unsre Frage verlassen uns auch diese letztern Quellen der Rechtskunde vor dem 13ten Jahrhundert fast völlig. Ich vermag nur zwei Stellen aus dem Ende jener Epoche beizubringen.

Im J. 1174 bestätigt Erzbischof Philipp von Köln die Anordnungen der Äbtissinnen des Ursuliner-Klosters über das Gnadenjahr, während dessen die Angehörigen eines Verstorbenen seine stipendia fortgeniefsen. "Communiter autem et fratribus et sororibus utraque abbatissa id contulit, ut annus, qui hactenus a prima die obitus solebat computari, de cetero a tricesima obitus die computetur, ut omnia plenius circa defunctum possint ordinari". Also eine neue Anordnung, um den Hinterlassenen die Bestreitung der Unkosten für die Todtenfeste bis zum Dreifsigsten zu erleichtern.

In der Urkunde v. J. 1186 durch welche derselbe Erzbischof ein älteres, wohl der Mitte des 11ten Jahrh. angehöriges Privilegium für die familia zu Soest und in den benachbarten Dörfern bestätigt, heifst es: cum autem mortuus fuerit vir, uxor seu filii medietatem omnium quadrupedum dabunt curti celebrato tricesimo defuncti [1]. Also der der Herrschaft gebührende Theil des Nachlasses, das *mortuarium* ist erst nach der Feier des Dreifsigsten fällig. Darin liegt nach jener dreihundert Jahre früheren Andeutung, s. oben S. 97 ein bestimmteres willkommenes Zeugnifs für den Gedanken, dafs die Obliegenheiten des Erben gegen Andre erst nach Erfüllung seiner Pflichten gegen den Todten, nach der Leichenfeier am Dreifsigsten beginnen.

Was sollen wir nun sagen, wenn nur etwa vierzig Jahre später Eike von Repkow uns die Bedeutung des Dreifsigsten für die Stellung des Erben als gemeines Sachsenrecht, in fester und reicher Ausbildung vorführt? Wie weit sollen wir seine Sätze zurückverlegen; haben wir sie lediglich an den nun schon so lange und tief begründeten kirchlichen Gebrauch, der nach

---

(1) Abgedruckt in Seibertz Urkundenb. des Herz. Westfalen, Bd. 1. Arnsberg 1839. S. 124, und mit Erläuterungen bei Beseler, zur Gesch. des D. Ständerechts 1860, 4. (Gratulationsschrift zu Savignys sechzigjährigem Doctorjubiläum) S. 4.

und nach ein Rechtsinstitut erzeugte, zu knüpfen ([1]), oder vielmehr an eine uns verborgen gebliebene uralte germanische Volkssitte, welche nur den Termin aus der Kirche entlehnte?

So bleiben überhaupt noch dieselben Fragen übrig, deren der Schluſs der fränkischen Epoche gedachte. Drängen sie uns nun zur Umschau nach anderweitiger Hülfe, so richtet sich der Blick vor allem auf den Norden.

Sechster Abschnitt.

Die Gebiete Skandinaviens.

Einleitung.

Tacitus, Plinius, Ptolemäus rechnen ja die Bewohner der dänischen Eilande und des Südens der skandinavischen Halbinsel zu den Germanen ([2]). Wir vermögen auch die Zunge, welche tausend Jahre nachher im Norden als theils isländisch-norwegische, theils schwedisch-dänische herrscht, entschieden als Verwandte der spätern Germanischen Sprache zu erkennen. Wir dürfen endlich voraussetzen, daſs der Norden, je ferner er der Völkerbewegung und der Mischung des mittlern Europas blieb, auch um so reiner das angestammte Wesen zu bewahren vermochte. Hiehin also wendet sich unsre Forschung am liebsten, wenn wir über die Urzustände der Stämme des eigentlichen Germaniens, über ihren Glauben, ihre Rechte und ihre Sitte ein volleres Licht begehren, als die nächsten Quellen bieten. Die Umschau bei solchen Verwandten trifft auf besonders günstige Umstände. Für die Germanen des mittleren Europas vollzieht sich die Bekehrung zum Christenthum vom 5ten bis zum 8ten, für die Nordländer vom 9ten bis zum 11ten Jahrhundert. Um so geraume Zeit also stehen wir dem skandinavischen Heidenleben, seinem Kampfe mit der christlichen Lehre, dem Fortwirken mancher seiner Vorstellungen und Gebräuche nach dem Siege des neuen Glaubens näher. Die Quellen sodann unsrer Kenntniſs flieſsen dort in gleichem Maaſse reichlicher. In Island, wo noch in neuer Zeit das Ent-

---

([1]) So Schütze de die tricesimo, 1847 § 5. Illud ipsum quod moris erat ac deinceps ad rem christianam accommodatius in ritum abierat religiosum, sensim tam late patere et in vitae actione coepit esse tanti momenti, ut adeo in juris ingrederetur disciplinam.

([2]) Zeuſs die Deutschen und die Nachbarstämme 1837, S. 76-79, 156 ff., 502 ff., 513 ff.

halten vom Lesen der Sagas als ein Fasten gilt, wo die Stammbäume sichrer als irgendwo bis in das neunte Säculum zurückreichen, in Island "gebar" nach Weinholds Worten ([1]) "die Ruhe des Winters und des Alters nach den Fahrten des Sommers und der Jugend eine Lust am Erzählen und Hören" der Abstammung und Thaten der Vorfahren zurück bis zur Besitznahme des Landes, ja bis in die fernen Erinnerungen der Einwandrer aus der alten Heimath hin; so dafs, als der langen mündlichen Überlieferung im 12ten Jahrhundert die Aufzeichnung folgte, nunmehr die Norweger, ja auch die Schweden und Dänen sich hier die bei ihnen selber geschwundene Kunde ihrer Vorzeit zu holen vermochten. Diesen historischen Sagen, deren Blüthezeit ins 13te Jahrhundert fällt, schliefsen ungefähr gleichzeitig für alle vier nordische Gebiete sich Rechtssammlungen an, die, an Autorität und Alterthümlichkeit der Bestimmungen den Volksrechten vergleichbar, diese doch weit an Reichhaltigkeit übertreffen. Beide Arten von Denkmäler gehen den in Deutschland bis zum 13ten Jahrhundert geschriebenen auch darin vor, dafs sie in der Volkssprache verfafst sind, somit des Volkes Sitte und Recht zum treueren ungefärbten Ausdruck bringen.

In dieser Einsicht ziehen Jacob Grimms deutsche Rechtsalterthümer allentwegen jene Sagen und Rechtsbücher herbei; seine deutsche Mythologie braucht die nordische zum "Einschlag"; Wilda's germanisches Strafrecht verdankt ihrer Benutzung den breiteren und festeren Boden; Rive's Vormundschaft der Germanen 1862 (S. 1-167) ist neuerdings seinen Fufstapfen gefolgt.

Schlagen wir hier den gleichen Weg ein, so zeigt er sich für unsern Zweck schon erheblich geebnet. Zwei fast gleichzeitig erschienene gediegene Arbeiten, Konrad Maurer, Bekehrung des norwegischen Stammes (Bd. 1 vom 20. Oct. 1855, Bd. 2 vom 14. Sept. 1856 datirt) und Karl Weinhold, altnordisches Leben (Weihn. 1855) haben mit Liebe und ausgedehnter Quellenkenntnifs nicht nur die allgemeine sichre Grundlage für unsre specielle Frage geliefert, sondern auch unser Institut selber in seinen Hauptzügen nach den nordischen Quellen geschildert und das Aufsuchen der einschlägigen Sagenstellen gar sehr erleichtert. Mir blieb übrig, genauer in die Einzelheiten, besonders in den Inhalt der Rechtsbücher einzugehen,

---

([1]) Altnordisches Leben S. 4.

sodann die gewonnenen Ergebnisse sowohl mit den obigen Erläuterungen als mit den spätern Erscheinungen in Deutschland zu verknüpfen.

Die Fülle der über ein weites Ländergebiet und durch eine Reihe von Jahrhunderten hin zerstreuten Thatsachen läſst, wie ich glaube, eine einfache Gruppierung in folgender Weise zu. Es ist im Ganzen die Zeit des heidnischen und des christlichen Lebens zu trennen. Mit dieser Scheidung fällt eine andre, die nach jenen beiden Hauptquellen sich richtet, für unsern Zweck ziemlich zusammen. Den heidnischen Gebrauch lernen wir nur aus den Sagen kennen, welche wiederum, auch wenn in christlicher Zeit geschrieben, doch vorzugsweise die alte Sitte schildern. Die Rechtsquellen dagegen setzen nicht nur die Begründung des Christenthums voraus, sondern wollen auch in christlichem Geiste ihre Vorschriften aufstellen. Also

I. Der heidnische Gebrauch nach den Sagen.

Den Erzählungen der Sagen kommt etwa seit dem 9ten Jahrhundert der Character eigentlicher Geschichtsquellen zu, die aber auch noch später mit Vorsicht benutzt werden wollen. In unserm Gebiete jedoch, wo es gilt, nicht eine besondre That oder Begebenheit, sondern eine durchwaltende Sitte festzustellen, werden wir die Glaubwürdigkeit der einzelnen Schilderung weniger streng nach Alter und sonstigen historischen Umständen zu prüfen haben. Gleichwie ferner die isländischen Berichte den ganzen Norden begreifen, so geben sie uns auch hier keinen Anlaſs zur Scheidung der einzelnen staatlichen Gebiete. Ich fasse daher jenen Gebrauch für die ganze Heidenzeit und für ganz Skandinavien in eine Darstellung zusammen.

Den Ausgang und Mittelpunkt für diese Darstellung bildet das Erbmal. Die Namen sind *ervi öl* d. i. das Erbebier; kurzweg *arfi*, *erfi*, besonders in den Sätzen *gera erfi* das Erbmal ausrichten, *bióda til erfis* zum E. laden, *dricka erfi* das E. trinken (¹). Die besondre Beziehung auf den Verstorbenen drückt aus "dricka eptir brodur minn, eptir födur varn", nach meinem Bruder, unserm Vater trinken. Nach dieser Bedeutung des *erfi* ist auch das Zeitwort *erfa* nicht nur erben, sondern auch das Erbmal halten. Das Mal

(¹) Vgl. Ihre Glossarium Sviogothicum unter Arfveöl p. 107, Haldorson Lexicon Isl. p. 185, Joh. Fritzner Ordbog over det gamle norske Sprog, Kristiania 1862 unter erfa, erfi etc. Das nordische *öl* entspricht nicht unserm Öl, welches dort *olja* heiſst, sondern dem englischen *ale*.

gehört überhaupt zu den *ölgärdar*, den pflichtgemäſsen Trinkgelagen, insbesondre zu dem, was die Erben sollen *eftir gera* d. i. nach thun; es ist ein Theil der *eptir giaerþ, arffgierd,* der Nach- oder Erbesleistung.

Ich gebe nun

A

einige charakteristische Schilderungen des Erbmals, erst in ihrem Wortlaute um dann ihren Inhalt zusammenzufassen.

1. Die Ynglinga Saga c. 40 (Heimskringla S. 48, 49) erzählt, wie König Ingiald von Schweden, der im Anfang des 7ten Jahrh. regiert haben soll, seine Gäste zu Upsala verbrannte. Dabei heiſst es:

Ingialldr konung let búa veitzln mikla at Uppsölom, oc ætladi at erfa Onnnd konung födr sinn. I. k. sendi menn um alla Sviþiód oc baud til sín konungom oc jörlom, oc ödrom merkis-mönnom. Til þefs erfis kom Algauti konungr mágr Ingiallds etc. - - þat var sidvenia í þann tíma, þar er erfi skylldi giöra eptir konunga edr jarla, þá skylldi sá er gerdi erfit, oc til arfs skylldi leida, sitia á skörinni fyrir hásætinu, allt þar til er inn væri borit full, þat er kallat var Bragafull; skylldi sá þá standa upp í móti Bragafulli oc streingia heit, drecka af fullit sídan: sídan skylldi hann leida í hásæti þat, sem átti fadir hans; var hann þá kominn til arfs alls eptir hann. Nú var sva her gört, at þá er Bragafull kom inn, stod upp Ingialdr konungr oc tók vid einu dýrshorni miklu, streingdi hann þá heit, at hann skylldi auka ríki sitt halfu í hveria höfut átt, edr deya ella; drack af sídan af horninu.

König Ingiald lieſs bereiten ein groſses Fest zu Upsala und hatte vor, seinen Vater K. Onund zu beerben (oder ihm das Erbmal zu halten). Er sandte Leute über ganz Schweden und bat zu sich Könige und Jarle und andre ausgezeichnete Männer. Zu dem Erbmal kam K. Algaut Ingialds Schwiegervater u. s. w. - - Es war Sitte in jener Zeit, wenn da ein Erbmal geschehen sollte nach einem König oder Jarl, dann sollte, der das Erbmal ausrichtete und zum Erbe gelangen sollte, auf einem Schemel vor dem Hochsitz sitzen, so lange bis der volle (Becher) hereingebracht wurde, welcher Bragafull genannt wurde; dann sollte er dem Bragafull gegenüber aufstehn, ein Gelübde thun und dann den Vollbecher leeren. Darauf sollte er zu dem Hochsitz geleitet werden, den sein Vater gehabt hatte; dann war er völlig zum Erbe nach ihm gekommen. Nun geschah es hier so, daſs als der Bragafull herein kam, stand K. Ingiald auf und ergriff ein groſses Thierhorn und that das Gelübde, daſs er sein Reich um die Hälfte nach jeder Weltgegend vermehren würde, oder sonst sterben; darauf trank er aus dem Horn.

2. Die Fagrskinna (von Munch und Unger 1847 herausg.) § 55 berichtet von dem Erbmal, welches K. Sven von Dänemark seinem um 986 verstorbenen Vater Harald hielt, zu dem er die Jomsvikinger mit ihrem Jarl

Sigvald einlud. Sie beschreibt dabei, wie man das Erbmal in vorigen Zeiten hielt, d. h. zur Heidenzeit, denn erst Harald hatte sich zum Christenthum bekehrt und Sven wich davon wieder ab, Maurer I 248.

Jomsvikingar kvámu þann dag er at var gengit erfinu, ok fagnadi Sveinn konungr med mikilla blidu Sigvalda jarli ok ölln hans föruneyti. þá er erfi váru gör at fornum sid, þa skyldi þat skylt at gera þau á þvi ári, er sá hafdi andazk, er erfit var eptir drukkit, en sá er gera lét erfit, hann skyldi eigi fyrr setjask i þess sæti, er hann erfdi, en menn drykki erfit. Hit fyrsta kveld er menn kvæni til erfis, þá skyldi skenkja upp full mörg med theim hætti sem nú eru minni, ok eignudu þau full hinum rikustu frændum sinum eda þór eda ödrum gudum sinum, þá er heidni var. En sidast skyldi uppskenkja Bragafull; þá skyldi sá er erfit gerdi strengja heit at Bragafulli, ok svá allir þeir er at erfinn væri, ok stiga þá i sæti þess er erfdr var, ok skyldi þa fullkominn vera til arfs ok virdingar eptir hinn dauda, en eigi fyrr.

Die Jomsvikinger kamen den Tag auf den das Erbmal angesetzt war, und König Sven empfieng mit vieler Güte den Jarl Sigvald und all sein Gefolge. Wenn Erbmale nach alter (heidnischer) Sitte zu halten waren, so war es Pflicht sie in dem Jahre zu halten, in welchem der gestorben war, nach welchem das Mal getrunken wurde. Und der welcher das Erbmal ausrichten liefs, sollte nicht eher in den Sitz dessen sich setzen, den er beerbte, als bis die Leute das Erbmal getrunken hatten. Am ersten Abend da die Leute zum Erbmal kamen, sollte man viele Vollbecher nach der Sitte einschenken, wie jetzt die Gedächtnifsbecher, und sie widmeten diese Becher ihren mächtigsten Verwandten oder dem Thor oder andern ihren Göttern, als das Heidenthum bestand. Aber zuletzt sollte man den Bragabecher einschenken. Dann sollte der, welcher das Erbmal ausrichtete ein Gelübde beim Bragabecher thun, und ebenso alle die, welche beim Erbmal waren, und er dann in den Sitz dessen, der beerbt wurde, treten, und sollte dann vollkommen zu Erbe und Würde nach dem Todten sein und nicht früher.

3. Die Jomsvikinga Saga (in den Fornmanna Sögur Bd. XI) erzählt zunächst C. 21 (S. 67):

a) Lík Haralds konúngs var fært til Róiskeldo ok þar jardat. Ok eptir þat er Sveinn er konúngr ordinn, þótti þá honum þat skylt, sem öllum ödrom konúngum, at erfa födur sinn fyrir enar 3ju vetrnœtr (al. fyrir hin þridju jól). Hann ætlar nú þegar at hafa þessa veizlo, ok fresta þvi ekki lengr. Hann bydr fyrstum Pálnatóka fóstra sinom til erfis þess, ok þeim Fjónbyggom vinom hans ok frændum.

Die Leiche K. Haralds war nach Roeskilde gebracht und dort beerdigt. Und nachdem Sven König geworden war, dünkte es ihn Pflicht, wie alle andere Könige, seinem Vater das Erbmal zu halten vor einer dritten Winternacht (al. vor der dritten Weihnacht). Er trachtet nun sofort, das Fest zu haben und nicht länger damit zu zögern. Er ladet den Fürsten Palnatoke seinen Pflegevater zu dem Erbmal und dessen auf Fühnen wohnenden Freunde und Verwandten.

Das Vorhaben wird jedoch für jetzt gehemmt. Im C. 22 (S. 69) heifst es dann:

b) Ok nú lætr konúngrinn lida þat haust erfisgerdina ok lidr af sá vetr ok þat sumar. Ok nú var sva komit, at Sveinn mátti eigi þykkja gildr konúngr, ef hann skylde eigi erfa födur sinn fyrir enar 3ju vetrnætr, ok vill konungr nu att visso eigi láta undan bera.

Und nun läfst der König in dem Herbste die Erbfeier vorübergehen und geht so der Winter und der Sommer dahin. Und nun war es dahin gekommen, dafs Sven nicht für einen gültigen König gehalten werden konnte, wenn er nicht seinem Vater das Erbmal vor der dritten Winternacht hielt, und wollte nun der König es gewifs nicht unterlassen.

c) Das C. 37 (S. 107) erzählt den Tod des Jarls Strutharald. Seine Söhne Sigvald und Thorkel waren in Jomsburg, ein dritter Hemingr noch jung.

þá þykkist Sveinn konúngr skyldr til at gera erfi eptir Strútharald jarl, ef synir hans enir ellri kœmi eigi til; þviat Hemíngr þótti þá enn úngr til at ráda fyri veizlonne. Nú sendir hann ord þeim brœdrum til Jómsborgar, at þeir Sigvaldi ok þorkell kœmi til erfisins ok hittist þar, ok gerde allir samt veizlu, ok hæfde til skipana, at hun yrde sem virdeligust eptir þvílikan höfdingja, sem var fadir þeirra, Strútharaldr jarl.

Da hielt sich K. Sven für verpflichtet, das Erbmal nach dem Jarl Strutharald auszurichten, falls einer seiner ältern Söhne nicht dazu käme, weil Hemingr noch zu jung erschien, um für das Fest zu sorgen. Er schickt und läfst den Brüdern zu Jomsburg sagen, dafs sie, Sigvald und Thorkel zum Erbmal kämen und dort zusammen träfen und insgesammt die Feier begiengen und Anordnungen träfen, dafs dieselbe möglichst würdig nach einem solchen Häuptling, wie ihr Vater der Jarl Strutharald gewesen, geschähe.

4. Die Tryggvasons Saga c. 39 (Heimskringla I 231) stellt das Erbmal für K. Harald als mit dem für Strutharald verbunden dar und beschreibt es genauer.

Sveinn konungr gerdi mannbod rict oc stefndi til sín höfdingiom öllum, þeim er i voro ríkino. Hann scylldi erfa Haralld födor sinn. þá hafdi oc andaz litlo ádr Strút-Haralldr á Scáni, oc Veseti í Borgundarhólmi, fadir þeirra Búa Digra. Sendi Sveinn konungr þá ord þeim Jomsvíkingom at Sigvalldi jarl oc Búi, oc brædor þeirra scylldo þar coma, oc erfa fedor sína aþ þeirri veizlo, er konungr gerdi. Jomsvíkingar fóro til veizlonnar med öllo lidi síno, því er fræknaz var. . . . þar com saman all micit fiölmenni. Fyrsta dag at veizlonni, ádr Sveinn konungr stigi í

König Sven bereitete ein reiches Gastgebot und entbot dazu alle seine Häuptlinge die da im Reiche waren. Er wollte seinem Vater Harald das Erbmal halten. Nun waren auch kurz vorher gestorben Strutharald in Schonen und Veset in Bornholm, der Vater Bues des Dicken (und Sigurds). Da sandte K. Sven Wort zu den Jomswikingern, dafs Jarl Sigvald und Bui und ihre Brüder hin kommen sollten und ihren Vätern Erbmal halten an dem Feste, welches der König ausrichtete. Die Jomswikinger fuhren zum Feste mit allen ihren Leuten, welche die tapfersten hásæti fǫdor sins, þá drack hann minni hans oc strengdi heit, ádr III vetur væri lidnir, at hann scylldi comiñ med her sinn til Englands, at drepa Adalrád konung, edr reka hann or landi. þat minni scylldo allir drecka, þeir er at erfino voro ... Enn er þat minni vas afdruckit, þá scylldi drecka Cristsminni allir menn ... Hit þridia var Michials minni, oc drucko þat allir. Enn eptir þat drack Sigvalldi Jarl minni fǫdor sins, oc strengdi heit sídan .... Sídan strengdi heit þórkell Havi bródir hans....

waren. So kam denn eine sehr grofse Menge zusammen. Am ersten Tage des Festes, ehe K. Sven auf den Hochsitz seines Vaters stieg, trank er dessen Minne und that das Gelübde, ehe 3 Winter verfliefsen würden, dafs er mit seinem Heer nach England gehen und K. Adalrad tödten oder ihn aus dem Lande treiben würde. Diese Minne mufsten alle trinken, die auf dem Erbmal waren ... Aber nachdem diese Minne abgetrunken war, mufsten alle die Christusminne trinken ... Die dritte war die Michaelsminne; auch die tranken alle. Aber nachher trank Jarl Sigvalld die Minne seines Vaters und that dann das Gelübde ... Darauf that sein Bruder Thorkel der Hohe das Gelübde etc.

Darauf leisten noch Bui und Sigmund und viele andre Häuptlinge Gelübde für ähnliche Thaten.

Drucko menn þann dag erfit.

So tranken die Männer an dem Tage das Erbe (Erbmal).

5. Eyrbyggia Saga c. 54 S. 274. Thorodd mit seinen Gefährten ertrinkt. Ihre Leichname werden nicht gefunden. Die Nachricht kommt nach Hause zu den Brüdern.

Budo þau Kiartan oc þuridr nabúom sínom þángat til erfis, var þa tekit jóla öl þeirro oc snuit til erfisins. Enn at fyrsta quelld er menn voro at erfino oc menn voro i sæti komnir, þá gengr þoroddr bondi i skálan oc fǫrunautar hans aller alvotir.

Da baten Kiartan und Thuridr ihre Nachbaren dahin zum Erbmal, und es wurde ihr Weihnachtsbier genommen und zum Erbmal verwendet. Aber am ersten Abend da die Leute beim Erbmal waren und sich gesetzt hatten, da trat Thorodd der Hausherr ins Gemach und seine Gefährten, alle ganz nafs.

Die Gäste empfangen sie freudig indem sie dies für ein gutes Zeichen halten. Man glaubte nemlich damals, dafs Ertrunkene bei der Ran ([1]) gut empfangen würden, wenn sie ihr eigen Leichenmal besuchten, denn, wiewohl das Volk getauft war und den Christennamen führte, war der Aberglaube noch wenig geschwächt. Die Abgeschiedenen liefsen sich auch noch an den folgenden Abenden des Festes sehen.

6. Sage des Königs Ragnar Lodbrok c. 20 (Fornaldar Sögur utg. af Rafn. I Kopenh. 1829 S. 294).

([1]) Ran ist die Meeresgöttin, der die Ertrunkenen zufallen, Grimm Myth. 208, Maurer II 82.

Ein konúngr átti 2 sonu, ok tók hann sótt ock andadist, en synir hans vilja drekka erfi eptir hann, þeir bjóda til þessar veizlu svâ, at allir menn skyldu koma þángat, þeir er á þrimr vetrum enum nærstum spyrja þetta. Nú spyrst þetta vída um lönd; ok á þessum þrimr vetrum búast þeir vid þessi veizlu. Ok er þat sumar kemr, er erfi skyldi drekka, ok sú stund, er ákvedin var, þa verdr svâ mikit fjölmenni, at engi vissi dœmi til, hve mikit var.

Ein König hatte zwei Söhne und wurde krank und starb, seine Söhne aber wollten das Erbmal nach ihm trinken; sie luden zu diesem Feste in der Art ein, dafs alle Leute dahin kommen sollten, die in einem der drei nächsten Winter dieses erführen. Nun erfuhr man dieses weit im Lande; und in diesen drei Wintern rüsteten sie zu diesem Feste. Und als der Sommer kam, da das Erbe getrunken werden sollte, und die Zeit die abgeredet war, da wurde es eine so grofse Menge, dafs niemand sicher beurtheilen konnte, wie viele es waren.

7. Svarfdæla Saga (Islendínga Sögur Bd. 2, 1830 S. 128, 129).

C. 6. Thorstein hat auf einem Seezuge seinen Bruder Thorolf verloren. Er wird von einem Jarl wohl aufgenommen und sagt zu ihm:

ek bid at þèr ljáid mèr höll ydar ok minum mönnum, vil ek drekka erfi eptir bródur minn, ok heygja hann hèr med ydru lofi, skal ek kosta fè til, svâ ydr skadi ekki í því.

ich bitte, dafs ihr mir und meinen Leuten eure Hallen vergönnt; ich will das Erbe nach meinem Bruder trinken und ihn hier mit eurer Erlaubnifs bestatten, ich will das Gut dazu aufwenden, so dafs es euer Schade nicht sei.

Der Jarl verwilligt es gerne.

C. 7. þorsteinn tekr nú til haugs gerdar ok hanns menn; gekk þat skjótt; var þórólfr í haug lagdr ok nokkrt fè honum til sæmdar. Sidan bjó þorsteinn veizlu, ok baud til jarli ok mörgum ödrum dýrum mönnum; sátu menn at henni 3 nætr, sem sidr var til, leysti þorsteinn menn á burt med gódum gjöfum, ok afladi sèr svâ vinsælda.

Thorstein und seine Leute schritten nun zur Bereitung des Grabhügels; das wurde besorgt; Thorolf war in den Ring gelegt und einiges Gut ihm zu Ehren ([1]). Darauf bereitete Thorstein das Fest und hat dazu den Jarl und viele andre werthe Männer; die Männer safsen dabei drei Nächte, wie die Sitte war; Thorstein liefs die Männer fort mit guten Gaben und erwarb sich so Gunst.

8. Saga Gisla Súrssonar, herausg. von Conrad Gislason, Kopenhagen 1849.

S. 25. Sidan fara þeir (Gisli ok þorkell) heim, ok er þá drukkith erfi eptir Vestein.

Hierauf fahren Gisl und Thorkel heim und wird dann das Erbe nach Vestein getrunken.

S. 31. Nú er erfi drukkit eptir þorgrím, ok gefr Börkr gódar vingjafir mörgum mönnum.

Nun wird das Erbe nach Thorgrim getrunken und Börk giebt vielen Männern gute Geschenke.

([1]) Vgl. Weinhold altnord. Leben S. 493 ff.

9. Nials Saga c. 109, ed. Olavius 1772 p. 167. Mord sagt zu den Nialssöhnen:

Veizlu hefi ek þar stofnat ok ætla ek at drekka erfi eptir fodur minn, en til þeirrar veizlu vil ek bioda ydr Niálssonum ok Kára, ok því heita at þer skulut eigi giafalaust í braut fara. þeir hetu at fara. ferr hann nú heim ok byrr veitzluna. hann baud þangat morgum bóndum. ok var veitzla sú fiolmenn.	Ich habe da ein Fest beschlossen und gedenke das Erbmal nach meinem Vater zu trinken und zu diesem Fest will ich euch Nialssöhne und Kari laden und verspreche, dafs ihr nicht unbeschenkt fortziehen sollet. Sie versprachen zu kommen. Er zog nun heim und bereitete das Fest. Dahin lud er viele Hofbesitzer, und war das Fest sehr zahlreich besucht.

Die Sage führt einzelne Geschenke besonders auf.

10. Landnámabók d. i. das Buch über die Ansiedlung auf Island (Islendinga Sögur I).

a) II c. 19 p. 91. Audr var vegskona mikil; þá er hún var ellimód, baud hún til sín frændum sinum ok mágum, ok bjó dýrliga veizlu; en er þrjár nætr hafdi veizlan stadit, þa valdi hún gjafir vinum sínum, ok red þeim heilrædi, sagdi hún, at þá skyldi standa veizlan enn þrjár nætr, hún kvad þat vera skyldu erfi sitt; þá nótt eptir andadist hun.	Aud war eine sehr vornehme Frau; da sie nun altersmüde war, bat sie ihre Freunde und Verwandte zu sich und gab ein stattliches Fest; als aber das Fest drei Nächte gedauert hatte, da wählte sie Gaben für ihre Freunde und ertheilte ihnen heilsamen Rath, und sagte, dafs das Fest noch drei Nächte länger dauern sollte, sie sprach es sollte ihr Erbmal sein; in der Nacht darauf starb sie.

Vgl. die abweichende Erzählung der Laxdæla Saga unten Nr. 11*b*.

b) III c. 10 p. 14. Hans (Hjalti) synir voro þeir þorvaldr ok þórdr, agætir menn; at hefir erfi verit ágætast á Islandí, er þeir erfdu födur sinn; þeir budu öllum höfdingjum Islandi, ok voru þeir tolf hundrud bodsmanna, ok voru allir virdingamenn med gjöfum brott leiddir; at því erfi færdi Oddr Breidfirdíngr drápu þá, er hann hafdi ort um Hjalta.	Seine, Hjalts, Söhne waren Thorwald und Thord, berühmte Leute; das ist das berühmteste Erbmal auf Island gewesen, als sie ihren Vater beerbten; sie baten dazu alle Häuptlinge auf Island und waren ihrer 1200 Gäste und wurden alle angesehene Männer mit Geschenken entlassen. Auf diesem Erbmal brachte Oddr Breidfirding das Gedicht vor, welches er über Hjalt gemacht hatte.

11. Laxdæla Saga c. 27 (Hafn. 1826, 4 p. 106).

a) Der Isländer Olof Pa d. i. Pfau aus der 2ten Hälfte des 10ten Jahrh. verkündigt der Volksversammlung den Tod seines Vaters und spricht:

Nú er þat vili brædra minna at ek bióda ydr til erfiss eptir Höskuld födur varn öllum godords-mönnum, þvíat þeir munu flestir enir virdari menn, er í teingdum voru bundnir vid hann. Skal ok því lýsa, at engi skal giafa-	Nun ist das meiner Brüder Wille, dafs ich euch einlade zu dem Erbmal nach Höskuld unserm Vater, alle Tempelvorsteher, weil wohl die meisten der vollgültigen Männer ihm in Verwandschaft verbunden waren. Ich

lanst á brott fara enna meiri manna; þar med vilium ver bióda bœndum ok hverium er þiggia vill, sælum ok veslum; skal sækia halfs-mánadar veizlu á Höskuldstadi, þa er x vicur eru til vetrar. . . . Eptir þingit rída þeir brædr heim; lídr nu sumarit; buast þeir brædr vid veizlunni; legr Olafr til óhneppiliga at þridiúngi, ok er veizlan búin med hinum beztu faungum, var mikit til aflat þessarar veizlu, þvíat þat var ætlat at fiölmennt mundi koma; ok er at veizlu kemr, er þat sagt at flestir virdínga menn koma sem heitid höfdu; var þat sva mikit fiölmenni, at þat er sögn manna flestra, at ei skyrti DCCCC. þessi hefir önnur veizla fiölmennust verit á Islandi, en sú önnur, er Hialta synir gerdu erfi eptir födur sinn; þar voro XII C. þessi veizla var en sköruligsta af öllu, ok fengu þeir brædr mikinn soma, ok var Olafr mest fyrirmadr. Olafr geck til móts vid báda brædr sína um fégiafir; var ok gefit öllum virdínga mönnum.

will auch das verkündigen, dafs keiner der angesehenen Männer unbeschenkt davon gehen soll; da neben wollen wir laden die Hofbesitzer und jeden der es annehmen will, Reiche und Arme; man soll sich zu einem halbmonatlichen Fest in Höskulsstatt einfinden, zehn Wochen vor Wintersanfang . . . Nach der Versammlung reiten die Brüder heim; der Sommer geht hin; die Brüder rüsten sich zur Feier; Olaf steuert zu den Kosten den dritten Theil bei, das Fest wird mit den besten Mitteln zubereitet, vieles wird zu diesem Fest angeschafft, weil es beabsichtigt wurde, dafs viele Leute kommen möchten. Und als das Fest kam, erschienen, wie gesagt wird, die meisten angesehenen Männer, welche zugesagt hatten; es war da eine so grofse Menge, dafs, wie die meisten sagen, es nicht unter 900 waren. Dies ist vor allen andern Festen das besuchteste auf Island gewesen, mit Ausnahme dessen, da Hjalts Söhne das Erbmal nach ihrem Vater ausrichteten; da waren 1200. Dieses Fest war eines der prächtigsten von allen; die Brüder gewannen viel Ehre, und Olaf war meist der Vormann. Olaf that es seinen beiden Brüdern in den Geschenken gleich; es wurde auch allen angesehenen Männern gegeben.

Auf das Erbmal Hjalts deutet die Sage auch C. 79 S. 338 mit den Worten hin:

gengit er nu þadan, er þeir gerdu erfit þat et fiölmenna, er XII hundrut menna sátu at.

anders ist es jetzt geworden, als da man ein so zahlreiches Erbmal ausrichtete, dafs zwölf hundert Leute dabei safsen.

b) Cap. 7 S. 13 ff. Die alte Unnur (d. i. die oben S. 125 genannte Aud, s. Maurer I 92) richtet die Hochzeit Olafs aus. Während des Festes wird sie todt gefunden.

Var nu druckit allt saman, brullaup Olafs ok erfi Unnar, ok enn sidasta dag bodsins var Unnr flutt til haugs þess, er henni var búinn.

Da wurde nun beides zusammen getrunken, Olafs Hochzeit und Unnurs Erbmal, und am letzten Tage des Festes wurde Unnur zu dem ihr bestimmten Grabe gebracht.

Sie wurde nemlich nach dieser Sage in ein Schiff im Grabhügel gelegt, vgl. Maurer I 93 N. 10, Weinhold 495.

12. Barlaams ok Josaphats Saga, her. von Keyser und Unger, 851, s. oben 101.

Nachdem im Cap. 188 von der siebentägigen Trauer an des Vaters Grabe und Josaphats Geschenken an die Armen erzählt worden, heifst es m C. 189 S. 188.

Fioratigi daga gerdi hann ervi til mingar eptir fadur sinn oc a þeirri stunndu efudi hann til sin ollum hofdingium oc rdstiorom rikissmannum oc riddarum, borrmannum oc bondom, oc sua myklum fiollda menning folks, at utalulegr fialldi oc herr ar þar saman komenn. þa settizt konongrenn havan domstol oc mællte sidan þesse ord lum þessum etc.	Am vierzigsten Tage hielt er die Erbfeier zum Gedächtnifs nach seinem Vater und zu der Zeit entbot er alle seine Häuptlinge, Befehlshaber, Reichsmänner und Ritter, Bürger und Bauern und so grofse Menge vom gemeinen Haufen, dafs eine unzählige Menge und Schaar da zusammen kam. Da setzte sich der König auf hohen Richterstuhl und sprach dann diese Worte zu allen diesen etc.

B.

Die Schilderungen sind zahlreich und ausführlich genug, um die auptzüge der ganzen Sitte und ihre Verbreitung im Norden erkennen zu ssen. Sie bemerken wohl ausdrücklich (N. 2), so sei es vor Alters oder ır Heidenzeit gehalten worden; auch wo dies nicht der Fall geben sie, mit usnahme der Christ- und Michaelsminne in Nr. 4, keinen Zug, der als ein ›sitiv christlicher dem Heidenthum widerstrebte.

Über die Zeit des Erbmals berichtet die Nr. 2, es habe vor Alters nerhalb des Sterbjahrs gehalten werden müssen; in der Nr. 6 wird es aber st nach drei Wintern angesetzt, und in der Nr. 3*b* wird die Gültigkeit r Königsfolge daran geknüpft, dafs das Erbmal in einem der drei nächsten inter oder vor dem dritten Jul (dem nordischen Weihnachten) gefeiert erde. Die Nr. 12 entnimmt den vierzigsten Tag aus dem griechischen orbilde. Dafs überhaupt zu dem Erbmal der Könige und Häuptlinge ne geraume Frist gesetzt wird, erklärt sich aus den Einladungen an zahliche und ferne Gäste und aus dem Umfange und der Schwierigkeit der Zustungen. Weinhold bemerkt S. 500, doch ohne Belag, dafs nach einem schlagenen das Mal erst, wenn die Blutrache vollzogen war, gegeben ırde.

Zwischen der Zeit des Erbmals und der des Begräbnifses waltet keine ıt bestimmte Beziehung. Trat doch für hervorragende Personen eine so sorgfältige Bereitung der Gruft und der Aufwurf so gewaltiger Hügel ein, dafs die feierliche Bestattung erst in langer Frist nach dem Tode erfolgen konnte([1]). Regelmäfsig gieng aber das Begräbnifs doch dem Erbmal voran. So nach der Nr. 3 beim Tode Haralds; nach der Nr. 7 C. 7 und nach der "þordar Saga hredu" (Nord. oldskrifter VI p. 3). Anders freilich bei dem so ungewöhnlich verfrühten Erbmal der Aud oder Unnur N. 10*a*, 11*b*.

Das Mal zu veranstalten gebührt den Erben. Es werden insbesondre Söhne genannt, oder Geschwister, die es nach ihrem Vater, nach ihrem Bruder geben. Als etwas besonders bemerkt Nr. 11, dafs Olaf Pfau, der als Sohn einer Sklavin seinen Vater nicht beerbt, sondern nur eine Gabe unter Lebendigen von ihm empfangen hatte und seinen Reichthum früheren Kriegeszügen verdankte, dennoch zu gleichem Antheil mit den beiden Erben den Aufwand des Erbmals trägt. Eben so wird in der Nr. 3*c*, 4 hervorgehoben dafs K. Sven mit dem Erbmal für seinen Vater zugleich das zweier kurz zuvor verstorbener Häuptlinge begeht, deren Söhne theils im Auslande hausen theils unmündig sind. Noch eigenthümlicher ist es, dafs nach Nr. 10*a*, 11*b* die berühmte Aud oder Unnur, welche in Island eine eifrige Christin geworden, ein ihren Freunden gegebenes Fest im Gefühl ihres nahen Todes als ihr eigenes Erbmal fortgesetzt wissen will.

Zum Feste ergehen besondre Einladungen. Im Falle Nr. 11*a* spricht Olaf eine allgemeine Einladung in der öffentlichen Versammlung aus. Als Eingeladene werden genannt die Verwandten 3*a*, 3*c*, 11, vornehme Personen (auf Ingialds Fest die Bezirkskönige), ferner Jarle, Häuptlinge und sonst bedeutende Leute, Nr. 1, 2, 3*a*, 4, 6, 10*b*, Nachbarn, Nr. 5; nach Nr. 6 alle, denen es kund wird und nach Nr. 11*a* alle, welche die Einladung annehmen wollen, Reiche und Arme. In der Nr. 12 handelt es sich weil Josaphat zugleich der Krone entsagen will, um eine allgemeine Volksversammlung. Den Geladenen wird oft zugesagt, sie würden nicht unbeschenkt entlassen werden.

So bedarf es überhaupt zur Bestreitung der Erbfeier bedeutende Mittel, über deren Aufbringung zuweilen besondere Nachricht gegeben wird s. Nr. 11*a*. Einmal, Nr. 5, wird dazu das für das Weihnachtsfest bestimmt Bier mit verwendet.

([1]) Weinhold, altnordisches Leben. 1856. S. 488-491.

Die Gäste erscheinen denn auch oft in beträchtlicher Menge. In dem Falle Nr. 6 vermochte man sie nicht zu zählen; bei dem Erbmal für Hjalt waren 1200 Gäste zugegen, die gröfste Zahl, deren man sich auf Island erinnerte; ihr zunächst kamen die 900 bei der Feier für Höskuld. Als seltsame Gäste führt die Nr. 5 die Gestalten der Ertrunkenen selber auf, welche, der guten Aufnahme bei der Meeresgöttin halber, in nassen Gewändern an ihrem eigenen Todesmale erscheinen.

Das Fest währte mehrere Nächte, Nr. 4, 5, dreie nach den Nr. 7, 10*a*; die Leichenfeier aber, welche Höskulds Söhne allem Volke gaben, Nr. 11*a*, einen halben Monat.

Gegenstand der Feier ist einmal die dem Verstorbenen zu erweisende Ehre, sodann das symbolisch darzustellende Erben, der volle Übergang der Rechte, Würden und Güter des Hingeschiedenen auf seinen Nachfolger. Die Reihe der diesen Zwecken dienenden Handlungen ist folgende.

Der Erbe setzt sich auf den Schemel vor dem Hochsitz "hasæti" seines Vorgängers. Dann trinkt er dessen "minni". Für minni wiegt bei den Nordländern die Bedeutung Gedächtnifs, Andenken eben so vor, wie bei unserm "Minne" der Sinn der Liebe, des guten Willens. Doch ist an der Einheit des Wortes nicht zu zweifeln. Einerseits liegt auch in Deutschland bei der St. Johannis oder der St. Gertruds Minne, s. Schmeller Wb. II 593, Grimm Myth. 53, 54, der Begriff der recordatio zum Grunde, andrerseits kennt auch die nordische Rechtssprache gleich der deutschen das *med minne* für "mit gutem Willen". Beide Richtungen des Gemüths verbinden sich noch inniger in dem mit "Minne" verwandten "meinen" AHD. *meinjan*; bis in den heutigen dichterischen Gebrauch hinein drückt es nicht nur "den Gedanken worauf richten" sondern auch wünschen, verehren, überhaupt im Herzen tragen aus. So ist denn auch das nordische *minni* nicht ein blofses sich erinnern, sondern ein Gedanken in Liebe, welcher die Verbindung mit dem Andern festhält, von Wünschen für sein Heil begleitet ist.

Das Trinken ferner "auf etwas" dient ja den Germanen als symbolische Form für eine ernste, bindende Zusicherung, für eine volle Bekräftigung. Macht also etwa der Trunk einen Verkauf fest, verheifst er der geschlossenen Brüderschaft die Unverbrüchlichkeit, so soll auch das Trinken der Minne einer Person jene Gesinnungen und Wünsche für sie feierlich kundgeben. Daher ist auch *minni* (s. Haldorson) der scyphus memorialis selber. Durfte nun das Minnetrinken von Alters her bei den Götterfesten, bei Hochzeiten, Gildegelagen, überhaupt bei festlichen Versammlungen nicht fehlen([1]), so fand es auch seine rechte Stätte bei dem Male zu Ehren eines Hingeschiedenen. Dem ersten Trunke für ihn folgen die Becher für das Gedächtnifs der theuersten Blutsfreunde und der Götter, in deren Stelle später Christus und gewisse Heilige treten. Zuletzt wird dem Erben der Bragabecher [bragafull oder bragarfull([2])] eingeschenkt. Er gelobt eine tapfre That, leert ihn und besteigt dann den Hochsitz des Verstorbenen. Es wird besonders hervorgehoben, dafs dieser Trunk dem Einnehmen des Sitzes vorhergehe (Nr. 1 sidan skylldi han leida etc., Nr. 2 hann skyldi eigi fyrr etc., Nr. 4 adr Sveinn stígi i básæti). Alle diese Gedächtnisse werden von allen mitgetrunken, Nr. 4. Dann mögen noch Andre ihre besondre Minnen ausbringen "mæla fyrir minnum" und Gelübde thun, s. die Sturlunga saga I c. 13 und die Tryggvasons saga Nr. 4([3]).

Mit dem Einnehmen des Sitzes ist die Beerbung erst "vollkommen". Nr. 1 var han þá komin till arfs alls eptir han, Nr. 2 ok skyldi þa fullkominn vera til arfs .. en eigi fyrr, Nr. 3*b*. Darauf geht auch der Ausdruck sich in das Erbe setzen in "Hakonar þ. Hareksonar" c. 1. (Fornm. S. XI 422): ok sem Hakon hefir ísezt erfdina. Diese feierliche Besitznahme erfolgt schon am ersten Abend des Festes, s. Nr. 2. Hit fyrsta kveld etc., Nr. 4 Fyrsta dag at veizlonni etc.

Von sonstigen Vorgängen die zur Unterhaltung der Gesellschaft dienen wird noch des Vortrags von Liedern zu Ehren des Verstorbenen gedacht, Nr. 10*a*. E. Haldorson und Fritzner kennen dafür die Ausdrücke erfidrapa, erfiqvædi.

Die Gäste kehren beschenkt heim, Nr. 7*a*. E., 8, was ihnen zuweilen ausdrücklich vorher versprochen wurde, Nr. 9, 11. Insbesondre ehrt man die Angesehenen in solcher Weise, Nr. 10*b*, Nr. 11*a*. E.

([1]) Gutalag c. 24, bei Schildener S. 50, Wilda Gildewesen S. 9, 13, 27, Grimm Mythol. 58, Weinhold N. L. 461.

([2]) Grimm Myth. 53, 215. Nach ihm und Fritzner wäre *bragafull* der dem Gotte *Bragi* gewidmete Becher. *Bragr* bedeutet aber auch: der höchste, vornehmste; auch das gäbe hier einen passenden Sinn.

([3]) Über die politische Bedeutung welche diese Gelübde dem Erbmal gaben vgl. Maurer I 249, 250.

Alle diese Schilderungen betreffen das Erbmal von Königen und sonst hervorragenden Männern. Die Allgemeinheit der Sitte bleibt also noch in Frage. Jedenfalls verlieh eine höhere Stellung des Verstorbenen, der Reichthum des Erben dem Feste aufsergewöhnlichen Glanz und Umfang.

Die Sagen stellen die vorchristliche Sitte lebendig, individuell, und mit Behagen, wenigstens ohne Abneigung dar. Vergleichen wir sie mit jenen kurzen, allgemein gehaltenen, von Widerwillen erfüllten Angaben der heidnischen Todtenmalsgebräuche in den christlich-germanischen Quellen, so begegnen wir doch mancher Übereinstimmung. Vor allem in dem reichlichen Trinken, dessen Übermafs auch die Sagen in einzelnen Fällen hervorheben. König Sven läfst seine Jomsburger Gäste die stärksten Becher leeren, um sie zu Gelübden zu reizen, welche ihnen am andern Morgen überkühn erschienen. Sodann ist das nordische Minnetrinken nicht nur in dem "ipsius animae bibere", sondern auch wohl in dem "precari in amore sanctorum" der Hincmarschen capitula, oben S. 102, wieder zu erkennen, wobei *amor* das liebevolle Gedenken, *precari* den Wunsch im Trinkspruche (das *vës hâl* der Angelsachsen) ausdrückt, die Heiligen aber wie bei den Skandinaviern in die Stelle der Götter getreten sind. Endlich steht den germanischen *dadsisas* die nordische *erfidrapa* zur Seite. Der joca, der saltationes und larvae gedenken die Sagen beim Erbmal nicht, ohne dafs sie damit als ausgeschlossen zu betrachten wären, s. Weinhold 467. Sie schildern den nähern Hergang überhaupt nur für den ersten Festtag, den der Thronbesteigung. Tanz und Spiel kennt die Sturlungssage bei der Olafsgilde (Maurer II 426); Mummereien sind bei andern Festen heidnischen Ursprungs, so beim Jul bis auf den heutigen Tag in Übung.

Der Hauptpunkt den wir für unsre Untersuchung gewonnen liegt darin, dafs — schon nach der doppelten Bedeutung des erfa — das Todtenmal entschieden auch den Character einer Erbesfeier trägt.

Die Sagen, wie reich sie auch den Vorgang schildern, lassen uns noch manche Fragen übrig. Werden nur die Herrscher durch solche Feier geehrt oder die Hingeschiedenen überhaupt? War nicht die rechtliche Bedeutung noch näher ausgebildet? Wie wirkten endlich die christkirchlichen Todtenfeierzeiten, deren Einflufs wir im römischen, fränkischen und deutschen Reiche verfolgen konnten, auf die alte nordische Sitte ein. Darüber belehrt

II. der christliche Gebrauch nach den Rechtsquellen.

Die uns aufbewahrten Rechtsbücher und Gesetze gehen allenthalben von der Herrschaft des Christenthums aus, womit doch vereinbar bleibt, dafs die in ihnen behandelten Institute einer älteren Bildung angehören. Ich führe auch hier

A.

die einzelnen Bestimmungen nach den Ländern und nach der Zeit an, um sodann den Inhalt geordneter, unter Verknüpfung mit den Ergebnissen der Sagen darzulegen. Bei den Ländern trenne ich Norwegen, Schweden, Dänemark. In der alten isländischen Grágás habe ich keinen unser Institut berührenden Satz gefunden, einiger späterer dahin einschlagender Isländischer Gesetze wird passender bei den Norwegischen Quellen zu erwähnen sein.

AA. Das Recht Norwegens.

Das Land zerfiel seit Alters in vier Thinge, welche durch die Namen *Gula, Froste, Heidsivia, Borgar* bezeichnet werden. Den Sagen zufolge bestimmte Halfdan der Schwarze († 863) das Recht von *Heidsiviathing*, Hakon Adelstein († 963) die Rechte von *Gulathing* und *Frostething*, und waren später Olof der Heilige († 1030) und Magnus der Gute († 1047) für die Gesetzgebung thätig[1]. Gewisser ist, dafs der K. Magnus *Lagabätir*, d. i. der Gesetzbesserer, die verschiedenen Thingsrechte wesentlich gleichförmig machen liefs. Von den älteren Formen sind die Rechte des Gulathing, des Frostething und bruchstücksweise des Heidsiviathing auf uns gekommen, in einer Gestalt, welche wohl nicht über das 12te Jahrh. zurückgeht. Sie sind in "Keyser og Munch Norges gamle Love", Bd. 1, 1846 in der alten Sprache herausgegeben, früher von Paus in der "Samling af gamle norske Love", Kopenh. 1751, 4 I u. II in einer dänischen Übersetzung, welche, wenn auch nicht ganz zuverlässig, uns doch, da K. und M. weder eine lateinische oder dänische Übersetzung noch ein Glossar liefern ganz willkommen bleibt. Das von M. Lagabätir revidierte Gulathingslau[g]

---

(1) S. das nähere bei J. Grimm Liter. der altnord. Ges. Ztschr. f. gesch. RW. [5] S. 92—103 und in Wilda Strafrecht d. Germ. 20—26.

erschien 1817 zu Kopenhagen in 4, mit dänischer und lateinischer Übertragung nebst Glossar, sodann wiederum bei Keyser und Munch Bd. 2 ohne diese Hülfen. König Hakon bestimmte für das von ihm seit der Mitte des 13. Jahrh. eroberte Island ein vornemlich aus den Norwegischen Rechten gezogenes Gesetzbuch, welches von seinem Sohne, jenem thätigen Magnus revidiert, dort auch von 1272 bis 1280 Geltung erhielt. Es steht bei K. und M. im ersten Bande S. 250 ff., ist aber auch besonders als *Jarnsída edr Hakonarbók* zu Kopenhagen 1847, 4 mit lateinischer Übersetzung und Wörterbuch erschienen. Nach 1280 trat des K. Magnus "Jonsbok" an dessen Stelle.

Unsern Gegenstand nun betreffen

1) aus dem ältern Gulathingslaug

a. c. 23 (S. 14, bei Paus I 22 S. 36).

Um groeft i kirkiugarde	Vom Begräbnifs in dem Kirchhofe.
En hvervetna þeſſ er men verda dauder. oc vill ervingi ol efter gera. hvárt sem gera vill at siaund æda at þritugsmorne. æda enn sidarr. þat kalla menn erviol. En ef menn gera ol. ok kalla salo ol. þa scolo þeir til bioda preste þeim er þeir kaupa tidir at. hann scal hanom bioda vid þridia mann hit fæsta. En prestr a til at fara naudsynia laust til erfda olda æda salo olda.	Aber wo irgend jemand verstirbt, und will der Erbe ein Mal (Bier) nach ihm anstellen, ob er es anstellen will zum siebenten oder zum dreifsigsten Tage oder noch später, das nennt man Erbmal. Aber wenn Leute ein Mal anstellen und es Seelenmal nennen, dann sollen sie dazu laden den Priester, von dem sie Messen lesen lassen (kaufen). Den soll er einladen selbdritte zum mindesten. Aber der Priester ist, wenn frei von echter Noth, verpflichtet zu dem Erbmal oder Seelenmal zu kommen.

Unterläfst er dies, so verliert er gewisse Einnahmen, welche dann der Erbe des Verstorbenen zu dessen Seelenheil verwendet. Wird er gleichzeitig zu dreien Festen geladen, soll er doch wo möglich alle drei Biere segnen; wo nicht, beim zweiten Biere bleiben und trinken, so lange das Getränk reicht, s. Maurer II 428, Weinhold 501.

b. C. 115 (S. 51, Paus, Arvebalken C. 2 S. 120).

Um siaundar gerd.	Von der Siebentleistung.
Nu er madr daudr. arve scal i ondvege setiazt. geri hann skuldar monnom stemnu at þeir kome aller þar at siaund. oc have huerr sina skulld i brautt slica sem vitni berr til.	Ist nun ein Mann todt, so soll der Erbe auf den Hausherrnplatz gesetzt werden und die Gläubiger vorladen lassen, dafs sie alle dahin kommen zum Siebenten, und nehme jeder seine Schuld mit fort, insofern er Zeugnifs dafür vorbringt.

Die Bestimmung ist fast wörtlich übergegangen in "Jarnsida", Erfdatal c. 18 (1847 p. 75), in das revidierte Gulath. L. Erfdab. c. 12 (p. 254) und in das Jonsbuch "om Arv" c. 18 S. 114 der Ausg. Kopenh. 1763.

c. C. 119 (S. 52, Paus Arveb. C. 6 S. 123).

Nu sitr madr i arve uvirdum. ef eigi er at siaund virdr. þa fer umage a þing er hann er fulltida. þa scal hann sveria til fiar sva mikils sem hann vill svaret hava etc.

Sitzt jemand in ungewürdigter Erbschaft, und wird sie nicht am Siebenten gewürdigt, dann soll der Unmündige vor Gericht kommen, wenn er volljährig geworden. Dann soll er zu so viel Gut schwören, als er ausgeantwortet haben will etc.

d. C. 122 (S. 53, Paus Arveb. C. 9 S. 125).

Nu sitr madr inni at siaund æda at þritugs mœrne. fulltida madr oc kallar eigi til arfs. þa a hann alldrigin upreist at þeim arve sidan.

Sitzt jemand inne am siebenten oder dreifsigsten Morgen, und zwar ein Volljähriger, und spricht nicht das Erbe an, so hat er späterhin niemals eine Wiederherstellung an dem Erbe.

2. Aus dem Frostathingslaug IX c. 20 (p. 213, Paus II 306).

Siálfr scal hverr ráda fe síno, medan hann má sitia í öndvegi síno svá cona sem carlmadr.

Selbst soll jeder über sein Gut walten, so lange er auf seinem hausherrlichen Platz sitzen mag, es sei Weib oder Mann.

Die Bestimmung ist in Jarnsida, Erfdatal c. 22 (1847 S. 79) aufgenommen.

3) Aus dem Eidsiviathings Christenret I c. 49 S. 391. Nach dem Tode einer Person

nu scal preste bioda oc kono hans til ærfis oc manne mæd þæim. sitia skal hann i annduege oc kona hans hia honum. En ef arfi ero þriu sænn i sokn hans. þa skal hann koma i alla stade þria. oc vigi mat oc mungat. oc uere at þui mungate er hællzst uil hann etc.

soll man den Priester einladen und seine Frau zum Erbmal und einen mit ihnen. Er soll auf dem hausherrlichen Platz sitzen und seine Frau neben ihm. Aber wenn drei Erbmale zugleich in seinem Kirchspiel sind, so soll er nach allen dreien Stellen kommen und Essen und Bier weihen und bleiben bei dem Bier, bei welchem er am liebsten will etc.

Fast gleichlautend ist II 38 ebd. S. 404.

4) Aus K. Magnus Gulathingslaug, Arfdabolkr c. 25 (ältere Ausg. 275, neuere II 92)

Um erfisgerdir.

Erfi þessi, er menn gera, þá syniz oss, at þau, se meir ger til ofsa oc frásagnar, enn til sálobótar vid þann, er fram er farinn.

Von der Erbfeier.

Wegen der Erbfeier, die man begeht, scheint uns, dafs sie mehr aus Übermuth und Ruhmbegier geschieht als zum Seelenheil des Verstorbenen.

Diesem werde besser durch Allmosen gedient. Daher verbietet der König bei Strafe

at nockorar (al. natt) dryckior se þar medan þat erfi er gert. — — Hafa þessi erfi verit gör med miklom kostnadi oftlega oc uvidrkömilega: þvíat feit er eydt medr engari scynsemd. enn scyldir úloknar þess er feit atti; oc oftlega stòr vandrædi oc manna dráp af vordet fyrir sakir ofmikillrar ofdryckio.	dafs einige (Nacht) Trinkgelage seien, während die Erbfeier begangen wird — — Diese Erbfeier ist mit grofsen Unkosten oftmals und ungebührlich begangen worden, denn das Gut wurde ohne alle Achtsamkeit verschwendet, die Schulden des Besitzers blieben unbezahlt und oft erwuchs grofse Unthat und Todschlag aus dem übermäfsigen Trinken.

5) Dies Verbot wird noch in Christians IV Norske Lovbog 1604 (Christiania 1855) IV Arvebolk c. 25 (S. 95) so wiederholt:

Om arff gierd.	Von der Erbfeier.
Icke maa mand heller giöre nogen arffgierd, oc der paa vende stor omkost med dricke eller udi andre maade, enten naar begraffuelse skeer, eller arff skifftis.	Auch soll man keine Erbfeier halten und darauf grofse Kosten mit Trinken oder in andrer Weise wenden, weder beim Begräbnifs noch bei der Erbschichtung.

BB. Das Schwedische Recht.

Davon kommen 1) aus der Zeit des 12, 13, 14ten Jahrh. in Betracht:

a. die Landschaftsrechte, theils im Gothenreich (Götharike), wie die Rechte von Westgothland (in älterer Gestalt aus dem 12ten Jahrh., in neuerer aus der Zeit Birger Jarls der 1266 starb), von Ostgothland aus dem Ende des 13ten, der Insel Gottland aus dem 13ten oder 14ten Jahrh.; theils im eigentlichen Schweden (Svearike), wie die Rechte von Upland aus dem Ende des 13ten Jahrh., von Södermannland v. J. 1327, von Westmannland ([1]), Helsingeland, Småland aus ungefähr derselben Zeit.

b. Das als *Bjärköa* Recht bekannte Stadtrecht aus dem Ende des 13ten Jahrh., zunächst für Stockholm bestimmt, dann auch wohl andern Städten angepafst.

c. Das nach dauernder Vereinigung des Gothen- und Schwedenreiches von K. Magnus Erikson im J. 1347 entworfene allgemeine Landrecht (*landslag*), welches auch ohne förmliche Publication sich eine Geltung gewann.

([1]) Man hielt dessen ältere Gestalt früher für ein Dahlelag d. i. für ein eignes Recht der Landschaft Dalarne, s. Grimm a. a. O. 81, Rive Gesch. der D. Vormundsch. S. 23. Vgl. die berichtigende Untersuchung bei Schlyter Bd. 5 S. VI—XX.

Die Quellen unter 1) finden sich in dem von Collin und Schlyter unternommenen, seit dem dritten Bande von Schlyter allein herausgegebenen "Corpus juris Sveogothici", 10 Bde in 4, Lund 1827—1862, zwar ohne Übersetzung in neuere Sprachen, doch mit genauen Glossarien. — Vgl. Grimm a. a. O. 77—86, Wilda a. a. O. 26—51.

2) In das 15te Jahrh. fallen

a. Das umgearbeitete allgemeine Landrecht K. Christophers v. J. 1442, gleich den meisten der ältern Landschaftsrechte in Balken (Titel) getheilt, erst im J. 1608 zum Druck befördert, lateinisch von Loccenius 1672.

b. Das allgemeine Stadtrecht (*stadslag*) wohl aus derselben Zeit, gedruckt 1618, lateinisch 1672.

Auf unser Institut beziehen sich aus obigen schwedischen Quellen folgende Bestimmungen.

1) Aus dem Wästgötalag in der ältern Gestalt, Titel "Af Mandrapi" (vom Todschlage) c. 13 § 1 (Schlyter I S. 15). Es werden drei Gelage (öl) genannt, welche hinsichtlich der Buſse für einen dort begangenen Todschlag einander gleich stehen und zwar:

Aeit ær brullöp, annat giftæröl, þridiæ aer ærvitöl	Eins ist die Brautfahrt, das andere das Heirathsmal, das dritte das Erbmal[1]

---

[1] Wie scheiden sich *brullöp* und *gifteröl*, welche im Ostgötalag, Gipta B. c. 9 (Schlyter II S. 100) die "tuænni lagha drykkiu" (die beiden gesetzmäſsigen Gelage) genannt werden? Nach Stjernhöök de jure Sveonum p. 158—150 wird das erstere im Hause der Braut gehalten, wohin der Bräutigam einen Zug seiner Verwandten und Freunde schickt, um die Mitgift zu empfangen und die Braut abzuholen, das zweite im Hause des Bräutigams nach der Übergabe und Einsegnung. Schlyters Glossar zum Västgöta L. p. 409 stimmt hinsichtlich des giftaröl hiemit überein, erklärt aber p. 372 brullöp für das Mal, welches der Bräutigam giebt, wenn die Braut zu ihm gebracht wird. Schildener zum Gutalag S. 224 übersetzt *giftaröl* mit Verlöbniſsmal. Das ist aber gewiſs irrig. Zwar unterscheidet das mittlere Stadtrecht (S. 20) *fästningaöl* (Verlöbniſsmal) und *bryllopsöl* (Hochzeitsmal), aber daraus folgt nur, daſs es auch eine Verlöbniſsfeier gab, nicht aber, daſs diese durch giftaröl ausgedrückt wurde, denn *gifta* ist das Weggeben der Frau. Weinhold N. L. 246 kennt bei der Verheirathung zwar verschiedene Akte, aber nur einen Hochzeitsschmaus, der nach Umständen bald beim Brautvater bald beim Bräutigam ausgerichtet wurde. — Mit den drei Gelagen in unsrer Stelle sind auch nicht die drei *ölstämnor* in demselben Gesetz Gipta B. p. 35 zu verwechseln, welche vielmehr die drei zum Erscheinen bei den Gelagen vorgeschriebenen Einladungen, oder die Gelage selbst, zu denen gehörig eingeladen worden, bedeuten, vgl. Schlyter Gl. zum VGL. 545.

Vgl. in der neuern Gestalt Dræpare B. c. 27 (S. 129).

2) Aus der neuern Gestalt desselben Gesetzes Kirkyu B. 55 (Schlyter I 101), vgl. III 21 S. 259.

At wtfaru dagh skal præster hafua örtogh fore siæla mæsso oc altara læghi, oc sua at syunda dagh oc sua at þrætiundæ dagh.	Am Tage der Ausfahrt (des Begräbnisses) soll der Priester einen Örtug ($\frac{1}{24}$ Mark) haben für die Seelenmesse und das Altaropfer; und so am siebenten und am dreifsigsten Tage.

3) Aus dem Ostgötalag Kristen B. (Schlyter II p. 8).

a. c. 7 § 2. Seelenmessen soll man in vier Fällen singen: "þa vtföres, siunda dagh, þrætiugh, iamlanga dagh" (d. i. beim Begräbnifs, am siebenten, am dreifsigsten, am Jahrestage); in jedem sollen 30 Lichter oder 30 Pfund geopfert werden. Das Södermannalag Kirkiu B. c. 11 (Schlyter IV 30) bezeichnet die vier Zeiten mit vtferþæ dagh, siunda d., at XXX dagh, at iamlanga mote (Jahresversammlung); das Smålandslag Kristnu B. c. 7 (Schl. VI 102) mit lijks wtfærth, siunde dagh, manætha d., iæmlange d.

b. c. 8 pr.

Will der Bauer zum Dreifsigsten, *þrætinx*, läuten lassen, so giebt er einen *örtugh* an den Küster.

4) Aus dem Uplandslag Kirkiu B. c. 8 (Schlyter III 35). Für 5 öræ (zu $\frac{1}{8}$ Mark) werden Seelenmessen gelesen "at liks utfærþ, siundæ d., þrætiughunde d." Begehren die Erben eine Todtenmesse "at iamlangæ mote", so mögen sie sich mit dem Priester darüber einigen. Eben so nach dem jüngern Westmannalag Kristno B. c. 7 (Schlyter V 90).

5) Aus dem Helsingelag Kyrkiu B. c. 8 (Schlyter VI 9). Der Priester bekommt für "tiþækiöp och lægerstaþ" (Messen und Bestattung) 18 Ellen, 9 Laib Brod, 9 Pfund Butter. Dafür hat er 3 Seelenmessen zu sagen "ath liks uthfærþ, um syundæ dagh, um manaþæ moot" (Monatsversammlung). Will man noch eine Messe "um iamlingæ motæ" (zum Jahrtage), so giebt man vier Ellen.

6) Aus dem Gutalagh (bei Schildener c. 28 § 1, bei Schlyter c. 24 § 1, VII S. 60).

Erfis gierþir iru aller af taknar, vtan huer sum wil þa giefi cleþi oc scyþi innan socna fulki, eptir þan sum fram ier liþin.

Erbbegängnisse sind alle abgethan, sondern wer da will der gebe Kleider und Schuhe den Kirchspielseingesessenen, nach dem, welcher gestorben ist.

Altdeutscher Text: Vest der begenknisse ist abe geleget. der noch toder hand cleider adir schu gebin wil. der gebe dem armen synes kerspels.

7) Aus dem Bjärköarätt c. 29 (Schlyter VI 129).

No giör maþær æller konæ sit testament. þa skal giwas af bæggiæ þerræ goz oskiptu. at liksins vtfærþ ok sama dagh þæt iorþæs kost oc offær takin oc af bæggiæ þerræ goz oskiptu. æn allær þær eptir giærþir siþæn göræs æptir þæn döþæ. þem giöri þæn sum arwit vp takær.

Was der Mann oder die Frau in ihrem Testament aussetzen, soll von ihrer beider ungetheiltem Gute gegeben werden. Kosten und Opfer bei dem Hinaustragen der Leiche und an dem Tage der Beerdigung werden auch von beider ungetheiltem Gute genommen. Aber alle die Nachleistungen, die nachher für den Todten gethan werden, die bestreite der, welcher das Erbe nimmt.

8) Aus dem allgemeinen Stadtrecht.

a. Erffda B. c. 19 (S. 33) § 2.

Von dem noch ungetheilten Gute der Eheleute ist zu bestreiten

alt thet liiksins vtfärd är ock grafwa ööl. Än all eptergjärd sidan epter then dödhe giffs, gifwi then uth, som arfwit optok, swåsom månada motzööl ock årsmotzööl och andra tholika eptergiärder. Vgl. c. 17.

alles das zum Hinaustragen der Leiche gehört und das Begräbnifsmal. Aber alle Nachfeier die nachher für den Todten geschieht bestreite derjenige, der das Erbe nahm, wie das Mal der Monatsversammlung und der Jahresversammlung und andre dergleichen Nachfeier.

Loccenius übersetzt das Gesperrte sehr frei: pro menstrua pulsation[e] campanarum in memoriam defuncti et pro convivio in divisione hereditati[s]. Allerdings geschah das Glockengeläute vorzugsweise am Dreifsigsten, s. obe[n] 3*b* und im Stadslag Kirkio B. c. 6 § 4: wil bonde låta ringia manada moth.

b. Giftermåls B. c. 7 (S. 20). Es wird ein Maafs für allerlei Gelage gesetzt, welche man für gewisse Fälle zu geben hat (öölgärdar § 6). Unter diesen nennt das princ.: "uth färdis ööl epter then döda eller erffd ööl" (Loccenius: funebres epulas, haereditatis divisae convivium); und de[r] § 5: "uthfärdis ööl ta lijk jordas och ärfwis ööl som kallas ahrsmoth, tjug[u]diska mäth medh klerkom och allo andro flocke" d. i. das Mal des Hinaustragens wenn die Leiche bestattet wird, und das Erbmal, welches Jahresz[eit] sammenkunft genannt wird, zwanzig Gedecke (Locc. XX paria convivarum) mit dem Geistlichen und allem andern Volk.

9. K. Magnus allgemeines Landrecht, Gifto B. c. 8, Schlyter X S. 58, 59 setzt gleichfalls ein gewisses Maafs für allerlei Gelage, und nennt im Eingang unter diesen auch: "vt færþa öl þa liik skal iorþas," und "ærue öl." Der § 4 gestattet dann "i æruum ællæ (d. i. oder) utfærþum", dafs man Priester und Arme über die sonst gestattete Zahl von Gästen lade.

Eben so K. Christophers Landrecht Gifftomåla B. c. 8 S. 25, 26.

cc. Dänisches Recht.

Aus den ältern Landschaftsrechten könnten nur in Betracht kommen: das Recht des damals zu Dänemark gehörigen Schonens, Skånelag, aus dem Anfange des 13ten Jahrh., und das Jütische Lov K. Waldemars II v. J. 1241. Jenes enthält jedoch nur in einer seiner Hdss. (Schlyter Bd. IX 205) ein hieher bezügliches Additament, welches wohl aus dem Jütschen L. I 23 entnommen ist. Dieses giebt zwar I 3, 23, 26 Bestimmungen über den Dreifsigsten; doch treten sie so nahe an den Inhalt der deutschen Quellen heran, dafs sie passenderweise mit diesem zugleich unten erwogen werden.

B.

Was gewinnt nun unsre Untersuchung aus diesem zweiten Bestandtheil der nordischen Quellen? Er gewährt uns die entschiedene Überzeugung, dafs das Erbmal nicht nur zu Ehren der Häupter des Volks, sondern jedermanns gehalten wurde. Die christlichen Gesetzgeber führen die Sitte als eine allgemeine nicht etwa ein, sondern setzen sie als eine solche voraus, und suchen sie zu regeln, ja zu beschränken AA 1*a*, 3, 4, BB 8*a*, *b*. Wir sehen ferner die kirchlichen Einrichtungen über die Todtenfeier auch im Norden verbreitet und vermögen ihren eigenthümlichen Einflufs auf die Volkssitte zu verfolgen. Die rechtliche Seite endlich des Erbmals tritt noch heller hervor, als in den Sagen.

1) Im Einzelnen ist zunächst auf den Eingang der christlichen Todtenfesttermine hinzuweisen. Hierüber belehren besonders die schwedischen Kirchenordnungen oben BB 2, 3, 4, 5 durch die Bestimmungen über die Gebühren der Geistlichen und deren Leistungen. Danach finden die See-

lenmessen für den Verstorbenen an denselben vier Zeiten statt, welche die Capp. Hincmari oben S. 102 als Zusammenkünfte zu Ehren eines Verstorbenen nennen. Die erste ist die des Hinausbringens der Leiche zum Begräbnisse, "ath liks uthfærþ, wtfaru dagh," ein Ausdruck, der auch in den Niederlanden begegnet. Er entspricht dem *dies tertius* des h. Ambrosius und Späterer, s. oben S. 101, 107. Die zweite ist der Siebente, *siunda*; die dritte der Dreifsigste, *þrætiughunde, manaþæ moot, manætha dagh,* beide mosaischen Ursprungs. Die vierte ist der anniversarius, hier *iamlangæ*(¹) *moot* oder *dagh*, alt-römischen Gebrauches, s. oben S. 94. Die Feier des letzten beruht jedoch nach dem Uplandischen, Westmannischen und Helsingerecht auf besondrer Vereinbarung des Leidtragenden mit dem Geistlichen. Der Dreifsigste wird noch dadurch besonders hervorgehoben, dafs an ihm im Ostgothischen Recht und im Stadtrecht BB 3b, 8a von einem Läuten, *ringia*, die Rede ist.

Anziehend ist ferner wie beim Zusammentreffen des christkirchlichen und des heidnischen Volksgebrauchs beide auf einander wirken und sich zu neuen Gestalten verbinden.

a. Dafs die Bestattung von jeher mit weltlicher Feier begleitet war, ist an sich glaublich. Die Rechtsquellen christlicher Zeit kennen auch entschieden ein "uthfærdis öl, ta lijk jordas" (ein Mal der Ausfahrt, da die Leiche beerdigt wird) oder "grafwa öl", BB 8a, b, BB 9, also ein Trinken beim Begräbnifs AA 5, getrennt von spätern Begängnissen. Und zwar macht das schwedische Stadtrecht zwischen jenem und diesen den selbst rechtlichen Unterschied, dafs die Kosten für das Begräbnifs und das *graföl* eines Ehegatten aus dem ungetheilten Gesammtgut, die der spätern Begängnisse dagegen von dem Erben des Verstorbnen bestritten werden, BB 7, 8. Am Begräbnifstage findet die erste Todtenmesse statt, der dies tertius der Kirche wird in natürlicher Weise durch den des wirklichen Begräbnisses ersetzt.

b. Die spätern Begängnisse werden in jenem Stadtrecht als *eptir gjærdir*, wörtlich Nachleistungen zusammengefafst, vgl. Fritzner *eptirgerd.* Dahin gehört vor allem das Erbmal *erviol, erfi, erfisgjerþ, ärfwis öl, erffd*

(¹) *Jamlanga* ist eigentlich eine gleich lange Zeit, dann insbesondre eine Jahrsperiode Ihre Gloss. Sviog. 969. Das Jütsche Lov B. I C. 23 a. E. erklärt: aar oc dagh thet e iamlang oc sex uke (und sechs Wochen).

ööl oder *manada motz ööl* BB 8a, eins der drei besonders befriedeten Familienfeste, neben Brautfahrt und Heirathsfest, BB 1. Aus der Heidenzeit ist für diese Feier kein bestimmter Tag nach dem Tode oder dem Begräbnisse bekannt, s. oben S. 127; die Umstände entschieden. Hier greifen nun die Tage der kirchlichen Feier ein, aber mit einer gewissen Auswahl für den Erben, sei es weil die Kirche selber ja mehrere Termine kannte, sei es um der bisherigen Sitte und den Umständen freiern Raum zu gönnen. Besonders bezeichnend ist dafür das ältere Gulathingslag AA 1a, wenn es dem Erben freistellt, das Erbmal am siebenten oder am dreifsigsten oder noch später zu halten. Dasselbe Gesetz legt im C. 115, 119 dem siebenten, im C. 122 aber dem siebenten oder dreifsigsten Tage für die rechtliche Wirksamkeit Bedeutung bei. Das schwedische Recht nennt als die Zeiten der weltlichen Nachfeier den Monats- und den Jahrestag BB 8a, b, wobei auffälliger Weise die letztere Stelle § 5 das Erbmal mit dem Jahresfest zusammen bringt.

2. Die christliche Sitte wirkt aber nicht allein auf die Zeit des weltlichen Festes ein. Die Priester, welche selbigen Tages den Seelendienst besorgt haben, nehmen auch an dem "öl" Theil und wandeln seinen Character. Bemerkenswerth ist für diese Einwirkung wiederum das alte Norwegische Gesetz AA 1a, wenn es nach Erwähnung des *erviol* fortfährt: will man aber ein Seelenmal, *salo ol*, anstellen, so soll man dazu den Mefspriester laden, wenn es ferner den Priester verpflichtet, auf dem Erbmal oder dem Seelenmal zu erscheinen. Der Sinn ist doch wohl: durch die Zuziehung des Geistlichen wird das Erbmal zugleich zum Seelenmal. Hier wird diese Zuziehung noch in das Belieben des Erben gestellt, anderswo und später erscheint sie als eine durch Sitte oder Gesetz gebotene. Nach dem Kirchenrecht des Eidsiviathing AA 3 soll man den Priester zum ærfi einladen; das neuere Gulathingslag AA 4 setzt voraus, dafs das erfi zum Seelenheil (des Verstorbenen) bestimmt sei. Das spätere schwedische Stadtrecht BB 8b führt als Gäste beim Mal die Kleriker und den übrigen Haufen an, das Landrecht BB 9 nennt das Erbmal auch präste ööl, Priestermal, und gestattet, dazu Priester und Arme auch über die sonst erlaubte Zahl der Gäste einzubitten.

Der Geistliche ist ferner ein besonders geehrter Gast. Es sollen zu seiner Begleitung noch wenigstens zweie geladen werden, AA 1a, nach AA 3 unter diesen des Priesters Frau, welche neben ihrem Manne den vornehmsten Sitz im Hause erhält.

Schon die Sagen berichten, s. oben S. 130, daſs zu christlicher Zeit beim Erbmale das Trinken der Minne Christi und gewisser Heiligen an die Stelle der alten Trinksprüche trat. Nun heiſst es ferner, daſs der Priester zugegen ist, auch um Speise und Trank zu segnen, zu weihen AA 1 a, AA 3. Überhaupt sollte wohl seine Gegenwart, blieb ihm gleich das Mittrinken nicht verwehrt, doch dem Feste, wie nach den Fränkischen Verordnungen, Ernst, Anstand, Frieden bewahren.

Das Christenthum läſst also hier, wie in andern Fällen, Maurer II 430, die heidnische Feier bestehen, aber regelt deren Zeiten und sucht ihren Ausschreitungen zu wehren.

Aber freilich ist dies nicht stets und allenthalben gelungen. Schon K. Magnus von Norwegen rügt den beim Erbmal herrschenden Übermuth und Aufwand, die zu Streit und Todschlag führende Unmäſsigkeit, und verbietet wenigstens das Ausarten der Feier in förmliche Trinkgelage, AA 4. Noch entschiedener untersagt das Gutalag BB 6 die Erbfeier, d. h. wohl die weltliche, überhaupt.

3) Es bleiben die Aufschlüsse aus den Rechtsquellen über den rechtlichen Character der Feier übrig.

Nach den Sagen ist der Übergang der Königlichen Gewalt erst ein vollkommener, wenn der Sohn den Sitz des Vaters — den hásæti, den Thron — einnimmt, s. oben S. 130 (¹). Auch diese Sitte zeigt sich nun als eine allgemeinere. In jedem Hause findet sich ein *öndvégi*, d. i. nach Haldorson: "locus honoratissimus in aula sive triclinio, soli sive vestibulo obversus," nach dem Glossar zu Jarnsida: "sedes herilis vel primaria, quae öndvégi dicta est, quod vestibulo ex adverso esset," von *and* gegen und *vegr* Weg, Eingang. Vgl. Weinhold A. L. 220, 221, 441, 446, 459. Nach den Sagen nahmen die Auswanderer nach Island die Pfeiler an den Seiten des Sitzes, *öndvégis súlur*, mit und warfen sie vor dem Landen aus, um dort wo sie antrieben, das neue Haus zu gründen. Und nach Frostethingslag und Jarnsida AA 2 hat jeder Gewalt über sein Gut, so lange er das *önd-*

(¹) Über die spätere Verbindung der Thronbesteigung mit Krönung und Salbung in Dänemark s. Werlauff, in den Balt. Studien V. 2 S. 5 ff.

végi einzunehmen vermag. Diese Stätte ist also Sitz und Sinnbild der Gewalt über Haus und Hof, vgl. Maurer, krit. Überschau I 100.

Die feierliche Besitznahme nun dieses Platzes durch den Erben entspricht jener Thronbesteigung. So heifst es im Gulathingslag c. 115 AA 1 b: nach des Mannes Tode wird der Erbe in das *ondveg* gesetzt, und allgemein gilt für die Erbfolge der Ausdruck: sich in das Erbe setzen "setsc i arf" (Frosteth. L. VIII 17 S. 207). Dafs dies aber in feierlicher Weise an jenem Feste des Siebenten oder Dreifsigsten geschah, dürfen wir schon aus dem Namen *erfi*, *ärfvis öl* schliefsen, den das Fest fortwährend an sich trägt.

Damit stimmt denn auch die besondre Vorschrift des Gulathings L. c. 122, AA 1 d, dafs der Erbe sein Erbrecht am siebenten oder am dreifsigsten Tage geltend machen soll, ohne Restitution falls er dann schon volljährig und anwesend war. Eben so die Bestimmung des c. 119 AA 1 c, wonach der Werth der Erbschaft am 7ten Tage festgestellt wird. Dagegen fällt im c. 115 ebd. AA 1 b der Siebente scheinbar später als die Einsetzung in das Erbe. Nimmt man jedoch das "setiazt i ondvege" allgemeiner für beerben überhaupt, so wäre der Sinn: beerbt jemand einen Verstorbenen, so lade er dessen Gläubiger zu dem Tage des förmlichen Eintritts in die Erbschaft vor. Die weitere Vorschrift geht dann dahin, dafs die Gläubiger, welche am Siebenten ihre Forderung anmelden und beweisen, falls der Bestand nicht hinreicht, doch antheilsweise befriedigt werden, die später erscheinenden aber überhaupt nur, falls noch etwas übrig ist.

Diese Bestimmungen, welche, gleich der S. 128 hervorgehobenen über das arviol, alle demselben alten Norwegischen Gesetzbuch angehören, gehen also davon aus, dafs die Feststellung des Erben, seine Einsetzung auf den hausherrlichen Platz, das Erbmal, die Würderung der Erbschaft, die Zahlung der Schulden — nach Christian des IV Gesetz, AA 5, auch die Erbschichtung — an demselben Tage und zwar an einem der Todtenmessentage, dem Siebenten oder dem Dreifsigsten, erfolgen. Überhaupt also ein Zusammentreffen der kirchlichen Feier, des weltlichen Begängnisses und der Verwirklichung des Erbrechts.

Die schwedischen Gesetze, im Ganzen nicht moderneren Characters, sind über die rechtliche Bedeutung des Erbmaltages dürftiger. Doch erhellt aus dem Stadtrecht BB 7, 8 a, dafs die Aussonderung der Erbschaft und die Haftung des Erben erst nach der Begräbnifsfeier beginnt. Zum Verständnifs jener Stellen ist noch zu bemerken. Nach dem Bjärköarätt, wie auch sonst in schwedischen Rechten, wird durch die Ehe das beiderlei Gut vereint und jedem Ehegatten zur Hälfte zugewandt c. 24:

En maþær giptis i kunu goz. giptis til alz halfs. swa giptis oc konæ i manz bo.	Wenn der Mann in der Frauen Gut heirathet, so erheirathet er alles zur Hälfte. Eben so heirathet auch die Frau in des Mannes Haus.

Vgl. das allgemeine Stadtrecht Giftermålsb. C. 5, 9, 12. Stirbt ein Ehegatte, so gebührt dem Überlebenden die eine Hälfte des Gesammtgutes, die andre Hälfte den Erben des Verstorbenen, seien es die Kinder oder andre Verwandte, ebd. C. 27, vgl. das allgem. Stadtr. Giftermålsb. C. 5, 9, 12. Die Kosten nun für das Begräbnifs und dessen Feier werden von dem ungetheilten Gute, die Ausgaben aber für die eptergiärder, namentlich auch für die Feier des Dreifsigsten von den Erben des Verstorbenen allein getragen(1).

Wir kehren nach diesem Blick auf Skandinavien zu den Fragen und Zweifeln zurück, welche die Forschung über die fränkische Zeit und das frühere deutsche Mittelalter noch übrig liefs. Der Norden hat die gesuchte Hülfe auch hier in willkommenem Maafse gewährt.

Wir dürfen an einen germanischen Ursprung der in den fränkischen Satzungen gemifsbilligten heidnischen Todtenfeier nicht mehr zweifeln. Die Sagen geben von ihr ein lebendigeres, volleres, gewifs auch treueres Bild als jene kirchlichen Verbote. Wir haben Grund zu der Annahme, dafs die Germanen auch vor der Berührung mit Römer- und Christenthum den Abschlufs der Sterbhausstille besonders bezeichneten, den Beginn der neuen Hausherrschaft feierlich begiengen. Und wenn in Deutschland der Sachsenspiegel fast ohne Vorgang den Dreifsigsten uns als ein fest und reich gestaltetes Rechtsinstitut vor Augen führt, so ist zwar diese be-

---

(1) Abweichend wollen die alten schleswigschen Stadtrechte, dafs beim Tode der Mutter die Kosten der Hochzeit zwar von des Vaters Erbtheil, die Kosten aber des Begräbnisses von der Kinder Erbtheil allein getragen werden; s. das ältere (lateinische) Recht von Schleswig § 10, das neuere (plattdeutsche) § 11; das ältere (lateinische) Flensburger § 10, das neuere (dänische) von 1284 § 2; das Apenradesche § 3, sämmtlich in Rosenvinge, Danske Gaardsretter og Stadsretter, Kopenh. 1827 S. 313, 380, 370, 389, 454.

stimmte Frist dem kirchlichen Gebrauch, der Eintritt des Erben in die Herrschaft an einem geraumen Tage nach dem Tode dagegen uralter Volkssitte zuzueignen, die uns nur der Character der Rechtssatzungen zur fränkischen Zeit, die Quellenarmuth des frühern deutschen Mittelalters verhüllt gelassen. Denn davon ist doch keine Spur, dafs Deutschland etwa in der Zeit vom zehnten bis zum zwölften Jahrhundert das Erbmal mit seiner festlichen und rechtlichen Bedeutung lediglich vom Norden her empfangen habe([1]).

Siebenter Abschnitt.

Deutschland in neuerer Zeit.

Es ist im fünften Abschnitt die doppelte festliche Seite des Dreifsigsten bis zum Ende des Mittelalters, dagegen seine juristische Bedeutung nur bis zum 13ten Jahrhundert verfolgt worden. Denn die Wendepunkte liegen für unsre Darstellung verschieden. Die Feier des Dreifsigsten bleibt sich während des Mittelalters gleich, um dann kraft der Kirchenreformation einen mächtigen Umschlag und Abbruch zu erleiden. Für die Betrachtung der rechtlichen Seite aber wird ein Abschnitt dadurch gegeben, dafs diese uns bisher fast verborgene Seite mit einem Male aus den Quellen des 13ten Jahrhunderts hell beleuchtet hervortritt, um seitdem ohne Unterbrechung, wenn gleich nicht ohne Umbildung und allmählige Schwächung, bis zum heutigen Tage sichtbar zu bleiben. Hienach ist zuvörderst den Geschicken der Todtenfeier seit dem Mittelalter nachzugehen und dabei wieder die kirchliche und weltliche Seite zu sondern.

([1]) Es lag nahe, eine Hülfsquelle für das Rechtsinstitut des Dreifsigsten auch bei den Angelsachsen zu suchen, um so mehr als Dreyer de usu genuino juris Anglosaxonici Kil. 1747, 4, p. CVIII, CIX bemerkt: quin triginta illud dierum spatium ... obtinuit in Britannia, et docuit idem ... Littletonius l. d. (nemlich Sect. 279), quod hereditas intra 30 dies post fata defuncti habeatur pro quiescente. Es ist mir jedoch nicht geglückt, in verschiedenen Ausgaben der 1481 zuerst gedruckten tenures Littletons (vgl. Biener Geschworengerichte II 304) den obigen Satz irgendwo aufzufinden. Auch in den angelsächsischen Gesetzen selber ist zwar eine Andeutung des kirchlichen Gebrauchs des Dreifsigsten, s. oben S. 108, aber nicht der Rechtssatz enthalten.

Erstes Capitel.
Die kirchliche Feier.

Sie ergab sich für einen bestimmten einzelnen Verstorbenen — im Gegensatz eines allgemeinen Todtenfestes — aus der frühern Darstellung S. 107 dahin.

Feiertage sind zunächst der Begräbnifstag (der alte *tertius*), der Siebente und der Dreifsigste, entweder in der Art, dafs nur diese drei Tage selbst begangen werden, oder so, dafs ein ganzer Zeitraum täglichen gottesdienstlichen Handlungen gewidmet ist, die dann an jenen hervorgehobenen Tagen sich steigern und mit dem dreifsigsten schliefsen. Doch kann noch später am Jahrestage des Todes eine Gedächtnifsfeier eintreten.

Die Feier selber besteht in Vigilien, im Mefsopfer, im Absingen von Psalmen und Hymnen, in Fürbitten, in Oblationen für die Geistlichen, in Almosen und sonstigen guten Werken für die Armen. Den Gebräuchen der einzelnen Kirchen, der Vereinbarung der geistlichen Genossenschaften, dem letzten Willen des Abgeschiedenen bleibt dabei noch ein Spielraum für mannigfaltige Ausführung.

Der inneren Bedeutung nach ist das ganze officium vorzugsweise ein Seelendienst, eine Sorge für die Seele des Verstorbenen im purgatorium, an dem Orte der Reinigung, wobei doch die gemeinsame Erinnerung an den Geschiedenen und eine Mahnung an das, was jedem Gegenwärtigen bevorsteht, nicht ausgeschlossen ist.

Aus jenem vornehmsten Sinn ergiebt sich von selbst die Richtung der Reformation gegen solche Feier. Sehr entschieden lautet eine Äufserung Luthers in den Tischreden (Leipzig 1621 Fol. Bl. 358 a). Mit Rücksicht auf den oben S. 97 erwähnten Vorgang sagt er: Die trigesimae, 30 Messen für die Todten zu halten sind vom Pabst Gregorio erfunden und bei 800 Jahren gestanden. Der war so heilig, ja abergläubig, dafs er einen Bruder der 3 Gulden vergessen, die er in seinem Ampt nicht berechnet hatte, da er gestorben war, uberen Tisch verdammte und liefs solch Geld ins Grab werfen und ihm 30 Messen halten, dadurch er soll aus dem Fegfewer erlöset sein worden. O des grofsen Grewels.

Von den Bekenntnifsschriften der Protestanten enthalten zwar die Conf. Augustana und die Concordienformel keine bestimmte Verwerfung des purgatorii und Seelendienstes, wohl aber die Schmalkaldischen Artikel (ed. Berol. 1857 p. 307) in den Worten: "Purgatorium et quidquid ei solennitatis, cultus et quaestus adhaeret, mera diaboli larva est," ferner die Conff. Wirtemb. p. 123, Helv. II c. 26, Gall. a. 24, der Art. Angl. 23.

Demnach wissen auch die Kirchenordnungen der protestantischen Länder nichts von jenem Dienst, sondern wollen nur ein christlich ehrliches Begräbnifs, wobei die Seele des Verstorbnen Gott befohlen werde. Hie und da verbieten sie heidnische und papistische Superstitionen und Misbräuche, z. B. die Pommersche Kirchenordnung von 1535 Bl. 245v: de swelgerye u. lichtverdicheit der, de des nachtes bi den doden waken, dewile de lyck noch baven erde steit, alse im pawestdome gescheen is. Auch die protestantischen Kirchenlehrer verfehlen nicht, den Gegensatz der katholischen und evangelischen Auffassungen und des daraus hervorgehenden Ritus genau zu entwickeln. So schliefst J. H. Boehmer J. E. P. seine ausführliche Darstellung Lib. III v. 28 § 33 in T. II p. 1071, 2 dahin: ut binis verbis dicam, cum mortius non communicamus eo in sensu. Quae humanitatis officia eis indulgemus, iis non prosunt, nec his cum iis ulla communio conciliatur.

In natürlicher Folge kommt während des 16ten Jahrhunderts in den protestantischen Ländern die kirchliche Todtenfeier insoweit ab, als sie nicht unmittelbar mit der Bestattung zusammenhängt, schwindet namentlich der gottesdienstliche Dreifsigste. Im J. 1522 beschwert sich der Stadtrath in Altenburg beim Kurfürsten über den Probst Mag. Köler, welcher "zcwu burgerinnen zcwingen wollen, sie solten gancz dreissige halten lassen, vnd sie vff der cantzel vffentlich ausgervffen, er hab macht, sie mit geistlichem recht dahin zcu treiben."[1] — Der Erzbischof von York gebietet 1571: that no monthminds or yearly commemorations of the dead ... be observed, which tend either to the maintenance of prayer for the dead, or of the popish purgatory[2].

Anders in den katholischen Gebieten. Die alte Kirche hält, wie an jenem Dogma, so an den darauf gegründeten Übungen fest. Das decre-

---

[1] Mittheilungen der ... Ges. des Osterlandes Bd. 6 Heft 1, Reformation in Altenburg von Dr. Löbe.

[2] The remains of Edm. Grindal, Cambridge 1843 p. 136. Vergl. oben S. 106.

tum de purgatorio des Concilii Tridentini Sessio 25 beginnt: Cum catholica ecclesia ... docuerit, purgatorium esse, animasque ibi detentas fidelium suffragiis, potissimum vero altaris sacrificio juvari etc. Das Rituale Romanum, unter Paulus V im J. 1614 gefertigt, von Benedict XIV im J. 1725 wieder herausgegeben, ordnet das officium defunctorum, jedoch "pro temporis opportunitate et ecclesiarum consuetudine," und bestimmt u. a.: Praedictus autem officii ritus pro defunctis adultis tam sacerdotibus et clericis quam secularibus et laicis servari debet in officio sepulturae in die depositionis sive in die tertio, septimo, trigesimo et anniversario. Und auch die neuern Lehrbücher des Kirchenrechts, insofern sie die kirchliche Sitte mit umfassen, gedenken des Seelendienstes als eines noch lebendigen. So heifst es bei Walter § 327 "Die Oblationen sind allgemein in ein festes Herkommen übergegangen und durch genaue Taxen regulirt worden. Die Exequien wurden ehemals gewöhnlich am dritten, siebenten oder neunten, dreifsigsten oder vierzigsten Tage, und an dem Jahrestage des Todes wiederholt. Dieses kommt auch noch jetzt häufig vor."

Ich vermag diese Fortdauer vom 16ten Jahrh. bis zur Gegenwart durch eine Reihe verschiedenartiger Zeugnisse näher nachzuweisen. Daraus wird zugleich die mannigfaltige Weise der Übung des alten Gebrauches in ihrer besondern Erscheinung nach Zeit und Land erhellen.

Im J. 1520 verordnet der Herzog von Jülich, dafs Laien nicht mehr letztwillig ihre Grundstücke mit Erbmessen, Memorien oder Anniversarien dauernd belasten, sondern zu ihrem Seelenheil nur etwas von ihren beweglichen Gütern vermachen sollen. Also doch eine gewisse Beschränkung in den Mitteln zur Bestreitung der Feier(1).

Ein Weisthum des Hofgerichts zu Bliescastel v. J. 1540 (Grimm Weisth. II 29) verpflichtet die Schöffen, welche das erblose Gut eines Verstorbenen an sich nehmen: gots recht zu thun, ersten, sieben, dreissig und jargezeidt.

---

(1) Die Worte lauten bei Lacomblet, Archiv f. d. Gesch. des Niederrheins Abth. 2 Bd. 1 Düsseld. 1832 S. 159: ... syne erfllige gueder vurbass mit testamenten codicillen ... zo erfmissen memorien off jairbegangen erfflichen belasten sulle. Die "erfmisse" soll wohl eine fortdauernde Messe, nicht eine Messe bei der Annahme der Erbschaft am Dreifsigsten bedeuten.

In den Fastnachtsspielen des Venners der Stadt Bern Niclaus Manuel (1540, neuer Abdruck 1836) sagt eine Begine, die nach früherem liederlichen Leben eine sog. Seelnonne (s. S. 150) geworden:

> By kranken Lüten konnt ich wohl,
> Man gab mir Geld und füllt mich voll
> Den ich mufs viel Weines trunken han,
> Sechs Maas gewinnen mir nicht viel an.
> Uf Leipfel([1]), Siebend, Dreifsigst und Jahrzit
> Do was mir noch kein Mil Wegs zu wit.

Suttinger, Consuetudines Austriacae (Auszug aus einer Sammlung österr. Gewohnheiten des 16. Jh. s. unten Nr. 162) äufsert p. 145: quod Catholicos praesertim nobiles, etiam trigesimo die lugere et exequias pro defuncto celebrare, antiquitus receptum sit, ... non Catholici et pauperes nullos pro defuncto publicos luctus vel exequias celebrant.

Von den Niederlanden sagt Noordewier, nederd. Regtsoudheden, Utrecht 1853 S. 61 überhaupt: den dertigsten vooral vierden de naaste vrienden bijt graf zelf der overledenen gedachtenis. Matth. ad Chron. Egm. p. 193 geeft een voorbeeld van a. 1568. — Ein Testator verordnet in demselben Jahre Spenden an die Armen: op mijn begravinge, op mijn sevendach, op mijn maentstont ende op mijn jaergetyde. — Unter den *plegtigheden* (Feierlichkeiten) nach dem Tode des Landcomthurs von Utrecht kommen auch "sevendagen, maantstonden" und "jaargetyden" vor, Matth. Anal. V 924, 5. — Die Seerechte von Carl V und Philipp ordnen einen "dertigsten" zum Dienst für die Verstorbenen an. — Auch nach den Privilegien von Dordrecht soll, wenn ein der Stadt angehöriger Münzgesell auf dem Lande stirbt "een dertigste" für ihn verrichtet werden, s. Verhandelingen der genootschap p. exc. j. p. Th. V 2 S. 165.

Schmeller Bair. Wörterb. III 273 führt aus Dr. Eck's Predigt am Allerseelentag 1553 an: "Etlich halten die 3 Tag Besingknufs auf einander, wie auch bei uns ist der gebrauch in Begräbnifs der Bischove, etlich 9 tag aneinander, wie das geschieht dem Babst und den Cardinälen." Also noch ein Überbleibsel des *novemdial.*

([1]) *Leibbevilde*, kürzer *Leipfel*, ist die Beisetzung, Besingnifs, s. Schmeller B. W. I 628.

Eine Österreichische Verordnung für Bregenz v. J. 1572, Walch Beitr. z. D. R. V 924, 5, spricht von einer Theilung der Erbschaft nach "gehaltener Dreyſsigist".

Besonders geht die umfängliche Bayerische Gesetzgebung d. J. 1616, "das Landrecht, Policey . . . und andre Ordnungen" näher auf die Seeldienste und auf die Gebühren dafür ein.

Buch III Tit. 9 Art. 2 lautet: "Die Seelgeraid oder remedia sein eigentlich die Pfarrliche Recht, von einer jeden verstorbnen Person, was man nemblichen dem Pfarrer auſser deſs andern Unkostens, so über Begräbnuſs, Besingnuſs vnd Dreyssigisten gehet, bezahlen muſs." Die darauf folgende Taxe scheidet, was für die damaligen Standesverhältnisse von Interesse, 1) in den Städten *a.* die Adlichen oder die ihrem Stand nach Adelspersonen gemäſs und die Geschlechter in den Hauptstädten, *b.* sonst vermögliche Bürger, *c.* gemeine Bürger und Handwerker, *d.* Tagelöhner, *e.* Arme; 2) auf dem Lande *a.* Bauern mit einem ganzen Hofe, *b.* Hueber oder Lehner, *c.* Söldner.

Art. 3. Die Seelnonnen, welche die Kranken pflegen, die Leiche einnähen, bekommen, wenn man sie hernach zum Siebenten und Dreiſsigsten gebraucht, täglich 20 Kreuzer([1]).

Art. 4 ordnet die sog. Präsente für die Priester, die Schulmeister und Schüler, den Meſsner u. s. w. bei der Besingniſs, dem Siebenden und Dreyſsigisten. "Eine gleiche Mainung" heiſst es weiter "hat es mit den Jartägen, die nit sonderbar gestifft sein" . . . . "Gehet man vnder dem Sibend vnd Dreyſsigisten über das Grab", so treten noch besondre Gebühren ein. "Wirdet aber ein ansehnliche Besingnuſs, Sibend, Dreyſsigist oder Jartag auffm Lande gehalten, also daſs der Pfarrer von andern orten Priester bestellen muſs, sol er derselben mehr nit bestellen, dann als vil die Freundschaft begert", wobei dann weiter die Gebühren verschieden fallen, jenachdem eine Mahlzeit gereicht wird, oder nicht.

Der Art. 8 bestimmt noch: "Braucht aber ein Freundschaft den Priester biſs gar auf den Dreyssigisten, sol man jhne für die vbrige zeit vom Sibend biſs auff den Dreyssigisten 6 Gulden, aber kein essen zu geben schul-

---

([1]) Vgl. über die Seelnonnen, Geschwestern des Herrn, und ihre Häuser Schmeller a. a. O. III 226 ff., Bavaria I 1085.

dig sein." Endlich handelt noch Art. 9: "von der Beleichtung bey der Besingnufs, Sibend vnd Dreyssigiten auch Verkündung der Abgestorbenen (am Jahrtage)."

Das Fortleben der alten Todtenfeiertage wird also hiemit bis in den Anfang des 17ten Jahrhunderts beurkundet. Von nun an entbehre ich der Zeugnisse für fast zwei Jahrhunderte. Aber der Mangel bietet eben nur eine Lücke in der Bekundung des Gebrauchs, welche sich wohl einmal füllen mag; er ist kein Zeichen eines wirklichen gänzlichen Absterbens. Denn nachdem in unsern Tagen eine sinnige Forschung so manche aus dem Gemeinbewufstsein der Gebildeten entwichene Institution, in der Volkssitte der einzelnen Landschaften wiedergefunden hat, ist auch der Dreifsigste nebst jenen andern Feiertagen bald hier bald da aus langer Stille und Verborgenheit frisch und wohlerhalten von vielen Seiten her ans Licht gezogen worden. Zunächst in den weiten Gebieten des Königreichs Bayern, aus dem a auch jene letzten gesetzlichen Bestimmungen d. J. 1616 stammen.

Im J. 1835 gab Joseph v. Klessing die sämmtlichen Werke des A. v. Bucher, Pfarrers zu Engelbrechtsmünster (Kirchsprengel Regensburg) heraus; unter ihnen Bd. IV 213 einen humoristischen Aufsatz v. J. 1784: die Verlassenschaft des Pfarrers Tröst'n Gott, dessen Vorbericht der drei üblichen Seelengottesdienste am Ersten, Siebenden und Dreifsigsten näher gedenkt. Sodann hat Schmellers Bayerisches Wörterbuch 1827 in den Artikeln Erst, Dreyfsigst, Grab, Seldienst, Selhaus, Besingnifs, Spend, Sibent, diese Ausdrücke mit reichen Belegen aus dem Leben und aus Urkunden erläutert. Noch später berichtete K. von Leoprechting von dem Seelengottesdienst "aus dem Lechrain 1855". Ihm schliefsen sich die genauern Schilderungen in der trefflichen "Bavaria, Landes und Volkskunde des K. Bayern" München 1860 ff. für Oberbayern I 413 ff. 511, für Niederbayern I 993, für die Oberpfalz II 1 S. 322 ff. an, wozu denn noch Schönwerth "aus der Oberpfalz" 1857 I 257 ff., Quitzmann, die heidnische Religion der Baiwaren 1860 S. 263, ergänzende Züge liefern.

Nach der Absicht und nach den Hülfsmitteln dieser Berichterstatter müssen sie uns ja ein volleres und lebendigeres Bild des ganzen wirklichen Herganges geben, als jene ältern zufälligen abgerissenen Erwähnungen und die allgemeine gesetzliche Vorschriften. Ich ziehe aus ihren Darstellungen zusammen, was unser Thema berührt.

Als die besondern Feierzeiten erscheinen zunächst der "Erst", auch das Leichenamt, die Besingnifs von dem Absingen des Libera nach vollendetem Gottesdienst, oder die Begräbde, das Gräbnifs genannt, d. i. der alte tertius, denn am dritten Tage wird die Leiche zu Grabe gebracht, Schönwerth 253. Sodann wiederum der Siebent, der Dreifsigste, der Jahrtag, diese dreie, im Gegensatz des Ersten auch wohl als Gedächtnifstage bezeichnete. Der Siebente und der Dreifsigste werden dann und wann (s. Bucher 216) vom Begräbnifs an berechnet. Überhaupt aber wird — wie auch schon früher — nicht genau auf die Zahl gehalten. Die Österr. Landgerichtsordnung Ferdinands I bezeugt, dafs "offtmalen die Dreyfsigist viel Monath lang angestellet". Bucher bemerkt es sei vorgekommen, dafs der 30ste erst nach Jahr und Tag gehalten worden. Der Dreifsigste, sagt Schmeller, I 411, ist heutzutage der l e t z t e Seelengottesdienst, er werde nun eben am 30sten Tage gehalten oder nicht; der Siebent (III 186) ist der zweite, wenn er auch wie meistens nicht eben am siebenten Tage statt hat. Nach Leoprechting 251 wird der Siebent nicht mehr wie vor Alters am siebenten nach dem Ersten, und der Dreifsigste meist schon am vierzehnten Tage gehalten. In der Oberpfalz, Schönwerth 254, folgen sogar nach der Beerdigung die drei Seelenämter, nemlich das Leichenamt, der Siebente und der Dreifsigste unmittelbar nach einander. (Eben so in Tyrol.)

In dem S e e l d i e n s t selber tritt zuerst das W a c h e n hervor. In Oberbayern versammeln sich die Nachbaren, so lange die Leiche im Hause, um bei ihr zu wachen und Rosenkränze zu beten, wobei Brod und Bier und Branntwein gereicht wird. Eben so übernehmen in der Oberpfalz (Bavaria II 1. 322) die Ortsnachbaren die Todtenwache für 3 Nächte vom Abend zum Morgen; vor dem Verwachen wird gemeinsam gebetet, dann Brod etc. gegeben. Im Traungau reicht man jedem der zum Todtenbesuch kommt, ein Laib Brod, darin ein Messer zum "Schneidab" und einen Trunk, worauf der Gast kniet und betet (Bavaria I 511).

Den Begräbnifstag sodann eröffnet das "aus dem Hause beten", was im Rotthale durch den Pocurator mit Litanei und fünf Rosenkränzen geschieht (Bavaria I 994). Der Zug geht hie und da, Schönwerth 256, erst nach der Kirche, wo der Sarg eingestellt wird so lange das Seelenamt dauert, d. i. die Obsequirung "praesente cadavere" ob der Erden, dann erst zum Friedhofe. Anderswo wird des Seelengottesdienstes erst nach dem Begräbnisse gedacht([1]). Auf die Zergliederung der priesterlichen Functionen, bei denen Leoprechting 251 noch das Seelenamt, das Lobamt, die Vigilien und Nebenmessen scheidet, gehe ich nicht näher ein.

Dagegen sind noch die Opfer (oblationes) und die Spenden sonstiger Theilnehmer hervorzuheben. Zum Opfer gehen die Geladenen "zu des Verstorbenen Ruhe" Leoprechting, Bavaria II 1. 323. Den Gebrauch schildert die Bavaria für Oberbayern I 413: Verwandte, Leidtragende und Ortsarme legen an den Opfergängen nach den Gottesdiensten zur Ehrung und zum Heil des Verstorbenen kleine Gaben auf die Altarstufen; die Verwandten selbst opfern gewöhnlich die rothe Todtenkerze, bei deren Schein sie während des Gottesdienstes hinter der tomba knieend gebetet. Für Niederbayern I 993: Im Opfergang legen die drei nächsten verwandten Frauen Kerzen, einen grünen Krug mit Geld zum Wein und um 4 Kreuzer Semmel am Altar nieder. In der Oberpfalz geht, nach Schönwerth 254, bei jedem Amte der Zug um den Altar; jeder legt auf jede der beiden Ecken einen Pfennig. Das Opfer gehört dem Priester; aufserdem wird der Kirche geopfert. Für dies Opfern bestimmte schon das Landr. v. 1616 III 9 Art 7: dafs die Priester den Leuten nicht darüber, was an Mehl, Schmalz, Eiern zu opfern, Mafs und Ordnung geben sollen, sondern dies einem jeden zu seinem guten Willen gestellt sei. Endlich kennt Schmeller III 226 die Sitte, dafs am Dreifsigsten ein Seelnapf, d. i. eine Schüssel mit Mehl und Eyern nebst einem Brodlaib als Opfer auf die Bahre gelegt wird.

Die Spend, das Gespend ist eine Gegenleistung in Gebäck an die Opfernden. Die Mon. Boica X. 567 ad 1489 erwähnen schon der "panes funerales qui Totenbeck appellantur". Der Totenweck oder Spendwecken wird auf Kosten der Verwandten beim letzten Gottesdienst allen die dabei zum Opfer gehen gereicht, Schmeller I 463, Leoprechting 250, nach

---

([1]) Bucher 216, Bavaria II 1. 353, Leoprechting 251, Schönwerth 253. Walter § 327 bemerkt: die Gebete in der Nacht zwischen der Deposition und dem Begräbnifs haben sich in den Vigilien oder dem Officium für die Verstorbenen erhalten, doch wird dieses ... nicht mehr vor der Leiche selbst, sondern erst nach der Beerdigung verrichtet. Nach dem Obigen hätte sich, wenn auch nicht jene Vigiliennacht, deren noch das Landrecht v. 1616 III 9 Art. 7 gedenkt, doch hie und da der Dienst vor dem Begräbnifs bewahrt, wie ihn J. Mooren in Dieringer kath. Ztschr. Bd. 3 Köln 1845 S. 259 ff. als alte Gewohnheit zurück verlangt.

Schmeller III 571 an den kirchlichen Jahrtagen. Etwas anderes berichtet Schönwerth 258: ist der Verstorbene aus einem vermöglichen Hause, so wird 8 Tage nach der Beerdigung die "Spendd" gebacken und jeder Arme erhält einige Laibchen, ferner die Bavaria II 1. 324: in Fronau wird 8 Tage nach der Beerdigung die Spend für die Ortsarmen gebacken, wogegen sie für den Todten beten, und Quitzmann 263: die Spendwecken werden unter die Armen vertheilt, um für die ewige Ruhe des Verstorbenen beten zu lassen.

Auf die kirchliche Feier am Grabe selbst bezieht sich die Begehung des Grabes oder des Trauergerüstes unter Absingung des Libera (Schmeller III 273); ferner in Niederbayern der Abdankspruch durch den "Hochzeitlader" beim Grabe am siebenten und dreifsigsten Tage, der mit einem Vaterunser für den Verstorbenen und einem zweiten für alle auf dem Gottesacker liegende schliefst, so wie das Tragen zweier Lichter auf das Grab durch das Todtenweib oder "Einmacherin" nach beendigtem Gottesdienst (Bavaria I 993), worauf sich die Verwandtschaft zur Trauerrede des Hochzeitladers versammelt.

Nach Schmeller I 463 werden auch einiger Orten Speisen auf das Grab gelegt, ja nach Zingerle Tirol. Sagen N. 1107 erhielt sich bis ins vorige Jahrhundert die Sitte, um das Grab im Kreise auf die Ruhe des Verstorbenen zu trinken und auch Wein auf Blumen und Grabhügel zu giefsen. Also Erinnerungen an das schon im J. 589 verbotene super tumulos manducare et bibere, s. oben S. 102, ja an das römische *silicernium* S. 91.

Überhaupt zeigen diese, den eigentlichen kirchlichen Dienst begleitenden frommen Übungen, dafs sie mehr dem Volksleben entstammen als auf kirchlichen Geboten beruhen.

Nach dieser Reihe veröffentlichter Berichte waltet also im katholischen Bayern die alte Sitte noch in vollem Leben. Ich vermag aber noch aus einem andern Lande deutscher Zunge ein gleiches Zeugnifs neuester Zeit vorzulegen.

Im Sommer 1863 kam ich zu Brunnen am Vierwaldstättersee in Berührung mit dem Altposthalter Felix Donat Kyd, einem Manne der nach Alter, Lebensgang und Forscherlust so recht angethan ist, über die Gebräuche seiner Heimath alter und neuer Zeit zuverlässige und sinnige Auskunft zu geben. Ein blofses Erwähnen des Dreifsigsten gegen ihn brachte sofort eine solche Vertrautheit mit der Sache aus der Geschichte und unmit telbar aus dem Leben zu Tage, dafs ich mir eine schriftliche Darstellung der Todtenfeier, wie sie in den drei Urcantonen üblich, erbat. Ich lasse aus seiner Mittheilung vom 12. Sept. 1863, was hieher gehört, ihrer Eigenthümlichkeit und Anschaulichkeit halber, wörtlich folgen.

"Ist jemand ins End gefallen, so wird in der nächsten Kirche mit einer Glocke ein Zeichen gezogen. Früher fiel jedermann, der das hörte, auf die Knie, betete 5 Vaterunser und 5 Ave Maria, dafs der l. Gott dem sterbenden ein glückselig Ende verleihe. Ist die Person gestorben, wanns eine Mannsperson, so wird mit der gröfsern Glocke geläutet, bei einer Weibsperson mit der kleineren. Gleich gehen arme Leute ins Haus und fragen, ob sie bei der Leiche wachen dürfen. Sind die Leute, denen die Leiche gehört, selbst arm, so bestellen sie 2, Handwerker und Bauersleute bestellen 4, hablichere 6 Personen zum Wachen. Die Wachen beten Tag und Nacht alle Stunde einen Psalter für die Seele des Verstorbenen, werden am Tage gut genährt, bekommen um Mitternacht Kaffee mit etwas Gebackenem. Es kommen auch die Verwandten, Nachbaren ja fast alle Leute des Dorfes. In Berggegenden ist man über eine halbe Stunde weit Nachbar und kommt her, die Einten am Tage einen Rosenkranz leise, andere Abends von 8 bis 9, oder von 9 bis 10 einen Psalter laut zu beten. Habliche zahlen sogar armen Leuten und Kindern, welche am Tage beten kommen, 2 bis 5 Rappen. Bei dem Bette steht die brennende Oellampe, welche vom Moment des Hinscheids 30 T a g und 30 N ä c h t e fortwährend brennen soll, neben einem grofsen Kruzifix 2 brennende Kerzen; ein Geschirr mit Weihwasser und ein Weihwadel. Jede Person die weggeht giebt der Leiche ein Spritzchen und wünscht ihr die ewige Ruhe und Seligkeit."

"Nach der Beerdigung geht man in die Kirche, es geht der Trauergottesdienst an. Reiche lassen viele, Arme nur eine, Leute vom Mittelstand gewöhnlich 3 Messen lesen. Während der Messe unter dem Evangelium geht man zum Opfer, zum Voraus die Kinder denen der Verstorbene Pathe gewesen, dann die nächsten Verwandten. Die Ordnung des Opfergehens ist. Es gehen die Weibspersonen erstens zum Altar auf ihrer Seite, legen da einen Rappen etc., eben so zur in der Mitte gestellten Opferschüssel, zum dritten auf den Altar der Mannsseite, von wo sie in ihre Stühle zurückkehren. Die Mannspersonen fangen auf ihrer Seite an und kehren von der Weiberseite in ihre Stühle zurück."

"Am Seelisberg, aber nur dort, stellt die erste Person die zum Opfer geht, einen Teller voll Salz auf den Altar. Dieses soll ein sehr alter Brauch sein und vom Glauben abstammen, dafs 3 weifse Almosen, Salz, Mehl, Eyer, am verdienstlichsten seien, eine Seele aus dem Fegfeuer zu erlösen, vgl. oben S. 153 und unten S. 162. Nach dem Gottesdienst gehen der Pfarrer und Kaplan wieder zum Grabe, beten lateinisch über den Verstorbenen und bespritzen das Grab wieder mit Weihwasser. Verwandte, Freunde und Nachbarn stellen sich ums Grab und beten leise, geben dann mit dem Weihwadel dem Grab einen Sprutz, sagend tröste und erlöse Gott seine Seele. Hierauf geht ein jeder nach Hause. Dieser erste Tag ist wohl der schwerste für die Angehörigen des lieben Verstorbenen. Diese Feier heifst die Gräbt."

"Nach 7 Tagen wird eine ganz gleiche Gedächtnifsfeier gehalten und heifst die Siebenten. Wieder ganz so nach dreifsig Tagen. Es gehen wieder Verwandte, Freunde und Nachbarn zum Opfer. Das Grabbesuchen von den Geistlichen nach der Messe heifst im Volksdialect *Usäwisänä* (¹). Nach dem *Usäwisänä* am 30ten Tag . . . löscht man das Dreifsigstlicht, das im Zimmer des Verstorbenen bis dahin unaufhörlich brannte."

"Eine auch mehr Personen vom Hause gehen den Dreifsigst durch alle Tage, die nahen Verwandten das ganze Jahr alle Sonntage zum Opfer. Nach Verflufs eines Jahres wird die letzte Gedächtnifsfeier gehalten, wo wieder Verwandte etc. wie an der Gräbt, Siebent und Dreifsigst zum Opfer gehen und das letztemal für den Verstorbenen gewisenet wird, und wie man heimkommt werden die Trauerkleider abgelegt. Stirbt ein gar armer Mensch, so wird ihm mit einer einzigen Messe Gräbt, Siebent, Dreifsigst und Jahrzeit zusammen gehalten und alles ist fertig. Sonst aber wird der Name des Verstorbenen das ganze Jahr durch ab der Kanzel verkündigt. So gehts in Uri, Schwyz und Unterwalden. — All diese Gebräuche existieren urkundlich schon über 300 Jahre."

Endlich ist auch im nördlichen Deutschland die kirchliche Feier keinesweges ganz erloschen. Hr. Divisionspfarrer Koch zu Berlin theilt mir aus dem Paderbornschen mit.

(¹) Das wäre "ausweisen". Nach dem mannigfachen Sinn des "weisen" bleibt auch hier ein Spielraum für die nähere Deutung. Die natürlichste scheint mir die eines Hinausführens aus der Zeitlichkeit.

"Der feierliche Gottesdienst am Siebenten hat sich beim Begräbnifs eines Bischofes noch erhalten, auch werden für einen Bischof an jedem der 30 Tage Messen gehalten. Der Dreifsigste wird noch immer gehalten mit feierlichem Gottesdienste und Begängnifs (namentlich noch vor 20 Jahren in der Pfarre Brakel) .... So wie das offertorium anhebt, gehn, voran die Kinder und nächsten Verwandten des defunctus, alle um den Altar und legen zur Epistelseite desselben ihre Gabe nieder .... Die feierliche Begehung des Siebenten hat auf dem Lande wohl meist aufgehört; es wird gewöhnlich eine stille Messe gehalten."

Zweites Capitel.

Die weltliche Feier.

Manchen der frommen Werke die den Seelendienst begleiten, den Spenden namentlich an Arme und Verwandte schliefst die weltliche Lustbarkeit, das Todtenmal, wie der Art so der Zeit nach sich nahe an. So lautet eine Schilderung Pommerscher Sitten aus dem zweiten Viertel des 16ten Jahrh. in Kosegarten, Pomerania 1816 II S. 405 ff. (¹) "Stirbt einer so ists an etlichen orten gewonlich, defs man diejenigen so bey der begrabnufs gewest, zu gaste ladt, vnd jnen flucks aufschuppet. Ist der totte etwas gewest, so lest man jme ein seelbat nachthun, da sich die armen lewte baden, vnd man jnen bier vnd brot gibt. Darnach bestelt man vor sich vnd die freuntschafft auch ein bat, vnd baden auch, und halten einen guten pras."

Bei dieser nahen Verbindung des geistlichen und weltlichen Begängnisses mufste sich auch hinsichtlich des letzteren gar bald der Gebrauch in deutschen Landen scheiden. Unter den Protestanten schwand nach dem Abkommen des kirchlichen Siebenten und Dreifsigsten auch jede weltliche Feier nach dem Begräbnifstage. An diesem hat sie sich hier und da erhalten. In Schleswig z. B. kehren nach dem Leichenzuge alle in das Trauerhaus zurück, um den Verstorbenen durch eine "Todtengilde" zu ehren. Eine Synodalversammlung zu Lobsens (Reg.-B. Bromberg) fand sich noch

(¹) Vgl. W. Böhmer, Thomas Kantzow 1835 S. 127, 140. — Über die Todtenmale in Antwerpen berichtete seiner Zeit Guicciardini in der Beschreibung der Niederlande, s. Wetemade Nederlands displegtigheden I 315.

1862 gedrungen, ein Zeugnifs wider die "unwürdigen Leichenschmäuse" abzulegen. — Anderswo hat sich ja das Mal auf einen Imbifs, auf einen Trunk und Leichenconfect vor der Bestattung beschränkt, oder gar völlig verloren. In den katholischen Gebieten dagegen bot die Wiederholung des Seeldienstes, namentlich die Feier des Dreifsigsten, den Anlafs zu erneuter Bewirthung der Erschienenen.

Hier wie dort hat die Weise des weltlichen Begehens policeiliche Anordnungen hervorgerufen, welche sich wie vor Alters gegen übertriebenen Aufwand und unziemliches Wesen, hie und da auch in puritanischem Eifer gegen unschuldige Gebräuche richten. Aus der grofsen Fülle der — durch die Reichspoliceiordnung selber, 1577 Tit. 15 § 1 ff. gebotenen — landesherrlichen und localen Vorschriften hebe ich vorzüglich solche hervor, welche den Sprachgebrauch erläutern.

Schon nach dem Groninger Stadtbuch von 1423 (Verhandelingen etc. V 186, VI 217 ff.) sollen beim Begräbnifs nur die nächsten Verwandten oder in deren Ermangelung doch nicht über 12 Personen zum Essen bleiben, die dann auch Abends zum "troestelbeer" wiederkommen mögen, ohne dafs man doch "kost reden laten" darf. Auch zum "sovenden dach ende maendvorst" (dem Dreifsigsten) soll man keine "onkost doen", noch niemand bitten. Aber zur "jaertijt" mag man die oben genannten wieder einladen. Der Commentator J. de Rhoer, Verhand. V. 2. S. 150 bemerkt, dafs die Hdss. meist die Überschrift *van uitigsten* haben. Auch *uitinge*(1) kommt vor. So sollen nach einer Kirchenordnung des Grafen Wilhelm Ludwig von 1595 für die Ommelanden: "de heidensche onnutte doodtbieren off wtigen" abgethan werden, und eine Wet für Groningen von 1622 u. 1627, verbietet alle "uytingen ende liedtbieren" (Verhand. VI 200, 220, 261).

Als *uitinge* und *liedtbier* oder *leedbier* gilt schon, wenn jemand, aufser den Bewohnern des Hauses und den Besuchern von auswärts am Begräbnifs-

(1) Die Holländischen Gelehrten denken bei *uitigst*, *uiting* theils an "äufserst", theils an das Hinausbringen, die *uitvart* des Verstorbenen (vgl. oben S. 156 das usäwisänä), Verh. d. genootsch. VI. 220. Bei dem *uitigsten* liegt die Bedeutung *extremus* allerdings nahe. *Uitinge* ist aber sonst: Äufserung, Ausspruch; *utinge* im ostfris. Landr. II C. 169, 170, gleich utane, ute im Altfrisischen ist Herausgabe des Gutes, Auszahlung, so dafs man der Ausdruck nicht sowohl auf das Gelage selber, als vielmehr auf die ihm am Dreifsigsten folgende Erbauseinandersetzung zu beziehen hätte.

tage oder binnen 14 Tagen nachher im Sterbhaus die Mahlzeit theilt. Überhaupt wird das Bewirthen von Genossen desselben Kirchspiels als unerlaubt von der Speisung der *rouwers* (Trauernden) die aus weiterer Ferne kommen, geschieden, Verh. V. 2. 162, VI 234 ff. Eine andre billige Rücksicht nimmt die Vorschrift der Keure van Deventer: als men den doden eert (beerdigt) van der begenkenisse, maanstond of jaargetyde, wanneer de geene die dat ankomt na der vesperen willen gaan zitten, zoo mogen met em gaan zitten zoo veele, alsse willen, een mengelen wyns te verteeren.

Der Ausdruck "Tröstelbier" begegnet auch in einer VO. für das Land Hadeln v. 14. Juni 1671 (Bodemeyer Hannov. Rechtsalt. 1857 S. 193), gerichtet gegen das Übermafs bei den Leichenmalen, bei denen es nicht anders als wie bei einer Hochzeit hergehe, woraus denn bedeutende Schulden noch für Kind und Kindeskinder, Völlerei und Schlägereien, ja fast Mord und Todschlag erwüchsen. Die Nassau-Katzenellenbogensche Policeiordnung von 1616 (Th. II Cap. 7 §§ 12, 13) verbietet das "Weinglaach" oder "Leichglaach" nach dem Begräbnifs. Nur einer oder zweie der Nächstverwandten dürfen die leidmüthigen Personen besuchen, ein oder zwei Essen mitbringen und eine Kanne Bier oder Weins mit ihnen trinken. Im Hennebergischen heifst das Leichenmal nach Reinwalds Idiotikon 1793 S. 165 der "Todenschuh", ein Name den er und Grimm Myth. 795 mit der nordischen Sitte, dem Verstorbnen besondre Schuhe mitzugeben, in Verbindung bringen. Es ist wohl eher an die Schuhe zu denken, welche nach dem Gutalagh, oben S. 138, bei der Leichenfeier an die Armen des Kirchspiels ertheilt werden.

Andre Verordnungen richten sich gegen das Wachen bei der Leiche (Verhand. VI. 231) mit dem Flechten des Todtenkranzes bei Bier und Branntewein (VO. für Lauenburg v. 1744, Bodemeyer 191), oder verbieten, wie z. B. eine Begräbnifsordnung von Wolgast v. 1689, überhaupt, dafs Jungfern einer Verstorbenen kostbare Kränze auf das Haupt setzen, Räucherbüsche in die Hand geben und nachher im Trauerhause zur Mahlzeit bleiben.

Im Ganzen ist selbst in den katholischen Gebieten des nördlichen Deutschlands ein weltliches Begehen jener Reihe von Gedächtnifstagen selten geworden. Doch theilt mir Hr. Pfarrer Koch mit: Ein Mittagsmahl, wie es am Dritten noch auf dem Lande in Westfalen bräuchlich ist, wird bei

Vornehmeren auch noch am Dreifsigsten gehalten, doch für einen mehr beschränkten Kreis; nur die Verwandten, namentlich die aus andern Orten herbeigekommenen, Hausfreunde etc. nehmen Theil daran.

Ein reicheres Bild tritt aus dem katholischen Süden hervor(¹).

Erzherzog Ferdinands Ordnung und Reformation guter Policey in der Grafschaft Tyrol, publiciert am 14. Dec. 1573(²), gebietet zunächst Bl. 17 v. unter "Todtenmäler und Begengknussen, dafs keine Todtenmäler mer gehalten, auch der Verstorbenen Besingknufs vnd Begengknussen allein mit gebürlichem Christlichem Gotsdienst verricht, aber keine Maltzeiten . . . gehalten werden" läfst aber dann unter der Rubrik "Haltung der Dreifsigisten bey allen Ständen" zu, dafs diese unter Bauern, Handwerkern, Bürgern und Kaufleuten, an den Orten "da es gebrauchig" mit einer Malzeit etc., unter den Grafen, Herren, Ritterschaft und Adel in den Städten mit einer Malzeit, auf ihren Schlössern mit zwo Malzeiten verrichtet werden. Sterben Vater oder Mutter unter dem gemeinen Mann, mit Hinterlassung von armen Waisen oder Minderjährigen, so sollen die Dreifsigsten allein mit dem ordentlichen Gottesdienst gehalten, "aber sunsten keine Malzeiten gereicht" werden. Doch, wo vermögliche Minderjährige vorhanden, sollen die 30sten mit geringsten Kosten verrichtet werden. Dafs diese Gestattung der Malzeit mit der Erbregulirung am Dreifsigsten zusammenhängt, wird sich unten zeigen.

Die Tyroler Ordnung liegt sodann den Vorschriften der Bayerischen Lands und Policeiordnung von 1616 zum Grunde. Im B. III Tit. 5 Art. 16 heifst es: "Dieweil auch auff der Todten Besingnufs gemainklich grosse Zehrung beschehen, so ordnen wir, dafs füran . . . die Besingnufs oder Begäng

---

(¹) Zur Vergleichung möge die irische Sitte (nach Sir H. Piers's description of West-Meath 1682, in Brand popular antiquities II 194) dienen: In Ireland after the day of interment of a great personage, they count four weeks, and that day four weeks all priests & friars and all gentry far & near, are invited to a great feast (usually termed the month's mind); the preparation to this feast are masses, said in all parts of the house at once, for the soul of the departed: if the room be large, you shall have three or four priests together celebrating in the several corners thereof; the masses done, they proceed to their feastings; & after all, every priest and friar is discharged with his larges.

(²) Beigedruckt der "New Reformierte Landsordnung der Fürstl. Grafschafft Tirol" publ. d. 8. Jan. 1574, s. l. e. a. Vgl. über beide Ordnungen Walch verm. Beitr. z. D. R. Th. 8 S. 317, 319.

nuſs allein mit Christlichen Gottsdienst verricht, aber kein Mahlzeit, Ladschafft oder Gasterey weiter darauff fürgenommenen . . . sein sol. — Wann aber gemainklich bey dem dreyssigsten die Erben, vnd jre erbettne Freund vnd Beystender nit allein wegen deſs Gottsdiensts, sonder auch der Erbschafftthailung zusammenkommen, sol die Mahlzeit auff dem dreyssigist, doch mit der hernach gesetzter maſs vnuerbotten sein."

Dieses Maaſs ist dann im Tit. 8 allgemein für "Ladschaften" aller Art, um groſsen Überfluſs zu meiden, geordnet, und nach Art. 3 soll keine Obrigkeit gestatten, dawider "Besingnussen, Dreyssigist oder andre Ladschaften" zu halten.

Was diese gesetzlichen Beschränkungen gefruchtet, lehrt zunächst v. Bucher s. oben S. 151. Er setzt den Fall daſs ein Geistlicher verstorben und schildert nun: "Nach dem Messelesen kommen sie im Pfarrhofe des Verstorbenen oder im Wirthshause zusammen und erwarten ein reichliches Todtenmahl. Diese Mahlzeiten sind nun schon längst durch Policeigesetze abgeschafft. Wie ist es also möglich, daſs sich dieser Misbrauch noch unter der katholischen Geistlichkeit so erhalten, daſs sogar Uneinigkeiten über eine nicht gehaltene Dreyſsigstmahlzeit entstanden sind . . . . Vor kurzem waren noch Jahrtage für die Herzoge Mode, nach welchen eine Mahlzeit erfolgte. Die Regierung hat ihnen aber ein Ende gemacht." Es sei rathsam, fügt er hinzu, sie auch beim Dreiſsigsten abzuschaffen, weil sie oft 50 ja 100 fl. kosteten.

Den weitern Fortgang der Sitte in dieses Jahrhundert hinein zeigt sodann Schmeller. Er gedenkt I 411, 463, 494, II 426 der noch mit dem letzten Seelendienst am Dreiſsigsten verbundenen Schmauserei und Spende aus der Erbschaftsmasse u. d. N. Totenmal, Totensuppe, Totentrunk, Totenbier, Seelmal, einen Toten vertrinken, vgl. Bavaria I 413. Zugleich bemerkt er, daſs bei der Liquidirung des Beerdigungsaufwandes das Todenmal und die auf das Grab gelegten Speisen als "übermäſsige Posten" angesehen werden.

Die neuesten Schilderungen fügen noch manchen besondern Zug aus den einzelnen Landschaften hinzu. Nach der Besingniſs und dem Siebenten, sagt Leoprechting 252, versammelt sich das Gefolge im Sterbhause zu einem kurzen Leichentrunk. Anders am Dreiſsigsten. Wenn der Pfarrer zum Schlusse des Gottesdienstes den Weihbrunnen gegeben, tritt der

Sterbansager vor und spricht: alle Gäste sind freundlichst geladen zu einem Dreifsigstmahl bei dem Tafernenwirth dahier. Dahin begeben sich der Pfarrer mit den Geistlichen, die "Kläger" und das Gefolge, und das Todtenmahl beginnt. Zum Dreifsigsten eines Bauern kommen oft an hundert Kläger, so dafs er dem Wirthe nicht unter 60 fl. macht.

Auch am linken Innufer sind nach der Bavaria I 413 die Todtenmale so ergiebig wie die Hochzeitessen und werden in den Übergabs- und Austragsbriefen von den Eltern ausbedungen. Das Mahl am Dreifsigsten gilt hie und da als ein reicher Entgelt für die kleinen Gaben, die an den Opfergängen auf die Altarstufen gelegt werden. Im Chiemgau dagegen beschränkt sich die Sitte auf eine am Dreifsigsten den Verwandten gereichte Spende an Brod und Branntwein, verläuft sich auch wohl in die während der Opfergänge hinter dem Altar verabreichten Spenden von Brod, Bier, Eier, Salz, Mehl an den Mefsner und die Armen.

An einigen Orten wird das Todtenmal durch eine feierliche Dankrede des Hochzeitladers am Grabe im Namen der Verwandten vorbereitet. Im Rotthal (Bavaria I 994) ladet der "Procurator" nach dem Gottesdienst die Leute zu Trost und Erquickung zum Todtentrunk. Jeder Gast erhält einen Sechserwecken und mag eine bis zwei Stunden nach Belieben Bier trinken. Je 12 Personen sitzen an einem Tische und lassen zwei Krüge ununterbrochen die Runde machen. Dabei erscheinen auch der Mefsner, Fahnenträger, Organist, Todtengräber und die Einsagerin.

In der Oberpfalz (Schönwerth 257 ff., Bavaria II 324) wird der Leichentrunk von dem eigentlichen Leichenschmaus so geschieden, dafs diesen die Leidtragenden, die Befreundeten, die Geistlichen und Schullehrer einnehmen, zu jener Bewirthung aber mit Bier und eigends dazu gebacknen Brode jeder geladen ist, der "mit in die Leicht gegangen". Nachdem der Leichentrunk zu Ende, mag noch jeder auf eigne Rechnung trinken.

Überhaupt, wird berichtet, setzen trotz aller policeilichen Verbote die Verwandten einen Ruhm darin, eine recht grofse Leiche gehabt zu haben, und gilt der Satz: je mehr getrunken wird, um so besser für den Todten, denn ihm kommt das "Eindächteln" d. i. das Einfeuchten zu Gute[1]

---

[1] Dechteln ist benetzen, Schmeller I 354. Man braucht also nicht mit Schönwerth 257 an das Gothische *daúhts*, das Mal, zu denken.

)aher wie in den Niederlanden *den doden bedrinken* (Verbandel. VI. 261)
o auch hier die Ausdrücke: den Verstorbenen vertrinken, Bavaria I 413,
velches mit dazu gehört, um den Verstorbenen zu "verrichten", Schönwerth,
ım "ihn schön hinteri zu richten", Quitzmann 263, der nach Beendigung
les Mahls "schö hinteri gricht worn is" Schmeller I 463 d. h. der völlig ver-
orgt ist, gegen den man alle Pflichten erfüllt hat. Die Volkssitte hat sich
lso, neben der geistlichen Feier und in inniger Verbindung mit ihr, die
reltliche selbst rauschende Lustbarkeit nicht nehmen lassen, und betrachtet
.e als ein unerläſsliches Stück des ganzen Todtenfestes, als Ehrenpflicht
egen den Abgeschiedenen. Es ist noch dieselbe Anschauung, die in dem
osius animae bibere, in dem nordischen dricka eptir den Verstorbenen, dem
'rinken seiner Minne, in der Bezeichnung des Mahls als ein eftirgjärd, s.
ben S. 119, 120, sich offenbart.

Auch darin steht noch die jetzige Übung der ältesten gleich, daſs das
reltliche Begehen von einem religiösen Element durchzogen bleibt. Das
'odtenmal wird, wie bemerkt, durch eine feierliche Dankrede des Hochzeit-
ders am Grabe im Namen der Verwandten eingeleitet, Bavaria I 413. Der
farrer und andre Geistliche nehmen an dem Mahle Theil. Nach dem Tod-
ntrunk betet der "Procurator" die Armenseelenlitanei, einen Rosenkranz
ıd ein Vaterunser für den zunächst Sterbenden und spricht den altherkömm-
:hen Todtendank, ebd. I 994, oder es beten alle Anwesenden kniend für
ɛn Verstorbenen, Schmeller I 463, oder besuchen sie am Schlusse des
ahles noch das Grab.

Daſs auch in Österreich ein "Leichenbier" üblich geblieben, be-
erkt Quitzmann 262.

Mein Gewährsmann aus den Schweizer Urcantonen will von diesem
elagswesen weniger wissen. Er sagt von dem ersten oder Begräbniſstage,
ıch dem Gebete am Grabe gehe ein jeder nach Hause; nur am Sattel,
rischen Schwyz und Einsiedeln, kenne er ein Todtenmal am Tage des Be-
äbnisses. Am Dreiſsigsten gehen freilich vom Grabe die Verwandten
das Sterbhaus um dort zu essen und nach dem Essen die Erbtheilung vornehmen, allein sie kommen doch nur als Erben, und wenn eben nur die
ausgenossen die alleinigen Erben sind, so kommt auch niemand und die
eute essen zu Mittag was an einem andern Tage. Er selber gab, als seine
au ohne Kinder starb, ihren Erben am Dreiſsigsten ein einfach Essen.

Es wäre also hier erreicht worden, was das Bayrische Landrecht, s. oben S. 161, verordnet, dafs ein Mal mit Gästen nur am Dreifsigsten und zwar der Erben halber zulässig sei.

Damit ist die Betrachtung auf die juristische Seite der Feier hingeleitet.

Drittes Capitel.

Rechtliche Bedeutung der Todtenfeierzeiten, insbesondre des Dreifsigsten.

Vorwort.

Der Dreifsigste nimmt unter ihnen durchaus die erste Stelle ein, doch ist der Vollständigkeit halber zuvor die Frage zu erledigen, ob an die übrigen Zeiten sich juristische Folgen knüpfen.

Der Dritte oder der Begräbnifstag kommt insofern in Betracht, als, "so lange der Todte noch über der Erde ist", s. Nr. 56 der Belagstellen, unten S. 174, die Stille des Trauerhauses noch im besondern Maafse gewahrt wird. Daher darf die Wittwe, hätte sie gleich den Anspruch auf den Dreifsigsten verwirkt, doch erst am Dritten vertrieben werden, Nr. 54, und tritt erst an diesem die Pflicht zur Vorzeigung der Kurmede ein, Nr. 52*b*.

Auch dem Siebenten wohnte einige jetzt wohl obsolete Bedeutung bei. Das Münchner Stadtrecht nemlich von 1347 Art. 225 (Auer S. 88) will die Erben erst nach dem Siebenten vor Gericht geladen wissen, und das Strasburger Stadtrecht (s. oben S. 113) entschuldigt den Rathsherrn, welchem Eltern oder Geschwister gestorben, wenn er am Siebenten nicht zu Rathe kommt.

Die rechtlichen Wirkungen des Neunten beruhen auf dem Justinianeischen Rechte, s. oben S. 94. Schon die ältern Practiker sind darüber einig, dafs der Termin selber nicht mehr beobachtet werde, Rittershus. ad Nov. P. 9 c. 11 Nr. 13, Perez ad Cod. de sepulcris viol. Nr. 8, Horn de tricesimo p. 7. Dem stimmen auch — mit Ausnahme von Thibaut Pand § 872 — die Neuern wie Hufeland Beiträge etc. St. V S. 70, Marezol in Löhrs Magazin IV 11 Nr. 8 ausdrücklich, und die jetzigen Handbücher des Pandectenrechts durch Nichterwähnung jener Bestimmung bei. Ob aber nicht etwa die rechtlichen Folgen des Termins analoger Weise auf den Dreifsigsten zu übertragen sind, wird unten bei diesem erwogen werden.

Erheblich ist sodann der Jahrestag für das Genufsrecht des überlebenden Ehegatten. Es läfst sich darin eine Erweiterung des Dreifsigstenrechtes erblicken, von der gleichfalls unten zu handeln ist.

Der Dreifsigste.

Unsre deutschen Quellen zeigen, s. oben S. 97, 116, seine rechtliche Bedeutung in schwachen Spuren schon im 9ten und 12ten, in bestimmter Gestalt erst im 13ten Jahrhundert. Hier tritt er aber aus dem Sachsenspiegel als ein so bekanntes, ausgebildetes, vielseitig wirksames Institut hervor, dafs wir seine Gründung viel tiefer zurück verlegen müssen. Die Vergleichung mit den nordischen Quellen, S. 144, bestätigt dies nicht nur, sondern lehrt auch, dafs zwar der Gedanke eines feierlichen Eintritts des Erben nach einer Sterbhausruhe für altgermanisch zu halten, dafs aber die Festsetzung der Ruhezeit auf dreifsig Tage dem Einflusse der christlichen Kirche zuzuweisen ist.

Handelt es sich nun darum, die Bestimmungen des Sachsenspiegels zu erläutern und ihre weitere Aus- und Umbildung zu verfolgen, so nöthigt der Umfang des Stoffes, dem System des Dreifsigsten eine

Einleitung

voranzuschicken, welche die Quellen nachweist, dann die Literatur angiebt, endlich den Sprachgebrauch erörtert.

Die Quellen.

Der Sachsenspiegel giebt sich nicht nur als die erste inhaltsreiche, sondern auch als die Urquelle für eine Reihe andrer Aufzeichnungen über den Dreifsigsten kund. Daher scheide ich bei der Aufführung

I. den Sachsenspiegel und seine Sprossen.

Jedem einzelnen Satze des Ssp. lasse ich sofort die Bestimmungen derjenigen Quellen folgen, welche klärlich aus ihm unmittelbar oder mittelbar geschöpft haben.

A. Sächs. Landrecht I 20. Der § 1 redet von der Frauen Morgengabe und unter ihren Bestandtheilen von dem "tünete und timbere". Dann heifst es im § 2:

1 Svar der vrowen die stat nicht n'is mit deme gebu, als ir man stirft, binnen ses weken na dem drittegesten sal se mit dem gebu rumen.

2 Spiegel der Deutschen c. 22. Vnd als ir man stirbet so sol si daz ertreich ravmen inner sechs wochen vnd ob sie ez wil tůn ze dem dreizgisten.

3 Schwäb. Landr. Wack. c. 19 (Lafsb. 18). Unde als der man stirbet, sô sol si daz ertriche rûmen inner sechs wochen oder nâch dem drizigesten.

4 Sächs. Distinctionen I 13 D. 1. Wo der frouwen er stad nicht en ist mit deme geczymmer (gebuwe), also or man sterbet, by sechs wochen nach deme drisigesten sal sy rumen.

5 Berliner Stadtbuch (Fidicin S. 147). War der frouwen di stede nicht en is met deme gebu, alse or man steruet, bynnen ses weken na dem drittigesten sal sy met deme gebu růmen etc.

Vgl. Goslarsches Recht 11, Z. 20—23, unten Nr. 95.

B. Sächs. Landrecht I 22 § 1.

6 Die erve mut wol varen to der wedewe in dat gut er deme drittegesten, durch dat he beware, dat des icht verloren werde, des an in gedrepe. Mit sime rade sal ok die vrowe bigraft unde drittegesten dun; anders ne sal he nene gewalt hebben an'me gude bit an den drittegesten.

7 Spiegel der Deutschen c. 26. Swa ein man stirbet der ein weib laet vnd nicht chinde. die erben sůllen zů der witwen auf daz gůt varn vntz ze dem dreizzgistem durch daz si bewarn daz des gůtes icht verlorn werde. des si angepurt. Mit ir rate sol dev vrawe die begrebnuzz began. vnd sol si in dem gůte sitzen. vntz ze dem dreizzgisten.

8 Schwäb. Landr. c. 25 (Wack. u. Lafsb.). Swâ ein man stirbet, der ein wip hât unde niht kinde lât, die erben sullen ze der witwen ûf daz guot varen unz ze dem drizigesten, dar umb daz si bewaren, daz des guotes iht verloren werde daz si angehoeret. Mit der erben râte sol diu vrowe die bivilde (begrebede, begrebte, gräbnufs) begên; unde si sol in dem guote sizen unz ze dem drizigisten.

9 Ruprecht v. Freisingen, Westenrieder § 177, v. Maurer c. 22. Swo ein man stirbet, der ein weip hinder im laet vñ nicht chint da pei, di erben sullen zu der wittiben in daz haus varen, do si inne wonent ist, vntz zu dem dreizgisten, durch das, daz si behutten das gut, das des nicht verloren werde daz si an gehöret. Mit der erben rat sol di fraw piuilg (v. M. grebnufs) begen(¹) vnde sol auch in dem gut sitzen vntz an dem dreysgisten.

10 Goslarsches Recht, S. 11 Z. 34 ff.: Sterft en, de sinem wive liftucht ghemaket heft, dar se van sinem erve mede vorscheden scal wesen, sin erve mot wol to der

(¹) p. 6. Westenrieder erklärt: Privilegien oder Freiheiten begehren! Bivilg, bivilde ist Begräbnifs s. Schmeller B. W. I 628 und oben S. 149.

wedewen up de were varen, to bewarende dat des nicht vorbistert ne werde, des an en bestorven is.

Berliner Stadtbuch (Fidicin S. 118 vgl. Heydemann, Joach. S. 183, 282): Eyn erve mut wol varen tu der wedewen in dat gud er deme drittegesten, dorch dat he beware, dat des icht vorloren werde, des an em gedrepet. Mit syme rade sal ok di vrouwe bigraft don vnd drittegesten vnd jaretyd don, id wer dan vor von den doden bescheiden; anders sal he en geyne gewald hebben an deme gude bet an deme drattegesten. 11

Livländisch Ritterrecht c. 20, (vgl. v. Bunge Esth- u. Livl. Privatr. § 400, v. Helmersen Gesch. d. Livl. Adelsrechts § 38). De erve mach wol varen tho der wedewen an dat gudt eer dem mandtfeste, up dat he beware, dat dar nicht vorloren werde, dat em anfallen mach. Mit synem rade schal ock de fruwe begrafft unde mandtfeste beghan, anders enschal he jennen (d. i. keine) gewalt hebben wenn an dem mandtfeste. Na dem mandtfeste schal he esschen, wat em thobehört. 12

Hamburger Stadtrecht v. 1270 III 14. So wor een man unde en vrouwe sint, de nene kinder ne hebbet, sterft de man, de nageste erue mot wol to der wedewen in dat hus varen hynnen der ersten manet nerst (al. manetwrest, mantfryst), dat he beware dat gud dat an eme vallen mach. Vnde mit syneme rade schal ok de vrouwe bygraft vnde manet nerst don. Anders ne schal he nene wolt an deme gude hebben, it ne werde deelet (eme to ghedelet) na stad rechte. (Eben so 1292 13; 1497 J. XIII und das Recht von Stade II 14.) 13

Alt Lübisch Recht (Hach Abth. IV) Art. 14. Wor ein man unde wiff syn, de nene kinderen hebben, stervet de man, de negeste erffname des mannes mot wol tho der wedwen in dat hues varen binnen dem ersten maente, dat he to dem gude see, dat em thofallen mach unde sinen erven, unde mit sinem raede schall de frouwe de bygrafft unde maentfrist (mantfeste, manskoste, mantverst, mahnfesten) doen, anders schall he in deme gude nene macht hebben, sunder se delen na stadtrecht. (Eben so im Revaler Stadtr. v. 1282 c. 281, s. von Bunge Quellen des Revaler St. Dorpat 1844 S. 96.) Vgl. Trummer Beitr. III 88. 14

Lübsches Stadtrecht v. 1586 B. II Tit. 25 Art. 27. Haben Mann und Weib keine Kinder miteinander, stirbt dann der Mann, so mögen die nehesten Erben desselben wol zu der Wittwen in das Haus fahren, binnen dem dreissigsten Tage, auff dass sie zu dem Gute mit sehen, dass ihnen und ihren Erben anfallen möchte, und sol die Frau mit seinem Radte die Begräbniss bestellen, sonsten aber sol er an dem Gute keine Macht haben, biss so lange sie theilen werden nach dieser Stadt Rechte. Gleicher gestalt wird es gehalten, wann die Frau stirbet. 15

Piltensche Statuten v. 1611 (v. Bunge Curländ. Recht § 10 u. S. 567) B. III Tit. 1 § 28. Der Erbe mag wohl fahren zue der Wittiben in das Hauss oder statt vor dem Begrebnüss, damit er bewahr, dass nichts verloren werde, das im angefallen. Mit seinem Rath soll die Fraw das Begrebnüss begeben, anders soll er keine Gewalt haben an dem Gutt bis an das Begrebnüss. 16

Holländischer Sachsenspiegel c. 7. Die erfnaem moet wel totter wedewen in varen binnen den XXXsten daghe, om te verwaren dat dar niet verloren en 16a werde dat hem aen ruert; anders en sal hy binnen den XXXsten daghe gheen ghewelt daer ouer hebben.

17 *C.* Sächs. Landrecht I 22 § 2.

Van dem erve sal man aller irst gelden dem ingesinde ir verdenede lon, als in gebort bit an den dach dat ir herre starf, unde man sal sie halden bit an den drittegesten, dat sie sik mogen bestaden.

18 Spiegel der Deutschen c. 26. Von dem erbe sol man alrest gelten dem gesinde ir verdientes lon als in gepůrt vntz an den tach daz ir herre starb, vnd sol man daz gesinde behalten vntz an den dreizzgisten daz si sich mugen bestaten.

19 Schwäb. Landr. c. 25 (Wack. und Lafsb.). Von dem erbe sol man des aller èrsten geben dem gesinde ir verdientez lon, daz si an hoeret unz an den tac daz ir herre starp. Man sol ez ouch behalten unz ze dem drizigisten, unz daz si sich bestaten, (L. daz si sich die wile besteten, vgl. Horn de tricesimo § 25).

20 Ruprecht v. Freisingen, Westenr. § 177, v. Maurer C. 22. Von dem erbe sol man des alrest gelten dem gesinde ir varents lon, daz si an gehöret vntz an den tag, daz in ir herre starb vn̄ sol in daz also gehalten vntz an den dreysgisten (v. M. man sol das gesind behalten vntz an den dreysigisten tag), pis daz si sich bestatten.

21 Goslarsches Recht, S. 9 Z. 31 ff. (bei Leibnitz III p. 487 § 62). Of en sterft, sin ghesinde scal men van deme erve holden wente to deme drittegbesten unde ere lon gheven, dat se hebben wente uppe de tid vordenet.

22 Berliner Stadtbuch (Fidicin S. 118). Von deme erue sal man allerirst gelden deme ingesynde or vordynede lon als en geboret bet an den dach dat or here starf; vnd man sal sy holden wente an den druttegesten, dat sy sich mogen bestaden.

23 Hamburger Recht von 1603, Th. II Tit. 9 Art. 5. .... Stirbet aber der Herr so soll man dem Knechte so viel geben, als er zu der Zeit verdienet hat, da der Herr stirbet, benebst eines Monats Essen und Trinken, damit er sich um einen andern Dienst bewerben mag (vgl. 1270 VIII 2, 1292 K 2, 1497 F. 3).

23*a* Holländ. Sachsenspiegel c. 7. Ende men sal alre eerst den inghesinde haer loen ghelden aen die tijt dat hoer heer sterft, ende men sal se oec boudē totten XXXsten dach, op dat si hem besaten moeghen.

24 *D.* Sächs. Landrecht I 22 § 3.

Dar na mut de vrowe jegen den erven musdelen alle hovede spise die na dem drittegesten overblift in iewelkeme hove irs mannes oder svar he se hadde binnen sinen geweren.

25 Spiegel der Deutschen c. 27. Darnach mů̊z dev vrawe tailen gegen den erben die hofspeiz, dev nach dem dreizzgistem beleibet, swa si ez hat, oder swa si anderswa ist denne in ir gwalt.

26 Schwäb. Landr. c. 25 (Wack. und L.). Dar nâch muoz diu vrowe teilen mit den erben die hovespise diu nâch dem drizigisten belibet, swâ si die hât oder swâ man die weiz (L. oder swa si anderswa ist danne in ir gewalt).

Ruprecht v. Freisingen, v. Maurer c. 22 (nicht bei Westenrieder). Darnach mues dj fraw mit den erben tailen dy hofspeis, dy nach dem dreyssigisten beleibt, wo man dy hat. 27

Holländ. Sachsensp. c. 7. Na den XXXsten dach sal men mit die erfnamen deylen alle varende haue ende die spise die ouer bleuen is. 27a

E. Sächs. Landrecht I 28. 28

Svat süsgedanes dinges ervelos irstirft, herwede oder erve oder rade, dat sal man antwerden deme richtere oder deme vronen boden, of he't eschet, na deme drittegesten.

Spiegel der Deutschen c. 32. Swa ein mensch an (ohne) geschaefde stirbet, ez sei weib oder man die an erben sterbent, swaz die hinder in lant gůtes ez sei vaerndes gůt oder ander gůt, daz sol man antwurten dem herren der des landes herre ist, ob er ez aishet. Daz sol man tůn nach dem dreizzgistem, ob im (einer) da ist der gewiz sei, der sich des gůtes vnder winde, dem sol ez der lazzen vntz zů dem dreizzgistem, vnd ist da niemen der sich sein vnderwinde, so sol ez sich der herre vnderwinden mit seinen poten etc. 29

Berliner Stadtbuch (Fidicin S. 125, Heydemann 176). Wat so sulkedanes dinges eruelos vorsteruet, hergewede, radeleue vnd erue, dat sal man antwerden den richter, ofte he dat eischet, in deme drittigesten. 30

F. Sächs. Landrecht I 33. 31

Nu vernemet umme en wif die kint dreget na irs mannes dode, unde sik barehaft bewiset to der bigraft oder tome drittegesten etc.

Spiegel der Deutschen c. 38. Nu vernemt vmb ein weip dev chint treit nach ir mannes tode vnd si berhaft ist vntz die begrebnuzze oder zů dem dreizzgisten etc. 32

Sächs. Distinctionen I 21 D. 1. Nu vornemet umbe eyn wip dy kinth treyth noch ores mannes tode, unde sich berhafftig bewiset by ores mannes bijgraft ader zcu deme drisigesten etc. 33

So auch das Eisenachsche Rechtsbuch I 41.

Görlitzer Recht von 1304, Art. 35. Nv vornemet vmme ein wib die ein kint treit nach ires mannes tode, vnde sich barhaft zu der biegraft bewiset oder zu deme drizzegestem etc. 34

Purgoldts Rechtsbuch I c. 30. Sterbet eyn man und lesset der eyn elichs wip, duncket das wip, das sie eyn kindt trage, sie sal sich berhafftig bewiessen zu sime drissigisten. 35

Livländisch Ritterrecht c. 27. Welck wiff de ein kint drecht nach eres mannes dode, unde sick warhafftik bewiset tho der bygrafft edder tho dem mandt-'este etc. 36

G. Sächs. Landrecht III 15 § 1.

37 Of sie tvene up en gut spreken na deme drittegesten, jene de't under ime hevet, die ne sal't ir neneme antwerden etc.

38 Spiegel der Deutschen c. 219. Ob zwen auf ein gůt sprechent nach des toten dreizzgisten, iener der ez under im hat, der en sol ez niemen antwurten etc.

39 Görlitzer Recht von 1304, Art. 120. Ob zwene man vf ein gut sprechen nach deme drizegesten. jener der ez vndir im hat, der en sol irme dicheime antworten etc.

40 Livländisch Ritterrecht c. 198. Jſt twe up ein gudt spreken na dem dörtigesten dage, de yennige de dat gudt under sik heſſt, de schal dat nemant antworden etc.

H. Sächs. Landrecht III 15 § 2.

41 Sve so herwede oder rade oder erve na'me drittegesten weigeret mit unrechte ut to gevene, scüldeget man in dar umme vor gerichte, he mut dar umme wedden unde bute geven.

42 Spiegel der Deutschen c. 220. Swer solchen oder vaernde gůt oder erbe nach dem dreizzgisten gewaeiert mit ze geben, schuldiget man in vor gerichte dar vmbe, er můz dar vmbe wetten vnd půzze dem richter geben.

42*a* Schwäb. Landr. c. 224, Wack. (c. 274 Laſsb.). Swer erbe oder lêhen oder varende guot nâch dem drizigesten tage niht antwürtet, ob man ez eischet, an die stat dar ez ze rechte hœret . . . . . er muoz ez dem rihter büezen etc.

43 Sächs. Distinctionen I 17 D. 4. Wer do wegert hergewete adder gerade czu geben noch deme drisigesten, der muſs dorumbe wetten deme richter unde deme cleger bussen, ob man ine darumbe beclagete.

44 Goslarsches Recht S. 5 Z. 22 ff. We weyghert erve, herwede oder rade to ghevene na dem dritteghesten, de mot dar umme wedden deme richtere unde dem kleghere buten; unde ne mach dar vore nicht inne sitten.

45 Berliner Stadtbuch (Fidicin S. 123, Heydemann 173). Wen eyn man vorsteruet, so sal syn vrouwe geuen ores mannes hergewede tu hantz vngeweigert na den drittigesten, vnd ok rade, mustele und erue. Dede sy des nicht, sy muste wedden den richter vnd den eruen bute geuen.

46 Livländisch Ritterrecht c. 199. We heerweyde edder radeleve edder erve na dem dörtigesten dage weigert mit rechte uth tho gevende, beschuldiget men en darumb vor gerichte, he moth darumb wedden edder bote geven.

Bei sämmtlichen Stellen des sächs. Landrechts tritt noch das Breslauer Landrecht v. 1356, Stobbe RG. I 369, hinzu, welches dieselben unverändert wiedergiebt.

Die folgende Tabelle zeigt, in welchen späteren Quellen die einzelnen Sätze des sächs. Landrechts benutzt worden sind.

	A	*B*	*C*	*D*	*E*	*F*	*G*	*H*
Sächs. Landr.	I 20 § 2	I 22 § 1	I 22 § 2	I 22 § 3	I 28	I 33	III 15 § 1	III 15 § 2
Spiegel d. D.	22	26	26	27	32	38	219	220
Schwäb. Landr.	W. 19 L. 18	W. L. 25	W. L. 25	W. L. 25				W. 224 L. 274
Ruprecht		W. 177 M. 22	W. 177 M. 22	W. 177 M. 22				
Sächs. Distinct.	I 13 D. 1					I. 21 D. 1		I 17 D. 4
Goslar. R.		11 Z. 34—37	9 Z. 31—33					5 Z. 22—24
Görlitzer R.						A. 85	A. 120	
Berliner Stadtb.	S. 147	S. 118	S. 118		S. 125			S. 123
Livländ. Ritterr.		20				27	198	199
Alt Hamb. R.		1270 III 14 etc.						
Hamb. R. 1603			II 9 A. 5					
Alt-Lübsch R.		Hach IV. 14						
Lübsch R. v. 1586		II 2 A. 27						
Purgolds RB.						I c. 80		
Piltensche St.		III 1 § 28						
Holländ. Ssp.		c. 7	c. 7	c. 7				

Es ergiebt sich überhaupt ein Übergang der Sachsenspiegelstellen theils nach dem Süden durch den Spiegel der Deutschen in den Schwabenspiegel und in Ruprechts Rechtsbuch, theils in die Rechtsbücher des sächsischen Kreises, wie die sächs. Distinctionen, das sächsische Weichbild, das Purgoldtsche Rechtsbuch, theils in die Stadtrechte von Berlin, Goslar, Görlitz, Hamburg, Lübeck mit ihren Verwandten, theils endlich in das Livländische Ritterrecht mit den Piltenschen Statuten und in das Breslauer Landrecht.

Den sämmtlichen Stellen dieser Quellen liegt sichtlich noch die Wortfassung des Ssp. zum Grunde, so dafs die Abweichungen bald nur einen verschiedenen Ausdruck bei gleichem Sinne bieten, bald den Sinn selber schattieren. Am häufigsten hat der Ssp. I 22 § 1 und § 2 Eingang gefunden. Am treuesten schliefst aufser dem Breslauer Landrecht der Spiegel der Deutschen sich dem Vorbilde an.

II.

Die vom Sachsenspiegel, wenigstens in ihrer Fassung, unabhängigen Quellen führe ich auf die Glosse des s. Landrechts, auf das Weichbildrecht mit seinen Angehörigen, auf Hofrecht, Schöffensprüche und Weisthümer, auf die Stadtrechte und auf die Landesrechte nebst der Landespraxis zurück.

A. Glosse.

47 Zu Ssp. I 22 § 1 bemerkt sie: De erve sal sik des erves vor deme drüttigesten nicht underwinden. Alsus mut ok de kleger, deme he schuldich is, vor deme drüttigesten de erfschulde nicht klagen. (Görlitzer Recension s. v. Sydow Erbrecht N. 1059: Alsus muzin auch die schuldiger vor deme drizigsten uf das irstorbine gut nicht clagin). De richter mut ok dar nicht panden edder besetten, dar de bigraft mede gebinderet werde, edder dat drüttigeste.

47*a* Der Holländ. Ssp. entnimmt daraus c. 7: ende binnen desen XXXsten dach en salmen mitten rechter dar niet panden.

B. Weichbild.

Das Magdeb.-Görlitzer Recht von 1304, die Vulgata des Weichbildes und das Naumburger Schöffenrecht (Mühler Rhdschr. S. 51, vgl. Heydemann Joach. S. 79) bestimmen zunächst, dafs wenn Frau oder Mann kinderlos versterben, ihr Theil auf den nächsten ebenbürtigen Verwandten sich vererbe. Dann lehrt, im Anschlufs an Ssp. I 22 § 3 über das Mustheil und an I 24 § 3 über die Scheidung von Gerade und Erbe, das

48 Görl. Recht Art. 34: dar zu alle daz golt unde silbir, daz nach deme drizzegesten ubir blibet unde korn unde vleisch unde bier unde gewant unde win, daz horet allez zu des mannes erben vnd nicht zu der vrowen.

49 Und das Naumb. R. A. 47: darzu golt u. silber vngeworcht u. alles corn u. vleisch u. bir u. win u. al gewant, das nach deme drizigesten ober blibet, das horet etc.

50 Weichbild (Zobel Art. 58, v. Daniels 57): dorzu alles korn, golt, silber, wyn, bir unde fleisch unde gewandt, das nach dem drizigisten obirblibit, daz gehoret etc.

Auſserdem fügen Naumb. u. Weichb. a. a. O. noch hinzu:

sunder di musteile, di nimet di vrowe halp vnd des mannes erben halp.

Das Weichbild in der Berliner Hdschr. v. 1369 Art. 28 § 4 hat statt No. 48, 49, 50 nur:

Alle dat aver dar over blift na des mannes dode, dat nymt des mannes rechte erve unde nicht der vrowen sunder de musdele etc.

50a Weichbildrecht nach dem Codex Pal. Nr. 461, her. von W. v. Thüngen, Heidelb. 1837 A. 230. Di fraue sall auch nach yrem man beygrafft vnd seinen dreysisten legen.

51 Weichbild, Hdschr. v. 1369 Art. 24 (und eben so Zobel A. 24) § 1. Nu moge gi horen umme die geboveden spise, die bestirft bynnen des mannes weren bynnen wichbelde, welk recht die vrowe dar an hevet, of sie sik sceden wil von den kinderen oder von des mannes erven na dem drittegesten. § 2. Is dat ir lifgetucht, dar dit ding inne bestirft, so nimt sie die musdele allit half na deme drittegesten von allerhande spise, der man bedarf in des mannes weren to eneme jare und nicht mer. Wat so hir boven is dat nimt sin rechte erve, sin len erve die ne nymt des nicht. § 3. Nis aver die stat der vrowen lifgetucht nicht, dar dit ding ynne bestirft, so ne nymt sie des nicht mer, wenne also vele alse sie des eten und drinken mach die wile dat sie in der gewere sit unde ir nicht gelested sin die penninge, die ir geloved worden, do sie iren man nam, die wile so ne darf sie die gewere nicht rumen etc.

C. Kloster- und Hofrechte.

52 Urkunde Erzbischofs Philipp von Cöln v. 1186 für die Stiftsgehörigen zu Soest und Umgegend, s. oben S. 117. Cum autem mortuus fuerit vir, uxor seu filii medietatem omnium quadrupedum dabunt curti, celebrato tricesimo defuncti. ...rius tamen poterunt in exequias illius bovem et porcum unum accipere.

52a Recht des Ursulinerklosters zu Cölln, s. oben S. 117.

52b Güterverzeichnifs der Abtei S. Maximini (bei Trier), Anf. d. 13ten Jahrh. im Mittelrhein. Urkundenbuch Bd. 2 S. 448: Defuncto mansionario tertio die heres *corimedem* in curti nostra coram villico adducit et quanti valeat computatur; si in presenti ...lt, dat; si non, in domum reducit et trigesimo die non deteriorem dabit.

D. Schöffenurtheile und Weisthümer.

Diplomat. Beiträge (von Böhme) Th. VI. S. 108, Alter Culm IV 45 bei Leman S. 116, System. Schöffenrecht, her. v. Laband 1863 Buch IV Th. 1 C. 8*a* S. 144.

53 Man darff einer frawen ere morgengabe nicht ir gebin wenne czu des mannes dreisegisten, wenne man sine manczit begangin hot. Gebit man abir ee die morgengabe, so mag se doch frist habin sich vor czu besehen (al. vor czu thunde) und besitzen (d. i. sitzen bleiben) in des mannes gut bis an die vorgenante czit. ... r. w.

54 Dipl. Beitr. ebd. S. 125. Stirbit ein man vnd hot sin wip begobit vor gehe... ...tim dinge, wenn ir das gegebin wirt, so mag se nicht lenger in dem gute bliben, wenne bis das drisegeste begangen wirt, das ist binnen einen monden ap man ..., vnd helt sich auch czu der gerade. Ist aber das se sich vorruckt (verheirathet), ... mag man se an dem andern adir dritten tagen noch des mannes tode vstribin. Ist abir trechtig etc.

55 Glogauer Rechtsbuch C. 41 (Wasserschleben Samml. D. Rqu. I S. 7). Ap eyn man seyme weibe eyne gabe gebe in seyme erbe vnde gute. Nach seyme tode sullen seyne erben der frawen dy gabe nach dem drysigisten tage ynbrengin, das ist yn eyme monden, vnde dy weile sal sy ouch in dem erbe bliben, dy weile yr dy gabe nicht geleist ist.

56 Wasserschleben Samml. D. Rechtsquellen I S. 283 Cap. 147.

Eine Nichtel begehrt die Gerade von dem Ehemanne der Verstorbnen. Er antwortet: nu ist meyn weip nerlich kalt worden, wenne die czeit kommet, sie wirt euch wol. Vor Gericht wendet er ein: sie wolde die gerade haben, die weyle meyn wip obir der erden was. Klägerin behauptet: sie were begrabin gewest. Beklagter fragt: ab ich vor dem driszigisten icht phlichig byn zcu gebin v. r. w. Urtheil (nach Ssp. III 15 § 2): Stirbit ymand gerade an adir hergewete, wie wol is an en irstorbin ist, is sey weip adir man, zcu hant alzo her tod ist, vor dem driszigisten ist hers nicht phlichtig von ym zu gebin v. r. w.

57 Dasselbe hat die Glosse zum Weichbildrecht Art. 23 (v. Daniels S. 285). Sie fügt noch hinzu: Queme abir ymand, den eyne gerade anirstorben were .... u. vorderte die gerade zu bewisen mit richtere u. mit schepphen; u. wegerte er daz zu tune noch welde die slussile nicht von em reichen, die zu der frouwen casten gehoren; er mus darumme wetten u. der frouwen vorbuzin. So mag sy en vor dem dreizigisten beclagen umme die gerade; er muste sy uzgeben (Ssp. III 15).

58 Wasserschleben I 373 Cap. 21. Ouch also man dy hochgeborn schuldiget vmme alle gehoffe spise dy ober das drisigiste blebin ist, vmme schoff, swein, pherd, korn, getrencke etc. (Ssp. I 22 § 3).

59 Ebd. I 418 Cap. 74. Dy frauwe sal blibin in den geweren der slosse der lande unde der lute vngescheden bis an den drissigisten tag, u. sal dy begreff yres heren vorstehin mit der erbin rate (Ssp. I 22 § 1). Wenne daz recht ist den heren also wol gegeben also den armen leuthen.

60 Ebd. I 205. Das gelt das die beygrafft gekost hat, das seyn die erbin phlichtig czu geldin u. die frawe darff von deswegin, das sie mit erem willen wissen u. rate geschen ist, von dem gute das ir gebord keyne hulfe thun.

60a Ebd. Alle gehoffte speyse yn allen hoffen u. vorwerckirn eres mannes die noch dem dressigisen obirbleben ist, die gebort ouch der frawen[1] zcu musteile.

61 Ebd. I 207. Alle das korn, das ewir vettir .... gelassen had das noch dem dryssigisten obirblebin ist, is seyn 1000 scheffil mynner adir meir, das volget der frawen die helffte zcu musteile, do von darff sie keyne schulde helffin geldin.

62 Lübsches Urtheil nach Stralsund hin 1484 ergangen, Michelsen der Oberhof zu Lübeck 1839 S. 232 Nr. 154.

Die Erben eines Ehemannes klagen gegen die Wittwe: etliker gyffte haluen, de desulue frouwe na der maentferst vorgeuen hadde, wowol de eruen, wes bynner der negesten maente an bere u. brode, vigilien u. selemissen vorgeuen were u. de bygrafft gekostet hadde, na reddelicheidt to vreden weren. Urtheil. Na deme de frouwe vnbeeruet u. eyne vnmundige frouwe is, hefft se denne bouen eren brutscha

(1) Die Zwickauer Hdschr. (Rechtsb. Nr. 737) fh. die helffte.

a den ver wekenen sunder wille eress s. mannes eruen wes vorgeuen, dat is achtloess.

Weisthum des Hofes zu Meien an der Untermosel, Grimm II 482. Was on hoiffsguit ererbt wirdt, soll binnen dem dreissigsten, vnde was gegolden innen 14 tagen entphangen werden. 63

Weisthum zu Kerlich unterhalb Coblenz v. 1463, erneuert 1551, Grimm III 29. Ein hobener stirbt. Frage: bynnen wass zeit das gueth entphangen soll weren? Antwort: das entphengknuss soll geschehen bynnen dem dreyssigsten. 64

Weisthum zu Fresingen an der Obermosel 1541, ebd. II 250. Wannehe n man stirbt u. die frauwe lebendig plibt, so soll die verlassen wittwe kommen binent u. inwendig dreissig tagen nach ihrs mans todt u. . . . . entphahen die erbhaeft, die sie in dem hoeb genissen . . will. 64m

E. Stadtrechte.

Die Anordnung ist im Ganzen folgende: 1. Kreis des Magdeburgichen Rechts, 2. Recht der Hansestädte, 3. der Städte Thüringens, 4. Ost- nd Westphalens, 5. des Südens.

1. Halle, Culm, Mark, Lausitz.

Halle-Neumarkter Recht von 1235 (bei Gaupp S. 228, Stenzel S. 299). 65

§ 43. Item, ista spectant ad hereditatem, proprietates . . . . . Omnia spectana ad cibaria, quod dicitur musteil, tricesimo peracto, medietas spectat ad hereditatem, edietas ad jus, quod Rade dicitur.

Ich beziehe diese Theilung nur auf das Mustheil, setze also einen Punkt vor mnia.

Jus Culmense ex ultima revisione v. 1711, B. III Tit. 10 C. 11. . . . Das eib bleibet in vollem Gute besitzen, dieweil sie ohne Mann bleibet, sofern sie den ütern ohne Schaden der Kinder wohl vorstehet und auch die Kinder selbst ihr Aneil nicht fordern; sonst müste die Frau nach den 30 Tagen, welches die Trauerge genannt werden, ihren Kindern Theilung thun, wie Recht ist. 66

Ebd. C. 12. . . . Da auch gleich der überbliebene Ehegatte nicht stracks eiter freiete, so soll er doch künftiger Nachricht halben ein Inventarium aller seiner üter . . . nach dem 30sten Tag schliessen etc. 66a

Statut des Raths zu Frankfurt a. O. für die Knochenhauer v. J. 1308 eydemann Joachimica S. 233 u.). Der Fleischerscharrn soll ungetheilt auf einen ben übergehn. Et hoc volumus, per tales heredes infra spacium unius mensis st obitum ipsius defuncti discuti et terminari. 67

Statuta der Stadt Guben in der Niederlausitz v. J. 1604 (Schott Samml. 125). 68

Art. 10. Soll nach Ausgang des Dreyssigsten, d. s. 4 Wochen eine htige Theilung der Verlassenschaft vollzogen werden. — Art. 24. Allerley Getreyde der Scheune und Schüttboden ist theilig, davon aber dem Besitzer des Guths auf

4 Wochen lang, ehe zur Theilung geschritten wird, zu zehren etwas zu voraus gegönnet wird, wie auch andre Küchenspeise und Trank.

69 Statuta des Städtchen Seidenberg in der Oberlausitz v. J. 1698, Art. 40 (Schott S. II 182).

Wenn ein Mann ohne Testament verstirbt, oder unmündige Kinder läſst, so soll die Wittwe oder, wo keine vorhanden, die nähesten Freunde die Mobilien alsbald an den sichersten Ort der Wohnung bringen und bis zum 30sten versiegeln, hernach ... die Verlassenschaft aufschreiben etc.

70 Statut für die Stadt Spremberg in der Niederlausitz v. 17. Juni 1673 Tit. 1, (Riedel Magazin des Prov. Rechts etc. III 239, 240).

Trüge sichs aber zu, daſs die Inventirung nicht gesuchet, der Rath auch solche ex officio nicht verrichtet, als dann sollen die anwesende Erben eine richtige designation aller Verlassenschaft nach Ausgang des Dreyſsigsten anzugeben ... schuldig seyn. Ausgangs des Dreyſsigsten aber sollen, da unmündige Kinder vorhanden denenselben durch den Rath Vormünder ordentlicher weise ... gesetzet werden.

71 Aus dem Statut für die Stadt Lübben in der Niederlausitz v. 7. Febr. 167[illegible] (Riedel M. III 201, 217).

§ 46. Ist ein Todesfall eingetreten, so muſs von den Erben ein vollständiges Inventarium angefertigt werden, die Auseinandersetzung unter denselben und die Theilung der Erbschaft kann aber erst nach Ablauf des 30sten Tages nach dem Tode des Erblassers erfolgen. § 47. Gehört daher ein Gut zum Nachlasse, auf welchem eine Feldwirthschaft getrieben wird, so muſs von den Getreidevorräthen so viel, als zur Zehrung erforderlich, zur Erhaltung der Wirthschaft während dieser 30 Tage verwendet werden, eben so Küchenspeise (Victualien) und Getränke.

72 Statuta der Stadt Sorau in der Niederlausitz (Riedel M. III 187). Es sollen aber .. Vater und Mutter, welches unter ihnen ... am Leben verbleibet, schuldig seyn innerhalb vier Wochen den hinterlassenen Kindern von E. Rathe Vormunden zu bitten ... u. wenn die Erbschichtung gehalten, sollen die Erben auf den nächst folgenden Tag .... dieselbe ... in E. Rathes Stadtbuche einzuverleiben suchen etc.

73 Willkühr für Leiſsniz v. Kurf. Moritz v. J. 1552 (Hoffmann, Gerade II 635) ... Daſs Ausgangs 4 Wochen nach der Frauen Tode, den Kindern .... der dritte Theil abgetheilet werde etc.

74 Statuta v. Colditz v. 1619 (Schott Samml. II 240). ... doch das sie (die Wittwe) sich mit den Stiefkindern vier Wochen nach des Vaters Tode abfinde.

2. Lübeck, Hamburg etc.

Lübisch Recht s. oben Nr. 14, 15.

75 Revid. Lübsches Recht v. 1586 B. II Tit. 1. Art. 11. Alle Testamente sollen durch die verordneten Testamentarien binnen Monatszeit gerichtlichen produciret und verlesen werden etc.

Hamburger Recht s. oben Nr. 13, 23.

Hamburger Recht v. 1292 E 18 und v. 1497 J. XIX. 76

So wor ein vrowe u. ein man tosamene komet an echtscap mit erue u. mit goede, dhe nene kindere ne hebbet, u. sterft de vrowe eir de man: men scal de schulde gelden van dheme menen ganczen goede, u. och so wat cost dar opgheit binnen einem manede von der bigraft u. van seilmanunghen.

Hamburger Recht v. 1603 Th. 3 Tit. 3 Art. 10. Wann der Ehemann oder die Fraw verstirbet vnd keine Kinder von ihnen geboren im lebende sein, so hat der lengstlebender ein gantz Jahr die wohnung, auch aufs den nachgelassenen Gütern seinen vnterhalt neben seinem Gesinde, auch nach gelegenheit vnd zustandt der Güter, die Trawerkleider .... Vnd sollen ... auf der Erben begehren, oder in abwesenheit derselben, von Amptswegen, die Güter nach des einen absterben, alsbaldt versiegelt vnd gebürlich inventirt werden. 77

Th. III Tit. 7 A. 2. .... So ist dagegen den Erben diese .. wolthat Rechtens gegeben, dafs sie in einem Monat, dem nechsten, nachdem sie des Todtsfalls vnd angestorbenen Erbschaft berichtet worden, alle u. jede des Verstorbenen Haab .. zu inventiren u. zu beschreiben anfangen, vnd in zweien Monaten darnach vollenden .... mügen. 78

Art. 6. Jedoch mögen die Erben innerhalb der Zeit, welche ihnen ... zu aufsfertigung des Inventarii .... zugelassen, von den Glaubigern oder Legatarien, ihrer schulden oder geschafft halben, nicht angefochten werden.

Bremisch Recht. St. v. 1303 Zusatz bei Oelrichs S. 143, u. Statut v. 1433 ebd. 454: So we sin antal sines godes unwech gift unde sterft, so welc.sin antal uphoret, dhe scal dhes doden graft bekostegen. (Verdensches R. 33.) 79

Gützkower Bausprache Art. 36 (Schott Samml. II 197). So jemand stirbt in dieser Stadt, sollen sich seine Erben innerhalb 4 Wochen beim Rathe angeben. ... Geschieht es nicht, so nimmt ein Rath die Erbschaft laut Lübschen Rechts an sich. 80

Eben so auch nach den ungedruckten Statuten der Stadt Loitz, s. (v. Seeckt) Prov. R. v. Neuvorpommern, Bd. 6, 1837 S. 57.

Skraa von Apenrade v. 1335 § 29 (K. Rosenvinge Samling etc. V S. 447, Dreyer Samml. III 1447). Item we hiir mit uns sterved, de erffgudere bliuen in der wonynghe dar se sin wente an den druttigesten dach; de Rad se se vore; is id, dat de rechten eruen komen, de nemen dat ere; is id ok nicht, de Rad beware de gudere jar unde dach etc. 81

3. Thüringen.

Statuten der Stadt Alstedt v. J. 1565 (Walch Beiträge VI), S. 230. Nach dem Tode des letztlebenden Ehegatten sollen die beweglichen und erworbenen Güter auf beider seits freundtschafft zugleich erben vnd fallen, als balden inventiret und nach ausgang der vier wochen geteilet werden. 82

S. 232. ... soll sich der Erbe von stund nach dem dreissigsten innerhalb dreien 14 tagen vor einem sitzenden Radt ercleren vnd vornehmen lassen, ob ehr die Erbschaft anzunehmen bedacht sey oder nicht. 83

Eben so die Statuten von Langensalza v. J. 1556 Nr. 7 (Walch VII. 262).

84 Statuten der Stadt Blanckenburg im Schwarzburgischen v. J. 1594 (Walch V 108). Welch Weib .. zu einer Wittwe, oder welche unmündige Kinder zu Waisen werden, sollen Ausgangs des Dreyſsigsten nach Absterben des Mannes oder der Eltern unverzüglich .... bevormundet werden.

Ebenso die Statuten v. Rudolstadt v. J. 1594 ebd. V 63.

85 Statuten des Städtchens Teuchel im Schwarzburgischen vom J. 1611 (Walch V 179), 10. § 1. Die Wittibinnen und Weisen sollen bey Ausgang des 30sten nach des Mannes oder der Eltern Absterben, ohnverzüglich mit ... Vormündern versehen werden.

Eben so die Statuten von Leutenberg (Schwarzburg) von 1697 Tit. 20 § 1.

86 Statuten der Stadt Gotha v. 17. Juli 1597 (Brückner Hdb. des S. Gothaischen Privatr. 1830) S. 253 ff. A. 29. Werden unmündige Kinder hinterlassen, so sollen die Angehörigen etliche Personen dem Rathe "zu ausgang des Trauermonats" als Vormünder angeben.

A. 30. Die Vormünder "sollen erstlich nach vorflieſsunge des Trauermonats vnd beschehener Theilunge ein bestendig Inventarium ... aufrichten lassen."

Eben so die Statuten der Stadt Ohrdruf v. 4. Dec. 1594 (ebd. S. 279 ff.) Art. 22, 23.

87 A. 37 a. E. Gefallet Erb u. guth, wie dasselbige damahls aus deſs Verstorbenen munde bestallt oder unbestallt gefunden wirdt, solcher maſsen soll es den anwarttenden nechsten Erben zu ausgang deſs Trauermonaths auch heimbfallen.

88 A. 40. Der überlebende Vater, der den Niesbrauch an der Kinder Erbtheil hat, soll jedem Kinde "seinen Theil in Monathsfrist nach gehaltener Wirtschaft oder wenn sie ihre mündige Jahre erreichet", einräumen.

89 A. 42. ... soll der Erbe ausgangs des Dreissigsten innerhalb 6 Wochen ... sich erklären, ob er die Erbschaft anzunehmen bedacht oder nicht.

90 Statuten der Stadt Schmöllen im Altenburgischen v. J. 1602 (Walch VIII 150 ff.) Art. 1. So sol in allen Todtesfällen ... baldte nach Begräbniſs derselben, oder des folgenden Tages .... die Verlassenschaft ... inventirt werden.

91 Art. 2. Ausgangs der vier Wochen sol die Theilung angestellet und hiezu .. Wittwen und Waysen vor den Rath bevormundet werden.

92 Statnten der Stadt Eisenberg im Altenburgischen v. J. 1610 (Walch II 225). Cap. 5 § 1. Die Wittwe "wenn sie ihren Wittbenstuhl nicht verrückt und den Kindern zum Besten hausgehalten" darf nicht zur Theilung gedrungen werden. Doch ist sie schuldig "Ausgangs der 4 Wochen sich beim Rathe anzugeben und zu suchen", daſs über ihres Mannes Nachlaſs ein Inventar aufgerichtet werde.

93 Statuten von Altenburg v. J. 1725 Art. 5 (Schröter jur. Abhdl. I 384). Wenn ein Ehemann verstirbt ... soll .., da kein Testament vorhanden ist, die Erbschaft .. bei concurrirenden Minderjährigen, nach dem dreyſsigsten Tag gerichtlich consiguiret werden. Doch wird zuweilen der 30ste Tag nicht abgewartet.

94 Der Stadt Erfurt Policei etc. Ordnung v. 1583 XV Nr. 8 (Heinemann statutarische Rechte v. Erfurt S. 159). Da aber kein Testament fürhanden, so sollen der Kinder Mutter oder ... Groſsmutter, alsbald nach Verflieſsung des Trauermonats in

sitzenden Rath erscheinen und .... berichten, ob sie der Kinder Vormünder sein .. wollte.

4. Ost- und Westfalen.

Recht von Goslar (S. oben Nr. 10, 21, 44). S. 11 Z. 20 ff. Sterft ener vrowen ere man, der he liftucht hevet gemaket, dar se van sinem erve mede vorscheden is, de vrowen scal men holden van dem erve in der were bente na dem dritteghesten, seder tere se van irer liftucht. 95

Recht der Stadt Braunschweig.

a. Statut über das Herwede v. 1303, im Urkundenbuch d. St. Braunschweig 1861 S. 25*b*. Is ok de erue dar nicht, de it upbore to deme drittegesten, so scal man it in eyne mene hant don iar vnde dach. (Vgl. ebd. S. 112 Nr. 132, S. 123 Nr. 277.) 96

b. Stadtrecht C. 14 Nr. 116, ebd. 111*a* (Leibnitz Scr. r. Brunsv. III p. 437 A. 9). Wenn beim Tode von Vater oder Mutter ein Kind vorher abgesondert ist: "welker wel to deyle gan de schal inbringhen dat he heft upgebort. He schal vore willekoren, wer he wille to deyle gan edder nicht: wel he to deyle gan vp aventure (auf die Gefahr, dabei zu kurz zu kommen), dat schal he beborghen, en willen de anderen des nycht vmberen, offt ome bore to kerende, dat he dat do to dem drittegesten, is he bynnen landes, darvp rekenet se, vnde bringhet in vppe wyn vnde vppe vorlust." 97

c. Stadtrecht C. 20 Nr. 174, ebd. 116*a*, vgl. Nr. 277 S. 123 (Leibnitz l. c. III p. 438 A. 13). Wur eyn man sterfft, de eruen buten dem hus moghen wol besluten, dat in deme hus is, ane broke offt se willen, deste se pleghen wente an den drittegesten orer nottorffte dem inghesinde. 98

Recht von Lüneburg, Dreyer Nebenstunden S. 365 c. 7. Wer aver erer dar nein erve tho (der Gerade) binnen der stadt, de radtman in der stadt schollen sik des underwinden mit orkunde des vagedes. Dat schall men antwerden tho deme mandtfeste und schall idt holden jhar und dach. 99

Eben so S. 400 c. 119 hinsichtlich des herwede.

Dortmunder Recht, Dreyer Nebenstunden S. 429. Weme dat (herwede u. gherade) ane vellet und hey dat eyschet na den veyr weken, dat sal men eme utgheven defselven daghes und hey sal et untfaen sünder trecken (ohne Verzug). 100

5. Süddeutschland.

Frankfurt a. M. Reformation v. 1611 Th. VII Tit. 2 § 3 (Orth Forts. 3 S. 257). Wenn aber kein Testament vorhanden, so soll alfsdann der Kinder Mutter ... nechst nach Verscheinung des Dreissigsten oder Monatsfrist vor unsern Schultheifs u. Scheffen erscheinen, den Todtfall .... anzeigen, darneben auch sich erklären, ob sie der Kindere Vormünderin werden ... wolle. 101

Th. III Tit. 7 § 8 (Orth Forts. 2 S. 88). Wann das Letztlebend ... renunciiren und auch Separationem bitten will, dafs es solches samptlich und zugleich nach Verfliefsung des Dreyfsigsten oder eines Monats nach des Erstverstorbenen tödtlichem Abgang an zu rechnen, vor unserm Scheffenrath, oder vor Gericht zu thun 102 schuldig seyn solle. Nach Verscheinung aber solchen Monats soll weiter ..... keine Renunciation angenommen .. werden.

103 Der freien Reichsstadt Wimpffen Stadtrecht v. 1544, erneuert 1731 (v. d. Nahmer II 1045 ff.) Th. VI Abs. 2 Tit. 2 § 1. Hat ein Verstorbner einen gerichtlichen letzten Willen hinterlassen, "so solle dem nächsten Verwandten ... solches kund gethan, ihnen ein gewisser Termin nach Verlauf der ersten 4 Wochen anberaumt, sodann das Testament .... publicirt ... werden."

104 Ordnung der Stadt Balingen in Würtemberg v. J. 1507 (Reyscher altwürtemb. Statutarrechte 1834 S. 161). Wafs dann ferner von Schulden wegen inn Monatsfrist angelangt vnd glaublichen dargethan würt, vnder dieselbigen soll das yberig gutt getheilt werden etc.

105 Stadt- u. Gerichtsordnung von Bönnigheim in Würtemberg v. J. 1599 (Reyscher 465). Ihr (Vormünder) werden schweren, ewer Pflegkhindts getrewer Vormunder zue sein, alle ihre Haab .... mit gutem Vleifs zu erkundigen, das alles in Monatsfrist in ein Inventarium ... beschreiben .. lafsen etc.

106 Ordnung des Fleckens Winzelhausen in Würtemberg v. J. 1593 (Reyscher 499). Zum 25sten wollen wir, das so offt ein Ehe zertrent, das inuentiert werde alles was vorhanden, darinnen niemandt verschonet, die Inuentarien hindern Richtern in Monatzfrist gelegt werden.

F. Landrechte.

Den Rechten 1. der Ostseeländer folgen die Rechte 2. der Mark und des Magdeburgischen Landes, 3. Schlesiens, 4. Sachsens und Siebenbürgens, 5. Thüringens, 6. des südlichen Deutschlands, 7. der Rheinlande.

1. Schleswig, Livland, Curland, Preufsen, Pommern.

Jütsches Lov von 1241, nach Kolderup Rosenvinge Samling III 1837, altdänischer Text mit der alten plattdeutschen Übersetzung.

107 B. I C. 3. Die schwangere Wittwe bleibt in dem ungetheilten Gute sitzen bis zur Geburt des Kindes. Dann heifst es: Föthes barn sua langt efter fathør, at thet ma wal proues at thet er ei athelbonde barn ther döt war, giald hun fyrst efter alt thet hun took af eghen fra henne bonde thretiunde (d. i. Wird das Kind so lange nach dem Vater geboren, dafs man wohl beweisen kann, dafs es kein echtes Kind des Verstorbenen ist, so zahle sie zuerst alles zurück, was sie von dem Gute seit dem Dreifsigsten ihres Mannes nahm).

Kann men dar ock na redeliken erfaren, dath dath kindt van ereme echten manne nicht is, so schal se tho dem ersten gelden, wath se van dem gude heft genamen u. genathen van deme druttigesten daghe ahn, dat ere mann starf.

108 B. I C. 23. Hva sum arf wil kraue eth giald efter annens döt, kumæ han eth hans both a thretiughend dagh — —. Aen af engi ræthe aruing hittes a threthiugend daugh, tha scal arf wirthes oc sætthes at gömæ.

De dar wil erue vnde schult inmanen na enes dode, so kome he edder syn bode in deme drittigesten daghe synes dodes —— komet dar ock de rechten eruen nycht in deme dryttygesten dage, so schal men dat erue schatten . . . vnde schal yd bewaren.

B. I C. 26. Of ennen man dör, ther mycket er giald skyldugh, oc setther sin æghen alt til wissæ for sin giald (d. i. und setzt er all sein Gut zur Sicherheit für seine Schuld), antigh kloster men eth andre, kænnes hans rætæ aruing with arf a rættæ thræthiughend, gialdæ alt giald ther krauæs, æth giuæ logh af hans hende ther döt ær (oder schwöre sie ab von des Todten wegen). Steruet dar we in groter schult vnde let syn gud beschriuen dar me de schuldt mede ghelde, komet denne de eruen in deme druttigesten daghe synes dodes vnde bekennet, dat yd so sy, so betalen se alle de schult, edder weren sick myd sinen rechte sulff twelfte. 109

Livländisch Ritterrecht, s. oben Nr. 12, 36, 40, 46.

Curländische Statuten (vgl. v. Bunge curländisches Privatrecht 1861 § 8) § 205. Si qui creditores invaserint haereditatem sine autoritate iudicis, aut haeredes intra triginta dies luctus molestia affecerint et in exigendo se minus modeste gesserint, iure crediti sui cadere debent (vgl. v. Bunge § 285). 110

Piltensche Statuten s. oben Nr. 16.

Landrecht des K. Preufsen B. V Tit. 14 Art. 1 § 5 a. E. Es mag auch ein jeder Wittwer oder Wittfrau, wenn die Kinder mündig, oder, da keine Kinder vorhanden, von den andern Erben, nach dem dreifsigsten Tage, welches man die Trauertage nennet, um Schicht und Theilung angehalten werden. 111

Pommersche Bauerordnung v. 16. Mai 1616 Tit. 10 §. 9, erneuert am 30. Dec. 1764, Tit. 4 § 2, nach der Fassung im "Provincialrecht des Herzogthums .. Pommern" Stettin 1835, S. 121 § 10. Der überlebende Ehegatte ist schuldig, vier Wochen nach dem Tode des andern Ehegatten ein Inventar von dem gemeinschaftlichen Vermögen zu entrichten. 112

2. Mark und Magdeburg.

Satzung Friedehelms von Cottbus([1]), gegeben 1291 "mit rate u. mit wilkore vnsir manne u. vnsir burger u. vnsir lantlute" (aus der Dresdner Hdschr. M. 3 *b*, Homeyer Rechtsb. Nr. 154). 113

Stirht eyne frauwe adir eyn man, so sollen warten czum nesten drysigisten ire beyder frunt, waz eyme iczlichen czum rechte gebore von dem tode biz an den drysigisten, zo sal sich nymant vorbaz cleyden. Waz do irstorben ist, iz sy man adir vrauwe dy sollen ire notdorft haben an dem gute von dem tode hiz an den drysigisten tag.

Policeiordnung für die Neumark v. 1540 (v. Kamptz Prov. Ges. d. Mark 91 ff). 114

C. 12. Stürbe .. das Weib, u. alda unmündige Kinder vorhanden weren, so soll durch den Raht u. Gerichte bald nach dem Begräbnifs die fahrende Haabe in-

([1]) Über Friedhelm s. Schelz Gesammtgeschichte der Lausitz Bd. I S. 501; über spätere Cottbuser Willkühren, Heydemann Joachimica 206.

ventiret, und nach Ausgang der vier Wochen darnach den Kindern Erbschichtunge an Mutter Theil der fahrender u. unfahrender Haabe gemachet, solche Erbschichtunge ins Recht- u. Gerichtebuch verzeichnet werden. Stürbe aber der Vater, so sollen die Gühter gleichfalls ... inventiret, und den Kindern nach Ausgang der 4 Wochen Vater Theil ... gemacht werden.

115 Project der Constitution Joh. Georgs v. 1574 (Heydemann Joach. 27 ff., 326, Laspeyres in der Ztschr. f. D. R. VI 31).

So sol hinfuro ein jedes Weib, das nach Absterben ihres Mannes der frewlichen gerechtigkeit geniefsen will, alfsbaldt nach demselben ableiben ein .. Inventarium ... aufrichten .. lassen, sich auch nach aufsgange der vier wochen in den nachfolgenden 14 Tagen .... ercleren etc.

116 Project der Landesordnung Joh. Georgs v. 1594 (Heydem. 28, 327, 347).

Th. III c. VI bestimmt, dafs wenn ein Ehegatte unbeerbt stirbt, auf Verlangen der Erben der Nachlafs versiegelt und dem Überlebenden nur das zum nothdürftigen Inhalt während der 4 Wochen hinreichende herausgelassen wird. c. VII. Wenn nun nach Ausgang der 4 Wochen oder schierst hernach zur Theilnng geschritten wird, sollen die Erben ... vor allen Dingen ein Inventarium ... machen. — Die Wittfrau aber soll nach Ausgang der 4 Wochen ... innerhalb 8 Tagen darnach erklehren, ob sie bei ihrer freulichen Gerechtigkeit bleiben wolle.

117 c. XXXVI a. E. Ein Testament soll "baldt nach Absterben des Testatoris, ausgangk der 4 Wochen" vollstreckt werden.

118 Pruckmann († 1630, vgl. Heydemann 346) Responsa juris electoralis, vol. [illegible] consil. 34 qu. 6 § 115: secundnm nostratium mores, divisiones hereditatum, ultra tricesimum diem a morte ejus, de cujus hereditate res est, computandum, differri non solere

119 Scheplitz († 1634, Riedel Mag. I 47) Consuet. Elector. et Marchiae, dritt[e] Ausgabe des Christ. Benoni Pape 1744 führt l. I P. 3 tit. 2 § 4 Nr. 5 mit eine[m] "Nam scimus" Pruckmanns Satz an und fügt hinzu: Et hoc apud nos appellatur nostr[a] vernacula lingua Einen vierwochens Tag halten. Ideo existimo, illo ipso tempore viduae pro sua dote si illam saltem repetat, vel portione, quam juxta constitutionem nostram consequitur, satisfaciendam esse.

120 Fr. Müller practica Marchica 1678 (Riedel Mag. I 56) l. I resol. 85 Nr. 16—1[9] Quamvis legatarius a manu heredis ... accipere legatum teneatur, tamen vidua propria authoritate occupare aut retinere feudum potest, in quo possidet et dotalitiu[m] sibi est constitutum, modo occupatio fiat post trigesimum diem, ex dispositio[ne] juris Saxonici vel ex honore erga maritum defunctum, quia alias juris est, ut intr[a] trigesimum hereditas jacens neque a creditoribus neque ab ipsis heredibus mole[s]tari debeat.

121 Neumärkische Kammergerichtsordnung v. 1700 Cap. 33 (Heydemann Joac[h.] 328). Wenn der Wittwer sich der Erbschaft der Frau ganz enthalten will, soll [illegible] "aufser legal impedimenten binnen 4 Wochen nach der Frauen Tode ein Inventarium" über ... ihr Vermögen aufrichten lassen.

122 Constitution wegen Abkürzung der Processe in der Kurmark v. 3. Sept. 17[illegible] (Heydemann 329). § 35 ... sollen künftig die Gerichtsobrigkeiten dem überbleibe[n]

den Theile bei Verfertigung der Inventur, so binnen 4 Wochen a tempore mortis vorgenommen werden muſs, die beneficia juris expliciren.

Eben so in der revidirten Const. wegen Abk. d. Pr. in der Neumark v. 8. Nov. 1718 § 33.

123 Vormundschaftsordnung für die Kur- u. Neumark v. 23. Sept. 1718, v. Kamptz Prov.-Ges. d. Mark II 281 ff.

§ 19. Zur Erlangung einer Vormundschaft "muſs derjenige, dessen nächster Anverwandter gestorben, binnen 4 Wochen bei der Obrigkeit einkommen, und um Bestätigung ... Ansuchung thun", vgl. für die Mutter und Groſsmutter § 26, für andere Verwandte § 29. — §. 24. In Ermanglung von Verwandten soll den Unmündigen "doch von Obrigkeits wegen .... wenigstens in 4 Wochen Bevormundung wiederfahren".

124 Neumärkische Lehnsconstitution v. J. 1724 § 40 (v. Kamptz II 500). Zu dem Muſstheil sollen gehören die Helffte aller Hofspeisen, oder die bei Absterben des Mannes in seinem Hofe und Gewähre gewesen, so viel davon nach dem 30 Tag, nach dem Tode des mariti, übrig gefunden worden.

125 Die Magdeburgische Proceſsordnung Cap. 43 § 11 bestimmt, nach Schröter I S. 383, daſs man auf den Dreiſsigsten zu inventiren anfangen solle.

126 Policeiordnung des H. Magdeburg v. 1688 Cap. 44 § 56. Es gehöret nicht zum Muſstheile ... das Getreydig, so bei des Mannes Absterben noch auf dem Felde gestanden, oder allbereits abgeschnitten und auf dem Felde gelegen, oder zum Theil in Mandeln gesetzt gewesen, ob es auch gleich innerhalb des Dreyſsigsten einkommen.

3. Schlesien.

127 Die Constitutiones Rudolphinae Lignic. d. i. Entwurf einer Landesordnung d. Fürstenthum Liegnitz v. 1628 bestimmen: daſs obgleich eine adeliche Wittwe die Gerade und Morgengabe aus des Mannes Vermögen erst nach dem Dreiſsigsten für sich selbst zu nehmen Macht hat, und wegen des Mustheils nach dem Dr. erst mit den Erben Theilung machen muſs, dennoch, wenn sie innerhalb dem Dreiſsigsten stirbt, sie beides resp. auf ihre Erben oder Niftel vererbe. (Weingarten fasc. div. jur. L. I C. 1 p. 375 sq. Stylo, Provinzialrecht v. Niederschlesien, Breslau 1830 S. 6, 403.)

4. Sachsen, Siebenbürgen.

Kursächsische Constitutionen von 1572.

128 B. III C. 32. Was aber keine Feldfrüchte, sondern gewisse Zehenden, Pächte und Einkommen auf und aus denen Lehngütern sind, wann die zur Zeit des verstorbenen Lehnmannes betagt gewesen, so folgen sie denen Erben. Dasjenige so an Zinsen oder Kornpächten innerhalb dem dreyſsigsten fällig oder betagt gewesen, gehöret auch denen Erben.

129 B. III C. 33. Damit ... zwischen der Wittwe u. denen Erben allerley Mifsverstand verhütet, so wollen Wir: dafs die Wittwe allererst nach dem dreyfsigsten (die Gerade, Morgengabe u. Leibgedinge) vor sich selbst zu nehmen Macht haben soll; jedoch wo solches ohne deren Erben Wissen geschähe, u. sie hätte mehr dann ihr ... gebühret genommen, so müste sie, auf derer Erben Erfordern, derowegen ein Inventarium vorlegen, oder in Mangel dessen, vermittelst eines Eides, was und wie viel sie zu sich genommen, aussagen und nach Gelegenheit Erstattung thun. .... dieweil ihr (das Mufstheil) vor die Helffte nach dem dreyfsigsten soll zugetheilt werden u. das andere halbe Theil denen Erben zuständig, so ist sie auch nach dem dreyfsigsten, ohne Vorwissen derer Erben, desselben sich anzumafsen nicht befugt.

130 C. 34. Der Wittwe gebührt die Hälfte der zum Mufstheil gehörigen, nach dem 30sten übrig bleibenden gehofften Speise, "allein von dem, welches zur Zeit des Mannes absterben in seinem Hoff oder Behausung gewesen, u. darum, wann Wein, Korn oder anders, so zu Mufstheil gehöret, bey des Mannes Leben, noch auf dem Felde gestanden, u. doch folgends innerhalb des dreyfsigsten einkommen, solches gehöret denen Erben allein".

131 C. 36. Unsere Schöppenstüle sprechen der Frauen (nicht blofs so viel der cibaria domestica auf ein Jahr zu des Mannes Nothdurft u. Haushaltung nöthig gewesen, sondern) ohne Unterschied zu: alles was vor den halben Theil zu Mufstheil gehörig u. nach dem dreyfsigsten vorhanden u. übrig ist; darbey Wir es auch bleiben lassen.

132 Dec. Sax. d. a. 1746 d. 12. Wenn jemanden etwas vermacht worden, sollen die Erben schuldig sein, demselben alle nach Ablauf des 30sten Tages nach des testatoris Tode, davon erhobene Nutzungen zu erstatten, auch von solcher Zeit an die legirten Posten und Geldquanta zu verzinsen, u. ihnen dawider der Vorwand, dafs sie nicht in mora gewesen, von dem legato keine Nachricht gehabt, oder die Erbschaft später angetreten, nicht zu Statten kommen; dagegen dem Erben die Nutzungen u. Zinsen bis dahin, auch in dem Falle, da ein tertius oder legatarius selbst dasjenige so ihm vermacht worden besitzt, oder das legirte Capital bei demselben steht, gleichfalls verbleiben.

133 Mandat betr. die Edictalcitationen in Civilsachen v. 13. Nov. 1779 § 1 Nr. 1 (C. A. Cont. II 1 S. 369). Zu einer Vermuthung über Erlöschung gewisser Schulden soll der Ablauf von 44 Jahren hinreichen, welche "bei Ehestiftungen vom 30sten Tage nach Absterben des Ehegatten zu rechnen sind".

134 Generale betr. die Verjährung der ... Schuldforderungen (C. A. Cont. III 1 S. 195) vom 14. Dec. 1801. Wenn die in die Willkühr des Schuldners allein gestellte Aufkündigung bei dessen Lebzeiten nicht erfolgt, so fängt die gegen den Gläubiger laufende Verjährung seiner Forderung vom 30sten Tage nach des Schuldners Ableben an.

135 K. Sächsisches Ges. v. 30. October 1826. Mandat über die Eröffnung der .. letzten Willen § 5: Amtshalber ist der Richter zur Eröffnung eines letzten Willen

befugt und auch verpflichtet, wenn er den Tod des Erblassers auf irgend eine Art glaubhaft erfahren hat, und seit demselben wenigstens 30 Tage abgelaufen sind.

136 Damit stimmt das K. Sächs. Bürgerliche Gesetzbuch vom 1. Jan. 1863 § 2227: Amtshalber ist der Richter zu Eröffnung des letzten Willens berechtigt und verpflichtet, wenn er den Tod des Erblassers glaubhaft erfahren hat, und seit dem Tode dreifsig Tage abgelaufen sind.

137 Dasselbe § 2249: Personen, welche mit dem Erblasser bis zu seinem Tode in häuslicher Gemeinschaft lebten und auf seine Kosten unterhalten wurden, sind befugt, bis zum dreifsigsten Tage nach dem Tode des Erblassers in dem Gebrauche der Wohnung und des Hausrathes zu bleiben u. den erforderlichen Unterhalt für Rechnung der Erbschaft zu beziehen.

Der Sachsen in Siebenbürgen Statuta, bestätigt durch K. Stephan 1583, deutsche Übersetzung von 1721 (s. Schuler v. Libloy Statuta jurium municipalium Saxonum in Transsilvania, Hermannstadt 1853, Abth. II S. 231 ff.).

138 B. II Tit. 3 § 1 (S. 272). Der Vater als conjux superstes soll "so es ihm möglich zu thun, im nächsten ersten oder andern Monat nach der Frauen Abschied, ihm und seinen Kindern eine Theilung machen alles seines Vermögens .... und ein Inventarium oder Findzettel beschreiben lassen".

139 Tit. 4 § 2 (S. 276). Der Vater "soll innerhalb einem oder zweien Monaten nach seiner Hausfrauen Tode, die nächstangeborn Blutsfreund .... berufen, und den dritten Theil des ganzen Erbfalls .... den Kindern abtheilen". § 5 (S. 277). Die überlebende Mutter "soll innerhalb vier Wochen nach ihres Mannes Abgang .... theilen".

140 B. III Tit. 3 § 5 (S. 296). .... "Haben aber die Erbnehmenden in gewöhnlicher Zeit (in dreifsig Tagen nemlich, nachdem sie in den Erbfall getreten sein) die Inventarien zu machen unterlassen" so sollen sie alle Schulden bezahlen.

5. Thüringen.

141 Gothaische Gerichts- und Procefsordnung v. 1670 P. I C. 19 § 12: Die Arresta, so zu eines verstorbenen Schuldners Gütern innerhalb des 30sten Tages a tempore mortis geschehen, sollen vor beständig und kräftig gehalten werden.

142 Gothaische Landesordnung vom 1. Sept. 1666, mit Beifügung unterschiedlicher Ordnungen Th. 3 Nr. 3.

Die Beampte .... sollen, sobald .. Unmündige in den Waisenstand gerathen, .. alsobald durch Anordnung einer Versiegelung nothdürftige Verfügung thun, dafs unter währendem Trauermonat bifs ... zu völliger der Erbschaften Antret- u. Inventirung ... nichts daraus veruntreuet ... noch darbey verwahrloset werde (Vgl. neue Beifugen I S. 30) .... Zur Bestattung sind die Erben, die nächsten Blutsfreunde und die Eheleute verbunden ... Die Ehefrau mufs die Erben zu Rathe ziehen; aufserdem kann sie die Leichenkosten nicht wiederfordern.

143 Neue Beifugen zur Gothaischen Landesordnung Th. I 1781 S. 41 § 12.

... soll, damit ... die Unmündigen nicht Noth leiden mögen, jedesmal wenn nach Ablauf eines Monats, nachdem die Verwaisung sich zugetragen, von deren Gefreundten um die Bevormundung nicht angehalten wird, dazu ... auch blos von Amtswegen sofort geschritten werden.

144 Ebd. S. 45 § 19.

Den Obrigkeiten aber wird ... anbefohlen, die Fertigung des Inventarii ... längstens binnen 8 Tagen nach Bestätigung der Vormünder vorzunehmen, und den Ablauf des trigesimi keineswegs zu erwarten, es wäre denn, dafs majorenne Miterben aus erheblichen Ursachen um die Differirung der Inventur bis dahin nachsuchten.

Schröter I 384 giebt den betreffenden Inhalt des Fürstl. Patents in folgender Fassung: Obwohl bishero die Gewohnheit gewesen, dafs der Ablauff des trigesimi nach Absterben des Erblassers abgewartet worden, ehe man zur Inventur und Vertheilung geschritten ..... als soll nicht nur diese bisherige Observanz hierdurch aufgehoben, sondern auch denen Gerichten anbefohlen seyn, zum Behuf derer Unmündigen ... sofort peractis exequiis zur Inventur u. Theilung zu schreiten, es wäre denn, dafs einer der Erbinteressenten .... die Differirung der Inventur bis nach Ablauff des trigesimi suchte.

145 Neue Beifugen I S. 70. Was an Speise u. Getränke innerhalb 30 Tagen von dem Absterben des Mannes an in der gemeinen Wirthschaft verbraucht wird, gehet an dem Mufstheil mit ab, u. bekommt also die Wittwe nur die Hälfte von demjenigen, was nach Ende der 30 Tage an Speise u. Getränke annoch übrig ist.

145a Gothaische Procefs-Ordnung v. 1776 P. I C. 12 § 2. Den Erben eines Procefsführenden kommt zwar ein beneficium deliberandi zur Aufhaltung des Processes nicht zu Statten. Jedoch "sollen die fatalia denen Erben allerseits nicht eher, als vier Wochen nach dem Todesfall ihres Erblassers fortzulaufen anfangen".

146 Gothaisches Lehnsmandat vom 6. Jan. 1800 § 87. Alle am dreifsigsten Tage nach dem Sterbetage des letzten Besitzers bereits eingesammelten Früchte, .. alle Erbzinsen u. andre Einnahmen .. an Gelde u. Naturalstücken .. insofern die Verfallzeit schon vor dem 30sten Tage nach dem Todestage .. gewesen ist, der wirkliche Abtrag mag geschehen sein oder nicht, gehören ... zum Allodialnachlasse. § 88 Die am 30sten Tage nach dem Absterben .. noch auf dem Felde stehenden, und also schon vorher ausgesäeten oder gepflanzten Feldfrüchte u. Gartengewächse ... gehören zum Allodialnachlasse.

147 Die Rudolstädtische Successionsordnung v. 1. Nov. 1769 (Heimbach S. 76) § 24 wird von Heimbach § 302 N. 2 und von Bamberg Schwarzb. Rudolst. Privatrecht § 153 dafür citiert, dafs der Erbe vor dem 30sten nicht in Anspruch genommen werden kann.

148 Altenburger Vormundschafts-O. von 1785 § 6. Zu der Bevormundung der Kinder ist wenigstens sogleich post trigesimum zu schreiten. Wenn die Wittwe nach dem dreisigsten Tage des Mannes Schulden zu bezahlen verspricht, so kann sie sich zwar nicht mehr auf die Authentica, jedoch auf den Vellejanischen Rathschlufs noch berufen (Schröter II 498).

Das Altenburger Gesetz v. 14. Jan. 1837 §§ 11, 12 läſst die Eröffnung eines gerichtlichen letzten Willens auf Antrag der Betheiligten vor dem 30sten Tage, ohne Antrag von Amtswegen erst nach diesem Tage zu. — Nach dem Gesetz vom 6. April 1841 § 125 kann der Erbschaftsantritt auch vor dem Dreiſsigsten erfolgen. Heimbach § 302 N. 3 u. 4. 149

S. Weimarsche Bekanntmachung v. 23. Febr. 1816 § 1. Es soll die altgesetzliche Frist von 30 Tagen nach dem Ableben eines Erblassers, ehe das Gericht zur Regulirung der Erbschaft schreitet, fernerhin respectirt werden, auſser wenn die Erben selber um frühere gerichtliche Einschreitung bitten, oder wenn dieses aus andern dringenden Rücksichten z. B. wegen Abwesenheit, Unmündiger etc. sich nöthig macht. 150

Weimar-Eisenachsches Ges. v. 6. April 1833 § 117. Der Erwerb einer gesetzlichen Erbfolge kann sogleich nach erfolgtem Erbanfalle erfolgen. 151

Eben so nach dem Ges. für Sachsen-Altenburg vom 6. April 1841 § 117.

Gräfl. Hennebergische Landesordnung v. J. 1539 (v. Kamptz Prov.-R. 441) Buch III Tit. 3. 152

C. 7 § 1. Hat die Obrigkeit den letzten Willen in Händen, so soll "alsbald den nechsten inwendig 30 Tagen allen des verstorbenen nechsten freunden ein namhaftiger tag angesetzt und das Testament publicirt werden". § 3. Der Bedachte der den l. W. in Händen hat, soll "der Oberkeit inwendig der berürten 30 Tagen solches anzeigen. § 4. Die Verkündigung soll den Betheiligten zeitlich genug in den 30 Tagen beschehen, damit sie auf solchen tag .... erscheinen mögen, die eröffnung ... anzuhören".

C. 8 § 2. Der eingesetzte Erbe, wenn er das Testament in Händen hat, "mag, ob er wil, jnner 60 Tagen den nechsten zu zehlen von dem tag do der Testirer verschieden, alle Haab ... in ein bestendig Inventarium bringen". 153

C. 11 § 1. Weib oder Man, so die Hand verbrechen, (sollen) mit den ehelichen Kindern, die als bald zu vor bevormünd sollen werden ... als bald jnner Wochen nach beschehenem beyschlaff der andern Ehe, aller Güter ... ein gründliche Abtheilung fürnemen. 154

6. Süddeutschland.

Bayreuther Polizeiordnung v. 1. Sept. 1746 (Arnold Beiträge zum teutsch. Privatrechte I 203) Tit. 14 § 6. Jedes Orts Obrigkeiten haben ... dahin zu invigiliren, daſs gleich nach der Eltern Absterben in casibus habilibus obsigniret und darauf post trigesimum ordentlich inventiret .. werde. 155

Bayerisch Landrecht von 1616 Tit. 43 Art. 2. Wann dann die Sperr und Obsignation (Art. 1) durch die Obrigkeit .. beschehn, soll darnach in 30 Tägen, den nechsten nach demselben, durch die Obrigkeit ... ein gemeiner beschreibung Tag aller verlaſsner Haab vnd Güter benennt u. angefangen werden. 156

Die oben S. 160 erwähnte Tyroler Policeiordnung von 1573 bestimmt, daſs in den Dreiſsigsten der Bauern etc. niemand als die nächsten Freunde und Nachbaren 157 "ausserhalben deren, so Anspruch zum Erb haben, vnd darinnen verwont([1])" geladen werden sollen. Und der obigen Vorschrift über den 30sten der Grafen etc. wird hinzugefügt: "Es wäre dann sach, das zu denselben Dreissigisten in den Erbfällen solche grofse Sachen u. Handlungen zu verrichten für fielen, die in ainem oder zwayen tagen nit verricht werden kündten, solle es alfsdann mit den Malzeiten nach gelegenhait derselbigen Handlungen u. Geschäfften ... gehalten werden." Vgl. die analoge Bestimmung der Bayerschen Landsordnung v. 1616, oben S. 161.

158 Der fürstlichen Grafschaft Tirol Landsordnung 1526([2]). Buch I Th. 3. Art. Wie die Vermächt vnnd Testament eroffent werden sollen. ... Das hinfüro ain yede person der ycht oder etwas testiert ist, oder ain Vermächt hat, die soll dasselbig Vermächt oder Testament auf den Dreyssigisten der abgestorben person, ... vor der Obrigkait desselben abgestorbnen Freunden eröffnen. Doch soll im solches zuuor durch die Obrigkait oder Freundtschaft so zeitlich verkündt, damit derselb aigner person ... auf den Dreyssigisten erscheinen vnd die Eröffnung vnd die antzaigung des Testaments oder vermächts thun möge.

158a Die Landsordnung von 1532, und die neue reformierte Landsordnung von 1574 haben statt dessen Buch 3 Tit. 4 unter: Wie Testament, Ordnungen, Gaben, Geschäfft vnd Vermächt eröffent werden sollen: "So nach absterben ainer Person ain Testament ... oder Vermächt befunden wurde, dafs dasselbe auf dem Dreissigisten allen denen die das berürt, eröffnet vnd publiciert werden soll. ... Ain yede person, deren etwas testiert .... oder verschafft ist, die das Testament ... bey jren selbs handen hat, (soll) dasselbig ... auf dem Dreyfsigsten der abgestorbenen person ... vor der Obrigkait desselben abgestorbenen Erben oder Freundten oder die Adelspersonen vor der Freundschaft, den jhenen die das Testament ... berürt, eröffnen. ... Doch soll demselben der Dreissigist durch die Oberkeit, Erben oder Freundschaft so zeitlich vor verkündet werden, darmit derselb aigner Person ... auf dem Dreyfsigisten erscheinen und die Eröffnung vnd Antzaigung ... thuen möge. Wo aber Erben oder Freundschaft den Dreyssigisten ... über die gebürlich zeit verzugen, so mag der, dem ichtzit verordnet ist, die Obrigkait vmb ainen Tag zu Eröffnung ... anruffen, den Erben oder nechsten Freunden denselben Tag verkünden vnd alfs dann auf denselben Tag Eröffnung ... begehren, oder so er dasselb hat, fürlegen vnd eröffnen." Ist der Bedachte nicht im Lande oder in Unkenntnifs über den Tod des Testators, oder ist ihm der Dreifsigste nicht verkündigt, so soll es ihm nicht schaden, dafs das Vermächt auf den Dreifsigsten nicht eröffnet ist.

159 Tiroler Landsordnung von 1526, B. I Th. 3. Die wal des vermächts innerhalben ains viertail Jars anzunemen. Vnd soll die wal, das verlassen

---

([1]) Ihre Wohnung haben?, vgl Schmeller Wb. IV 82, 93.

([2]) Diese seltene, von Eichhorn D. Priv.-R. § 16 S. 50 angeführte Ordnung ist, nach Fickers Mittheilung, auf dem Ferdinandeum und auf der Universitätsbibliothek zu Innsbruck vorhanden. Die Publicationsurkunde Erzh. Ferdinands, in welche die L.-O. eingerückt erscheint, ist vom 1. Mai 1526. Am Schlusse die eigenhändige Unterschrift: Rudolff graff zu Sultz Stathalter. Die L.-O. zerfällt in 2 Bücher Buch 1 in 7, Buch 2 in 2 Theile, die Theile haben ungezählte Artikel mit Überschriften.

guet sein lebenlang inne zu haben vnd zu besitzen, oder den drittentail erblich zunemen, in ainem Viertail Jar negst nach dem Dreissigisten beschen.

Nach den Redactionen von 1532 und 1574 soll man sich "der wal in ainem halben Jar dem nächsten nach dem Dreissigisten entschliefsen".

160 Erzherzoglich Oesterreichische Verordnung, das Erbfolgerecht in der Herrschaft Bregenz betr. v. J. 1572 (Walch Beiträge V 1 ff.). S. 9. Wenn ein Ehegatte kinderlos verstirbt "so soll alsdann nach gehaltner Dreyssigist ihrer baiden ... Güthern ... Abtheilung ... fürgenohmen werden". S. 11. Sobald aber das letzte bliben Eegemechit auch Todtes verschaidet, alsdann .. nach dem Dreyssigisten Tag seines Absterbens sollen seine Erben ... den Leibgedings Theill des Abgestorbenen Eegemechit negster Freundschafft ... überantwurten. S. 12. Stirbt ein Ehegatte mit Hinterlassung von Kindern "so soll abermahlen nach gehaltenen Dreysigist ... getailt werden". — S. 14. Verheirathet sich der überlebende Ehegatte wieder und hinterläfst Kinder "so soll alsdann abermalen nach dem Dreysigisten Tag seines Absterbens all sein ... Haab ... getailt werden".

161 Landgerichtsordnung Ferd. I Tit. wie denen abgestorbenen Partheyen Erben verkünd werden soll, § 1 um dafs oftmals die Dreyssigist viel Monath lang angestellet, so soll sich nun hinfüro die Zeit eines jeden Dreyssigist nichts weiter als auf 30 Tag in innländischen Sachen, aber in denen Handlungen die Ausländische betreffend, auf 2 Monath lang nach des Abgestorbenen tödtlichen Abgang zu reichen erstrecken, und es wäre nun der Dreyssigst in solcher jetztbenannter Zeit gehalten oder angestellt, solle nichts desto weniger die Verkündigung denen Erben, als ob der Dreyssigst gehalten worden wäre, würklich beschehen, auch bei Gericht darauf gehandelt werden. (Angeführt von Suttinger, Nr. 162, p. 145. Es ist wohl die Gerichts-Prozefs- und Ordnung des Landrechts des Erzh. Oesterreich unter der Ens, Wien 1557, s. de Selchow bibl. juris Germanici, ed. 5. 1782 p. 176, gemeint.)

162 Bei der niederösterreichischen Regierung wurde 1551 ein consuetudinarium für die durch Erkenntnifs bestätigten Gewohnheiten und für neuere landesherrliche Verordnungen, und 1567 ein Motivenbuch für die Entscheidungsgründe in wichtigeren Fällen angelegt. Daraus gab Joh. Bapt. Suttinger † 1672 einen Auszug, der zu Wien 1650, 4 u. d. Titel: "Observationes practicae, oder gewisse Gerichtsbräuch, wie dieselben sonderlich bei dem löbl. Landmarschall Gericht in Oesterreich unter der Ennfs in acht genommen u. gehalten werden", sodann zu Nürnberg 1718 s. t. "Consuetudines Austriacae ad stylum exc. regiminis infra Anasum olim accommodatae per J. B. Suttinger de Thurnhof ... Nunc vero accesserunt Additiones ... nec non Aureus juris Austriaci tractatus ... authore Bernardo Walthero" erschien. Die einzelnen Stücke stehen unter alphabetisch geordneten Rubriken. Unter: Von dem Dreyssigsten (p. 145) heifst es, nachdem zuerst der Nov. 115 c. 5, s. oben S. 94, von den 9 Tagen gedacht ist: quod 9 dierum spatium consuetudinibus quorundam locorum & statutis ad 30 usque dies extensum sit, uti in Saxonia ... et sic etiam in Austria. Cum ex eo, quod catholicos praesertim nobiles etiam 30 ma die lugere & exequias pro defuncto celebrare, antiquitus receptum sit, tum etiam, ut haeredes in re tam periculosa, qualis est aditio haereditatis ... sufficiens deliberandi vel inventarium conficiendi spatium habeant.

Was nach l. fin. § Sin vero 12 C. de jure delib. nur für die Erben die ein Inventarium machen gelte, „dessen erfreuen sich de jure nostro Austriaco, hoc 30 dierum spatio, omnes indistincte heredes.

163 Dann folgt jene Stelle der Ld.-G.-O. (Nr. 161) mit dem Hinzufügen: Atque ideo judicia Austriaca petitiones partium intra hoc tempus oblatas non aliter decernunt, quam den Dreyssigsten verstreichen zu lassen, etiam circa personas non Catholicos vel pauperes, quae nullos pro defuncto publicos luctus vel exequias celebrant nec celebrare volunt, cum hoc non solum ob luctum, sed etiam alia ratione supra allata sit introductum.

Jener tractatus von Walther († 1564) enthält nichts über den Dreifsigsten.

7. Rheinlande.

164 Landrecht des Erzstifts Trier v. 1713 (v. d. Nahmer Landrechte des Ober- u. Mittelrheins II S. 593 ff.) Tit. 3 § 23. Als solle ... der Letzlebend ... nach dem Todtsfall eines Ehegatten alle Mobilien .... innerhalb Monatsfrist ... verzeichnen lassen.

165 Gräflich Leiningen-Grünstadtische Successionsordnung v. J. 1724 (ebd. S. 835 ff.), Tit. XI. Dafs nach Absterben eines oder des andern Ehegattens die Inventirung nach Verlauf vier Wochen, von hiesiger Gerichtsschreiberei vorgenommen werden solle.

166 Untergerichtsordnung des H. Zweybrücken, erneuert 1722 (ebd. S. 1019 ff.), CIV. So ein Ehegemahl vor dem andern abstirbt, u. Kinder ... hinderlässet, soll unverzüglich innerhalb eines Monats nach des Verstorbenen Tod, durch die Oberkeit ein Inventarium aller Verlassenschaft aufgerichtet ... werden.

167 Nassau-Catzenelnbogische Landordnung v. 1616, erneuert 1711 (ebd. I 115 ff) Th. 3 Cap. 11 § 6 (S. 234). .. so haben unsre Unterthane .... wenn sie eine ... Erbschaft anzunehmen bedacht seynd, sich alfsdann nach Absterben des Testatoris etc. in Monathsfrist ... dahin zu erklären etc. § 12. Wäre aber jemand bedacht, die Erbschaft gar nicht anzunemen, so soll er sich dessen gleicher gestalt innerhalb Monathsfrist ... erklären.

168 Pfälzisches Landrecht von 1698, Th. II Tit. 17 § 3 (v. d. Nahmer I 514). Da er (der Erbe) ... sich der Gutthat des Inventariums gebrauchen will, soll er gleich im Anfang und nach dem dreyfsigsten Tag dessen Absterbens den er erben will .... vor Gericht oder Rath ... dessen sich bedingen.

169 Solmsisches Landrecht v. 4. April 1571 Th. II Tit. 28 § 7. Doch soll den Letztlebenden frei stehen, da er die Schulden zu bezahlen sich beschwert befände dafs er auf den Beysefs u. die Helfft der fahrenden Haab verzeihen möge. Welches aber ... gerichtlich auch in Monatsfrist oder zum längsten 6 Wochen geschehen soll etc. (vgl. Bopp, vier mittelrhein. Landrechte S. 48).

170 § 8. Wann der letzlebende ... ein Stiefvater oder Stiefmutter wäre, dafs er oder sie .. an der Kinder erster Ehe .. Gütern keinen Beisefs haben, sondern mit denselben Kindern innerhalb Monatsfrist .. abzutheilen schuldig.

Ober-Katzenelnbogensches Landrecht von 1571 Th. II Tit. 4 § 7 171
Bopp, ebd. S. 98, 121). Doch da dem Überlebenden die Schuldlast ... alle zu tragen beschwerlich, so mag er auf die fahrende Haab etc. .... innerhalb Monatsfrist verzeihen.

Mainzisches Landrecht von 1755 Tit. 7. § 1 (vgl. Bopp a. a. O. S. 169). 172
Die andre Baarschaft, Mobilien, Vieh und Geschirr sollen des abgelebten Ebegatts Erben innerhalb 30 Tagen, die Behausung aber innerhalb einem Vierteljahr nach
dessen Tod abgetreten werden.

III.

Die Übersicht dieser Quellen ergiebt ein doppeltes.

1. Schon die in ihrer Fassung dem Ssp. sich anschliefsenden Quellen unter I, namentlich die weitgreifenden Rechtsbücher, genügen zusammen mit dem Ssp., um für das Mittelalter ein Bekanntsein des Dreifsigsten im ganzen Deutschland zu bezeugen. Die in der Abth. II genannten Normen bestätigen diese Ausbreitung des Instituts. Zugleich erwecken sie aber, da sie in der Fassung vom Ssp. abgehen, die Frage, ob sie doch nicht in der Sache selbst, sei es unmittel- oder mittelbar, aus seinen Sätzen abzuleiten seien, oder ob sie für sich selbst stehen. Bei einigen ist allerdings auch die sachliche Unabhängigkeit von jener Hauptquelle anzunehmen. Für die Kloster- und Hofrechte Nr. 52 ff. liegt sie klar vor. Für die Hallische Mittheilung v. J. 1235 Nr. 65 folgere ich sie, andrer Gründe zu geschweigen, schon aus dem der Vollendung des Ssp. so nahe folgenden Alter. Auch für das Jütsche Lov v. J. 1241 Nr. 107—109 wird die Selbständigkeit theils wegen des gleichen Umstandes, theils wegen der Bekanntschaft des sonstigen nordischen Rechts mit dem Dreifsigsten sehr wahrscheinlich [1]. In den meisten Fällen jedoch ist eine ganz befriedigende Antwort schwerlich zu gewinnen. Man darf sich auch, ohne specielle Untersuchung für jede jener Stellen, mit einer allgemeinen Anschauung begnügen. Der Ssp. verdankt den Beifall, den er rein oder umgestaltet weit und breit gefunden, einer gewissen schon früher vorhandenen Geltung des darin aufgezeichneten Rechts; aber die einer schriftlichen concreten Formgebung beiwohnende Macht hat sicherlich diese Geltung befestigt, die Einheit des

---

[1] Vgl. Anchers dänische Abhandlung (Beweis, dafs unsre alten Gesetze nicht aus dem Ssp. genommen sind) in Peder Kofod Anchers samlede jurid. Skrifter, Kopenh. 1809 II 3, 182—185.

Rechts zum deutlichern Bewufstsein gebracht, sie auf mehrere Einzelheiten, auf gröfsere Strecken ausgedehnt. Für unser Institut tritt hinzu, dafs die allgemeine Übung einer kirchlichen und weltlichen Feier des Dreifsigsten durchaus geeignet war, den im Ssp. daran geknüpften rechtlichen Folgen auch dort, wo sie noch unbekannt gewesen, leichteren Eingang zu schaffen ([1]).

2. Am Schlusse des Mittelalters war überhaupt die rechtliche Bedeutung des Dreifsigsten nicht blofs eine altherkömmliche; sie war auch durch das jus scriptum vielfach bestätigt und hervorgehoben worden. Daher konnte, als in den protestantischen Ländern die kirchliche und weltliche Feier schwand, doch auch hier ohne solche Stütze die rechtliche Seite stehen bleiben. Die Übersicht zeigt nun, wie in den Land- und Stadtrechten auch der neuern Zeit der Dreifsigste zahlreiche Anerkennung gefunden hat. Diese trug das Institut, als das Herkommen unter der wachsenden Schwierigkeit des Beweises Abbruch erlitt, sie bewahrte es beim Eindringen des römischen Rechts vor einem vernichtenden Einflusse, leitete vielmehr die Jurisprudenz dahin, die römischen Grundsätze von Testamenten, Publication des letzten Willens, Antretung der Erbschaft, *hereditas jacens* Überlegungsfrist, *beneficium inventarii* u. s. w. mit dem Dreifsigsten zu verknüpfen, so dafs noch Leyser sp. 370 m. 2 bezeugt: hodie etiam tricesimus per totam fere Germaniam usu servatur. Der Umfang seiner Geltung ist freilich dadurch gemindert worden, dafs das Allgem. Preufs. Landrecht, der Code, das Österreichische Gesetzbuch ihn nicht aufgenommen haben. Dennoch bleibt die Anwendung auch heutigen Tages noch eine ziemlich ausgedehnte. Von den oben verzeichneten Quellen nemlich, welche des Instituts gedenken, sind folgende als noch geltende zu betrachten. Der Sachsenspiegel mit dem sächsischen Weichbilde, das Liv- und Curländische Recht ([2]), die Rechte von Hamburg, Lübeck, einzelner Niederlausitzer und

---

([1]) Alkemade, Nederlands dis-plegtigheden Rotterd. 1732 I S. 460 berichtet: "het was naamelyk wel eer een gebruik in deze landen, den boedel (Nachlafs) van eenen overledenen op sommige plaatsen een maand, op andere zes weken lang na het afsterven in den zelven staat te laten rusten (ruhen), zonder eenige deeling, verkooping of verandering toe te laten", ohne nähere Belege zu geben. Bei der bekannten Verbreitung des Sachsenspiegels in den Niederlanden darf dieser auch wohl hier als Quelle des Gebrauches gelten.

([2]) Das bestehende Liv-, Esth- und Curländische Privatrecht unterliegt jedoch jetzt einer verschmelzenden Codification.

Pommerscher Städte wie Spremberg, Loitz, Gützkow, die Pommersche Bauerordnung, das Jütsche Lov, die kursächsischen Constitutionen und Decisionen beziehentlich das bürgerliche Gesetzbuch für das K. Sachsen (1), das Recht der Sachsen in Siebenbürgen, die landesherrlichen Verordnungen in Sachsen-Weimar, Gotha, Altenburg, in Schwarzburg-Rudolstadt, mit den Stadtrechten von Gotha, Schmöllen, Eisenberg, Altenburg, Ohrdruf, Rudolstadt, die Hennebergische Landesordnung, die Reformation von Frankfurt a. M., die Landrechte von Solms, Trier, Pfalz, Mainz, Ober-Katzenellenbogen, die Nassau-Katzenellenbogensche L.-O. (2).

Dem Gebiete nach beherrschen diese Quellen den Kreis des gemeinen Sachsenrechts, namentlich das K. Sachsen und Thüringen, sodann die Russischen Ostseeländer, den Bereich des Lübisch-Hamburgischen Rechts, einzelne Pommersche Localitäten, Schleswig, Frankfurt a. M., den Niederrhein. Aufserdem ist eine gewohnheitsrechtliche Geltung mehr oder minder sicher für manche Gegenden Westfalens, Oberbayerns und der Schweiz anzunehmen.

Ob die aus diesen Quellen zu entwickelnden Sätze eine allen Orten wo das Institut vorkommt gemeinsame Anwendbarkeit ansprechen dürfen, oder doch dem gemeinen Sachsenrecht zuzuschreiben sind, oder ob sie nur dem vor allen ausgebildeten Chursächsischen dann Königlich Sächsischen Recht, oder endlich andern besondern Ländern und Städten angehören, wird das System für die einzelnen Fragen zu bestimmen suchen.

Die Literatur.

Ich scheide 1. die auf ganz Deutschland bezüglichen Arbeiten und hier

a. die Monographien. Die älteste und reichhaltigste ist die meist unter Horns Namen citierte: Just. Pet. Bötticher, praes. Casp. Heur. Horn,

(1) Es ist zwar am 2. Jan. 1863 publiciert, doch bleibt der Zeitpunkt der Gesetzeskraft noch vorbehalten. Nach der Thronrede im Nov. 1863 soll das Zustandekommen einer neuen Civilprocefsordnung abgewartet werden.

(2) Das Landrecht für das K. Preufsen 1721 gehört kaum noch hieher; es verlor seine Gültigkeit für Ostpreufsen am 1. Jan. 1802, für Westpreufsen am 19. April 1844, für die Ortschaften des G.-H. Posen am 5. Juni 1863; die Aufhebung für gewisse Theile von Pommern steht in Aussicht.

diss. de die tricesimo, vulgo vom Dreyſsigsten, 4, Viteb. 1695, dann noch häufig, u. a. 1706, 1719, 1737, 1755(?) aufgelegt. Die Schrift behandelt in 51 §§(¹) alle einschlagenden practischen Fragen mit Angabe der Literatur und Belegen aus Urtheilssprüchen (deren der Abdruck von 1706 noch einige a. d. J. 1704, 1705 nachträgt) durchweg sorgsam und verständig.

In Joh. Christ. Konr. Schröters vermischten jurist. Abhandlungen zu de Selchow Elem. jur. Germ. priv. enthalten Bd. 1, Halle 1785, S. 379—388 Bemerkungen zum § 461 von dem dreisigsten Tage, welche einige Hauptpunkte kurz erörtern und besonders Stellen aus den neuern Stadt- und Landesgesetzen beibringen.

Eine Hallische Doctordissertation des Leipziger Advocaten Joh. Carl Friedr. Schütz: de die tricesimo scriptio P. I, Lips. typ. Bernh. Tauchnitz jun. 1847, mit Vorrede vom Dec. 1846, IV u. 36, behandelt im Prooemium (§ 1—4) die Geschichte des Dreiſsigsten überhaupt, im Cap. 1 (§ 5—8) den Ursprung seiner rechtlichen Bedeutung, im Cap. 2 (§ 9—12) die Berechnung der Frist, und giebt in Cap. 3 (§ 13—15) die einschlagenden Stellen des Ssp. kurz an, alles in leidlicher, wenn auch nicht überall befriedigender Weise, vgl. oben S. 104. Eine zweite particula, welche das heutige Recht des Dreiſsigsten entwickeln sollte, ist nicht erschienen.

b. Unter den Darstellungen des deutschen Erbrechts behandeln mit Fleiſs und Gründlichkeit v. Sydow's Erbrecht nach den Grunds. des Sachsenspiegels, Berlin 1828, zu den Noten 985—992, 1059, 1110 die betreffenden Stellen des Sachsenspiegels; Heinr. Siegel's deutsches Erbrecht nach den Rechtsquellen des MA., Heidelberg 1853, in den §§ 53, 66 die Grundzüge des ältern Rechts des Dreiſsigsten überhaupt.

c. Die zahlreichen Darstellungen des gemeinen deutschen Privatrecht gedenken des Instituts meist nur in Kürze, eingehender jedoch Gengler Lehrb. d. D. Privatrechts, Bd. 2, 1862 S. 1297—1301.

2. In der Literatur der D. Particularrechte betreffen den Dreiſsigsten, auſser den Erörterungen über einzelne Fragen, die sämmtlichen allgemeinen Darstellungen solcher Landes- und Ortsrechte, in denen das Institut noch eine Geltung behauptet. Hervorzuheben sind:

(¹) Der Abdruck v. J. 1737 zieht die §§ 22 und 23 zusammen, zählt daher nur 50 §§. Auſserdem läſst er die Inhaltsangaben a. R., auch manche Citate und Belagstellen fort. Ich citiere nach der ed. tertia v. J. 1719 literis viduae Gerdesianae.

Für das gemeine Sachsenrecht: Emminghaus Pandekten des gem. Sächsischen Rechts, Jena 1851, bes. Buch XXIV Tit. 5, S. 657 ff.

Für das Königreich Sachsen: Haubold Lehrb. des K. Sächsischen Privatrechts, 3te Aufl. 1847, § 346. Curtius Handb. des im K. Sachsen geltenden Civilrechts, namentlich § 899, wo auch an den betreffenden Stellen die ältern Schriften von H. Pistor, Coler, Carpzov u. a. m. angezogen werden.

Für das Preufs. Herzogthum Sachsen: Pinder, Provinzialrecht der K. Preufsischen vormals K. Sächsischen Landestheile, 1836 Th. I § 572 ff.

Für die Mark: Heydemann, die Elemente der Joachimischen Constitution v. J. 1527, 1841.

Für die Thüringischen Gebiete: Heimbach Lehrb. des particulären Privatr. der zu dem O.-A.-G. zu Jena vereinigten ... Länder, 2 Thle 1848, 1853 § 302. Sachse Handb. des Grofsherz. Sächs. Privatr. 1824 § 462. Brückner Handb. des Sachsen-Gothaischen Privatr. 1830 § 678, 720. Hesse Handb. des Sachsen-Altenburgischen Privatr. 1841 § 195. Kümpel, Handb. des Sachsen-Meining. Privatr. 1828. v. Bamberg, das Schwarzburg-Rudolstädtische Privatr. 1844 § 153.

Für die Hansestädte: Mevii Commentarii in jus Lubecense, zuletzt Frankf. u. Leipzig 1744 fol. bes. S. 410 ff. Stein Abhdl. des Lübschen Rechts 5 Thle 1738—1745 im Th. 2, und desselben Einl. zur Lübschen Rechtsgelehrs. 1751 § 205. Pauli Abhdl. aus dem Lübschen Rechte 1837 ff., bes. Th. 2 § 22. — Trummer Vorträge über die ... Hamburgische Rechtsgesch. 3 Bde 1844—1850. Desselben Hamburg. Erbrecht, 2 Bde 1852. Baumeister Privatrecht der freien und Hansestadt Hamburg, 2 Bde 1856, bes. II S. 247 ff. — Berck Bremisches Güterrecht der Ehegatten, 1832 S. 59, 95—97, 310 N. 389, S. 446.

Für die Russischen Ostseeländer: v. Bunge, das liv- und esthländische Privatrecht Th. 2, 1839, § 400, 429. Desselben curländisches Privatrecht 1851, § 285, 287.

Für Frankfurt a. M.: (Orth) Anmerkungen über die erneuerte Reformation der Stadt F. a. M. 1731 ff., 4, bes. zu Th. 3 Tit. 4 § 2. Adlerflycht das Privatrecht der fr. St. Frankfurt, 1824 Th. II § 488, 590.

P 2

Für Siebenbürgen: Fr. Schuler von Libloy Statuta jurium municipalium Saxonum in Transsilvania, Hermannstadt 1853.

Für die Rheinischen Landrechte: Hertel Rechts- u. Gerichtsverfassung der ... Ostrheinischen Landestheile, 2 Theile, Koblenz 1829, 1830, bes. I S. 110. Bopp Geschichte etc. der vier mittelrheinischen Landrechte, Darmst. 1854, S. 48, 121, 169.

Der Sprachgebrauch.

Die den Dreifsigsten betreffende Redeweise bedarf bei ihrer Mannigfaltigkeit einer besondern Vorerörterung.

Zuvörderst wird die Frist, welche läuft und das ihr gesetzte Ziel, theils nach Tagen, theils nach Wochen, theils als Monat bezeichnet.

A. Die Bezeichnung nach Tagen ist die älteste und zugleich die allgemeinste sowohl den Jahrhunderten als den Gegenden nach. Dabei wird

1. gemeiniglich, unter Weglassung von Tag, substantivisch nur die Ordinalzahl gebraucht, so namentlich im Sachsenspiegel (bit an den drüttegesten, er deme dr., to deme dr., na deme dr.) in den übrigen Spiegeln, im Jütschen Lov I 26 "a rættæ thretiugend", aber auch noch in den Kursächsischen Constitutionen, "innerhalb des Dreifsigsten", im Bayr. Landrecht "bei dem Dr.", in der Frankfurter Reformation "nach Verscheinung des Dr.", in den Stadtrechten v. Spremberg, Gotha "Ausgangs des Dr." im Baireuther Landr. "post trigesimum", in den Gothaischen Beifugen "nach Ablauf des trigesimi". Es ist dabei erlaubt, nicht sowohl an die Zeitbestimmung, als an das, von dem Tage benannte Begängnifs zu denken, vgl. oben S. 109, wie dies bei dem Ausdrucke "drittegesten don" im Ssp. I 2[illegible] § 1 und im Berliner Schöffenrecht, oder "nach gehaltener Dreyfsigst" in de[illegible] Bregenzer V.-O. sogar geboten erscheint.

2. Seltner und im Ganzen später ist von dem dreifsigsten Tage z. B. im Preufs. Landr., oder "thretiugend dagh", Jüt. Lov, oder von dreifsig Tagen z. B. im Bayr. Landrecht, dem neuern Lübschen Recht u. s. w. die Rede.

In beiden Fällen wird die Beziehung auf die Person des Verstorbenen zuweilen in folgender Art hervorgehoben: "in deme dr. daghe sine dodes" J. Lov I 23, 26, "nach des toten dr." Dsp. 219, "czu des mannes dr." Magdeb. SU., "zu sime dr." Purgolds Rechtsbuch. Auch hie[illegible] scheint der Gedanke an eine Feier zu Ehren des Verstorbenen vorzuschweben.

B. Eine noch spätere Bezeichnung ist die der vier Wochen. Ich finde sie am frühesten in den Dortmunder Statuten Nr. 100, in dem Lübschen Urtheil für Stralsund von 1484, und in der Gützkower Bausprache; dann mit der Wendung: "nach Ausgang" oder "Ausgangs der vier Wochen", in der Neumärkischen Policeiordnung und andern Märkischen Verordnungen, in den Ortsrechten von Alstedt, Leifsniz, Schmöllen; "nach Verlauf der 4 Wochen" in dem Leiningenschen Landrecht, dem Wimpfener Stadtrecht u. s. w. Scheplitz Nr. 117 aus dem 17ten Jahrh. führt den Spruch "einen vierwochens Tag halten" als einen gemeingebräuchlichen für die Erbschichtung an. Der letzte Ausdruck, so wie die Substitution von vier weken für den drittegesten zeigen, dafs "vier Wochen" nicht blofs die Frist, sondern auch den Schlufstag und das von ihm benannte Fest bezeichnen können.

C. Der Monat kommt entweder

1. schlechtweg vor. So im Hamburg-Lübecker Recht "de erste maent", im Lübschen Urteil "bynnen der negesten maente", in den Magdeburger SU. und dem Hamb. Recht von 1497 u. 1603 "in eime monde", im Siebenbürger, Zweibrücker Recht etc., oder

2. in einer Zusammensetzung. Am häufigsten begegnet

a. Monatsfrist, theils in den ältern Formen "manetverst, mantferst, mantvrest, mantvorst", s. das Alt.-Hamb. Recht, Lübsch Urt. Nr. 62, Groninger Recht, sogar in der Formel "manetverst don", Hamb. R. v. 1270, theils in der heutigen Schreibweise, wie in der Frankf. Reform., im Katzenellenbogenschen u. Solmschen Landrecht: in Monatsfrist. Ähnlich hat das Statut von Frankf. a. O. spatium unius mensis. Sodann

b. Monatsfest. Im Livl. Ritterrechte steht "eer dem mandtfeste, mandfeste beghan, an, na, tho dem mandtfeste", im Lüneburger Stadtr. "to deme m.", in einer Variante des Lübschen Rechts, Nr. 14 Hach IV 14 "mantfeste, mahnfesten". Möglicherweise nur eine Entstellung von "mantverst", welche, da ja wirklich ein Fest begangen wurde, nahe lag. Hach hat auch die Variante "manskost" mit demselben Sinne.

c. Manczit findet sich in den Quellen des Magdeb. Rechts, s. Nr. 53, in der Verbindung "czu des mannes dreisegisten, wenne man sine manczit begangin hot", so dafs die Feier darunter wenigstens mit begriffen ist(¹).

d. Maentstont (d. i. Monatszeit) kenne ich nur aus den Niederlanden z. B. dem Stadtrecht von Deventer, im Sinne der Gedächtnifsfeier am Dreifsigsten, der mensurales memoriae, s. Verh. d. genootsch. V B 161, 165, Noordewier 61.

e. Maende want haben niederl. Hdss. des Ssp. als Variante zu I 22 N. 7, 9; etwa: wenn sich der Monat wendet.

D. Die so oder so angegebene Zeit wird zuweilen noch daneben als Trauerzeit bezeichnet. Intra 30 dies luctus heifst es in den Curländer Statuten, "nach Verfliefsung des Trauermonats" im Erfurter Recht, "nach dem 30sten Tage, welches man die Trauertage nennt" im Preufs. Landr. und im Culm. Recht ex ult. rev.; "unter währendem Trauermonat", "nach vorfliefsunge" oder "zu ausgang des Trauermonats" in den Nr. 86, 87, 94, 142. Zweifelsohne hatte also die Frist auch eine Bedeutung für die äufserliche Trauer, sei es, dafs so lange überhaupt nur, oder doch in strengerer Weise getrauert wurde. Auch Horn erzählt § 43, dafs die juristische Facultät in Wittenberg um ihre Mitglieder 30 Tage lang Trauerkleider trage, und Hr. Pfarrer Koch, dafs in Westfalen eine tiefere Trauer bis zum trigesimus dauere. Also eine Begegnung der christlichen Sitte mit dem ursprünglichen und noch fortwährenden jüdischen Gebrauche.

Diese mannigfaltigen Ausdrücke sollen doch nur denselben Zeitraum oder Zeitpunkt bezeichnen. Schon Grimm in den RA. 218 bemerkt allgemein: 30 Tage scheint mir die blofse Monatsfrist, und 221: vierwöchentliche oder monatliche (Fristen) . . . werden meist durch 30 Tage ausgedrückt. Unsere Zeugnisse nun stellen gleichfalls die verschiedenen Bezeichnungen oft einander gleich und zwar

---

(¹) Lemans Glossar zum Culmischen Recht denkt an eine Mahnungszeit, auch Schütz S. 15 will das "man" auf das Trinken der "Minne" des Verstorbenen beim Todtenmale zurückführen. Nun begeht allerdings auch Josaphat den Dreifsigsten seines Vaters mit *gehügede*, s. oben S. 111 Nr. 8, d. i. Erinnerung, und die *seilmanunge* des Hamb. R. Nr. 76 sind Seelengedächtnisse. Ferner ist auch das altnord. *man* ich denke, *gaman* ich erinnere mich, Grimm Myth. 52, und selbst in unserm "es gemahnt mich" klingt diese Bedeutung nach. Da jedoch *man* und *mant* bekannte Formen für Monat sind und manczit durchgängig mit dreifsig Tagen oder vier Wochen zusammensteht, so liegt die Deutung als Monatszeit sicherlich viel näher.

1. die 30 Tage und die 4 Wochen. Scheplitz macht jene Bemerkung Nr. 117 über das "vierwochen halten" zu dem Satze: divisiones ... ultra tricesimum diem ... non differri. Das Gothaische Patent, Schröter I 384, braucht promiscue die Ausdrücke trigesimus und Frist von 4 Wochen. Im Gubener Stadtr. Nr. 68 heifst es: nach Ausgang des Dreifsigsten d. s. vier Wochen.

2. Die Monatsfrist und die 4 Wochen werden im Lübschen Urtheil v. 1484 Nr. 62, und im Siebenbürger Recht Nr. 139 für gleichbedeutend genommen(¹); eben so endlich

3. der Monat und die 30 Tage, wenn es in den Magdeb. SU. und im Glogauer Rb. Nr. 54, 55 heifst: "bis das dreysigiste begangen wirt d. i. binnen einem monden", und in der Frankfurter Reformation Nr. 101: "nach Verscheinung des Dreifsigsten oder Monatsfrist", wofür dann der Commentator Orth S. 257, 258 wieder 4 Wochen gebraucht. Damit stimmt auch die allgemeine Vorschrift der R. K.-G.-O. II T. 30 § 4 und sollen (bei den Fristen) je für einen Monat 30 Tag gerechnet werden.

Fragt sich dann noch, ob diese eine gemeinte Frist 30 oder 28 Tage umfasse, so geht doch auf dreifsig Tage die ursprüngliche und auch in unsern Quellen älteste Bestimmung hin. Bei den vier Wochen ist die Zugabe zu ergänzen, welche für je 14 Tage einer Frist einen Tag beträgt, so dafs bei 6 Wochen noch 3 Tage, bei 4 Wochen noch 2 Tage hinzukommen, mag diese Zugabe nun besonders ausgedrückt sein oder nicht, vgl. Grimm RA. 221, 222. Den dort aus dem Bischweiler Weisthum angeführten 4 Wochen u. 2 Tagen stehen die vier Wochen und zween Tage in den Rechtsgebräuchen von Botwar (Würtemberg, Reyscher 486 ff.) zur Seite. Doch mögen allerdings in späteren Zeiten die einfachen 4 Wochen in wörtlichem Sinne genommen worden sein.

System des Dreifsigsten.

I. Die Grundgedanken.

Bald nach jenen dürftigen Andeutungen des 12ten Jahrh., S. 116, belehrt uns der Sachsenspiegel in umfassender und für die Folgezeit grund-

(¹) Curtius Civilrecht § 899 Note 6 citiert für diese Gleichheit Rauchbar quaest. iur. ?v. et Sax. II 26.

legender Weise darüber, was der Dreifsigste rechtlich bedeute. Die Wittwe, heifst es im Wesentlichen, bleibt im Sterbhause bis zum Dreifsigsten; sie besorgt mit Zuthun des Erben das Begräbnifs und die Feier des Dreifsigsten. Sie nimmt dann die Hälfte der noch übrigen Hofspeise; die Frist zur Wegführung ihres Morgengabgebäudes beginnt vom Dreifsigsten. Zeigt sie sich an diesem Tage schwanger, so kann sie bis zur Entbindung im Sterbhause bleiben. Das Gesinde bleibt gleichfalls bis zum Dreifsigsten. Der Erbe mag vorher in das Haus ziehen, aber nur um die Aufsicht zu üben, nicht um über den Nachlafs zu verfügen. Andrerseits braucht er erst nach jenem Tage den Ansprüchen Dritter auf den Nachlafs gerecht zu werden. Erbloses Gut kann nach dem Dreifsigsten der Richter zur Aufbewahrung an sich nehmen.

Es liegen hier zunächst dieselben allgemein menschlichen Gedanken zum Grunde, welche schon bei den Juden, den Römern, den Franken hervortreten. Es soll dem Todten die schuldige Ehre erwiesen, für seine Bestattung, sein Andenken gesorgt werden, zugleich der Trauer der Hinterbliebenen ihr Recht widerfahren. Daher eine Zeit der Stille und Ruhe im Sterbhause, die möglichste Fernhaltung des weltlichen Getreibes, der Belästigung der Familie durch Nachlafsgeschäfte. Als der deutschen Anschauung besonders eigen läfst sich dann wohl die Scheu vor völliger und plötzlicher Umkehr des Hauswesens bezeichnen. Das Recht des neuen Gebieters wird mit der Rücksicht gegen die Hausgenossen ausgeglichen. Die hinterlassene Wittwe insbesondre soll ihre bisherige Stellung nicht in schroffem Wechsel verlieren.

Die nähere systematische Entwickelung wird, dem natürlichen Gange folgend, zuerst die rechtliche Stellung der Betheiligten zur Zeit der Ruhe also bis zum Eintritt des Dreifsigsten, dann die Weise dieses Eintritts mit der Bewegung die er hervorruft darlegen, in jedem dieser Stadien aber die rein deutsche Gestalt den aus der Berührung mit dem römischen Recht hervorgegangenen Erscheinungen voranschicken.

II. Rechtszustand vor dem Dreifsigsten.

A. Eintritt des Erben.

1. Recht des Sachsenspiegels.

Das altdeutsche Recht läſst mit dem Anfall der Erbschaft den Erwerb derselben und zwar für jeden Erben zusammenfallen. Mit dem Gute ferner gewinnt der Erbe auch die Gewere des Gutes, als das Recht auf den Besitz, sonach auch zur Besitznahme, vgl. Albrecht Gewere S. 32 ff., 79, 82 ff., 105. Zur Erlangung des Besitzes selber aber, nehme ich an, ist diese Besitznahme noch erforderlich, vgl. Mevii Comm. ad L. II a. 27 Nr. 1, 2, 4, 8 und Homeyer Lehnr. im Ssp. II 2 S. 417, 418.

Die Übung dieses Rechtes eines Erben, sofort nach dem Tode des Erblassers sich des Nachlasses zu unterwinden, findet jedoch eine Schranke in jenem Gedanken der Sterbhausstille, in der Sorge "ne heres", nach Horns Ausdruck, "vulturio more bonis relictis inhiet, statimque illa ad se rapiat impediatque luctum et justa defuncto persolvenda". Diese Sorge kommt zunächst der Wittwe zu Gute, welche mit dem Manne in ungezweiten Gütern gesessen, das Hauswesen geleitet hatte und nicht plötzlich aus der bisherigen Lebensgewöhnung gerissen werden soll, welcher auch vor Allen die Erfüllung der Pflichten gegen den Todten obliegt.

Wie vermittelt nun der Sachsenspiegel das Recht der Erben und die Scheu vor einer plötzlichen Umkehr im Sterbhause? I 22 § 1 beginnt:

> Die erve mut wol varen to der wedewe in dat gut er deme dritte-gesten.

Die spätern Handschriftenclassen haben statt des umfassenderen "gut", mit den Rechten von Hamburg und Lübeck das engere, den städtischen Verhältnissen nähere "hus". Das Goslarsche Recht wählt den Ausdruck "were", der ja theils das Haus, theils aber auch einen umschlossenen Raum überhaupt, eine Besitzung bezeichnen kann. Das Hineinziehen aber ist dem Erben gestattet, nicht damit er schon über das Gut schalte und walte, sondern zu zwei bestimmten Zwecken:

> 1. durch dat he beware, dat des icht verloren werde, des an in edrepe.

"Bewaren" ohne Objekt ist hier nicht, wie Haubold §346 3te Aufl. deutet, in Verwahrung nehmen, sondern: darauf achten, ein Auge darauf haben,

Lübsches Recht Nr. 14 "dat he to dem gude see", Ruprecht Nr. 9 "daz si behutten das gut". — Für "verloren" hat das Goslarsche Recht anschaulicher "vorbistert". Mevius a. a. O. 58 paraphrasiert: ne quid alienet aut dissipet vidua, sed frugaliter et probe administret([1]). — Für "gedrepe" d. i. treffe, wechselt der Ausdruck vielfach, s. die Note 4 zu Ssp. I 22. Der Dsp. hat "angepürt", der Schwbsp. und Ruprecht "angehört", Hamb. "an en vallen mach", Goslar "an en bestorven is". Alle diese Ausdrücke besagen mehr oder minder bestimmt, am deutlichsten der letzte, daſs das Gut dem Erben schon gehöre, er nicht erst dessen "wardende is" III 84 §§ 1, 3.

Jenes bewaren schlieſst keine eigne Verwaltung in sich. Der Erbe kann namentlich nichts von dem Nachlasse an andre Orte bringen, sondern hat alles in statu quo zu lassen. Andrerseits wird er eigenmächtig einziehen dürfen, ob er gleich nach Mevius([2]), beim Widerspruch der Wittwe civilius et utilius handelt, die richterliche Hülfe nachzusuchen.

2. Mit sime rade sal ok die vrowe bigraft unde drittegesten dun.

Der Erbe wirkt also bei der feierlichen, kirchlichen und weltlichen Begehung des Begräbnisses und des Dreiſsigsten mit([3]). Dabei steht er allerdings in so weit gegen die Wittwe zurück, als sie die Handelnde ist, er seinen Rath dazu giebt. Allein dieser Rath geht doch über eine bloſse Meinungsäuſserung, ein Zu- und Abreden hinaus. Es ist bekannt, s. Haltaus s. v. Rat p. 1562, wie oft unsre Quellen in den Verbindungen "cum consilio et consensu, mit willen gunst u. rat", Hamb. Receſs v. 1529 § 2:

([1]) Für den analogen Fall, daſs die Wittwe auch über den Dreiſsigsten hinaus wegen ihrer Schwangerschaft den Insitz behält, bestimmt das Jütsche Lov I 3 a. E. über die Stellung zwischen dem Erben und der Frau: "Rætte aruing sculæ tho med andre gothe men oc henne frender tilsiunend men were, at hun öthe ei eghen at uhegth oc afhende ei thet ther henne ei hörer, forthy at hun ma ei selæ uten for sine rette cost oc hyonæ leghe.' Plattdeutsch: "Vorthmer scholen de eruen dar tho sehen, dath se dath gudt nicht tho unwyssen thobryngt edder entfere, wente se en mach dar nicht mer aff vorkopen, wente the erer meteliken behoff vnde dem denste tho lonende."

([2]) l. c. Nr. 50 sq. Stein Lübsch. Recht II 450. Coler Proc. Exec. c. 3 Nr. 404 Horn § 30, 31.

([3]) Trummer Erbr. I 314 versteht unter bigr. u. dr. dun die Bestreitung der Haushaltskosten während eines Monats, und beruft sich auf das Hamb. R. v. 1292 E 18: wat cost dair opgheit binnen eineme manede uan der bigraft und uan seilmanunghen. Allein damit sind nicht die Kosten seit dem Begräbniſs bis zu den Seelmessen, sondern die Kosten des Begräbnisses und des Seeldienstes gemeint.

"nicht ane rat u. willen der kindere", den Rath und die Einwilligung zusammenstellen. In unserm Falle spricht für das Erfordernifs einer Zustimmung des Erben der Umstand, dafs die Kosten jener Feier eben ihn, sei es ganz, oder, insoweit sie aus den Wirthschaftsvorräthen bestritten werden, doch zur Hälfte treffen([1]). Billigerweise gebührt ihm daher eine Stimme über den Umfang der Ausrichtung. Die versio vulgata übersetzt auch: secundum eius voluntatem. Ein Lübsches Urtheil von 1484 Nr. 62 gedenkt für den dort vorgetragenen Fall besonders der Zufriedenheit der Erben mit dem, was die Wittwe für Seelenmessen und Begräbnifs ausgegeben hatte. Die Practiker endlich nehmen gleichfalls den "Rath" für Bewilligung. Die Note b. zum deutschen Text in den spätern Zobelschen Ausgaben seit 1560 sagt zu "Begräbnifs": Nota hic, quia textus dicit expensas funeris debere consensu heredis fieri, quod si mulier ex se ipsa faciat tales sumtus, tunc dicendum esse, quod ex communi hereditate eos repetere non possit, et quod praesumatur ex pietate hoc fecisse de suo, non vero animo repetendi. Dem stimmen die Spätern wie Coler, Stryk, Horn 21, Schröter S. 380 bei.

Auf diese beiden Stücke beschränkt sich vor der Hand des Erben Macht über die Erbschaft, denn, heifst es weiter:

> anders ne sal he nene gewalt hebben anme gude bit an den drittegesten.

Die Glosse sucht diese beschränkte Macht mit den Vorschriften des römischen Rechts durch die Berufung auf l. 105 D. de solut. XLVI. 3 "nec etiam (heres) cum sacco adire debet" zu vereinigen. Die süddeutschen Rechtsbücher lassen jenen Satz fort, ermangeln also des bestimmteren Abschlusses, den er über die Stellung des Erben giebt.

Aber auch die Fassung des Ssp. liefs noch Zweifeln Raum, als sie den schärfern Begriffen des Römischen Rechts Stand halten sollte. Man fragte vor allem: kann der Erbe vor dem Dreifsigsten den Besitz der Erbschaft ergreifen? Die Antwort lautet von Alters her bis auf heute verschieden. Bejahend sprechen, aufser den bei Horn § 30 citierten älteren Autoren, Leyser sp. 370 m. 2: Germani veteres heredibus permiserunt, possessionem praediorum hereditatis ante diem 30 adprehendere, ac

([1]) Die Hdschr. *Cm* sagt gradezu "van sime gude". *Em* hat, wohl mifsverständlich, "mit der gerade", das wäre also umgekehrt aus der Wittwe Gut.

simul cum vidua defuncti in iis morari; Curtius § 899m: der Erbe ist gleichwohl berechtigt, auch während dieser Frist von dem Nachlaſs Besitz zu ergreifen. Haubold selber erkannte § 345 dieses Recht nicht an, in der 3ten von Hänsel besorgten Ausgabe aber heiſst es: daſs der Erbe vor Eintritt des 30sten nicht die Erbschaft antreten oder Besitz ergreifen dürfe, sei unerweislich; aus Ssp. I 22 folge das Gegentheil, eine Pflicht zu "bewahren" lasse ohne vorherigen Erwerb des Besitzes kaum sich denken. Eichhorn RG. § 373 zu Note r befugt den Erben [neben der Wittwe] den Mitbesitz der Erbschaft zu seiner Sicherheit zu ergreifen. Eben so hält Göschen Gosl. R. 145 zu N. 7 die Wittwe für verpflichtet, dem Erben den Mitbesitz zu gestatten.

Die gegentheilige Meinung überwiegt jedoch. Einen Übergang bilden die Äuſserungen Steins, Lübsches Recht II S. 448, daſs die Besitznehmung der nächsten Erben lediglich "rerum conservandarum causa" geschehe, und von Schott, inst. jur. Sax. 337, "nec in possessionem nisi bonorum servandorum causa iri potest", weil der Verstorbene noch als lebend gedacht werde. Bestimmter erklärt sich gegen die Besitznahme überhaupt schon die Glosse zu unsrer Stelle: Dy erve sal sik des erves vor deme drüttigesten nicht underwinden. Später führt Mevius ad II 27 Nr. 60 aus: Haeredibus integrum remanet acta viduae observare, perperam agentem admonere aut per legitima remedia et officium judicis a dissipatione cohibere. Praeter haec nihil licet heredibus eam recte agentem turbare aut ex bonis quidquam occupare. Eben so scheidet Carpzov P. III c. 15 def. 16, mit Berufung auf eine Sentenz v. J. 1621 den Satz: der Erbe könne erst nach dem 30sten apprehendiren, von dem andern: attamen rerum servandarum gratia etiam ante 30mum bona ingredi licet. Ihnen folgen Horn § 30, 31, J. H. de Berger de poss. uxoris Saxon. 1704: mariti heredes in defuncti bonorum possessionem, quamdiu vidua in illis versatur, immitti non possunt; nihil amplius quam inspectio iis competit, Schröter 380, v. Bamberg § 153: der Erbe darf bis dahin keine Änderungen im Hauswesen vornehmen, auch nicht den Besitz erbschaftlicher Güter ergreifen, Brückner § 719, Trummer Erbr. II 89, v. Bunge Curl. R. § 285, Heimbach Part.-R. § 302 N. 2.

Ich stehe nicht an, der letztern Meinung beizutreten. Unsre Stelle sagt nicht, daſs der Erbe das Gut "in sine gewere" nehme, oder, gleich den

Manne I 45 § 2, mit der Frau "in den geweren sitte". Er bedarf auch, da er über den Nachlafs nicht zu schalten und zu walten hat, der Besitznahme nicht, zum "bewaren" aber, dafs nichts von dem Ererbten ihm entfremdet werde, reicht vor der Hand das Auge hin, bei der Gefahr eines Verlustes die Anrufung richterlicher Hülfe.

Mit "dem Erben" meint der Ssp. natürlich den, an welchen die Erbschaft gefallen, den nächsten Erben. Das Hamburger Recht sagt ausdrücklich: de nageste erve. Trummer, I 311, II 90, knüpft hieran eine eigenthümliche Bemerkung. Das "mut wol" drücke nicht eine Befugnifs (s. mein Glossar unter mut), sondern eine Verpflichtung des Erben aus; deshalb werde nur der nächste Erbe erwähnt, denn dieser als Repräsentant der Familie müsse aus Familienpflicht in das Haus ziehen. Ich halte es dagegen mit Horn § 31, Stein a. a. O. für zweifellos, dafs der Erbe, der etwa der Wittwe nicht mifstraut, den Einzug unterlassen dürfe.

Unter dem Erben ist endlich hier wie sonst derjenige verstanden, dem das erve zugefallen, nicht auch der nur zum herewede berechtigte.

2. Das spätere Recht.

Alles obige konnte unmittelbar aus dem Ssp. entwickelt werden. Seine Sätze haben, auch vor Einwirkung römischer Begriffe, theils durch die Statuten theils durch die Praxis nähere Bestimmung und Ausbildung erfahren.

1. Das Hamburger Recht, Nr. 13, fügt in den Recensionen von 1270, 1297, 1497 nach nene wolt hebben hinzu: it ne werde delet (al. eme to gedelet) na stadrechte. Heifst delen hier "zuerkennen", wie die Variante will, oder "theilen"? Ich möchte mich für die erstere Deutung entscheiden, etwa mit dem Sinn: es sei denn, dafs dem Erben früher durch Urtheil und Recht die Gewalt über das Gut zugesprochen wird. Das alte Lübsche Recht Nr. 14 dagegen, welches ja häufig Hamburger Recht in sich aufgenommen (s. Hach 459), entspricht mit seinem "sunder se delen na stadrechte" dem zweiten Sinne. Eben so, während das neuere Hamb. Recht Nr. 77 den Artikel ganz geändert hat, das neuere Lübsche Recht Nr. 15 in der Wendung: "keine Macht haben, bis so lange sie theilen werden nach dieser Stadt Recht". Darin liegt wohl eine Anerkennung der Befugnifs der Betheiligten,

der Wittwe nemlich und des Erben, sich auch vor dem Dreifsigsten auseinanderzusetzen.

2. Die Praxis gestattet doch dem Erben unaufschiebliche Handlungen. Leyser sp. 370 m. 2 vgl. 382 m. 2 stellt mit Beifall der Spätern (z. B. Hesse § 195) den Satz auf: at si quae sunt, quae sine detrimento aut periculo differri nequeunt, haec omni tempore impune expediuntur. Er selber hat einmal respondiert, dafs Kostbarkeiten, die dem Diebstahl und Raube ausgesetzt lagen, selbst vor dem Begräbniis getheilt werden dürften, so wie, dafs des Widerspruchs der Miterben ungeachtet, die ganze Erbschaft vor dem Dreifsigsten getheilt werde, als einer der Erben im öffentlichen Dienst verreisen mufste und die Rückkehr ungewifs war.

3. Der Ssp. stellt der Wittwe die Erben des Mannes gegenüber. Gilt das gleiche gegen den Wittwer für die Erben der Frau? Dürfen sie vor dem Dreifsigsten zu dem Wittwer einfahren? Nach dem Erbrecht des Ssp. war der Anlafs dazu jedenfalls ein geringerer. Die Frau vererbt, aufser an den Mann selber, nur Gerade und Eigen I 31 § 1, 27 § 1, III 38 § 3. Die zur Gerade berechtigte Niftel gehört als solche nicht zu den "Erben". Hinsichtlich des Eigen aber bedurfte es kaum einer Aufsicht gegen Entfremdung. Bei andrer Gestaltung des ehelichen Güter- und Erbrechts, also wenn etwa die Verwandten der Frau ihr gesammtes Gut, oder gar das zusammengeworfene Gut beider Ehegatten mit dem Ehemanne theilen, konnte allerdings die Frage erheblicher werden. So fügt denn auch das neuere Lübsche Recht Nr. 15 den obigen Sätzen hinzu: Gleichergestalt wird es gehalten, wann die Frau stirbet([1]).

4. Der Ssp. scheidet nicht, ob beim Tode des Ehemannes Kinder vorhanden sind oder nicht. Für den Fall nun, dafs die Ehe eine beerbte

---

([1]) Vgl. Mevius l. c. Nr. 65, und Stein Th. II § 300 a. E. (jura enim conjugum e[t] successionum sunt reciproca). Pauli Abh. II 92 ff. hält diese Gleichstellung nur ausnahmsweise für passend, indem nach dem Lübschen Erbrecht regelmäfsig dem Erben der Frau ei[n] Anlafs zum Einziehen beim Wittwer gefehlt habe. Trummer Erbr. I 311 ff. will für da[s] Hamburger Recht dieses Argument nicht gelten lassen und bringt die alte Beschränkung de[s] Einziehens auf den Erben des Mannes mit seiner oben S. 205 erwähnten Ansicht in Verbindung, dafs der Erbe als Repräsentant der Familie zu handeln gehabt habe, was bei de[n] Erben der Frau, dem Wittwer gegenüber nicht der Fall gewesen. Diese ungünstige[re] Stellung der Wittwe sei denn mit Recht durch das Statut v. 1603, welches beide Eheleut[e] gleich behandelt, gehoben worden.

war, ist im Allgemeinen zu sagen. Die Wittwe durfte mit den noch nicht abgesonderten Kindern III 76 § 1 in ungezweieten Gütern I 20 § 3 sitzen bleiben. Waren nun noch sämmtliche Kinder, als die nächsten Erben, in der Were, so erledigte sich durch jenes Beisitzrecht die Sache von selbst. Eben so, wenn die Kinder theilweise schon dergestalt abgesondert waren, dafs sie auf ihr Erbrecht sei es völlig oder doch den Kindern in der Were gegenüber verzichtet hatten I 13 § 2. War dagegen den Abgesonderten ihr Erbrecht geblieben, I 13 § 1, so trat wohl unser obiger Satz in Anwendung.

Andre Quellen drücken sich specieller aus. Die süddeutschen Rechtsbücher, Dsp., Schwbsp., Ruprecht Nr. 7, 8, 9, das alte Hamburger, so wie das alte und neuere Lübsche Recht Nr. 13, 14, 15 beschränken den Satz des Ssp. auf den Fall, dafs keine Kinder da sind. Wie steht es hier bei beerbter Ehe? Mevius l. c. Nr. 32—42 läfst sich auf die Frage dahin ein. Sind die Kinder unabgesondert, so können sie wegen der Gemeinschaft zwischen Eltern und Kindern für sich ingredi et occupare, aber auch durch den Besitz, welchen die Mutter jure familiaritatis übt, ihren eignen Besitz fortsetzen. Nach Lübschem Rechte insbesondre ist wegen B. II Art. 8 "die Frau bleibet besitzen in allen Gütern" ein gemeinsamer Besitz der Wittwe und Kinder anzunehmen. Also im Wesentlichen, wie oben für das Recht des Ssp. entwickelt worden. Von der Stellung abgesonderter Kinder spricht Mevius nicht, wohl weil nach dem L. R. II 2 Art. 28 dieselben, wenigstens so lange noch unabgesonderte vorhanden, mit ihrem Theile zufrieden sein müssen.

5. Ist beim Tode des Mannes keine Wittwe da, so sind die sonstigen hinterbliebenen Hausgenossen nicht für berechtigt zu halten, gleich ihr den Erben in obiger Weise zu beschränken. Er wird also etwa einer Haushälterin gegenüber befugt sein, auch vor dem Dreifsigsten Besitz zu nehmen. Vgl. Horn § 32 v. f., besonders Heimbach Part.-R. § 302 N. 2 und Erörter. I 1849 S. 138. Letzterer führt noch aus, dafs wenn unmündige Miterben vorhanden, der volljährige Miterbe nicht einseitig zur Besitznahme schreiten dürfe, weil die Obervormundschaft den Nachlafs alsbald in Verwahrung zu nehmen habe.

6. Erscheint kein Erbe, um das Gut zu beaufsichtigen, so macht sich hie und da schon im Mittelalter die Obervormundschaft der Behörden geltend. Nach dem Recht von Apenrade, Nr. 71, bleiben die Erbgüter in der

Wohnung bis zum Dreifsigsten, aber der Rath "se se vore", d. i. beaufsichtige sie, bis die rechten Erben kommen.

B. Recht der Hausgenossen.

Dem Erben stellt der Sachsenpiegel

A. die Wittwe gegenüber.

Es heifst von ihr I 22 § 1, dafs sie mit dem Erben das Begräbnifs und den Dreifsigsten besorge. Schon daraus läfst sich schliefsen, dafs sie bis dahin im Hause bleibe. Das bestätigen auch I 20 § 2, wonach sie erst nach dem Dreifsigsten ihr Gebäude räumt, und die spätern Quellen des MA., welche ausdrücklich von einem Sitzenbleiben bis zu jener Zeit sprechen, s. Nr. 54, 55, 59. Vgl. Leyser sp. 370 m. 2, Curtius § 899 f.

Hieran schliefst sich in natürlicher Weise die Befugnifs der Wittwe, von den vorhandenen Vorräthen zu zehren. Darauf deutet auch I 22 § 3, wonach sie die Hofspeise in ihren Händen hat und am Ende jener Frist die noch übrig gebliebene theilt. Die spätern Quellen sprechen auch hier bestimmter. Nach dem Goslarschen Recht Nr. 95 soll man die Frau von dem Erbe in der Were erhalten bis nach dem Dreifsigsten; nachher zehre sie von ihrer Leibzucht, vgl. Göschen 145. Das Cottbuser Recht Nr. 113 gewährt dem Überlebenden seine Nothdurft bis an den Dreifsigsten. Eben so das Projekt der L.-O. Joh. Georgs Nr. 116. Das Weichbildrecht Art. 24 spricht von der Wittwe Essen und Trinken, so lange sie in der Gewere sitzt. Das Jütsche Lov I 3 Nr. 107 lässt die schwangre Wittwe, welche bis zur Entbindung, aber mit Unrecht in dem Gute sitzen geblieben, doch nur dasjenige wieder herausgeben, was sie nach dem Dreifsigsten genommen und genossen hat([1]).

Ist nun ferner die Wittwe diejenige, der bisher die Schlüsselgewalt zustand und gebührt dem eingezogenen Erben nur jene Aufsicht, so folgt

([1]) Nach Richter Kirchenrecht § 301 wird in manchen evangelischen Ländern zu Gunsten der Wittwe und unversorgten Kinder das regelmäfsige Amtseinkommen des verstorbenen Geistlichen noch einen ganzen Monat als verdient betrachtet. Nach Schulte Kathol. Kirchenrecht S. 448 N. 14 erhalten in Bayern, laut Entschl. v. 21. April 1807, die Erben des verstorbenen Beneficiaten die Einkünfte des Sterbemonats, zu dreifsig Tagen nach dem Tode gerechnet. Der erstere Satz mag mit dem Rechte der Wittwe nach dem Ssp. in Verbindung stehen; der letztere soll wohl, gleich jener alten Bestimmung vom J. 1174 oben S. 116, den Hinterlassenen die Ausrichtung der Todtenfeier erleichtern.

von selbst, daſs die Wittwe, unter Beachtung der Rechte des Erben, das Gut zu verwalten hat. So lehren auch Mevius l. c. Nr. 60 "uti ergo libera manet viduae administratio, nec licet heredibus eam recte agentem turbare" oben S. 204; Leyser spec. 95 m. 10, Curtius § 899 zu N. f.: die Wittwe soll in den Gütern des Ehemannes bis zum Dreiſsigsten ungestört bleiben und die Wirthschaft fortführen.

Andrerseits darf die Wittwe in dieser Zeit ihre durch den Tod des Mannes erwachsenen Ansprüche gegen den Erben und den Nachlaſs eben so wenig geltend machen als andre Gläubiger und Berechtigte. Das gilt insbesondre für Mustheil, versprochene Morgengabe, Gerade, Leibzucht, Ersatz des Eingebrachten. Aber dieses Verschieben des Einklagens hindert doch nicht den sofortigen Erwerb des Rechtes selber. Stirbt also die Wittwe gleich innerhalb des Dreiſsigsten, so überträgt sie doch ihre Ansprüche auf die Erben. So bestimmen auch ausdrücklich die Constitutiones Rudolphinae Nr. 127 hinsichtlich der Gerade, der Morgengabe und des Mustheils einer adlichen Wittwe. In gleichem Sinne bemerken Carpzov III c. 33 def. 3 und Horn § 51, daſs die Wittwe ihre Rechte nicht schon verliere, wenn sie das erst nach dem Dreiſsigsten zu fordernde früher occupiert, oder den Eintritt des Erben hindert, wiewohl sie eine arbiträre Strafe verwirken könne.

Die Schöffenurtheile beschäftigen sich noch mit der Frage, ob der Wittwe ihr Insitzrecht irgend verkürzt werden möge. Das Glogauer Rechtsbuch Nr. 55 sagt, daſs im Falle einer Vergabung des Mannes von Todeswegen an die Frau, die Erben nach dem Dreiſsigsten die Gabe einzubringen haben. Wird dann hinzugefügt "unde dy weile sal sy ouch in dem erbe bliben, dy weile yr dy gabe nicht geleist ist", so ist der Sinn wohl nicht, daſs sie vor dem 30sten zu weichen habe, wenn die Leistung früher geschehe, sondern, daſs sie auch nach dem 30sten so lange bleiben dürfe, bis die Gabe geleistet worden. Gegen jene erstere Deutung spricht entschieden das Schöffenurtheil Nr. 53, welches der Wittwe, unerachtet sie ihre Morgengabe vor dem 30sten empfieng, doch bis dahin sitzen zu bleiben gestattet, und das Urteil Nr. 54, wonach sie wenn sie ihre Gabe empfangen nicht über den 30sten hinaus bleiben darf. Dagegen findet dasselbe Urteil in dem Heirathen der Wittwe einen Grund, sie schon am zweiten oder dritten Tage nach des Mannes Tode, also wohl gleich nach dem Begräbniſs zu vertreiben. Das erinnert an jenes alte Verbot der

Capitularien, oben S. 96, sie solle nicht "intra 30 dies viduitatis" wieder heirathen.

Dieses Insitzrecht der Wittwe hat hie und da eine beträchtliche Ausdehnung gewonnen. Schon die Lesarten in *Bcu* zu Ssp. I 22 § 1 und der Ausdruck des Berliner Stadtrechts "drittegesten vnd jaretyd don", Nr. 6, 11, deuten an, dafs die Wittwe auch noch bei der Feier des Jahrestages im Sterbhause sitze. Bestimmter tritt diese Ausdehnung in folgenden Quellen hervor.

Nach einer Havelberger Urkunde von 1310 (Riedel nov. Cod. dipl. I S. 27, 152, Heydemann Joach. 133) darf die Wittwe eines Fleischers ein Jahr lang den Scharrn haben und besitzen; nach einer Perleberger v. J. 1353 (Riedel 152) kann die Wittwe eines Schusters oder Trödlers eben so lange das Gewerbe des Verstorbenen üben.

Das Livländische Ritterrecht (das mittlere C. 53) bestimmt: Ist einer Ehefrau eine Morgengabe constituirt und: stervet er man darna sünder erven, se schal besitten na eres mannes dode in eres mannes gude iar unde dach ... u. helpen syne schult gelden unde plegen syner selen(1).

Die Curländischen Statuten verordnen §§ 195, 197 für den Fall der beerbten Ehe: praeterea ejus anni in quo maritus decessit, omnes fructus capiet uxor, ita tamen ut unius anni tantum reditus ei cedant; für die unbeerbte Ehe: reditus autem anni, in quo pars altera defuncta est, penes superstitem remanebunt, neque divisio nisi post annum luctus finitum fiat(2).

Das Pommersche Lehnrecht gewährt, wenigstens seit den Landesprivilegien von 1560, der Wittwe als Gnadenjahr den Niesbrauch des Lehns- und Allodialnachlasses während eines Jahres, Zettwach Pomm. Lehnr. §§ 323 ff.

---

(1) S. Paucker, die Quellen der Ritterrechte etc. Dorpat 1845 S. 136, 137. Vgl. über dieses Wittwenjahr, Trauerjahr, Nachjahr, Gnadenjahr v. Helmersen Gesch. des Livl. Adelsrechts, Dorpat 1836 S. 34, 100, v. Bunge, das liv- und esthländische Privatrecht Th. 2, 1839 S. 52, C. v. Vegesack, die Vermögensverhältnisse der Ehefrauen etc. nach livl. Adelsr. Berlin 1846 S. 46, und (v. Bunge) Gesch. des Liv-, Esth- u. Curländischen Privatrechts, St. Petersburg 1862 S. 16, 169.

(2) Vgl. die Piltenschen Statuten § 23; v. Bunge, curländisches Privatrecht, Dorpat 1851, S. 504, 507, 510, 512, 572. Dessen Geschichte etc. S. 177, 179.

Die Holsteinische adliche Wittwe bleibt während eines sächsischen Jahres in Besitz und Niesbrauch aller vom Manne nachgelassenen Grundstücke, Schrader Hdb. der vaterl. Rechte, 1774, 4, S. 294 ff.

Nach dem bäuerlichen Herkommen in Mecklenburg gebührt der Wittwe des Hauswirths, wenn der Anerbe noch nicht antrittsfähig, das sog. Trauerjahr, innerhalb dessen sie die Wirthschaft, als wenn der Wirth noch lebte, doch zu eignem Gedeih und Verderb fortführt (1).

Das Hamburger Recht von 1603 Nr. 77 hat statt des ältern Rechts Nr. 13 den Satz, daſs bei unbeerbter Ehe dem längstlebenden Ehegatten ein ganz Jahr die Wohnung, auch aus den nachgelassenen Gütern sein Unterhalt neben seinem Gesinde gebührt. Vgl. über die hier besonders deutliche Erweiterung des Rechts des Trauermonats zu dem des Trauerjahres Trummer Beitr. III. 88, Hamb. Erbrecht I 309 ff., II 90 ff., 94, 172, Cropp jur. Abhdl. II 575, Berck Brem. Güterr. 67, Baumeister Hamb. Priv.-R. II 247.

Endlich ist noch des besondern Anspruches der Predigerwittwen auf ein Gnadenjahr in vielen protestantischen Ländern, z. B. in Curland (Bunge a. a. O. S. 516 ff.), in der Mark (v. Hermensdorf Prov.-R. II 350), vgl. A. Preuſs. Landr. II 11 § 838 ff. zu gedenken.

B. Auſser der Wittwe beachtet der Ssp. von den bisherigen Hausgenossen noch das Gesinde. Nach I 22 § 2, Nr. 17 bis 23, soll man von der Erbschaft dem Gesinde allererst den Lohn zahlen, wie er ihm bis zum Todestage des Herrn gebührt (2). Man soll auch das Gesinde "halten" bis zum Dreiſsigsten.

Jenen Lohn darf das Gesinde wohl sofort fordern. Zwar entscheidet das "allerirst" dafür noch nicht, denn dieser Ausdruck läſst sich passender auf ein Vorrecht der Befriedigung vor andern Gläubigern deuten (3). Allein für jenes sofort spricht einmal, daſs nach der Stellung der obigen beiden Sätze

(1) Die Zeitpachtbauern im Domanio v. Mecklenburg-Schwerin, Schwerin 1863 S. 45.

(2) Die Fassung im Goslarschen Recht Nr. 21 "wende uppe de tid" soll wohl keinen andern Sinn geben.

(3) Vgl. die Fassung in der von v. Thüngen herausgegebenen Form des Weichbildes a. 230: von dem erbe sal (man) nymant gelden, denn dem gesinde sein vordint lon von allererste. Über den Zusammenhang des Liedlohnvorrechtes mit dem Ssp. s. Heimbach Part.-R. § 120 Nr. 5.

die Lohnforderung unabhängig vom Dreifsigsten bleibt, sodann die weitere Bestimmung "wil aver de erve, sie solen vuldenen unde vullon untvan", wonach, wenn der Erbe von diesem Rechte keinen Gebrauch macht, die Dienstboten berechtigt erscheinen, sogleich fortzugehen. Aber sie dürfen doch auch in diesem Falle bis zum Dreifsigsten bleiben und nach dem Sinne des "halden" so lange nicht nur Aufenthalt, sondern auch Unterhalt begehren. Das bestätigt auch das Braunschweiger Stadtrecht, Nr. 98, wonach die Erben, welche nicht in das Sterbhaus ziehen wollen, es verschliefsen mögen, falls sie nur die Dienstboten bis zum Dreifsigsten "orer nottorfte pleghen". Eben so wenig bezweifeln die Practiker, dafs das Gesinde auch zu unterhalten sei, Horn § 24, Schröter I 381.

Diese Befugnifs des Gesindes in Betreff des Dreifsigsten würde schon aus dem allgemeinen Gedanken der während der Sterbhausruhe waltenden Hausgemeinschaft sich herleiten lassen. Der Ssp. legt ihr noch den besondern practischen Grund unter: das Gesinde solle Zeit gewinnen, sich wieder zu vermiethen. Er fügt hinzu, dafs das Gesinde den zu viel, also den über den Tod des Dienstherrn hinaus bereits empfangenen Lohn keinenfalls zurückzahle(1). Das Verhältnifs zum Civilrecht stellt sich demnach dahin. Dort hebt der Tod des Dienstherrn den Vertrag nicht auf, falls nicht etwa auf seine Persönlichkeit besondre Rücksicht genommen worden; in diesem wie in jenem Falle ist die Stellung beider Contrahenten eine gleiche. Nach dem Ssp. dagegen entscheidet der Wille des Erben der Herrschaft, ob der Vertrag innegehalten oder gelöst werden soll, aber auch bei der Lösung ist für den Dienstboten durch seinen Anspruch auf monatlichen Unterhalt, durch das besondre ihm gegebene Beweisrecht und durch das Behalten des einmal empfangenen Lohnes gesorgt. Die Entscheidung erscheint dem ganzen Verhältnifs angemessen und billig. Daher will auch Mevius zu III A. 8 Nr. 35 die im Lübschen und ältern Hamburger Rechte fehlende, aber in das neuste Hamburger Statut, Nr. 23, aufgenommene Bestimmung des Ssp. über die monatliche Versorgung, aus dem Nachbarrecht für Lübeck ergänzt wissen.

(1) Diesen Satz, so wie den obigen von dem Wahlrecht des Erben wiederholen auch das Recht von Hamburg (1270 VIII 2), von Bremen (Oelrichs 115, 116, 340, 382), von Prag und Brünn (Röfsler I 134, II 87), doch ohne das Halten des Gesindes bis zum Dreifsigsten.

Für die Ausdehnung der Sitte auf das südliche und westliche Deutschland spricht aufser der Übertragung des Ssp. in den Schwbsp. und Ruprecht v. Freisingen noch jener Vorgang, oben S. 115 Nr. 22, wonach der Diener des verstorbenen Herzogs Albrecht von Österreich bei der Schwester des Herzogs noch bis zu seines "herren säligen dreyssigost" verbleibt, ferner der letzte Wille des Landgrafen Wilhelm II. zu Hessen von 1506: man soll auch unser Hofgesinde vier Wochen nach unser hinfart bei einander halten und dem Futter und Mahl geben und was wir ihnen schuldig blieben wahren, gütlich entrichten und darnach erlewben([1]).

Aus den weitern Schicksalen des Gesinderechts ist für den Dreifsigsten hervorzuheben. Die Praxis, geneigt auch im römischen Recht die Auflösung des Dienstverhältnisses durch den Tod der Herrschaft zu finden([2]), hielt wesentlich an den Bestimmungen des Ssp. fest. Im J. 1717 respondierten die Helmstädter: nach deutschen Gewohnheiten wird Gesinde- und Arbeitslohn aus gemeiner Erbschaft länger nicht als 4 Wochen nach des Erblassers Tode bezahlt, Leyser sp. 115 m. 10. Eben so nimmt Adlerflycht II 591 für Frankfurt a. M. an, dafs das Gesinde aus der gemeinen Haushaltung zu befriedigen sei. Auch das gemeine Sachsenrecht geht, nach Curtius § 1469, mit dem Ssp. dahin: der Dienstbote bekommt seinen Lohn bis zu dem Tage, da der Herr starb, und wenn er etwas voraus empfangen hat, braucht er es nicht herauszugeben; auch mufs er bis zum Dreifsigsten Kost und Obdach erhalten, um sich unterdessen nach einem andern Fortkommen umzusehen. Wenn jedoch der Erbe will, so mufs er auch bei ihm seine Zeit ausdienen, und erhält dann seinen vollen Lohn, vgl. ebd. § 899, Haubold § 100, Heimbach § 121.

Die neuern Gesindeordnungen jedoch vieler Länder theils sächsischen theils aufsersächsischen Gebietes bleiben zwar bei dem Grundsatze, dafs der Erbe der Herrschaft gegen eine gewisse Entschädigung des Dienstboten den Contract lösen dürfe stehn, aber binden sich doch nicht grade an den Dreifsigsten und an jene Art der Entschädigung. Vgl. Heimbach § 121 N. 5 und die Preufs. Ges.-O. v. 1810 § 101 ff.

---

(1) U. Fr. Kopp Bruchstücke zur Erl. d. D. Gesch. Cassel 1799 S. 169.

(2) Horn § 25 und die dort citierten Coler L. 1 Dec. 201, Carpzov P. 2, C. 51 D. 11, 12.

Sehr bemerkenswerth ist schliesslich die Bestimmung des neuen bürgerlichen Gesetzbuchs des K. Sachsen von 1863 § 2249, oben Nr. 137. Sie erkennt nicht nur das Recht der Wittwe und des Gesindes auf Wohnung und Unterhalt im Sterbhause ausdrücklich an, sondern dehnt auch diese Befugniss auf die ganze bisherige häusliche Gesellschaft aus. Das Gesetzbuch knüpft also an den Satz des Ssp. an, bauet ihn weiter aus, bleibt überhaupt dem Grundgedanken des altdeutschen Rechts in diesem wesentlichen Stücke treu.

Die über den Nachlass waltende Stille wirkt noch nach zwei andern Seiten hin. Die Ansprüche gegen ihn ruhen insgemein und das Zusammenbleiben der Güter führt zu einer Gemeinsamkeit des Haushalts.

C. Die Nachlassruhe.

Hat der Erbe bis zum Dreissigsten ausser den obigen beiden Stücken keine Gewalt an dem Gute, so ist es nur folgerecht, dass er bis dahin den Ansprüchen nicht nachzukommen braucht, welche den Erblasser und das Erbschaftsgut treffen. Aber der Grundgedanke führt noch weiter. Diese Ansprüche sollen überhaupt in jener Frist ruhen, in wessen Händen sich auch das Gut befinden mag. Hierauf gehen im Sachsenspiegel III 15 §§ 1, 2, oben Nr. 37, 41.

Nach dem § 1 soll, wenn nach dem Dreissigsten zweie ein Nachlassgut ansprechen, derjenige der es in Händen hat es keinem von ihnen ausantworten, bis sie sich etwa in Güte vertragen oder einer den andern vor Gericht abweist. Der § 2 erklärt denjenigen für bussfällig, welcher nach dem Dreissigsten die Herausgabe von Heergewäte, Gerade, Erbe mit Unrecht weigert.

Überhaupt also wird ein Anspruch auf das nachgelassene Gut erst nach jener Frist für rechtlich zulässig geachtet, und dabei nicht unterschieden, gegen wen derselbe gerichtet werde. Das Berliner Stadtbuch Nr. 45, indem es den § 3 I 22 über die Pflicht der Wittwe zur Herausgabe des Heergewäte mit dem § 2 III 15 combiniert, betrachtet die Wittwe als diejenige, welcher das Erbe, Heergewäte, Mustheil, die Gerade abgefordert werden.

Der Gedanke des Ssp. hat theils im Princip, theils in besondern Anwendungen durch Gesetz und Jurisprudenz mannigfache Anerkennung und

Entwickelung gefunden. Im Einzelnen lassen sich als somit ruhende Berechtigungen folgende scheiden.

1. Der Anspruch auf das "erve", d. i. auf die Hauptmasse des Nachlasses, nach Absonderung derjenigen Stücke, für welche das deutsche Recht eine besondre Folge von Todeswegen kennt, s. das Register zum Ssp. unter Erbe. Hieher gehört also auch der Anspruch der Miterben auf Theilung.

2. Die Ansprüche aus den gesetzlichen Specialfolgen, also auf die Gerade, das Heergewäte, das Mustheil, das Lehn, die Morgengabe, insoweit sie eine gesetzliche geworden, endlich auf den Sterbfall aus dem Nachlaſs eigner Leute.

3. Die Ansprüche aus des Erblassers vertragsmäſsigen oder einseitigen Anordnungen von Todeswegen, also auf die Leibzucht, welche, Goslars Recht Nr. 95, der Mann "sinem wive gemaket heft", die freiwillige Morgengabe und sonstige Zuwendungen des Verstorbenen.

4. Die Forderungen der Gläubiger des Erblassers.

5. Eigenthumsansprüche z. B. derjenigen, deren Güter bisher mit einem Niesbrauch zu Gunsten des Verstorbenen belastet waren.

Ohne Beschränkung auf einzelne dieser Categorien finden sich zunächst allgemeinere Aussprüche unsers Satzes.

Nach dem Jüt. Lov I 23, Nr. 108, sollen Erben und Gläubiger sich nicht vor 30 Tagen nach dem Tode melden, vgl. Berck S. 95.

Die Cotbuser Willkühr, Nr. 113, will daſs die Freunde des Verstorbenen mit dem was ihnen von Recht gebührt, also etwa mit Erbe, Gerade, u. s. w., bis zum Dreiſsigsten warten sollen.

Coler L. I Dec. 70 sagt: der Erbe darf bis dahin von niemand beunruhigt werden und braucht niemanden zu antworten. Heimbach § 302: der Erbe darf weder von Miterben noch von Legataren noch von Erbschaftsgläubigern eher rechtlich belangt werden. Bunge Livl. R. II 327: die Erben dürfen von niemanden, auch nicht von ihren Miterben mit Ansprüchen gestört werden. Bamberg Schw. Rudolst. R. § 153 und Hesse 195: den Erben können weder die Miterben auf Herausgabe ihrer Erbschaftsantheile noch die Legatare oder die Gläubiger ansprechen.

Jene einzelnen Fälle und zwar

1. die eigentlichen Erbansprüche trifft besonders der Ssp. III 15

§ 2, wenn er neben Gerade und Heergewäte auch das Erbe erst nach dem Dreifsigsten zu fordern gestattet.

2. Bei den Specialerbfolgen wird

a. die Verschiebung des Anspruchs auf den Sterbfall schon von dem alten Soester Hofrecht, Nr. 52, in den Worten "celebrato tricesimo" bezeugt. Auch das Verzeichnifs von S. Maximin, Nr. 52*b*, fordert die Entrichtung der Kurmede erst an diesem Tage. Wenn hier der Erbe verpflichtet wird, das fragliche Stück schon am Dritten (nach dem Begräbnifs) dem Hofsherrn vorzuzeigen, und es entweder gleich zu geben oder es schätzen zu lassen, um dann am 30sten ein Stück dieses Werths zu liefern, so beweist dies wieder, dafs der Erwerb des Rechts selber schon vor dem Dreifsigsten erfolgt ist.

b. Auf Gerade und Heergewäte geht aufser dem Ssp. III 15 § 2 das Dortmunder Recht Nr. 100 und der positive Satz Carpzovs II 3 dec. 12: "geradae et rerum expeditoriarum nomine nemo ante tricesimum debet molestari", auf die Niftelgerade insbesondre das Schöffenurtheil Nr. 56 und die Glosse zum Weichbild A. 23, Nr. 57. Letztere fügt, dem Aufsichtsrecht des Erben entsprechend, hinzu, dafs die Niftel auch vor dem Dreifsigsten die Vorzeigung der Gerade mit der Darreichung der Kistenschlüssel, und im Weigerungsfalle die Aushändigung der Gerade selber begehren darf.

c. Dafs die Wittwe ihre Morgengabe erst nach der Feier des Dreifsigsten fordern dürfe, bestimmt der alte Culm IV. 45 mit seinen Quellen Nr. 53. Dennoch war die Frage hinsichtlich der Morgengabe und der Wittwengerade in Sachsen streitig geworden. Die Constit. III 33 führt die rationes dubitandi u. a. dahin an: Dieweil das Recht der Wittwe in der Gerade, Morgengabe und dem Leibgedinge die Succession giebt, dafs sie also diese Stücke jure proprio erlanget, so möchte wohl dafür gehalten werden, dafs auch die Wittwe alsobald nach Absterben ihres Mannes diese Stücke .... selbst einzunehmen befugt sei. Sie entscheidet jedoch, Nr. 129, dafs die Wittwe allererst nach dem Dreifsigsten jene Stücke vor sich selbst zu nehmen Macht haben soll.

d. Des auf die Erben fallenden Mustheils gedenkt das Berliner Stadtbuch Nr. 45, und *e*, des Lehns der Schwabenspiegel Nr. 42*a* beim

Wiedergeben von III 15 § 2. Von diesen beiden Stücken wird unten noch besonders zu handeln sein.

3. Für die Zuwendungen des Testators giebt schon die Urk. von 869, oben S. 97, einen uralten Belag. Auch die spätere Jurisprudenz wendet einstimmig das Princip auf dieselben an. Ein Hallisches Urteil von 1827 (Emminghaus S. 660) spricht mit Berufung auf Ssp. I 22, III 15 allgemein aus, dafs nach Sachsenrecht die Pflicht des Erben, das vom Erblasser ihm auferlegte zu leisten, erst 30 Tage nach dem Tode anfange. Über Vermächtnisse vgl. aufser den obigen Aussprüchen Schröter S. 382, Curtius § 782, Sachse S. 443. Für das Leibgeding bestätigt den Satz die Const. III 33, Nr. 129, vgl. Kori Erörterungen III Abh. 11 S. 92 ff. Über das "Seelgeräthe" s. unten S. 219.

4. Der Stellung der Erbschaftsgläubiger gedenkt schon die Glosse zu Ssp. I 22, Nr. 47. Sie können vor dem Dreifsigsten die "erfschulde" nicht einklagen. Darauf und auf III 15 beruft sich Carpzov für seine Sätze II 15 Def. 15: "ante trigesimum heres a creditoribus molestari non debet, nec cuiquam ante id tempus respondere aut quicquam solvere tenetur" und III 16 Def. 8: "intra quod tempus hereditas neque a creditoribus neque a judice atque adeo nec ab ipsis heredibus molestari possit". Andre nehmen die Nov. 115 über das *novemdial* hinzu, in welcher sich, nach Horn § 34, nicht nur eine ratio similis sondern ipsissima darbiete. Der Satz gelte um so mehr, wenn die Erbschaft noch gar nicht angetreten, also niemand da sei, der statt des Verstorbeuen angesprochen, citiert, *in moram* versetzt werden könne. Vgl. die Autoren bei Schröter 382 N. 6. Bunge Livl. R. II 329 zieht noch die weitere Folgerung, dafs die gegen den Verstorbenen schon angestrengten Processe sistiert werden. Horn § 50 wirft die Frage auf, ob die Bestimmung der Nov. 60 c. 1, wonach der Gläubiger, der den Schuldner oder dessen Angehörige tempore mortis durch Anforderungen beunruhigt, oder der durch Hinderung der Bestattung die Zahlung zu erpressen sucht, die Forderung verliert, auf ein Einfordern während der 30 Tage zu übertragen sei. Er scheint zur Bejahung geneigt, und bringt ein Urteil von 1705 dafür bei. Eben so will das Curl. Recht (Bunge § 285), dafs die Störer der 30 Trauertage jure crediti sui cadere debent. Schwerlich rechtfertigt sich jedoch eine solche Erweiterung der höchst positiven, römischen Vorschrift.

Von dem Falle 5. macht die Bregenzer VO. von 1572, Nr. 159, die Anwendung, dafs die Erben den Leibgedingstheil des letztverstorbenen Ehegatten erst nach dem Dreifsigsten an die Erben des Erstverstorbenen auszuantworten haben.

Der Satz also, dafs während der 30 Tage die Ansprüche gegen die Erbschaft und den Erben ruhen, hat eine nach Inhalt und Ort allseitige Anerkennung und insbesondere im gemeinen Sachsenrecht eine bis heute wirksame Entwickelung gefunden.

Doch bleiben noch einige besondre Fragen übrig.

1. Ist dem Erben vor dem Dreifsigsten gestattet, seinerseits den Satz des Ssp. I 6 § 4 "man sal ok den erven gelden, dat man deme doden scüldich was" geltend zu machen, also die Forderungen des Erblassers einzuziehen? Suttinger Nr. 162, S. 146 führt hier mit Berufung auf Gothofredus aus: heres intra hoc tempus agere potest, cum in ipsius favorem sit introductum. Sed ne uni liceat, quod alteri non permittitur, non auditur heres, nisi huic temporis beneficio etiam pro se renunciaverit, vel periculum subsit. Diese Befugnifs des Erben, die also nur darin eine Beschränkung fände, dafs die belangten Schuldner nun auch mit ihren Forderungen nicht an die Frist gebunden wären, unterliegt doch Bedenken. Der Schutz des Erben gegen die Ansprüche steht nicht für sich allein als lediglicbe Begünstigung des Erben da, sondern ist nur eine der Folgen des Stillstands in den Vermögensverhältnissen des Verstorbenen, ist namentlich von dem Ruhen der gegen den Nachlafs zu erhebenden Ansprüche nicht zu trennen. Die Worte des Ssp. I 22 § 1 "anders sal he nene gewalt hebben anme gude" dürfen mit auf das Einziehen der Erbschaftsforderungen bezogen werden und als objektiver Satz gelten, der auch dritten Betheiligten zu Gute kommt. Daher möchte ich den Ansichten Leysers sp. 370 m. 2, dafs der Spiegel dem Erben auch "administrationem rerum hereditariarum atque institutionem et prosecutionem actionum hereditariarum ante diem tricesimum" untersage, und Haubolds ad Berger oec. juris 517, 519 "diei tricesimi expectatio non tam aditionem hereditatis, quam divisionem hereditatis actionesque hereditarias differt" beistimmen.

2. In Folge jenes Ruhens der Ansprüche der Gläubiger können diese vor dem Dreifsigsten auch von keiner Verjährung betroffen werden. Dafs hiefür die Nov. 115 eine besondre und sichre Grundlage liefere, hat die Ju-

risprudenz bald und allgemein anerkannt. Vgl. Suttinger "ex hoc 30 dierum intervallo creditoribus hereditatis circa praescriptionem nullum praejudicium generatur", Carpzov II 3 d. 12, Horn § 33, 45 "per tempus hujus tricesimalis quietis creditori nullum praejudicium ex praescriptione oriri posse", von den Neuern u. a. Haubold § 404, Curtius § 899: die Verjährung in Ansehung von Rechten und Verpflichtungen, welche mit dem Tode des Erblassers wirksam werden, kann erst nach Ablauf des Dreifsigsten zu laufen beginnen. Beispiele einer gesetzgeberischen Billigung des Satzes für einzelne Forderungen geben die Nr. 133, 134, einer analogen Anwendung auf die processualischen Fristen die Nr. 144.

3. Einer eigenthümlichen publicistischen Einwirkung des Princips der Ruhe gedenkt Horn § 43: quodsi mortuus officium gessit publicum, non temere aliquid intra tricesimum innovatur, neque surrogatur alius in illius locum.

4. Diese Sicherung des Nachlasses gegen rechtliche Anforderungen läfst doch gewisse Ausnahmen zu.

Es ist schon oben S. 211 glaublich gemacht worden, dafs das Gesinde, welches der Erbe nicht behalten will, sofort den verdienten Lohn fordern dürfe.

Sodann läfst sich mit Suttinger p. 146 wohl behaupten, dafs pia legata also namentlich die Anordnungen zum Seelenheil (das Seelgeräthe), "et ea, quae defunctus statim post mortem solvi voluit" auch vor dem Dreifsigsten zu erfüllen sind.

Wie steht es ferner mit der richterlichen Auspfändung und Beschlagnahme des Nachlasses? Die Glosse zum Ssp. I 22 erklärt: "dy richter mut ok dar nicht panden edder besetten, dar dy bygraft mede gehinderet werde edder dat drittegeste". Sie scheint also doch nicht unbedingt diese Executionsmittel zu versagen. Die spätere Praxis hat ferner auch die verwandte Frage über die Arrestanlegung während der dreifsig Tage häufig erörtert. Suttinger p. 146 meint, mit Berufung auf Gail und Gothofredus: ubi periculum in mora, in personam heredis vel res hereditarias arrestum peti potest. In der sächsischen Jurisprudenz stritten besonders Coler Proc. Exec. P. 2 c. 3 Nr. 395 gegen, Arumaeus decis. Lib. II d. 4 (Jen. 1612. 4), Carpzov P. I c. 30 d. 38 Nr. 2 für die Zulässigkeit, vgl. die Nr. 141. Man hat zuletzt, und wie mir scheint mit Recht, in folgender Weise unterschieden.

Handelt es sich darum, wegen einer Schuld eine Person oder Sache festzuhalten, so kann, weil dadurch die Sterbhausruhe gestört werden würde, nur im Nothfall, also wenn etwa eine Wegschaffung oder Verschleuderung des Gutes oder die Flucht eines nicht angesessenen Erben zu besorgen, die Beschlagnahme erfolgen, Adlerflycht II 591. Wird dagegen nur ein solcher Arrest beim Richter erbeten, durch den ein dingliches Recht oder ein persönliches Vorzugsrecht an den Gütern des Schuldners gewonnen werden soll, so steht dem auch vor dem Dreifsigsten nichts im Wege, weil dann nicht Hand an Person oder Sache gelegt, das Begräbnifs nicht gehindert, die Trauer nicht gestört wird, die Ankündigung an den Erben vielmehr ohne Beunruhigung geschehn kann, s. Horn § 36, Berger oecon. jur. L. II t. 1. § 3 Nr. 6, Schröter S. 383. Dasselbe mufs auch bei der Untersagung der Veräufserung und Verpfändung an den Schuldner im neuern sächsischen Rechte gelten, s. Curtius § 1087.

Endlich werden diejenigen Schulden, welche erst nach dem Tode des Erblassers, etwa zur Bestreitung des Begräbnisses und andrer unumgänglicher Ausgaben gemacht wurden, jener Regel nicht unterworfen werden können. So auch Suttinger p. 146 und Horn § 35.

D. Der Haushalt.

Findet vor dem Dreifsigsten keine Veränderung des Gutes statt, keine Erbtheilung, keine Ausantwortung der besondern Vermögensstücke, welche wie Leibzucht, Gerade u. s. w. an Andre als den Erben fallen, keine Erfüllung der Vermächtnisse, keine Zahlung der Erbschulden, so verbleibt bis dahin das nachgelassene Vermögen wesentlich in dem Zustande zur Zeit des Todes des Verstorbenen. Aber doch stehen einem völligen Stillstande der Vermögensgeschäfte gewisse den Hinterlassenen obliegende Pflichten und die Bedürfnisse ihres Lebens entgegen. Es soll insbesondre *bigraft* und *drittegeste* besorgt, es mufs ja überhaupt der gemeine Haushalt fortgeführt und bestritten werden.

Die betreffende Leitung nun steht, wie S. 209 bemerkt, zunächst dem überlebenden Ehegatten zu; nach ihm würde der Erbe, dann der Richter dazu berufen sein. Bei den erforderlichen Ausgaben aber ist immer der

Erbe vornemlich betheiligt; sie fallen der Erbschaftsmasse zur Last. Was zu dieser gerechnet werden soll, bestimmt das besondere eheliche Güterrecht und Erbrecht. Nach dem Sachsenspiegel würden die Kosten aus demjenigen Gute zu bestreiten sein, welches nach Ausscheidung der aus bestimmten Stücken bestehenden Complexe der Gerade, des Heergewätes, des Lehns, der Leibzucht, der Morgengabe, des Eingebrachten, als "Erbe" übrig bleibt, aufserdem aus dem Mustheil, welches die Wittwe mit den Erben theilt([1]). Denn dieses bildet sich erst aus demjenigen Vorrath an Lebensmitteln, welcher nach dem Dreifsigsten übrig bleibt, und ist ja seiner Natur nach zur Bestreitung jener Ausgaben geeignet. Kennt das eigenthümliche Güter- und Erbrecht jene besondere Institute nicht, wird sogar das eigne Gut des Überlebenden mit in die nach Quoten zu theilende gemeine Masse geworfen, so werden in gleichem Maafse die Mittel zur Tragung der Kosten erweitert. Besondre Bestätigung finden diese Sätze in folgenden Aussprüchen.

Zunächst hinsichtlich der Begräbnifskosten. Das Bremer Recht von 1303, Oelrichs S. 143, läfst den, der des Verstorbenen Gut *upboret* (erhebt), dessen *graft bekostegen*, vgl. Berck 463, 433, 440. — Wer Erbtheil nimmt, sagt das ältere Freyberger Recht Schott III 157, Nr. XVII, zahlt auch "daz di bigraft kostet". — Nach dem Schöffenurteil, Nr. 60, bezahlen die Erben die Begräbnifskosten, die Wittwe braucht um deswillen dafs sie dabei mitgewirkt von dem ihr gebührenden Gute nicht dazu zu helfen, vgl. Nr. 61. — In dem Stralsunder Rechtsfall von 1484, Nr. 62, wenden die Erben nichts gegen die Tragung desjenigen ein, was die Wittwe aus dem Nachlasse bis zum Dreifsigsten an Bier, Brot und für Vigilien, Seelmessen und das Begräbnifs ausgegeben hatte. — Die lat. Noten zu I 22 in den spätern Zobelschen Ausgaben des Ssp. lassen nur dann, wenn die Wittwe eigenmächtig, "si haeredis consensum non requisierit" das Begräbnifs besorgt, nicht die gemeine Erbschaft, sondern die Wittwe für die Kosten aufkommen. — Nach dem Hamburger Recht, Nr. 76, wird aus dem "meen gancen gode" bestritten, was innerhalb eines Monats für Begräbnifs

([1]) Schon das Soester Hofrecht Nr. 52 bestimmt, dafs die Wittwe und die Erben von den, dem mortuarium unterliegenden Stücken einen Ochsen und ein Schwein in exequias des Verstorbenen verwenden dürfen.

und *seilmanungen* (Seelengedächtniſs) aufgeht, vgl. Trummer Erbr. I 308, 314, 315 und oben S. 198(¹).

Eine interessante Vergleichung bieten die oben S. 144 angeführten Bestimmungen der nordischen Rechte, welche zwischen den Kosten für Begräbniſs und Dreiſsigsten scheiden, und die der Schleswigschen Stadtrechte dar, welche auch die Begräbniſskosten nicht dem gemeinen ganzen Gute zuweisen(²).

Auf die Haushaltskosten während der dreiſsig Tage überhaupt gehen folgende Aussprüche:

Nach dem Lübbener Statut §47 Nr. 71, vgl. Riedel Mag. 3 S. 220, wird die für die Wirthschaft erforderliche Zehrung während der 30 Tage aus den Vorräthen an Getraide, Küchenspeise, Getränk entnommen. — Leyser sp. 115 m. 10 sagt: propter spec. Sax. I 22 defuncti oeconomia sumtu communi per mensem tantum continuari potest. — Horn § 41 leitet aus der repraesentatio hereditatis den Satz her, daſs alle nothwendigen Unkosten ex communi hereditatis massa zu leisten seien. — Kind, Samml. auserl. Rechtsspr. Heft 2, 1838 S. 43 und Berck S. 95 lassen den Aufwand für die inzwischen fortzuführende Haushaltung aus der gemeinsamen Erbmasse bestritten werden. — Nach dem neuesten Sächsischen Gesetzbuche § 2249, Nr. 137, endlich beziehen die bisherigen Hausgenossen des Verstorbenen ihren Unterhalt bis zum Dreiſsigsten für Rechnung der Erbschaft.

Den Ausgaben aus der Nachlaſsmasse kann ein Zuwachs gegenüberstehen. Die Frage, wem dieser, wem insbesondre die Früchte des

---

(¹) Der Satz der Glosse zu Ssp. I 6: "de erve schal to vore nemen, wat de bigraft gekost hefft" soll nach dem Citat l. 22 § 9 C de jure deliberandi ausdrücken, daſs der Erbe welcher nur mit dem Nachlaſs für die Erbschaftsschulden haftet, von demselben die Begräbniſskosten abziehn darf. Eben so nach den Hamburger Statuten v. 1603 III 7 A. 3.

(²) Nicht ganz klar lautet eine etwa dem 14ten Jahrh. angehörige Vorschrift der alten Keuren von Hoorn bei Alkemade ceremonial der begrav. Delft 1713 p. 179 dahin: Beerbt jemand seine Eltern oder einen Anverwandten, "die zullen mede mogen inkomen om de uitvaert, maentstont en jarichtyd te houden na gewoonte der stede, indien hy of sy, of iemand anders mede betalen willen allet dat totter deelinge, uitvaert, m. en j. behoort, uitgenomen dat testament en besprek". Ich verstehe: der Erbe darf die Ausfahrt (das Begräbniſs), den Dreiſsigsten und den Jahrestag nach der Ortsgewohnheit feiern, wenn er oder falls er abwesend, ein Andrer alle Kosten entrichten will, es sei denn, daſs Testament oder Vertrag vorhanden.

Nachlaſsgüter zufallen, wird in der Lehre von der Auseinandersetzung nach dem Dreiſsigsten ihre Erledigung finden.

E. Die Erbschaftsantretung.

Bisher war von der Stellung der Personen und des Gutes während der Sterbhausstille lediglich nach einheimischen Quellen die Rede. Der auch hier nicht fehlende Einfluſs des römischen Rechts zeigt sich für jenes Stadium zuvörderst durch seine Lehre von dem Erwerbe der Erbschaft.

Der deutsche Grundsatz "der Todte erbet den Lebendigen" wich ja vielfach der römischen Regel, daſs dieser Erwerb auſser dem Anfall noch die Antretung der Erbschaft erfordere. Das ist, da der Ssp. eines ganz klaren Ausdrucks jenes Satzes ermangelt, selbst für das gemeine Sachsenrecht geschehen ([1]). Sonach erwuchs alsbald die Frage: erleidet der Erbschaftsantritt während der dreiſsig Tage eine Beschränkung?

Für die Beantwortung giebt schon das gemeine Recht einen Vorgang in dem Institut des novemdial, während dessen, s. oben S. 95, die trauernden Angehörigen nicht behelligt werden sollen. Mit Recht behaupteten hier z. B. Leyser sp. 370 m. 2, Horn § 29: die Novelle 115 verbiete dem Erben die *aditio* nicht, zur *aditio* bedürfe es auch in der That nach l. 23 D. XLI 2 nicht der *occupatio* des Nachlasses, der Antritt könne also ohne Störung der Trauer, ohne Beunruhigung der Angehörigen erfolgen. Andererseits ist nach l. 14 § 8 D. XI, 7 aus dem *funerare parentes suos* noch keine *pro herede geritio* oder *aditio* zu folgern. Ein gleiches muſs nun für die 30 Tage gelten. Zwar meint Leyser sp. 370 m. 1: "hereditas jure civili confestim, jure Germanico post 30 dies adiri potest". Allein er bestimmt dies m. 2 näher dahin: "hereditatis aditio, quin momento statim post mortem defuncti fiat, nihil obest. Interim non nego, festinatam hujusmodi aditionem aviditatem aliquam sapere et cum regulis decori pugnare." Und rechtsgrundsätzlich ist nicht abzusehen, wie durch eine bloſse Erklärung des Erben die Ruhe des Sterbhauses und der status quo im Nachlaſsgute gebrochen werde. Daher entscheiden sich auch die neuern Schriftsteller und Ge-

---

([1]) Horn § 29, Curtius § 905, Heimbach § 303, Emminghaus Pand. S. 639 Nr. 3. Nach manchen sächsischen Rechten gilt dies sogar für die *heredes sui*, Curtius § 885 N. b, Heimbach a. a. O. N. 1.

setze([1]) übereinstimmend für die Statthaftigkeit einer Antretung vor dem Dreifsigsten.

Inwiefern aber ist in dem Einziehen des Erben eine *gestio pro herede* zu sehen? Das Einziehen ist freilich ein Weiteres als das *funerare*. Allein nach der Natur der Sache und nach der Analogie dessen, was die ll. 5, 6, 7 D. XVIII 8 dem Erben während der Bedenkzeit einräumen, wird aus dem blofsen Beaufsichtigen des Gutes, aus der Zustimmung zu der Bestreitung des Begräbnisses und des Dreifsigsten, aus der Vornahme unaufschieblicher Handlungen noch keine Antretung zu entnehmen sein. Jedenfalls würde, wie nach l. 14 § 8 cit. beim *funerare*, eine verwahrende Erklärung gegen jene Folgerung schützen. Vgl. Berck Brem. Güterrecht 1832 S. 96 ff.

F. Die *hereditas jacens* und die Fiction des Fortlebens.

Nach römischer Ansicht soll der Verstorbene als Vermögenssubjekt durch den Erben ersetzt und fortgesetzt werden. Ist sodann zum Erwerbe der Erbschaft aufser dem Anfall regelmäfsig noch eine Antretung erforderlich, so ergiebt sich zwischen dem Tode und der Antretung leicht eine Lücke, welche die Römische Jurisprudenz durch die Vorstellung ausfüllt dafs die erblos darniederliegende Erbschaft selber "vice personae fungitur".

Der bis zum Dreifsigsten ruhende Nachlafs des deutschen Recht und diese hereditas jacens stehen sich scheinbar nahe genug, um die sächsischen Juristen zu dem Ausspruche zu verleiten: die hereditas sei eine *jacens* bis zum Dreifsigsten und stelle den Verstorbenen dar. So lehrt Hartmann Pistoris, Lib. I qu. 24 Nr. 95, schon 1579: "nam intra hoc tempus haereditas pro jacente reputatur"; Carpzov P. III c. 16 def. 8: "accedit ratio juris, quod nempe tempus 30 dierum sit jacentis hereditatis" und P. III c. 32 def. 20: "quia hereditas jacens intra 30mum repraesenta personam defuncti". Eben so Fr. Müller practica Marchica, 1678, L. resol. 85 Nr. 16 sq.: "quia alias juris est, ut intra trigesimum hereditas jacens neque a creditoribus neque ab ipsis heredibus molestari debeat", und Horn §§ 17. 41: "intra tricesimum hereditatem defunctum repraesentare"

([1]) Horn § 29, Schott inst. jur. Sax. 338, Haubold § 346, v. Bamberg § 153, Hes § 195, Heimbach § 302 N. 4 und die dort citierten Gesetze von S. Weimar (Nr. 151 Altenburg, Gotha.

Aus Carpzovs Satze P. II c. 15 d. 14, in Sachsen dauere die Zeit der her. jacens nicht über 30 Tage, weil es keiner Antretung bedürfe, ergiebt sich ferner, dafs auch ohne Einwirkung des römischen Motivs der aditio die äufserliche Ähnlichkeit beider Sachlagen zu jenem Ausspruche führte. Es ist jedoch die innere Natur des deutschen und des römischen Instituts eine wesentlich verschiedene. Die deutsche Sitte gebietet, auch wenn der neue Herr des Hauses unzweifelhaft ist, dafs für eine herkömmlich bestimmte Zeit die Ausübung der den Nachlafs betreffenden Rechte sowohl seitens des Erben als auch gegen ihn möglichst eingestellt werde. Die dadurch begründete Ruhe findet ihr Seitenbild in dem römischen *novemdial*. "Spatium novem dierum" sagt Stryk L. X t. 2 § 12 "moribus Germaniae ad triginta dies extensum est". In der *hereditas jacens* dagegen soll ja, statt des noch fehlenden neuen Herrn und so lange er grade fehlt, ein Vertreter gefunden werden, und zwar, damit die Vermögensthätigkeit nicht unterbrochen werde.

Diese also unbegründete, aber falls nur nominelle noch unschädliche Einschiebung des römischen Begriffes hat jedoch weiter zu einer folgenreichern Vorstellung geleitet. Denn wird die der hereditas jacens beigemessene *repraesentatio* als eine Stellvertretung und zwar nicht des künftigen Erben, sondern des Erblassers, wie oben von Carpzov und Müller, gefafst, so setzt sie die fortdauernde Existenz des Erblassers voraus. Jene Einschiebung konnte also zu der Fiction führen: der Verstorbene wird als bis zum Dreifsigsten lebend gedacht. Man konnte ferner glauben, hiemit den Schlüssel zu allen einzelnen Folgen der Sterbhausruhe, das juristische Princip des Instituts gefunden zu haben.

Schon bei Pistoris und Horn blickt dieser Gedanke in dem Satze durch, dafs die zwischen dem Tode und dem 30sten fälligen Civilfrüchte an die Erbschaft fallen "ac si decedens ea reliquisset, ac si defunctus adhuc in vivis esset". Allgemeiner formuliert ihn C. F. Hommel, Pertinenzregister (3te A. 1773) § 37 dahin "überhaupt wird dafür gehalten, als wenn jeder Verstorbene vier Wochen nach seinem Tode noch lebete", ferner A. F. Schott inst. jur. Sax. 1778 p. 337 "siquidem defunctus ad hoc usque tempus quasi vivere intelligitur" und H. G. Bauer, die Decisionen von 1746, Th. I 1794 S. 138 zur Dec. 12 § 2, mit der Begründung: "weil nach Sächsischen Rechten, Landr. I 22, Const. III 32, der Erblasser zum Vortheil des Erben, um nicht sogleich von Gläubigern .... beunruhigt zu werden und die Kräfte des Nachlasses ruhig untersuchen zu können, 30 Tage lang noch für lebend erachtet wird". Ihnen folgen in diesem Jahrhundert noch Kind quaest. for. I, 56: "cum ex moribus Saxonum usu servatis defunctus ad trigesimum usque vivere fingatur"; Zachariä im Sächs. Lehnr. § 216 N. 2: "die bekannte Fiction des S. R., dafs der Verstorbene noch 30 Tage nach seinem Tode lebe"; Haubold sächs. Priv. R. 1820: "indem der Verstorbene bis zu (des 30sten) Eintritt als lebend angesehn werde". Ähnlich sprechen: Sachse Grofsh. Sächs. R. § 462, Heimbach § 302, v. Bunge Curl. Priv. R. § 285[c]. Curtius endlich, 1ste Aufl. 1837 § 899, zeigt gleich Horn die Verbindung der Fiction mit jener Annahme der Repräsentation des Verstorbenen in der Fassung: "Während dieser Frist wird in mehrfacher Hinsicht der Verstorbene noch als lebend und die *h. jacens* als den Verstorbenen repräsentirend betrachtet". Aber er spricht doch nicht mehr unbedingt. In dieser seiner einschränkenden Richtung geht nun die neueste Doctrin weiter und weiter, bis sie schliefslich zum völligen Aufgeben der Fiction gelangt.

Schütz 1847 sagt zwar S. 20 noch von ihr: haud vanam esse, sed fundamento quodam quod facti est, superstructam cerni. Aber er erklärt dies doch dahin: nequaquam quidem per eam actum est hoc, ut defunctorum heredibus aliquantum dispendii inferretur, verumtamen ex aequitatis et verecundiae ratione induciae quaedam in rebus persequendis vel juribus exercendis interpositae cernuntur, quum hereditas intra 30 dies post obitum mortui duceretur pro quiescente. Die heute gangbaren Lehrbücher des gemeinen D. Privatrechts ignorieren meist den Satz oder gedenken seiner historisch, wie Mittermaier 6te Aufl. § 145, oder engen ihn, wie Walter § 414 dahin ein, dafs das Hauswesen so lange auf dem alten Fufse fortgeführt werde, als ob der Verstorbene noch lebte. Ähnlich sagt ein Erkenntnifs des Leipziger Stadtgerichts von 1833 (Emminghaus Pand. d. Sächs. R. 658): der Verstorbene werde insofern als lebend angesehen, als der Erbe vor dem Dreifsigsten keine Änderung im Hauswesen vornehmen könne, und ein in appellatorio bestätigter Bescheid desselben Gerichts äufsert: wenn nach dem Ssp. ein Todter 30 Tage lang noch als lebend betrachtet werde, so sei diese Fiction auf die Fälle, für die sie ausgesprochen, zu beschränken (Emmingh. a. a. O.). Gleicherweise ermäfsigen Hesse für Altenburg § 195 und die dritte Auflage von Haubold § 346 jenen allgemeinen Satz dahin: Der Dreifsigste .... ist insofern von Wichtigkeit, als der Verstorbene bis zu dessen Eintritt dergestalt als lebend betrachtet wird, dafs der Erbe .... keine Änderung im Hauswesen .... vornehmen, auch weder von Gläubigern .... belangt werden darf.

Weiter aber lehnt ein Urtheil der Weimarschen Regierung v. 1845 (Emminghaus 660) die Fiction, als nicht aus dem Ssp. sondern aus den S. Constitutionen hervorgehend, für das gemeine Sachsenrecht gänzlich ab. Auch Siegel im Deutschen Erbrecht 1853 S. 157 stellt sie für den Sachsenspiegel völlig in Abrede. Gengler endlich, D. Privatrecht 1859, bezeichnet S. 275 den Grundsatz des Dreifsigsten allgemein als einen "irrthümlich auf ein fingirtes Fortleben des Verstorbenen basirten".

In der That ergiebt sich diese ganze Anschauung als eine nicht nur unnöthige, sondern auch bedenkliche. Eine quellenmäfsige Begründung fehlt durchaus. Die Anordnung für ein Cöllner Kloster vom J. 1174, oben S. 116, stellt sich theils als neue dar, theils giebt sie ihr Motiv besonders an. Die sonst gemeiniglich dafür citierten Sächsischen Constitutionen, insbesondre III 32, sprechen sie eben so wenig aus, als die obigen Stellen des Ssp. Die der *hereditas jacens* beigelegte Persönlichkeit — bestände sie überhaupt grade 30 Tage — führt in ihrem richtigeren Sinne, wonach sie nicht unmittelbar den Erblasser vertritt, sondern für den dereinstigen, den Erblasser repräsentirenden Erben vicariirt, nicht auf jene Vorstellung hin. Die allerdings aus dem Ssp. abzuleitende Folge, dafs die Wittwe dem Hauswesen wie zu Lebzeiten des Mannes vorstehe, vermag für sich allein die Fiction seines fortdauernden Lebens doch dann nicht zu begründen, wenn die sonstigen rechtlichen Folgen seines Todes ihr entgegentreten. Denn wird er als fortlebend gedacht, so dürften ja nicht die Gläubiger mit ihren Ansprüchen hingehalten werden, so müfsten die Dienstboten ihren Lohn auch über den Todestag hinaus empfangen, so wäre der Erbe nicht befugt, in das Haus auch nur Aufsichts halber einzudringen. Die besondre obige Motivierung Bauers, S. 224, wird später zurückzuweisen sein.

Vornemlich aber erscheint es als verwerflich, wenn jene Theorie nicht nur die wirklich für den Dreifsigsten gegebenen Bestimmungen erklären und zusammenfassen soll, sondern auch als eine das ganze Institut beherrschende Regel den letzten Entscheid über alle dasselbe betreffende Fragen geben will, wenn beispielsweise Curtius § 889 N. b, die Meinung, daſs die 30 Tage erst *a momento scientiae* laufen, schon damit beseitigt, daſs sie mit "der Idee, der Verstorbene lebe noch 30 Tage, unvereinbar sei"; wenn man ferner die wichtige Frage, wohin die während jener Zeit gewonnenen Früchte fallen, einfach durch diese "Idee" erledigen zu können meinte. Die spätern Erörterungen werden auf die practische Einwirkung der Fiction noch öfters zurückführen.

G. Die Besinnungszeit.

Das römische Recht giebt demjenigen Erben, der die ihm deferierte Erbschaft ipso jure erwirbt, dem *suus heres*, doch das *beneficium abstinendi*, so lange er sich nicht in die Erbschaft mischt. Eben so gewähren auch diejenigen neuern Gesetzgebungen, welche sich noch oder wieder zu der altdeutschen Regel: der Todte erbet den Lebendigen, bekennen, dem Erben die Befugniſs, der durch den Anfall erworbnen Erbschaft binnen einer gewissen Frist zu entsagen, vgl. A. Preuſs. Landr. I 9 §§ 367, 368, 383. Gleicherweise dürfen wir nun annehmen, daſs zur Zeit, da jene Regel allgemein herrschte, der Erbe den ihm zugefallenen Nachlaſs ausschlagen durfte, wiewohl, nach seiner beschränkten Haftung für die Verbindlichkeiten des Verstorbenen, nur selten ein Anlaſs dazu sich finden mochte. Zur Erklärung hierüber aber konnte er füglich erst an dem Tage, wo eines Erben Rechte und Pflichten in Wirksamkeit treten, am Dreiſsigsten also, verpflichtet sein, vgl. Berck S. 96.

Dafür liefert jenes Gedicht Barlaam und Josaphat, S. 101, 111, 127, einen bemerkenswerthen Belag. Der Thronfolger versammelt am Dreiſsigsten die Fürsten zur Gedächtniſsfeier des verstorbenen Königs und erklärt ihnen dann, daſs er, dem weltlichen Leben gänzlich entsagend, auf die Nachfolge verzichte, sie aber einen andern König zu wählen hätten.

In der That war auch die Zeit, während welcher der Erbe, ohne über den Nachlaſs zu verfügen, in das Haus fahren und das Gut beaufsichtigen durfte, zu einer Besinnungszeit, bildete sie gleich nicht den Zweck des Instituts, doch ganz wohl angethan. Eine ähnliche Rücksicht spricht der Ssp. selber für das Gesinde aus; ihm dient die Ruhefrist dazu, um sich nach einer neuen Herrschaft umzusehen. Andre Quellen neigen sich dem Gedanken, daſs sie auch Andern als Bedenkzeit nutzen könne, immer ichtlicher zu. Nach den Magdeburger Schöffen, Nr. 53, mag die Wittwe, wenn sie gleich ihre Morgengabe vor dem Dreifsigsten empfangen hat, doch noch bis zu demselben in dem Gute sitzen bleiben, um sich darin umzusehen. Das hatte dann eine practische Bedeutung, wenn nach dem ehelichen Güterrecht die überlebende in dem Gute verbleibende Frau für die nachgelassenen Schulden zu haften hat. Und Berck 136 ff. bemerkt wohl mit Recht, dafs die Wittwe noch rechtzeitig am Dreifsigsten durch Lossagung vom Gute sich dieser Haftung entledigen konnte. — Nach dem Braunschweiger Recht Nr. 97 soll ein abgesonderter Sohn sich zu dem Dreifsigsten erklären, ob er unter Einwerfung des Empfangenen "mit zu Theile geben will". — Allgemeiner spricht das Jütsche Lov I 26, Nr. 109, aus, dafs der Erbe, der sich am Dreifsigsten zur Erbschaft bekennt, die ereislichen Schulden bezahlt, vgl. dazu Berck S. 95.

Was wird nun aus dem so erwachsenen Satze, dafs der Erbe erst am Dreifsigsten sich über seine Stellung zur Erbschaft zu erklären habe, seit dem Einflusse des Römischen Rechts? Es fordert zum Erwerbe der Erbschaft regelmäfsig die Antretung, ändert also den innern Character der Erklärung des Erben; es läfst ferner den Erben für die Schulden des Erblassers mit dem ganzen Nachlasse, ja mit dem eignen Gute des Erben haften; es räumt endlich eine Besinnungsfrist ausdrücklich ein und ordnet diese doch anders als bis zum dreifsigsten Tage nach dem Sterbfalle. Das *spatium deliberandi* liegt zunächst in der Frist zur Anfertigung eines Inventars, welche binnen 30 Tagen nach erhaltner Nachricht vom Anfalle der Erbschaft begonnen und binnen 60 Tagen, beim *absens* binnen Jahresfrist nach dem Tode, vollendet werden soll, es kann aber noch über diese Frist hinaus um 9 Monate resp. ein Jahr verlängert werden.

Die alten Grundsätze bleiben dennoch mehrfach in Kraft. Für Österreich entwickelt Suttinger Nr. 162, 163, dafs die 30 Tage den vornehmern Catholiken zur öffentlichen Trauer und den Exequien, allen aber, auch den Nichtcatholiken und den Ärmern, bei der Erbesantretung dazu dienen: ut sufficiens deliberandi vel inventarium conficiendi spatium habeant. Daher seien die neun Tage der Nov. 115 c. 5 in Übereinstimmung mit dem Sachsenrechte auf dreifsig ausgedehnt worden. Andrerseits gelte die römische auf die Erben, welche ein Inventar machen, bezügliche Bestimmung in Österreich landgerichtsordnungsmäfsig für alle Erben, jedoch "hoc triginta dierum spatio". Daher werde auf Klagen, die vor dem Dreifsigsten (gegen die Erben) erhoben würden, decretirt "den Deifsigsten verstreichen zu lassen", wobei die LGO. diesen Zeitraum nach des "Abgestorbenen tödtlichen Abgang" berechnet.

Damit stimmen auch die Vorschriften der Nassau-Catzenellenb. LO. v. 1616 Nr. 164, dafs der Erbe sich über die Annahme oder Nichtannahme "nach Absterben des Testators .. in Monatsfrist" zu erklären habe; des Gützkower Bausprache Nr. 80, dafs wenn jemand stirbt, seine Erben sich innerhalb vier Wochen beim Rathe angeben sollen; des Solmsischen Landrechts Nr. 169, dafs die Verzichtleistung des überlebenden Ehegatten auf den Beisitz und die halbe fahrende Habe in Monatsfrist oder zum längsten 6 Wochen ([1]) geschehen solle; des Ober-Katzenellenb. Landrechts Nr. 171 dafs der Überlebende auf die fahrende Habe innerhalb Monatsfrist verzichten möge.

Auch die Bestimmung der Frankfurter Reformation, dafs die Renunciation des letztlebenden Ehegatten "nach Verfliefsung des Dreifsigsten" nach dem Tode geschehen solle, ist ebenso zu verstehen, indem "nach Verscheinung" des Monats die Renunciation nicht mehr zugelassen werden soll, vgl. Orth. I S. 549, II S. 88, Adlerflycht Th. 2 S. 485. Bei Orth. II S. 87 ff, 473 ist ausgeführt, dafs die ältere Reformation eine Frist noch nicht gestattet, die neue aber wohl mit Rücksicht auf die Grundsätze des altdeutschen, insbesondre sächsischen Rechts über den Dreifsigsten diesen Zeitraum bestimmt habe. Und Adlerflycht II 590 (vgl. 488, 597 ff.) bemerkt allgemein, also auch für andre Erben, dafs die Erklärung über die Erbschaftsantretung gewöhnlich binnen 30 Tagen nach dem Absterben des Erblassers geschehe, "indem insolange mit Entsiegelung der Verlassenschaft und Vertheilung der Erbschaft nichts vorgenommen zu werden pflegt, in welcher Zeit auch die gemeine Haushaltung fortzuführen etc."

Einige Statuten des 16ten Jahrhunderts, von Alstedt, Langensalza, Ohrdruf Nr. 83, 89 modificieren den Satz dahin, dafs der Erbe nach dem Dreifsigsten innerhalb 6 Wochen sich zu erklären habe, und die Entwürfe der Märkischen Constitutionen Nr. 115, 116 aus demselben Jahrhundert wollten wenigstens der Wittwe hinsichtlich ihrer fräulichen Gerechtig-

---

([1]) Nach Bopp Gesch. etc. der vier mittelrhein. Landrechte S. 48 hält die neuere Praxis sich an die 6 Wochen.

keit nach "Ausgang der vier Wochen" noch eine resp. zwei Wochen Besinnungszeit einräumen.

In den sächsischen Ländern nahm die Sache folgenden Gang. Schon die Juristen des 16ten Jahrhunderts beriefen sich auf Ssp. I 6 für den Satz, dafs in Sachsen gegen das gemeine Recht der Erbe auch ohne Inventar nicht *ultra vires hereditatis* hafte. So Henn. Goden consilia, 1541, C. 11 Nr. 8 und die Anmerkungen zum lateinischen Text des Ssp. I 6 a. E. in den neuern Zobelschen Ausgaben. Dem folgten auch die Späteren namentlich Coler, Carpzov ([1]). Demungeachtet, meinten sie, sei auch nach sächsischem Recht das *spatium deliberandi* nicht wirkungslos, aber es bedürfe, wie u. a. Coler I c. 3 n. 379 ausführte, wegen der leichtern Folgen der Annahme nicht der langen römischen Frist von 3 Monaten resp. einem Jahr, sondern *inter praesentes* seien 30 Tage von der Zeit der Wissenschaft vom Tode hinreichend. Diese, einer römischen Bestimmung angenäherte Beibehaltung des altdeutschen Termins wendet das Recht von S. Meiningen nach Kümpel 262 in der Art an, dafs der Erbe vor Ablauf des 30sten Tages von der Wissenschaft des Erbanfalls sich nicht als Erbe behandeln zu lassen braucht. Im übrigen aber hat dieser Termin auch in den Ländern des sächsischen Rechts theils eigenthümlichen Fristen von 6 Monaten, wie in Weimar, Altenburg, Gotha, s. Heimbach § 306 Nr. 4, theils, wie im kursächsischen Recht, dem römischen Termin weichen müssen, den jedoch die Praxis als ein ipso jure von der Kenntnifs der Delation anlaufendes spatium annuum deutete, s. Decisio 57 a. 1661, Haubold § 349, Curtius § 888 vgl. Bürgerl. Gesetzb. §. 2265.

H. Die Versiegelung des Nachlasses.

Eine frühe Erwähnung dieser Mafsregel findet sich in Hamburger Recessen von 1483 A. 12, 1529 A. 26, s. Trummer Erbr. I 310, dahin: "Ok en schal men framen lüden, de eren gaden verloren hebben, de kisten nicht thosegeln", also mit einem bedingten Verbot. Späterhin tritt sie hier und anderswo als gestattet, ja geboten auf. Sie knüpft sich dabei theils an die deutschrechtliche Befugnifs des Erben zur Beaufsichtigung des Nachlasses, theils, wenn gleich selber dem römischen Recht unbekannt, doch an

---

([1]) S. die Literatur bei Kind qu. for II qu. 56 sq., Haubold § 348 Note a, Curtius § 912 N. c.

dessen *beneficium inventarii*, als Vorbereitung zur Verzeichnung des Nachlasses an.

Die erstere Beziehung führte zu einer Versiegelung zunächst nur für bestimmte Fälle, nemlich

1. bei Unmündigkeit der Erben. Nach der Magdeburger Procefsordnung, Nr. 125, sollen, wenn unmündige Waisen hinterbleiben, die nächsten Blutsfreunde alsbald die Verlassenschaft versiegeln. Nach der Gothaer L.O., Nr. 142, sollen in gleichem Falle die Beamten durch Versiegelung dafür sorgen, dafs während des Trauermonats nichts veruntreuet und verwahrloset werde. Das Seidenberger Statut, N. 69, geht insofern weiter, als, wenn gleich die unmündigen Erben nicht zugleich verwaist sind, doch der überlebende Ehegatte die Mobilien verwahren und bis zum Dreifsigsten versiegeln soll. — Die Mafsregel vertritt also die hier fehlende Aufsicht der Erben.

Wohl aus gleichem Grunde ordnete

2. die Märkische LO. v. 1594, Nr. 116, an, dafs beim kinderlosen Tode eines Ehegatten auf Verlangen des Erben der Nachlafs versiegelt und dem Überlebenden während der 4 Wochen nur der nothdürftige Unterhalt herausgelassen werde.

3. Die Lübische Praxis sorgt für auswärtige Erben. An den mehrsten Orten, sagt Stein II 448, wird, vornemlich wenn einige Erben sich in der Fremde aufhalten, sogleich nach Absterben des Verstorbenen eine gerichtliche Versiegelung vorgenommen. Sie tritt, bemerkt Pauli Abhdl. II 93: jetzt, besonders wenn auswärtige Erben concurriren, an die Stelle der persönlichen Mitaufsicht.

4. Frisch Wörterb. citiert Fritsch Suppl. Besold. dafür, dafs man innerhalb der Monatszeit bei verdächtigen Erben und Wittwen die Zimmer und Güter versiegelt.

5. Unbestimmter heifst es in den S. Gothaischen N. Beifugen, nach Brückner § 720: damit in der Zwischenzeit . . . . nichts veruntreut werde, ist in manchen Fällen der Nachlafs gerichtlich zu versiegeln, vgl. No. 142.

Jene Lübische Praxis läfst diese Sicherungsmafsregel schon als Regel durchblicken. Cropp, Abhdl. II 574 ff. drückt sie für Hamburg gradezu dahin aus: das alte Recht der Erben des Mannes zur Aufsicht ist gewandin das Recht der Erben, überhaupt darauf anzutragen, dafs der Nachlafs versiegelt und inventirt werde; bei ihrer Abwesenheit geschieht es amtlich.

Jenen zweiten Behuf der Versiegelung machen schon die ältern sächsischen Juristen, wie Carpzov P. III c. 33 def. 10 Nr. 3, 4, Coler Pr. Ex. P 2 c. 3 n. 387, geltend. Er zieht von selbst einen ausgedehnteren Gebrauch der Mafsregel nach sich. So stellen denn auch Horn § 18, Schröter 379 die sofortige Versiegelung nach dem Ableben als Regel auf. Sie liege namentlich auch dem überlebenden Ehegatten ob, weil sonst kein *iustum inventarium* zu machen sei, und lasse nur Ausnahmen für besondere Fälle zu, z. B. wenn der entfernte Erbe späterhin komme und vor Aufnahme des Inventars sich nicht einmische.

In diesem Sinne ordnet das Stadtrecht von Wimpfen die Obsignation gleich nach dem Tode in fünf Fällen, u. a. wenn Minderjährige oder Fremde betheiligt sind, und die Entsiegelung, wenn die Inventur vor sich gehen soll, durch die Obsignirenden an.

Nach der Baireuther Policeiordnung von 1746 Nr. 155 soll "gleich nach der Eltern Absterben *in casibus habilibus* obsigniret und darauf *post trigesimum* inventiret, mithin den Vormündern ein richtiges Inventarium ... zu Händen gestellt werden".

Das Bayersche Landrecht Tit. 43 Art. 1 schreibt den Erben, so ngenommen haben oder cum beneficio inv. annehmen wollen, vor, dafs sie mit Zuthun der Obrigkeit des Verstorbenen fahrende Habe mit Versperung verwahren und die Schlüssel zu Händen nehmen.

Den heutigen Gebrauch in Schwyz etc. giebt Herr Kyd dahin an. Stirbt jemand der wichtige Schriften und Acten besitzt, so werden bei Geistlichen durch einen geistlichen und einen weltlichen Deputirten, bei einem Weltlichen durch zwei obrigkeitliche Personen Schreibpult, Schränke, Schubladen gesiegelt.

Für das sächsische Recht endlich lehrt Curtius § 914: zum Inventar gehöre, dafs die Erbschaft gleich nach des Erblassers Tode versiegelt werde. Das geschehe schon von Amts wegen bei unmündigen, abwesenden, nbekannten Erben, oder wenn der Fiscus betheiligt sei.

In dieser oder jener Weise soll stets die Versiegelung bald nach dem Ableben geschehen; sie mag also allerdings der Stille des Sterbhauses Abbruch thun.

Die Stellung der Inventarisierung selber zu dem Dreifsigsten wird sich schicklich bei den diesem Tage folgenden Acten darstellen lassen.

Wir gelangen zu dem Dreifsigsten selber. Ehe von dessen rechtlichen Wirkungen zu sprechen, ist die Vorfrage zu erörtern: wie berechnet sich der dreifsigste Tag, und von welchem Momente beginnen die Wirkungen. Also

III. Der Dreifsigste und seine Wirkungen.

A. Der Eintritt des Dreifsigsten.

Von welchem Tage ab wird der Dreifsigste gezählt? Die Regel ist von dem Todestage des Erblassers. Die Quellen sprechen dies meisten ausdrücklich aus. So unter den ältesten das Jütsche Lov Nr. 109: "in dem drittegesten daghe sines dodes", die Cottbuser Satzung Nr. 113: "von den tode bis an drysigisten tag", das Frankfurter Statut Nr. 67: "unius mensi post obitum defuncti". Vgl. ferner oben die Nummern 71, 73, 82, 84, 85 112, 118, 121, 122, 124, 132, 133, 134, 138, 143, 159, 160, 166, 168.

Es wurde oben S. 108 hinsichtlich der alten kirchlichen Feier de Zweifel angeregt, ob nicht die Zeit von der Beisetzung an gezählt worde sei; hinsichtlich der rechtlichen Folgen des Dreifsigsten bieten die Quelle keinen Anlafs zu solcher Annahme.

Andrerseits ist wohl die Ansicht aufgestellt worden: die dreifsig Tag seien erst von der Zeit zu berechnen, da die Betheiligten von dem Tode resp. dem Anfall Wissenschaft erhalten. Mevius II 2 a. 27 §§ 56, 57 un Coler Pr. Ex. P. 2 c. 3 nr. 382 berufen sich dafür auf den gemeinrechtliche Satz: tempora breviora non nisi scienti et agere valenti currere. Horn § 1 bekennt zwar, dafs das Sachsenrecht darüber schweige, führt aber aus: di 30 Tage dienten nicht nur zu Ehren des Verstorbenen, sondern auch z Gunsten des Erben und der Wittwe, seien mithin von der Zeit der Kenntnifs vom Tode, und zwar seitens des Erben von der Kenntnifs der Delation an zu berechnen, wobei, wenn die Zeiten ungleich, die spätere de Ausschlag gebe. Auch Schröter S. 379 rechnet wenigstens für die auswärtigen Erben, nach der Analogie der l 19 C. de jure delib., von dem Tage da sie das Ableben erfuhren, oder wahrscheinlich hätten wissen können.

Aber diese Erwägungen halten m. E. nicht Stich. Der für die dreifsig Tage waltende Grundgedanke ist der einer Zeit der Ruhe und Stille i

terbhause zu Ehren des Verstorbenen; die Regel der Verjährungsfristen ist
m durchaus fremd. Das Recht der Wittwe, bis zum Dreifsigsten im Sterb-
ause zu bleiben, zu wirthschaften und den Unterhalt zu finden, ist von jener
bjectiven Bestimmung abhängig, nicht von ihrem Wissen um den Tod. Die
tellung des Erben zur Erbschaft ist während der 30 Tage eine ja wesent-
ch beschränktere als nachher; die Verlängerung also dieser Stellung nach
ner Präscriptionsregel würde ihm im Ganzen nicht frommen. Eine Be-
nnungszeit bilden die 30 Tage für ihn nach altdeutschem Erbrecht nur
ebenbei, nicht nach ihrem ursprünglichen, eigentlichen Sinne. Erst als
it der Herrschaft des römischen Rechts die Besinnungszeit eine andre Be-
eutung gewann, konnte die Berechnung *a tempore scientiae* sich rechtfer-
gen, s. oben S. 231. Schütz § 9 will abgesehen davon wenigstens für
bwesende Erben von der Zeit ihrer Wissenschaft, für Minorenne von
r Zeit der Volljährigkeit gerechnet wissen, insofern der frühere Ablauf zu
rem Nachtheil gereichen würde. Er stützt sich dafür auf Ssp. I 28 und
dre ältere deutsche Quellen. Allein wenn dort dem Richter gestattet
ird, das Gut, zu dem kein Erbe sich zeigt, nach dem Dreifsigsten an sich
nehmen, um auf und für den etwanigen Berechtigten Jahr und Tag, oder,
enn der Erbe in echter Noth abwesend, bis zu seiner Rückkehr zu warten,
ist dadurch für den Erbberechtigten hinlänglich gesorgt und kein Anlafs,
selbst keine Möglichkeit vorhanden, den Dreifsigsten anders als vom Tode
s Erblassers an zu berechnen. Unthunlich erscheint es endlich, die Fol-
n des Dreifsigsten, so weit er gegen den Erben wirkt, z. B. das Klage-
cht der Erbschaftsgläubiger, erst von der Volljährigkeit des Erben an zu
rechnen. Überhaupt also bemerkt Curtius § 899 *b* mit Recht, das
ufen der Frist *a die scientiae* sei unerweislich. Fügt er hinzu "auch mit
r Idee, dafs während der Frist der Verstorbene noch lebe unvereinbar",
ist an die Stelle dieser "Idee" der Gedanke, aus dem sie ohne Grund ab-
leitet worden, die dreifsigtägige Sterbhausstille, mit gleichem Erfolge
setzen.

2. Dafs das *tempus* in seinem Verlaufe als *continuum* gelte, wird nicht
zweifelt, vgl. Horn §. 13, Schütz § 10.

Hienach würde sich denn der Dreifsigste der Zeit nach im Allgemeinen
der wirkliche 30ste Tag nach dem Todestage bestimmen, beispielsweise

als der erste Mai, wenn der Erblasser am ersten April verstorben war. Damit wäre also auch gegeben, was "er (vor) deme drittegesten" Ssp. I 22 § 1, "in, to deme dr.", I 33, "na deme dr." I 20 § 2, I 22 § 3, I 28, III 15 §§ 1, 2 bedeute. Bei den Ausdrücken "bit (wente, vntz) an den dr., Ssp. I 22 § 2 (Nr. 17, 18), binnen d. dr." und ähnlichen, vgl. oben S. 196, ist der dreifsigste Tag noch miteinzurechnen, sowohl nach der Erklärung des *intra diem* in l. 133 D. de V. S. als auch nach der ältern deutschen Bedeutung des "bis" für *quando*, nicht *usque*, Grimm, Wörterb. II 43, und nach der deutschen Ansicht Grimm RA. 221, wonach eine Frist erst voll verstrichen, wenn man in die aufser ihr liegende Zeit vollständig eingetreten ist. Daher erstreckt sich nach Ssp. I 22 § 2, gleichwie der verdiente Lohn des Gesindes bis in den Todestag des Herrn, so auch der Anspruch auf Unterhalt bis in den dreifsigsten Tag nach dem Tode.

Für die Praxis ist nun aber noch zu erwägen, dafs der rechtliche Termin sich an die kirchliche und weltliche Feier anschlofs, diese jedoch, wie S. 152 entwickelt worden, sich nicht stets an die 30 Tage gebunden hat, dafs auch wohl, S. 109, gradezu unter dem Dreifsigsten das schliefslich Gedächtnifsfest, ohne alle Rücksicht auf die Zeitfrist verstanden worden ist. Aus diesem oder jenem Grunde traten die rechtlichen Wirkungen wohl nicht stets mit dem Ablaufe von grade dreifsig Tagen ein. Darauf deutet vielleicht das Magdeb. Schöffenurteil Nr. 54 in den Worten hin: so mag se (die Wittwe) nicht lenger in dem gute bliben, wenne bis das drisegiste begangen wirt, d. i. binnen einen monden ap man wil. Als jedoch im nördlichen Deutschland die Feier des Dreifsigsten dahin schwand, seine rechtliche Bedeutung aber sich behauptete, mufste diese wieder genauer an die bestimmte Zeit, die nun ja auch häufig durch vier Wochen, Monatszeit u. s. w. ausgedrückt wird, sich binden. Und selbst in katholischen Gebieten, wo die Feier in Übung blieb, zeigte sich das Bedürfnifs, den rechtlichen Termin von der Feier zu lösen und auf den eigentlichen Tag zu stellen. So verordnet Ferdinand I, N. 161, weil die Dreifsigsten oft erst nach vielen Monaten angestellet würden, dafs hinsichtlich der Erben und der Publication des Willens die Zeit eines jeden Dreifsigist nicht weiter als auf 30 Tage in inländischen, auf 2 Monate in ausländischen Sachen nach dem Tode sich erstrecken solle ([1]). Zu allgemein schliefst also Siegel Erbrecht S. 158 d

([1]) Die in den Consuet. Austr. S. 145 erwähnten "Dreyfsigstämter" haben mit unse raus, dafs "unsre Quellen die Vornahme der Seelenmesse und sie selbst das Dreifsigste nennen": es sei irrig, wenn man heute unter dem Dreifsigsten grade den 30sten Tag verstehe.

Sei nun der Dreifsigste so oder so, durch die Feier oder durch die Abzählung von dem Tode bestimmt, so kann doch noch näher gefragt werden, wann die Frist der Stille, der möglichsten Erhaltung des *status quo* zu Ende gehe und der Umschwung der Dinge beginne, ob am dreifsigsten Tage selber und zu welcher Zeit, oder ob am folgenden Tage.

Hier gilt zunächst, dafs von einer "computatio naturalis, a momento ad momentum", von einer Beachtung der Stunde[1], da 30 Tage vorher der Tod erfolgte, keine Spur sich findet. Vielmehr ergiebt sich folgender Hergang. Wurde oder wird der Dreifsigste noch feierlich begangen, und ist die rechtliche Folge nicht besonders von der Feier abgelöst worden, so tritt diese Folge, also des Erben Besitznahme, seine Erklärung, die Entsiegelung, die Auseinandersetzung und Theilung, die Ausantwortung des erblosen Gutes an den Richter, die Herausgabe der Gerade, das Wegziehen der Wittwe und des Gesindes zwar nach der Feier, aber ordentlicherweise an demselben Tage wie diese ein.

So sagt einerseits jene alte hofrechtliche Quelle Nr. 52 von 1186: "dabunt . . celebrato tricesimo defuncti", das Hallische Recht von 1235 Nr. 65: "tricesimo peracto medietas spectat" etc., das Schöffenurteil Nr. 53: "geben czu des mannis dreisegisten, wenne man sine manczit begangin hot", die Bregenzer VO. v. 1572 Nr. 165: "soll nach gehaltener Dreyssigist ... die Abtheilung fürgenohmen werden". Auch Josaphat, oben S. 111, verzichtet erst nach dem Begehen des Dreifsigsten auf die Königswürde.

Andrerseits bezeugt das Bayr. Landr. III 6 Art. 16, Nr. 167, dafs "gemainklich bei dem 30sten die Erben uud jre erbetne Freund vnd Beystender nit allein wegen defs Gottsdiensts, sonder auch der Erbschafftheilung zusammenkommen". Nach der Schilderung von Bucher, S. 219 ff. werden gemeiniglich bei dem Dreifsigsten schon die Verlassenschaftsverhandlungen angefangen. In der Gegend von Brakel (Westfalen) war es, wenigstens vor 20 Jahren, noch Gebrauch, dafs die zur kirchlichen Feier

---

[...]icesimus nichts zu schaffen. Es sind, wie Siegel mich belehrt, die Mauthämter, welche [...]n im J. 1849 abgeschafften Eingangszoll aus Ungarn in die Österr. Erblande — Dreifsigst [...]nannt — zu erheben hatten.

des 30sten herbeigekommenen Verwandten und Freunde zugleich die neuen im Haus- und Güterwesen nöthigen Anordnungen besprachen. Mein Gewährsmann aus den Urcantonen berichtet: Nach dem "Usäwisänä" am 30sten kommen die Erben des Hingeschiedenen in das Haus des Verstorbenen, mehrmals mit Anwälden. Man löscht das Dreifsigst Licht, das im Zimmer des Verstorbenen bis dahin Tag und Nacht unaufhörlich brannte ... Nach dem Essen fangt man an, ein Inventar ... zu ziehen und die Theilung vorzunehmen, was oft mehrere Tage dauert ... Am 30sten Tage werden der versiegelte Schreibpult etc. durch die Deputirten (S. 233) geöffnet, und in Gegenwart der Erben die amtlichen, nicht ins Erb gehörenden Bücher und Schriften fortgenommen. — Auch manche der ältern Statuten deuten auf eine Vornahme der nach Ende der Ruhezeit zuläfsigen rechtlichen Handlungen noch an dem Tage der Feier hin. Nach dem Lüneburger Recht, Nr. 99, überantwortet man das erblose Gut dem Rathe "tho deme mantfeste".

Wo nun aber dieses Fest ganz abgekommen ist oder doch die rechtlichen Wirkungen ausdrücklich von ihm abgelöst worden sind, wo also der "Dreifsigste" nur den dreifsigsten Tag bezeichnen kann, da hat das "nach dem Dreifsigsten" dieselbe Bedeutung gewonnen, welche sich in dem ultra tricesimum diem, nach einem Monat, nach Ablauf, Ausgang des 30sten Tages etc., s. oben S. 196 ff. ausdrückt, d. h. die rechtlichen Folgen treten erst mit dem völligen Ablauf von 30 Tagen nach dem Todestage ein. Diese rechtlichen Wirkungen sind im Einzelnen zu betrachten.

B. Stellung der Wittwe.

Sie hört nun auf, von dem Nachlafs zu zehren, s. Goslar. R. Nr. 95, sie räumt Haus und Hof und nimmt das ihr gebührende, vgl. das Weisthum Nr. 64ᵃ, mit sich. Dabei unterscheidet die Const. III 33, Nr. 129, noch Gerade, Morgengabe, Leibzucht, die ihr ja ganz zufallen, mag die Wittwe "vor sich selbst nehmen", so dafs sie, wenn es ohne der Erben Wissen geschah, ihnen nur wegen des etwa zu viel genommenen verantwortlich wird; ihrer Hälfte vom Mustheil dagegen soll sie ohne der Erben Vorwissen sich nicht anmafsen. Vgl. Hoffmann Gerade S. 14.

Gehören zu der Morgengabe Gebäude, aber nicht der Boden worauf sie stehen, so läfst der Ssp. I 20 § 2 der Wittwe zum Wegführen noch 6 Wochen Frist nach dem Dreifsigsten. Der Dsp. und Schwbsp. Nr. 2 u.

geben ihr die Wahl zwischen 6 Wochen (nach dem Tode) und dem Dreifsigsten, vielleicht mit Rücksicht darauf, dafs die Feier mit ihren Folgen nicht genau am Dreifsigsten, s. oben S. 152, sondern etwa beträchtlich später begangen wurde.

So lange das der Wittwe gebührende ihr nicht verabfolgt wird, braucht sie nach Weichb. 24 § 3 Nr. 51 die Gewere nicht zu räumen. Analog bestimmt das revidirte Lübsche Recht B. I T. 6 B. 13, dafs die auch unbeerbte Wittwe nach dem Absterben ihres Mannes nicht aus seinen Gütern getrieben werden kann, sie sei denn vor allen Dingen ihres Brautschatzes und zugebrachten Gutes vergnügt und versichert. In diesen Fällen wird also die Wittwe auch über den Dreifsigsten hinaus sich aus dem Gute nähren dürfen, Hoffmann Gerade S. 111.

Aber auch ohnedem soll nach Ssp. III 38 § 2 eine schwangere Wittwe aus dem Gute des Mannes nicht gewiesen werden, ehe sie des Kindes geneset, d. i., wie die Glosse erklärt, ehe sie nach der Entbindung zur Kirche gegangen, oder nach den Magdeb. Schöffen, s. Böhme VI. 105, 125, "us den ses wochen kompt". Diese Milde bestimmt sich näher durch die Worte in I 33, Nr. 31, "Nu vernemet um en wif, die kint dreget na irs mannes dode unde sik barehaft bewiset to der bigraft oder to me drittegesten". Hienach reicht es für jene Befugnifs der Wittwe hin, wenn sie sich auch erst am Dreifsigsten schwanger zeigt. Aber dieser Termin scheint auch als der letzte gedacht zu sein, an dem die Erklärung mit ihren weiteren Folgen, dem Sitzenbleiben der Mutter im Hause und dem Erbrecht resp. Vererbungsrecht des posthumus erfolgen konnte. Vgl. (Klefeker) Sammlung d. Hamb. Ges. IV 555.

Jener Satz des § 2 III 38 ist zwar in zahlreiche spätere Quellen des Mittelalters übergegangen [1], er wich jedoch beim Eindringen des römischen Rechts der analogen missio in possessionem ventris nomine. Schilter prax. jur. Rom. Ex. 36 §§ 125 sq. stellt beide Institute zusammen und bemerkt als Unterschied nur, dafs nach dem sächsichen Rechte die Wittwe den Besitz nicht zu impetriren sondern zu retiniren habe.

---

[1] U. a. in den deutschen und Schwabenspiegel, in das Weichbild Art. 94 (Dan. 93), den Kreis des Hamburg. Rechts, s. Trummer Beitr. 3. 86, Berck S. 295, in das Zittauer Stadtr. v. 1567, Schott Stadtr. I 118.

Das Hamburger Recht vom J. 1497 läfst die alten Bestimmungen von 1270 und 1292 fort, weil, wie Trummer, Beitr. 3, 86 u. Erbr. I 318 glaublich macht, man einsah, dafs mit dem römischen Satze, der die *denunciatio* nicht an den Dreifsigsten bindet, der schwangern Wittwe und insbesondre auch dem *nasciturus* wirksamer geholfen werde. Auch die neuern Handbücher des Sächsischen Rechts gedenken meist nicht mehr der Vorschrift des Ssp.; nur Brückner § 648 giebt sie in der allgemeinen Fassung wieder: die schwangre Wittwe hat bis zur Niederkuuft Insitz und Niesbrauch an den Gütern des Ehemanns ([1]).

Bleibt endlich die Wittwe, sei es nach Recht oder nach Minne, überhaupt mit des Mannes Kindern oder sonstigen Erben, Ssp. I 20 §§ 3, 4 III 76 § 1, in ungezweieten Gütern, so fallen damit jene Folgen des Dreifsigsten fort. Daher der Ausdruck des Weichbildes Art. 24 § 1 (Nr. 57): welk recht die vrowe . . hevet, of sie sik sceden wil von den kinderen oder von des mannes erven na dem drittegesten.

C. Stellung des Erben. Besitznahme. Theilung.

I. Der Erbe soll am Dreifsigsten sein Recht geltend machen, wo nicht, so nimmt die richterliche Gewalt das Gut an sich. So der Ssp. I 28: Svat süsgedanes dinges ervelos irstirft, herwede oder erve oder rade, dat sal man antwerden deme richtere oder deme vronenboden, of he't eschet na deme drittegesten. Der Zusatz im Dsp. Nr. 29 "ob im da ist" etc. ist wohl dahin zu verstehen: ist ein sichrer Mann da, der sich am Dreifsigsten des Gutes unterwindet, so soll der Herr es ihm lassen, sonst es selber an sich nehmen. Dem Schwabenspiegel fehlt der ganze Satz.

Mit dem Ssp. stimmen in dieser Bedeutung des Dreifsigsten für den Erben das Braunschweiger Recht Nr. 96: "Is ok de erve dar nicht de it upbore to deme drittegesten, so scal man it in eyne mene hant don" un-

---

([1]) Das Jütsche Lov I Art. 3, vgl. Nr. 107, bestimmt: die Frau welche nach des Mannes Tode behauptet schwanger zu sein, sitzt in dem ungetheilten Gute 20 Wochen. Ergiebt sich nunmehr die Schwangerschaft, so bleibt sie in dem Gute bis zur Entbindung. Erfolgt diese so spät, dafs das Kind nicht von dem verstorbenen Manne erzeugt sein kann, so muss die Frau zurück geben, was sie von dem Gute seit ihres Mannes Dreifsigsten genommen hat. — Während des Insitzes sollen die Erben darauf sehen, dafs die Frau nicht das Gut verschwende und das ihr nicht gehörige nicht veräufsere, s. oben S. 202 Nr. 1.

das Lüneburger, Nr. 99: "Wer aver erer dar nein erve tho binnen der stadt, de radtman . . schollen sik des underwinden . . . . tho deme mandtfeste", eben so das Jütsche Lov I 23 Nr. 108: "Komet dar ock de rechten eruen nycht in deme dryttygesten dage, so schal men dat erue schatten vnde . . . . . bewaren".

Dafs damit jedoch der Erbe nicht sein Recht überhaupt einbüfst, sondern sein Gut noch wenigstens binnen Jahr und Tag aus des Richters Gewahrsam ziehen kann, lehrt schon der Ssp. I 28, 29. Doch gehört die Erörterung dieses Punctes nicht weiter hieher(1).

II. Ist der Erbe da, so tritt er nunmehr in die volle, bis dahin beschränkte Gewalt ein. Gleichwie die nordischen Sagen, s. S. 130, erst mit dem Erbmal die Beerbung "vollkommen werden lassen", so betrachtet, wo die alte Anschauung am längsten wie in Westfalen sich erhalten, der Sohn erst am Dreifsigsten sich als Nachfolger auf dem väterlichen Erbe; die Geschwister, selbst die Mutter reden nun von ihm als "unserm Herrn".

Der Erbe darf sich also jetzt der Erbschaft unterwinden. Ist aber eine besondre Besitznahme rechtlich erforderlich, und in welcher Weise erfolgt sie? Eine vielfach verbreitete Ansicht versteht nemlich den Satz: der Todte erbet den Lebendigen, dahin, dafs der Erbe mit dem Anfall nicht nur das Eigenthum der Erbschaft, sondern auch den Besitz überkomme, also um die aus dem Besitze fliefsenden Befugnisse zu gewinnen, nicht erst einer Besitzergreifung bedürfe(2). Sie stützt sich besonders auf Ssp. III 83 § 1: svat . . . . uppe sie geervet, des ne dorven sie nicht besitten. Meiner Meinung nach entscheidet diese Stelle nicht dafür. "Besitten" heifst "sitzen bleiben", s. Glossar zum Ssp. und Müller Wb. II 2 S. 333b. Ist nun vorher gesagt: "svat man enem manne oder wive gift, dat solen sie besitten ire dage", so ist der Sinn des darauf folgenden obigen Satzes: wer etwas ererbt bedarf nicht gleich dem, der inter vivos erwirbt, zur Besitznahme eines weiteren Sitzenbleibens (s. Ssp. II 2 S. 418). Zur Schlichtung jener

(1) Vgl. die Literatur zu den obigen Stellen des Ssp., auch Fischer das erbschaftliche Versendungsrecht, Regensb. 1786 S. 34 ff. und über das Jütsche Lov Berck S. 95, Esmarch Erbrecht in Schleswig S. 223 N. 2.

(2) S. die Literatur bei Runde D. Priv. § 687, Curtius § 909 N. e, Entscheid. des K. Obertribunals Bd. 18 S. 5, Beseler D. Priv. I § 152, Vierteljahrschr. I S. 607.

Frage würde es nun in etwas beitragen, wenn sich ein besondrer Ritus der Besitznahme des Erben als üblich nachweisen liefse.

Ein Rückblick zunächst auf das altnordische Recht, oben S. 142, ergiebt. In jeglichem Hause findet sich ein Hauptsitz, gleich dem Herrscherthron das Sinnbild der Gewalt über Gut und Leute. Den Eintritt des Nachfolgers in diese Gewalt bezeichnet die Einnahme des Sitzes, welche beim Erbmal erfolgt.

Die Angelsachsen sodann kennen einen Sitz unter den Bezeichnungen *yrfestól, édelstól,* (*fæder edelstól*), *frumstól* mit der Bedeutung nicht nur des Hauptsitzes, des obersten, vornehmsten Platzes im Gebiete, sondern auch der Herrschaft und wiederum sowohl der Herrschergewalt, als auch des beherrschten Gegenstandes, sei es eines Reiches, eines Landes, eines Privatgutes([1]) Dafs ferner dies Gebiet durch den Stuhl in Besitz genommen wurde, zeigt das Wiedergeben des Ps. 69 (68) a. E. mit "þaer hi yrfestól eft gesittad and hi ore édel begytad" d. i. "da sie (die Knechte Gottes) den Erbstuhl wieder einnehmen und ihr Erbland erlangen". Endlich macht auch der Ausdruck "Erbstuhl" selber glaublich, dafs er die Besitznahme des Erben symbolisierte. Daher nimmt Leo, Sprachproben 1838 S. 102, ungeachtet so ausdrückliche Zeugnisse wie im nordischen

([1]) Den *yrfestól* deutet Bouterweks Glossar zum Caedmon 1851 S. 317 als *sedes hereditaria, hereditas, domicilium.* So spricht Abraham, der noch erblose, Caedm. 2170: "ne þearf ic yrfestól eaforan bytlian ænegum minra", d. i. ich habe nicht nöthig, einem meiner Abkömmlinge den Erbstuhl zu errichten, (sondern nach mir werden meine Seitenverwandten über meine Habe walten); Caedm. 1623: "frumbearn siddan eafores Chuses yrfestól véold" d. i. sodann hatte der erstgeborne Sohn des Chus den Erbstuhl inne.

Den *édelstól* giebt Bouterwek 60 mit *sedes avita, domicilium, habitatio natalis,* den *fæderédelstól* mit *regnum paternum.* Der Herr spricht zu Noah, Caedm. 1480: dir ist wiederum ein édelstól eingeräumt. Cod. Exon. 326, 1: die Gothen sollen gegen Attila wehren den alten édelstól Ermanrichs. Alfreds Metra 9, 11 (Grein Ags. Bibl. 2, 304): Rom welche durchaus seines Reiches édelstól war. Genesis 1129: Seth der Sohn hatte nach den Eltern den édelstól inne. Beówulf 2371 (Thorpe 4732): die Königin Hygd traut nach ihres Mannes Tode dem Sohn nicht zu, dafs er gegen die Fremden die éþel stólas behaupten könne. Vgl. noch Genesis 1747 ff., Christ 516 (Grein 2, 162), Rätsel 4, 7 (Grein 2, 370).

Für den *frumstól* vgl. Bouterwek 85: *prima sedes, sedes principalis,* Schmid Ges. d. Angels. 1858 S. 39 Note, Maurer in der Überschau I 99. Ine's noch vor 694 für Westsachsen gegebenes Gesetz sagt C. 38: die Mutter soll nach des Vaters Tode das unmündige Kind bei sich behalten und ernähren. Die Verwandten aber halten den *frumstól* bis das Kind gejahret ist.

Rechte fehlen, doch keinen Anstand, den *yrfestôl* für den Hochsitz des Hauses zu erklären "zu dem das Gut und das Recht des Gutes gefestet ist, und den der Erbe feierlich in Gegenwart der Verwandten zu besteigen hatte, wenn er in das Erbe eintreten sollte".

Die angelsächsischen Ausdrücke gehen der Zeit nach so weit zurück, sie zeigen den Gedanken eines Hauptstuhls so tief eingelebt, dafs er als ein nicht erst von Skandinavien eingedrungener, vielmehr aus der germanischen Heimath mit verpflanzter gelten darf.

In diesem Stammlande selber nun kommt, dem nordischen "basaeti" entsprechend, AHD "hôhsedal, hôhsidil" für *thronus, triclinium,* im Heliand 11, 14 "hohgisetu" für K. Davids Stuhl und Sitz seiner Herrschaft (Homeyer, Heimath S. 28) vor. Aber auch die Angelsächsischen Bezeichnungen, "yrfestôl, eþelstôl, frumstôl", also Erb-, Stamm-, Hauptsitz kehren hier, wenn auch in lateinischer Übertragung wieder. Zugleich ist ihre Bedeutung als Symbols der Herrschaft, in Anwendung auf das deutsche Königthum eine durchaus geläufige. Thietmar (Script. III 741 l. 2) erzählt: nach Heinrichs I. Tode bemühte sich seine Wittwe Mathilde, quod iunior filius Heinricus patris sedem possideret. Von Heinrich II. heifst es: omnibus placuit, ut de ducatu transduceretur ad regnum, de vexillo extolleretur in solium hereditarium (Hirsch H. II Bd. 1 S. 439). Dieser Erbsitz ist unter Carl dem Grofsen zu Aachen errichtet. Dort ist "sedes regni principalis, sedes prima Franciae", "publicus thronus regalis ab antiquis regibus et a Carolo praecipue locatus, totius regni archisolium"; selbst Carl V. sagt noch "antiqua Carolorum sedes"(1). Dafs endlich die Einnahme dieses Sitzes den Beginn des neuen Regiments bezeichne, liegt nicht nur in dem noch heute gäng und geben "den Thron besteigen", sondern wird auch in der That vom Ssp. als Reichsrecht III 52 § 1 dahin bezeugt: Svenne die (koning) uppe den stul to Aken kumt (Schwbsp. uf den stuol ze Ache gesezet wirt), so hevet he koninglike walt unde koningliken namen(2).

---

(1) Waitz Verf. Gesch. III 218, Wipo ad a. 1024 Mon. XI. 262 l. 32, Pfeffinger ad Vitr. I 888, Sickel, Mundbriefe etc. S. 17 (in solio parentum sedere). Über die Königssitze unter den Merovingern s. Waitz II 122, 123. Insbesondre bestätigen Gregors Worte "Chlodovaeus ibi (zu Paris) cathedram regni constituit", gleich Caedmon 2170 und dem obigen "locatus", den Gedanken der Errichtung eines Erbstuhls.

(2) Vgl. Melis Stoke Reimchronik V. 3886 ff. (Böhmer Fontes II 417): "Doe grave

Wie steht es aber in Deutschland mit der Anwendung dieses Gedankens aufserhalb des Königthums([1]), insbesondere mit einer Beziehung auf den Eintritt in eine Privatverlassenschaft?

Allerdings zeigt sich auch im Privatleben der Stuhl hie und da als Symbol der Herrschaft([2]). Ferner findet sich der Begriff eines "caputmansus", eines "locus" oder einer "curtis principalis", eines "Principalsees", Homeyer Heimath 35, der für einen umfangreichen Privatbesitz das bedeutet was Aachen für das Reich war. Endlich ist ja aus zahlreichen Urkunden seit dem 14ten Jahrh. bekannt, welche Rolle bei der Besitznahme eines unter Lebendigen erworbenen Gutes das "Besitzen eines Stuhls" spielt, Grimm RA. 187 ff. Allein ich finde doch nicht, dafs in solchem caputman-

---

Willam hadde ontfaen De ghifte van den conincrike, Wilde hi voer Aken haestelike; Want soude hi den rike ghenaken, Hi moeste op den stoel tot Aken". — Sent. a. 1252 (Leg. II 367 l. 30 sq.): "Herbipolensis episcopus ... definivit, quod postquam Nos (Willelmus) ... consecrati et coronati prout moris est, solemnitate qua decuit apud Aquis, parebant et competebant nobis de jure civitates, castra et omnia bona ad imperium pertinentia".

([1]) Bekannt ist der mehrfach überlieferte, auch in Hdss. des Schwabensp. (Wackern. C. 418, Lafsb S. 133) übergegangene Ritus der Einsetzung des Herzogs von Kärnthen auf einen bestimmten Stein oder Stuhl, mit dessen Einnahme die herzoglichen Rechte beginnen sollen. Doch erhellt hier nicht sicher die ächt germanische Natur der alten von 1286 bis 1414 zu verfolgenden Sitte. Vergl. die Nachweisungen bei Grimm RA. 254, v. Maurer Gesch. der Markenverf. 51 N. 16, besonders v. Moro, der Fürstenstein in Kernburg etc., Wien 1863.

([2]) Für diesen Sinn giebt es mehrfache Andeutungen.

1. Der Stuhl wird demjenigen "vor die Thüre gesetzt", der durch veränderte Umstände die Gewalt über das Gut einbüfst, Grimm RA. 189 Nr. 5.

2. In den Formeln "den Wittwenstuhl verrücken", Haltaus s. h. v., "ihn behalten, besitzen", Schmeller B. W. III 632 bedeutet der Wittwenstuhl nun allerdings den Wittwenstand; auch "den Wittwenstand verrücken" ist üblich. Aber auch hier ist doch eine ursprüngliche sinnliche Bedeutung vorauszusetzen; es gab also einen besondern Stuhl für die Wittwe, den sie bei der neuen Heirath aufgab. Und man darf vielleicht in diesem Stuhl ein Symbol nicht sowohl ihrer Gattenlosigkeit als vielmehr der Herrschaft sehen, welche ihr nach des Mannes Tode so oft beigelegt wird; wenn es z. B. bei Haltaus 2124 heifst: "stirbt ein Centhner und läfst eine eheliche Hausfrau in seinem Centgute sitzen, die Frau mag sich des gebrauchen auf ihrem Wittibenstuhl", oder "Der Frau Mutter man rieth dabey, dafs sie uf ihrem Witbenstuhl solt bleiben vnd regieren wohl das Land an ihrer Kinder statt". Auch verdient

3. Beachtung, dafs die Niftel aus den Geradesachen dem Wittwer herausgiebt: nicht einen Stuhl überhaupt, sondern seinen Stuhl, Ssp. III 38 § 5 und die Stellen bei Grimm RA. 576.

sus oder in dem Gute überhaupt ein besondrer ausgezeichneter Sitz gleich dem nordischen "öndvegi" vorhanden gewesen und auf ihm der Erbe in feierlicher Weise Platz genommen habe. Auch bei jenem rituellen Erwerbe eines Grundstücks unter Lebendigen erscheint der Stuhl nicht als ein fester Sitz an bestimmter Stelle des Hauses; er wird erst zur Einsetzung des Erwerbers vom Richter mitgebracht.

Das Ergebniſs unsers Excurses ist also. Es leitet zwar die in jenen angelsächsischen Ausdrücken erkennbare Anschauung, sodann deren entschiedene Anwendung auf das deutsche Königthum, in weiterer Ferne endlich der altnordische Gebrauch des "öndvegi" darauf hin, daſs in früher unbestimmter Vorzeit auch der germanische Erbe den Beginn seiner Gewalt mit dem Einnehmen des väterlichen Sitzes bezeichnet habe. Aber diese Sitte ist doch glaublich um die Zeit, da die rechtliche Bedeutung des Dreiſsigsten in unsern Quellen hervortritt, im Kreise des Privatlebens schon geschwunden, auch ein andrer bestimmter Ritus nicht in ihre Stelle getreten. Die Lösung der oben über das rechtliche Erforderniſs der Besitznahme der Erbschaft aufgeworfenen Frage empfängt mithin durch diese Untersuchung keine Beihülfe.

III. Beginnt am Dreiſsigsten die volle Gewalt des Erben, so erwächst nun auch unter mehreren Erben der Anspruch auf eine Auseinandersetzung, bestimmter auf die Theilung, vgl. Trummer Erbr. I 313, II 90.

Der Ssp. gedenkt dieser rechtlichen Folge nicht speciell; eine Reihe andrer Quellen aber aus verschiedenen Zeiten und Gegenden bezeugt jenen Anspruch, oder doch das Gebräuchliche der Theilung nach Ablauf des Dreiſsigsten.

Das Frankfurter Privileg von 1308 Nr. 67 will, daſs "infra spatium unius mensis post obitum" eines Fleischers seine Erben sich darüber entscheiden sollen, wer den (in Natur untheilbaren) Scharren überkomme. — Das Braunschweiger Stadtr. Nr. 97 bestimmt: sind unter mehreren Kindern einige ausgestattet, andre nicht, so hat ein Ausgestatteter die Wahl, ob er unter Einbringen des Empfangenen mit zu Theile gehen wolle; letzenfalls muſs er jedoch auf Verlangen der Andern Bürgschaft stellen, daſs er für den Fall eines Wiederauskehrens von seiner Seite, dies "to dem drittigesten" thue; an welchem Tage dann die Berechnung und das Einbringen auf Gewinn und Verlust erfolgt.

Nach der Neumärk. Pol.-O. v. 1540 Nr. 114 geschieht die Erbschichtung zwischen dem Überlebenden und den Kindern "nach Ausgang der vier Wochen". — Die Bregenzer VO. v. 1572 Nr. 160 spricht von der Theilung nach "gehaltener Dreyſsigst". — Pruckmann Nr. 118 bezeugt für die Mark, daſs nach dortigem Gebrauch die Erbschaftstheilungen "ultra tricesimum diem" nach dem Tode des Erblassers nicht verschoben werden. — Die Tyroler Policeiordnung von 1573 (Nr. 157) setzt voraus, daſs am Dreiſsigsten auch die Erbschaft reguliert werde, und die Bayerische v. J. 1616 oben S. 161 bemerkt ausdrücklich, daſs die Erben an diesem Tage gemeiniglich nicht nur des Gottesdienstes, sondern auch der Erbtheilung halber zusammenkommen. — Das Solmsische Landr. Nr. 170 will, daſs die Stiefeltern, als welche keinen Beiseſs haben, binnen Monatsfrist mit den Kindern theilen. — Nach dem Preuſs. Landrecht von 1721 Nr. 111 mögen die Erben den überlebenden Ehegatten nach dem 30sten Tage zur Schichtung und Theilung anhalten. — Das Culmische Recht ex ult. revis. Nr. 66 verpflichtet die Wittwe, die nicht im Beisitz bleibt, nach den 30 Tagen den Kindern Theilung zu thun. — Das Colditzer Recht, Nr. 74, bestimmt: die Witwe soll sich mit den Stiefkindern vier Wochen nach dem Tode des Mannes abfinden; das Gubener Nr. 68: die Theilung der Verlassenschaft ist nach dem Ausgang des 30sten zu vollziehen; das Lübbener Nr. 71: die Theilung und Auseinandersetzung geschieht erst nach Ablauf des Dreiſsigsten nach dem Tode des Erblassers. — Stryk endlich Us. Mod. Lib. 10 t. 2 § 12 äuſsert für Deutschland allgemein: Praxi tamen Germaniae receptum volunt, hereditatis divisionem ante trigesimum a morte diem suscipiendam non esse.

Eine eigenthümliche Anwendung giebt die Hennebergische LO., Nr. 154, für den Fall, wenn der im Beisitz verbliebene parens die "Hand verbricht". Er soll dann mit den Kindern in 4 Wochen nach der zweiten Heirath theilen.

Andrerseits sind die 30 Tage in dem Recht von Budissin auf dreimal 14 Tage erweitert worden; das Siebenbürger Recht giebt dem Überlebenden nach Umständen noch einen zweiten Monat zur Theilung.

Das gemeine Sachsenrecht macht die Theilung nicht von den Dreiſsigsten abhängig, wohl weil der Ssp. darüber schweigt. Schon Horn gleichwie in neuern Zeiten Haubold, Curtius (§ 919 ff.), Heimbach wissen nichts davon, obwohl vor dem Dreifsigsten das Insitzrecht der Wittwe eine Beschränkung der Theilung herbeiführen kann. Auch von den oben angeführten Quellen haben namentlich das Landrecht Preufsens und das Culmische Recht ihre Gültigkeit verloren. Dennoch ist an manchen Orten der alte Satz in Übung. Es gilt noch die Bestimmung des Solmsischen Landrechts, s. Bopp S. 51, 52. Die Darstellung Buchers, oben S. 151, kennt die von der Bayerschen Landesordnung bezeugte Sitte als eine fortwährende und läfst (S. 219 ff.) die Verlassenschaftsverhandlungen am Dreifsigsten vor dem Gastmal beginnen. Nach der S. Weimarschen Bekanntmachung von 1816, Nr. 150, sollen die Gerichte der Regel nach nicht vor dem Dreifsigsten den Nachlafs regulieren, und demnach lehrt Sachse S. 443: der Erbe kann erst nach dem Dreifsigsten die Erbschaft zu theilen angehalten werden. Eben so Bamberg für Schw. Rudolstadt § 153: erst nach dem 30sten Tage findet die obrigkeitliche Regulierung der Erbschaft statt. In Frankfurt a. M. pflegt nach Adlerflycht II 591 mit Entsieglung, Antretung und Vertheilung bis zum Dreifsigsten gewartet zu werden. Endlich berichtet Kyd aus den Schweizer Urkantonen: am Dreifsigsten kommen die Erben des Hingeschiedenen alle in das Haus des Verstorbenen, mehrmals mit Anwälden; nach dem Essen fangt man an, ein Inventar über Soll und Haben des Verstorbenen zu ziehen und die Theilung vorzunehmen, was oft mehrere Tage dauert.

Die Beziehung des Dreifsigsten auf die Theilung ist oder war demnach eine zwiefache. Vor dem Dreifsigsten soll nicht getheilt werden, mit Rücksicht sowohl auf die Sterbhausstille als auf die Rechte der Wittwe. Nach dem Dreifsigsten soll entweder getheilt werden, so zwischen dem Überlebenden und den Kindern falls kein Beisitz stattfindet, oder kann doch jeder der Miterben die Theilung fordern, und erfolgt sie auch sogleich der Sitte nach.

D. Befriedigung der Singularansprüche. Schicksal der Früchte.

Mit dem Dreifsigsten erheben sich gegen den, der das Erbe genommen, die bis dahin ruhenden aus verschiedenen Titeln entspringenden Forderungen, namentlich die Ansprüche auf das Lehn, die Gerade, das Heergewäte, das Mustheil, die Morgengabe, das Leibgeding, die Vermächtnisse.

Hier, wo nicht Miterben einander gegenüberstehen, welche gleichmäfsig an Gewinn und Verlust seit dem Tode des Erblassers Theil nehmen, sondern wo die Erben andern Berechtigten gewisse Gütercomplexe, bestimmte Geldsummen, überhaupt *partes quantas* herauszugeben haben, erwächst die Frage, ob fruchttragende Gegenstände mit den Früchten seit dem Tode gefordert werden können, oder ob diese bis zum Dreifsigsten ins Erbe fallen. Im sächsischen Rechte ist die Frage zum Theil legislatorisch entschieden, besonders aber in der Jurisprudenz vielfach erörtert worden; in beiden Fällen jedoch meist nur für einzelne Gütermassen, namentlich für das Lehn, oder für gewisse Arten von Früchten, ferner bald nach der einen bald nach der andern Alternative hin. Ich gedenke

A. der Aussprüche, welche jenen Zuwachs den Erben zubilligen.

Die Constitutio III 32, Nr. 128, läfst nicht nur die "Zehenden, Pächte und Einkommen auf und aus den Lehngütern", welche schon zur Zeit des verstorbenen Vasallen betagt gewesen, sondern auch die Zinsen und Kornpächte, welche erst innerhalb des Dreifsigsten fällig oder betagt werden, den Allodialerben folgen. Die Bestimmung trifft nur Civilfrüchte([1]); für Industrialfrüchte entscheidet der Umstand, ob der Verstorbene schon die meiste Arbeit für sie gethan, sie verdient hat; die Naturalfrüchte endlich bleiben allgemein den Lehnfolgern, nicht den Erben.

Pistoris I qu. 24 bemerkt nun zunächst Nr. 94: erlebt der Vasall den Tag der Fälligkeit des census, so fällt er an seine Erben, wo nicht, an den Lehnsfolger oder Herrn nach Ssp. III 58, 76. In Nr. 95 aber fügt er hinzu: Est tamen hoc ita accipiendum, nisi etiam intra diem tricesimum post mortem possessoris dies evenerit, nam intra hoc tempus hereditas pro-

([1]) Die Const. III 16 will, dafs Zinsen, die auf eine gewisse Zeit zu fallen pflegen, wenn der Erblasser den Zinstag nicht erlebt, doch pro rata der Zeit, welche er noch erlebt hat, seinen Erben gereicht werden sollen. Wie diese Bestimmung welche des 30sten nicht gedenkt, gegen die C. 32 abzugränzen ist, untersuchen Lauhn in Zepernick Samml. IV S. 42 ff. § 7—10, Zachariä sächs. Lehnr. § 217 N. 6, Haubold § 183 N. e. — Kind qu. for. I qu. 18 entnimmt aus Ibringk de modo computandi fructus, Marb. 1746 c. 6 § 6 eine Hessische dahin lautende Bestimmung. So viel jährliche Renten, Zehenden, Zins und dgl. ledige Gefälle betrifft, die sollen, sofern sie bei Leben des Lehnsmannes, oder innerhalb dem 30sten nach seinem Absterben betagen, den Landerben auch ganz folgen. Betagen sie aber nicht bei Leben des Lehnsmannes oder innerhalb dem 30sten, so soll den Landerben ihr Gebühr pro rata temporis daran folgen und das übrige den Lehnsfolgern bleiben.

jacente reputatur et omnia ea, quae interim bonis defuncti accrescunt, hereditatem augent, et perinde habentur, ac si decedens ea reliquisset, ut coll. ex I 22, Weichb. 24, et hoc etiam constitutionibus nostris est confirmatum. Pistoris spricht also gleichfalls nur von Civilfrüchten und zwar eines Lehns, aber er begründet den für sie aufgestellten Satz durch die *hereditas jacens* und die wenigstens angedeutete Fiction, dafs der Verstorbene bis zum Dreifsigsten gelebt habe, also durch eine alle Güter des Verstorbenen und alle Arten von Früchten begreifendes Princip. Er entnimmt endlich dieses Princip aus den Rechtsbüchern, die es, s. oben S. 227, nicht rechtfertigen und findet es bestätigt in den Constitutionen, deren Bestimmungen jedoch hinsichtlich der Industrial- und Naturalfrüchte ihm widerstreben.

Carpzovs Worte (P. III c. 16 def. 8): "Et repraesentat hereditas jacens personam defuncti, ut vel propterea etiam fructus intra tricesimum exigibiles defuncto cedant ac postea ad heredes ipsius pertineant", bezeichnen entschieden den Verstorbenen als durch die hereditas vertreten und beziehen folgerecht den obigen Satz ausdrücklich auf Früchte überhaupt.

Auf beide beruft sich dann Horn § 41 für seine noch umfassendere Aufstellung. Aus dem Satze "hereditas repraesentat defunctum" fliefse: "onera ac commoda hereditatis esse eadem, ac si defunctus adhuc in vivis esset", und weiter, dafs alle Civilfrüchte, "quorum dies cessit, durante spacio tricesimi hereditati accedant, licet res ipsa, e. g. feudum, non ad heredem, sed alios pertinet successores".

C. F. Hommel zieht aus der von ihm, s. oben S. 225, bestimmt formulierten Fiction die Anwendung: so gehören alle Einkünfte des Pfarrers, so innerhalb des 30sten nach seinem Absterben fallen, nicht zum Gnaden- sondern zum verdienten Jahre.

Lauhns Abhandlung von den Lehnsnutzungen, in Zepernick Samml. IV. 1783, geht S. 36 ff. ausführlich auf die verschiedenen Arten der Früchte ein. Bei den Naturalfrüchten stützt er § 4 den Satz, dafs die binnen dem 30sten einzusammelnden den Landerben gehören, auf Ssp. I 22, Weichb. 23, 25; bei der Vertheilung der Industrialfrüchte nach dem Verdientsein gedenkt er des 30sten nicht. Bei den Civilfrüchten scheidet er (§§ 7, 8) *a.* die an einem gewissen Tage fälligen, welche nach Const. III 32 der Allodialerbe geniefse, wenn die Verfallzeit noch binnen dem Dreifsigsten, oder wie die Praxis annehme, binnen wenigen Tagen nach dem Dreifsigsten erfolge, *b.* die zu allen Stunden fälligen, nach Const. III 16 pro rata temporis zwischen den Land- und Lehnerben zu theilenden Renten, wobei jedoch der Trauermonat — dessen das Gesetz nicht gedenkt — der Lebenszeit des verstorbenen Vasallen zuzurechnen sei. Ein durchgreifendes Princip ist hier nicht sichtbar.

Kind quaest. for. I qu. 56 schliefst sich an Horn mit folgender Wendung an: cum ex moribus Saxonum .. defunctus ad 30mum usque vivere fingatur, hocque constitutum sit tum in honorem defuncti, tum simul in favorem heredum, qui certa bona aliis heredibus restituere tenentur, consequens est, ut intra 30mum diem omnia in eodem statu quo tempore mortis fuere maneant, atque ipsa hereditas ex fructibus aliisve accessionibus augeatur.

Aus den Neuern, die auf dieser Seite stehen, hebe ich noch folgende hervor.

Zachariä Lehnr. giebt § 216 die natürlichen Früchte dem Landerben, wenn sie wenigstens binnen dem Dreifsigsten eingesammelt worden, "wegen der bekannten Fiction des s. Rechts, dafs der Verstorbene noch 30 Tage nach seinem Tode lebe". Über die Industrialfrüchte läfst er, § 217, nach Const. III 32 das Verdientsein entscheiden. Von den Civilfrüchten § 218 gehen die auf einen gewissen Termin betagten nach derselben Const. auf den Landerben über, wenn sie binnen dem Dreifsigsten fällig sind; diejenigen, bei denen "dies cedit singulis momentis" sind nach der Analogie der Const. III 16 pro rata temporis zu theilen. Bei diesen letztern gedenkt Z. des Dreifsigsten nicht. Die spätern Herausgeber (1823) bemerken aber Note 2: Lehnsnutzungen, die vermöge eines auf dem Lehne haftenden Privilegii percipirt werden, fallen zwar nach dem gemeinen Rechte sogleich an den Lehnsfolger, "nach dem sächsischen Rechte jedoch mufs auch hier der Dreifsigste berücksichtigt werden".

Eichhorn D. Priv R. lehrt § 363 zu Note g: von den noch ungetrennten Früchten gehörten dem Landerben die Naturalfrüchte nach dem alten D. Recht, sofern sie innerhalb 30 Tage nach dem Tode des Vasallen percipirt werden konnten. Eben so Schütz diss. p. 35 und Ortloff Grundrifs des T. Priv R. 1828 S. 379: wo der Ssp. gilt, gehören alle Früchte, welche wenigstens bis zum Dreifsigsten .. getrennt wurden, ganz unbedingt zu dem Allodium. Alle Dreie berufen sich auf Ssp. I 22, III 15.

Curtius sagt (3te Ausg.) im § 899 allgemein: bei der separatio feudi ab allodio, oder wenn der Verstorbene den Niesbrauch eines Grundstücks gehabt, wird die Theilung der fr. mere naturales und der fr. civiles mit Berücksichtigung des Dreifsigsten bewirkt. Der § 922 Note b bestätigt dies und fügt hinzu, dafs die Industrialfrüchte den Landerben zufallen, sofern noch bei des Erblassers Lebzeiten die meiste Arbeit dabei verrichtet worden. In der 4ten Ausgabe wird (nach Emminghaus S. 754 Nr. 45) bezweifelt, ob der Dreifsigste bei Naturalfrüchten in Betracht komme, da Const. III 32 dessen bei ihnen nicht erwähne.

Pinder Prov R. endlich stellt im § 572 den Satz voran: bei der Auseinandersetzung wegen der Nutzungen im Sterbejahr des Vasallen werde angenommen, dafs dessen Besitz noch 30 Tage nach seinem Tode gedauert. Danach rechnet er in den folgenden §§ zum Allode sowohl die vor dem 30sten eingesammelten natürlichen Früchte, als auch die Industrialfrüchte, für welche die Arbeit vor dem 30sten gröfstentheils gethan ist, und sämmtliche vor dem Dreifsigsten fällig gewordene Civilfrüchte. In gleicher Weise läfst das Gothaische Lehnsmandat vom J. 1800, Nr. 145, bei allen Arten der Lehnsfrüchte den Dreifsigsten statt des Todestages des Vasallen eintreten.

Die Entwickelung dieser ersten Ansicht nimmt also folgenden Gang. Die kursächsische Gesetzgebung setzt bei der separatio feudi ab allodio zu Gunsten des Landerben den Dreifsigsten statt des Todestages nur für eine gewisse Art der Civilfrüchte fest, C. III 32, dagegen nicht für die natürlichen Früchte, für die Industrialfrüchte und für eine andre Art von Civilfrüchten, C. III 16, deren nähere bestrittene Scheidung von jener Art hier bei Seite gelassen werden darf. Die Doktrin findet in der Bestimmung der C. III 32 nur die Anerkennung eines allgemeinen aus dem Ssp. abzuleitenden Princips, läfst aber dessen weitere Anwendung in verschiedenen Stufen eintreten. Pistoris, Carpzov, Horn, Hommel, Kind, Pinder unterwerfen ihm folgerecht sämmtliche Arten von Früchten; Laubn und Curtius beziehen das Princip nicht auf die Industrialfrüchte, Zachariä aufserdem nicht auf die in III 16 gedachten Civilfrüchte, Eichhorn und auch wohl Ortloff wenden es nur auf die Naturalfrüchte an.

B. Eine andre Auffassung waltet im herzoglichen Sachsen oder Thüringen.

Sie tritt zunächst bei Coler, Decisiones Germaniae, zuletzt Lips. 1631, Dec. 286 n. 129 ff. hervor. Er beruft sich gegen die Folgerung, dafs die hereditas jacens den Verstorbenen repräsentiere, mithin die bis zum Dreifsigsten fälligen Früchte den Erben des Verstorbenen gebühren, auf den Ssp. III 76 § 5, wonach die Gutsgefälle nur dann an die Erben des Nutzungsberechtigten gedeihen, wenn dieser selber noch die Fälligkeit erlebt hat.

Ihm folgt C. P. Richter Decisiones, zuletzt 1689, P. I d. 56, (Emminghaus 751[a]). Er fügt der Angabe der Bestimmungen der Constitutionen hinzu: "in partibus vero Thuringiae semper contrarium pro agnatis, non attenta Sax. Const. pronunciatum esse testatur Coler. dec." und führt aus einer nach Burg ergangnen Sentenz des Leipz. Schöffenstuhls von 1640 an: "Obwol nun etlicher Rechtslehrer Meinung nach nicht allein diejenigen Zinsen . . so nach dem Todesfall des Lehnsmanns binnen dem 30sten fällig, die Landerben vor sich allein, sondern auch derselben, welche allererst nach Verfliefsung des 30sten betagt worden, sie und die Lehnfolger zugleich, jedoch pro rata temporis sich anzumafsen berechtigt: dennoch aber, da nach gemeinem Sächs. Rechte alle unbetagten Gefälle an Zinsen etc. den Lehnerben allein zukommen, so sind die Landerben davon etwas zu fordern nicht befugt, es wäre denn, dafs die Sächs. Const. bei Euch . . eingeführt".

Auf beide und auf A. Beier ad Schulz synops. instit. imper. L. II. t. 1 p. 242 beruft sich ein im J. 1750 nach Weimar ergangenes Urteil der Erfurter Facultät (Schorch resp. 19, Emminghaus 752[a]), wonach die Erben der Inhaberin eines *dotalitii* Civilfrüchte nur empfangen, wenn sie bei Lebzeiten der Wittwe fällig geworden, und wonach der Termin bis zum *tricesimus* den Erben eben so wenig als die Const. III 16 frommen kann. Denn nach beiden werde im Fürstlichen Sachsen in diesem Punkte nicht gesprochen.

Nach diesen Vorgängern lehrt auch Müller prompt. s. v. Tricesimus: "census aliique reditus jure Saxonico ducali ad heredes eo demum casu transmittuntur, quo eorum vivo fructuario venit, tricesimi nulla ratio habetur", und Hellfeld Elem. jur. feud. p. 475: "reditus annui etc. si dies vivo adhuc vasallo . . cessit, heredibus allodialibus sunt relinquendi, si dies intra 30mum (vel serius) cessit, in Thuringia ducali ad successores feudales pertinent".

Schliefslich führt noch ein neueres Erk. der Regierung in Weimar v. J. 1845 (bei Emminghaus S. 660) aus. Die Bestimmungen des Ssp. seien in den Landen der Albertinischen Linie so aufgefafst worden, dafs bis zum 30sten der Erblasser als lebend zu betrachten, daher bis dahin die Wirthschaft noch für Rechnung des Nachlasses fortzuführen und insbesondre die innerhalb des 30sten gewonnenen Früchte von Nachlafsgegenständen der Verlassenschaft zuwachsen. Abweichend davon habe in den Herzoglich S. Landen die Praxis dem *tricesimus* im Ganzen nur für die Ausübung der durch den Erbfall eingetretenen Rechte, nicht für den Eintritt selbst eine aufschiebende Wirkung beigelegt, demnach den Fruchterwerb auch innerhalb des 30sten demjenigen zugesprochen, welchem der Nutzniefs nach eingetretenem Erbfall gebührt.

Diese zweite Auffassung ist allerdings für die nach gemeinem Recht begründete zu achten. Das Hinausschieben der Theilung und der Ausantwortung der nicht dem Erben zufallenden Stücke an die Berechtigten thut ihrem Erwerbe des Rechts zur Zeit des Todes keinen Eintrag, vgl. oben S. 227, wie selbst die Const. III 33, oben S. 228, hinsichtlich der der Wittwe gebührenden Stücke anerkennt. Der natürlichen Folge, dafs den Berechtigten auch die Früchte zufallen, treten, insofern nicht das "Verdientsein" einwirkt, die mittelalterlichen Quellen des Sächsischen Rechts nirgends entgegen. Ssp. III 76 § 5 läfst den Todestag selber über das Schicksal der Nutzungen entscheiden. I 22 § 3 über das Mustheil widerspricht dem, wie sich unten S. 258 ergeben wird, nicht. Eben so wenig entscheidet die Regel II 15 § 2, dafs der Erbe nach dem 30sten, unter dem Nachtheil des Geweddes und der Bufse, die Gerade u. s. w. herausgeben soll, über den Umfang seiner Leistung. Grundsätzlich gebühren also die zwischen den Tod und den Dreifsigsten fallenden Früchte demjenigen, welchem in dieser Zeit das fruchttragende Gut selber zu einem, an sich die Nutzung einschliefsenden Rechte zusteht. Die Herleitung jener ersten Auffassung aus den Vorstellungen einer *hereditas jacens*, welche den Verstorbenen vertrete, und des Fortlebens des Verstorbenen bis zum Dreifsigsten zerfällt mit diesen Fictionen selber. Auch Kinds Argument, oben S. 250, dafs die 30 Tage zur besonderen Begünstigung des Erben gereichen, und dafs deshalb ihm die Früchte des gesammten Nachlasses, auch der ihm nicht angefallenen Stücke, zuzubilligen, ist weder in seinem Grunde, noch in der Folgerung haltbar. Wenn endlich Horn noch geltend macht, daſs wer die *onera* trage auch die *commoda* haben müsse, so ist aus dieser Gemeinschaft zwischen Lust und Last hier nur zu folgern, daſs falls aus der Erbschaft eine Verwendung für ein solches Vermögensstück oder dessen Früchte gemacht, z. B. ein Lehngebäude vor dem 30sten repariert ist, derjenige der das Gut und zwar nach dem Obigen mit den Früchten der Zwischenzeit nimmt, jene Ausgaben der Erbschaft zu ersetzen hat, vgl. Emminghaus S. 752, 753.

Hienach nehme ich auch nicht mit Pinder § 448 an, daſs Ritterpferdsgelder und andre öffentliche Lasten erst vom 30sten an auf den Lehnfolger um deswillen übergeben, weil, II S. 105, jeder Vasall sie für seine Besitzzeit zu tragen habe; sie werden vielmehr schon vom Anfall des Lehns an dem Lehnsfolger zuzubilligen sein.

Somit ist m. E. überhaupt die Bestimmung des Const. III 32 eng zu deuten und weder auf andre Vermögensobjecte und andre Früchte, noch auf andre Landesgebiete, in denen die sächsischen Constitutionen nicht gelten, auszudehnen. Das ganze streitige Princip tritt beim Lehn am wirksamsten hervor und ist hier am häufigsten erörtert worden. Doch leidet es ja weitere Anwendung auf andres Gut, welches dem Erben von andern Berechtigten am Dreiſsigsten abverlangt wird. Folgende Fälle sind vornemlich von der Gesetzgebung und Jurisprudenz in Betracht gezogen worden.

1. Bei Vermächtnissen ist zunächst unbestritten, daſs der Erbe dem Legatar alle nach dem 30sten erhobenen Früchte und Nutzungen der vermachten Sache zu erstatten, so wie von dieser Zeit an die vermachten Geldquanta zu verzinsen hat, sollte der Erbe gleich nicht im Verzuge, auch am 30sten nicht im Besitz der Erbschaft oder der legierten Sache gewesen sein [1]. Besonders aber fragt es sich um die bis zum 30sten fallenden Zinsen und Nutzungen. Hier erkennt die Const. III 13 die auf den legierten Grundstücken "zur Zeit des Testatorn Absterben" noch stehenden Früchte dem Legatar zu. Nach der Decisio 12 v. J. 1746 dagegen verbleiben den Erben diese Zinsen und Nutzungen, selbst wenn die Sache in des Legatars Händen, oder das Capital bei demselben steht [2]. Haubold § 345 a. E.

---

[1] Bauer, die Decisionen v. J. 1746, I S. 137, Haubold § 270, Curtius § 782 zu Note h und i. Jenaer Urteil bei Emminghaus 659. Über die Anwendung auf Fideicommisse ebd. 664.

[2] Vgl. die Literatur bei Haubold § 345 Note a und Curtius a. a. O.

vereinigt beide Vorschriften durch die Voraussetzung, dafs in der Const. III 13 unter der Zeit des "Ablebens des Testators" gleichfalls erst der 30ste nach dem Ableben zu verstehen sei. Schwerlich wird man jedoch diese Deutung in die Constitution selber hineintragen dürfen; es liegt in der Decision eben eine Änderung des Rechts kraft des mächtigen Einflusses der vielerwähnten Fiction vor, oder, wie Bauer a. a. O. S. 138 sich ausdrückt: weil nach Sächsischen Rechten der Erblasser 30 Tage lang noch für lebend erachtet wird, so ist es, wenn die Decision vom 30sten an dem Legatar die Nutzungen zueignet, eben so viel, als wenn sie ihm solche vom Todestage an geeignet hätte. Dem Grundsatz der Decision folgt auch für Sachsen-Weimar Sachse S. 443, wonach die Nutzungen der Legate dem Legatar erst vom Dreifsigsten ab angehören, nicht aber das oben S. 253 angeführte Erkenntnifs v. J. 1845.

Andrerseits kommen doch dem Legatar auch nach der Decision die nach dem Dreifsigsten erhobenen Industrialfrüchte, ohne Rücksicht auf den Grundsatz des Verdientseins durch den Erblasser, zu Gute, s. Bauer a. a. O. S. 143.

Auf dem Einflufs jener Fiction beruhen gleichfalls die Aussprüche in den drei nächsten Fällen.

2. Ein Jenaer Gutachten v. J. 1691, Emminghaus 659, billigt, wenn der Mann seiner Frau die Einkünfte seines Gutes geschenkt hat, der Wittwe auch noch die innerhalb des Dreifsigsten fälligen Einkünfte zu: nam illi reditus hereditati jacenti accensentur.

3. Pinder § 414 lehrt, dafs die Einzahlung einer versprochenen Mitgift, um dagegen eine Leibzucht aus dem Lehn zu empfangen, mit Zinsen erst vom 30sten nach dem Tode des Mannes ab seitens der Wittwe erfolge, vgl. dort II S. 97 und Zachariä § 216.

4. Das OAG. von Jena (Emminghaus S. 669) entscheidet 1844, dafs Erbegelder erst 30 Tage nach dem Ableben des Erblassers gefordert, und mithin Zinsen davon auch erst von da ab zugesprochen werden können. Für einen solchen Fall hatte schon Hufeland, Beiträge zur Berichtigung etc. St. 5 S. 68 im J. 1802 ausgeführt: der *tricesimus* könne dem Zahler der Erbegelder nicht frommen; das Recht auf dieselben sei schon früher da, nur die Ausübung werde verschoben; die Einforderung der Zinsen seit dem Tode die ordentlicherweise postnumerando zu zahlen, störe die Ruhe des

Sterbhauses nicht; es trete die Analogie der Nov. 115 c. 5 ein: nullo praejudicio actoribus ex hoc intervallo circa temporalem praescriptionem, aut in alia quacunque legitima allegatione penitus generando. Dieser Meinung hat sich auch ein Weimarsches Erk. von 1845 und zwar mit Recht, s. oben S. 253, angeschlossen.

5. Hinsichtlich der *conferenda* ist überhaupt unter den sächsischen Juristen streitig, ob die Pflicht zur Verzinsung gleich mit dem Moment der Collationspflicht oder erst in Folge einer durch Interpellation zu bewirkenden *mora* eintrete, s. Curtius § 934 Note pp. Unter der erstern Annahme ist dann von dem App.-Ger. zu Dresden in den J. 1821, 1823, 1825, kraft obiger Fiction auf Zinsen des herauszuzahlenden *conferendi* vom Ablauf des 30sten erkannt worden, s. v. Langenn u. Kori Erört. II Abh. 20 S. 218.

Für alle gegen den Erben und die Erbschaft zu erhebenden Ansprüche läuft die bis dahin gehemmte Verjährung mit dem Ausgange des Dreifsigsten, s. oben S. 219.

Das Jütsche Lov I 23 bestimmt über die Dauer dieser Ansprüche und derjenigen des Erben selber folgendes. Wer Erbe oder Schuld nach eines Mannes Tode fordern will, komme selber oder sein Bote am Dreifsigsten, wenn er innerhalb der "bygd" (d. i. wohl Kirchspiel) ist, oder am nächsten Gerichtstage nachher; ist er aufserhalb der "bygd", in 6 Wochen; ist er aufserhalb Landes, in Jahr und Tag. Ist er in königlichem Dienst, so fordere er nach seiner Rückkehr Erbe oder Schuld innerhalb der dritten *fim* d. i. Fünfte ([1]).

Eine besondere Betrachtung fordert noch

E. Das Mustheil oder die Hofspeise.

Der Ssp. I 22 § 3, Nr. 24, bestimmt: nach dem Dreifsigsten soll die Wittwe mit dem Erben "musdelen alle hovede spise" d. h. also: die "hovede spise" in der Weise theilen, wie es mit dem "mus" geschieht. I 24 § 2 so dann rechnet zu dem musdel: Mastschweine und alle "gehovet spise" Nach III 74 endlich bekommt die geschiedene Frau Gerade und Mustheil Hienach bildet die "hovede spise" einen und zwar hauptsächlichen Bestand

([1]) Ob unter drei Fünften 15 Tage oder 3 Wochen oder 6 Wochen zu verstehen, ist streitig, vgl. Rosenvinge zu I 23 S. 51 N. 7, S. 497 und Berck S. 95, Esmarch Erbrecht in Schleswig 2te Aufl. 1852 S. 223 Note 2.

theil des Mustheils. "Mus", "muos" ist überhaupt Speise ([1]), die hovede spise ist die auf den Höfen, nach I 22 § 3, I 24 § 2 die "in iewelkeme hove irs mannes" vorräthige Speise. Daher auch die Form hofspeiz in Nr. 25-27. Die obersächsische Lesung "houbete sp.", das wäre Hauptspeise, ist aus dem Mifsverständnifs des Niedersächsischen, wo hovet ja auch Haupt heifst, erwachsen. Die lateinische Vulgata übersetzt domestica cibaria, *Lv* pulmentaria et capitalia cibaria, *Ls* pulmentaria et alia comestibilia.

Das Halle-Neumarkter Recht von 1235, Nr. 65, also eine dem Ssp. fast gleichzeitige aus der Nachbarschaft stammende Quelle sagt: "omnia spectantia ad cibaria, quod dicitur musteil" und billigt "tricesimo peracto" die Hälfte dem Erbe, die Hälfte der (an die Wittwe fallenden) Gerade zu. Hier wird also die im Ssp. nicht besonders benannte Quote der Theilung angegeben, eben so im Weichbilde mit den verwandten Quellen, Nr. 49—51, und in der Const. III 36.

Diese und andere spätere Normen zählen auch genauer als der Ssp. die Bestandtheile des Mustheils oder der Hofspeise auf. Ich verweise im Allgemeinen auf das "Stück vom Mustheil" (Homeyer Rechtsbücher S. 9), auf die Const. III 34—36, auf die Literatur bei Haubold § 405, auf Hoffmann von der Gerade, Frankfurt 1733, 4, I 57 ff., II 438, 439, und hebe nur folgendes hervor. Die altmärkische Glosse zu Ssp. I 22, welcher sich die neumärkische Lehnsconstitution von 1724 § 20 anschliefst, rechnet zum Mustheil: alle gedodet u. gesolten edder gedroget vlesch, darto mesteschwyne dy uppe den kaven liggen, u. darto allerleye mufskorne als arween lynsen etc. u. ok alle ander brotkorne, utbescheiden dat satkorne oft it so an der tydt sy, darto brot u. gedrenke. Das Görlitzer Recht mit verwandten Quellen, s. Nr. 48 ff., spricht dagegen alles Korn, Bier, Wein, Fleisch dem Erbe zu, so dafs, wenn das Weichbild C. 58 und das Naumburger Recht, Nr. 49, 50, nun doch hinzufügen: "sunder die musteil die nympt die frouwe halb, u. des mannes erbe halb", hienach für das Mustheil nur etwa Mastschweine und Brot übrig blieben. An einer andern Stelle A. 24 scheidet das Weichbild Nr. 51 so: befindet sich die Hofspeise auf der Wittwe Leibzucht, so nimmt sie das halbe Mustheil nach dem 30sten von allerhand Speise, deren man in des Mannes Weren zu einem Jahre bedarf,

([1]) Schmeller B. Wb. II 635, W. Müller u. Zarncke Wb. II, S. 240.

(vgl. die Aufzählung in der Glosse dazu). Gehört die Stelle, worin "dit ding bestirft", nicht zur Leibzucht, so nimmt die Wittwe davon nur, was sie essen und trinken mag, so lange sie das Recht hat in der Gewere zu sitzen. Vgl. die lat. Glosse zu Ssp. I 22. Die Gewohnheit jedoch und die Const. III 36 blieben bei der landrechtlichen Bestimmung.

Dieser besondre Vermögenscomplex besteht mithin aus Gegenständen, die nicht einen Monat lang in dem sonstigen Zustande der Ruhe verbleiben können, sondern zur Verzehrung an welcher die Wittwe Theil nimmt dienen, die ferner am Schlusse des Dreifsigsten zu einer bestimmten Quote von ihr mit den Erben getheilt werden sollen. Sie sitzt also hinsichtlich des Mustheils während jener Zeit mit den Erben auf Gedeih und Verlust, sie bekommt nur ihren Theil von dem was "overblift" I 22 § 3, oder, wie das Gothaische Recht, Nr. 145, es ausdrückt: was innerhalb 30 Tagen in der gemeinen Wirthschaft verbraucht wird, geht von dem Mustheil ab. Die Frage, ob die von diesem besondern Complex in der Zwischenzeit fallenden Früchte den Erben oder aber der Wittwe gebühren, erledigt sich hier thatsächlich weil das Mustheil keine Früchte bringt, rechtlich weil dieselben unter beide Parteien vertheilt werden müfsten.

Eine andre Frage ist es aber, ob von den Früchten des Gutes, die ihrer Art nach zum Mustheil gehören, diejenigen, welche beim Tode des Mannes noch auf dem Felde waren, vor dem 30sten aber eingebracht wurden, mit in die Theilung kommen. Die lateinische Glosse zu I 22 Note d bejaht sie in folgender Art: "seges agri hereditatem sequitur neque illam mulier accipit, nisi forte tam diu in bonis mariti commoretur, ut interim horreis importetur. Id enim si fieret, illa quoque comestibilium jure censerentur, quantumvis tempore mortis mariti sui adhuc in agris fuissent. Et hujus rei ratio est, quod res tunc venit ad eum casum, a quo incipere potuit". Eben so Coler, P. I dec. 60 nr. 69 sq.: "cum hereditas isto tempore adhuc pro jacente, quae defunctum repraesentat, habeatur: adeoque fructus ad penum pertinentes augeant cibaria, perinde ac si vivente marito illati fuerint". Dagegen respondierten die Leipziger Schöffen (s. die Zobelsche Ausgabe des Ssp. von 1582, "von Vieh und Getraide" Bl. 535), namentlich in Bezug auf Hopfen, der bei Lebtage des Erblassers noch nicht abgenommen, auf Wein, der noch nicht in den Keller geschickt gewesen etc., dafs die Wittwe keinen Theil daran habe. Dem stimmte auch di

Const. III 34 Nr. 130 dahin bei: wann Wein, Korn oder anders, so zu Mufstheil gehöret, bei des Mannes Leben noch auf dem Felde gestanden, und doch folgends innerhalb dem dreyſsigsten einkommen, solches gehöret denen Erben allein, und hat sich die Frau daran keines Mufstheils anzumafsen. Auch Horn § 46 entscheidet sich hiefür, denn obwohl jene Fiction und die Theilnahme der Wittwe an dem Abgange dagegen spreche, so mache der Text des Ssp. I 22 § 3 "oder svar he se hadde binnen sinen geweren" doch eine Ausnahme. Dahin geht auch Haubolds Ausdruck für Mustheil (§ 405): "Victualien, welche zur Zeit des Ablebens des Ehemannes . . . vorräthig gewesen". Die Praxis hat dann den Satz der Constitution III 34 noch auf das Zinskorn, welches innerhalb des 30sten fällig aber noch nicht eingebracht worden, und auf das zur Zeit des Todes ausgeliehene Getraide, weil es nicht in den Geweren des Verstorbnen gewesen, ausgedehnt, s. Carpzov P. III C. 34 def. 6, die Magdeb. Pol.-O. c. 44 § 56 (bei Hoffmann II 439) und Schröter I 387 N. k.

Mir erscheint es principiell richtig, mit Coler etc. die obige Frage zu bejahen, wenn auch nicht aus seinem Grunde, dem fingierten Fortleben des Verstorbenen. Für entscheidend halte ich dagegen, dafs nur das beim Dreifsigsten übrig gebliebene halb an die Wittwe fällt, nicht der Bestand des Mustheils zur Zeit des Todes, dafs mithin nicht das vergängliche einzelne Stück, sondern das bleibende Ganze in Betracht kommt. Gegen Horn ist zu erwägen, dafs in dem Satze des Ssp. das Gewicht nicht auf dem "hadde", sondern auf dem "oder svar . . . binnen sinen geweren" ruht; es soll gleich gelten, ob die Speise gerade auf einem Hofe des Verstorbenen, oder sonst irgendwo in seinem Besitze sich befindet. In diesem Sinne läfst sich auch die von Curtius § 899 zu Note g gewählte Fassung deuten: was die Wittwe ehedem an Gerade, Morgengabe und Mustheil zu erhalten hatte, ward nach dem am 30sten vorhandenen Betrage bestimmt.

Der Umstand, dafs die Wittwe das Mustheil mit den Erben theilt, begründet die Vorschrift der Const. III 33, Nr. 129, wonach sie nach dem Dreifsigsten zwar ihre Gerade, Morgengabe, Leibzucht ohne Zuthun der Erben nehmen kann, oben S. 238, aber des Mustheils ohne deren Vorwissen sich nicht anmafsen soll.

Schon die Const. III 34 beschränkt den Anspruch der Wittwe, ohne Stütze des Ssp., auf die Rittersfrauen, vgl. Hoffmann I 57, 109. In neuern Zeiten wurde diesen dafür meist eine Summe Geldes ausgesetzt, Haubold § 405 Note i. Das Erbrecht des K. Sachsen und der meisten Thüringischen Staaten seit 1829 hat das Mustheil völlig beseitigt, s. Curtius § 862, 863, Heimbach § 330 N. 6. In Liv- und Esthland ist es, wiewohl die dortigen Rechtsbücher seiner erwähnen, wohl nie lebendig geworden, v. Bunge Privatrecht §§ 256, 264 Note q. Seine ohnehin zweifelhafte Geltung in einzelnen Gebieten von Schlesien, Wentzel Prov.-R. 1839 S. 50, 62, 366, 387, ist durch das Gesetz vom 11. Juli 1845 jedenfalls mit aufgehoben. Danach dürfte überhaupt die practische Bedeutung des Instituts erloschen sein.

Es handelt sich nun noch um den Einfluſs des Römischen Rechts und der neuern Reichsgesetze auf die nach dem Dreiſsigsten eintretenden Folgen. Er zeigt sich in den Instituten des *beneficii inventarii*, der Testamentseröffnung und der Bevormundung der minderjährigen Erben.

F. Das *beneficium inventarii.*

Auch nach dem Eindringen des fremden Rechts erhielt sich mehrfach der Satz, daſs der Erbe der Wohlthat des Inventars nicht bedürfe, um gegen die Haftung für die Schulden des Erblassers mit eignen Mitteln geschützt zu sein, s. für das sächsische Recht oben S. 231 und die Decisio 57. Dennoch räumte die sächsische Jurisprudenz ein, daſs die Anfertigung des Inventars dem Erben anderweitige Vortheile gewähre, welche u. a. Curtius § 915 Note s aufzählt.

Hinsichtlich der Zeit aber der Anfertigung nahm die ältere Lehre, s. Horn § 39 an, sie müsse innerhalb des 30sten erfolgen. So Zobel glossa lat. zu Ssp. I 22 Note a: "inventarium confici debet intra 30 et non postea", ferner ein Leipziger Urtheil, bei Horn a. a. O.: So Ihr in dem 30sten keine Fundzettel oder Inventar nit habt machen lassen, so mögt Ihr auch noch zur Zeit und förder keines machen lassen. Coler Pr. E. P. [illegible] c. 3 Nr. 389 scheint gleicher Meinung zu sein. Sie hat auch in gesetzliche Bestimmungen Eingang gefunden. Die Inventur soll nach der Neumärk. PO. v. 1540 Nr. 114 bald nach dem Begräbniſs, nach der Constit. Joh. Georgs v. 1574 Nr. 115 alsbald nach dem Ableben, nach dem Stadtrecht von Lübben Nr. 71 gleich erfolgen. Die Neumärk. KGO. von 1700

Nr. 121, die Const. v. 1718, Nr. 122, verlangen die Aufrichtung binnen vier Wochen nach dem Tode, die Gothaischen Gesetze, Nr. 144, vor dem 30sten, wenn unmündige Erben concurrieren.

Andrerseits führte Horn a. a. O. aus: Zobels Glosse verwechsle unsern Dreifsigsten mit den davon ganz verschiedenen Tagen der l. fin. Cod. VI 30; die Inventarisierung sei, namentlich bei grofsen Erbschaften, nicht ohne bedeutende Störung im Sterbhause thunlich. Daher erfolge sie nach der Praxis nur unter aufserordentlichen Umständen vor dem 30sten. Dieser gewifs richtigern Ansicht folgen auch u. a. Stein Lübsch. R. II 448, die Praxis laut Schröter 383: "nach verflossenen 30 Tagen pflegen die Siegel abgenommen und mit der Inventur begonnen zu werden" und Curtius § 914 N. d und e: die Entsieglung und Inventarisirung geschieht erst nach dem 30sten. Nicht minder wird sie in einer Reihe gesetzlicher Vorschriften gebilligt, namentlich im Culmischen Recht, Nr. 66*, in der Magdeb. Proz.O. c. 43 § 11 (nach Schröter 383), in den Statuten von Seidenberg, Nr. 69, Altenburg, Nr. 93, Gotha, Nr. 86, Ohrdruf, Nr. 87, in dem Pfälzischen Landrecht, Nr. 168, und in der Baireuther Pol.O. von 1746, Nr. 155. Den heutigen Gebrauch bezeugt auch die obige Mittheilung aus der Schweiz Seite 238.

Dem gemeinen Recht nähert sich dagegen das Siebenbürger Statut, wenn es an einer Stelle, Nr. 138, den überlebenden Ehemann verpflichtet, im nächsten ersten oder andern Monat nach der Frauen Abschied, ein Inventar oder Fundzettel beschreiben zu lassen, an einer andern Stelle, Nr. 140, als die gewöhnliche Zeit der Inventarisierung 30 Tage, nachdem der Erbnehmer in den Erbfall getreten, angiebt. Das Hamburger Statut von 1603 hat wesentlich die römischen Vorschriften angenommen, s. Baumeister I 378 ff.

G. Die Testamentseröffnung.

Aus der Nov. 115 C. 5 läfst sich folgern, dafs ein letzter Wille nicht innerhalb des *novemdial* eröffnet und bekannt gemacht werden solle; die Vorladung der Erben und Verwandten ist doch ohne Störung der Trauer nicht möglich. Nach dieser ratio lehrt dann Horn § 38 unter Berufung auf Wesenbeck und Dauth, dafs bei uns, wo die Sterbhausruhe 30 Tage währe, mit Eröffnung des letzten Willens bis zum 30sten zu warten sei. So ist denn auch gar häufig verordnet worden.

Nach der Tyroler LO. von 1526 (Nr. 158) soll der letztwillig bedachte, nachdem ihm zuvor durch die Obrigkeit oder die Blutsfreundschaft der Tag verkündigt worden, am Dreifsigsten vor der Obrigkeit den Verwandten des Verstorbenen den letzten Willen eröffnen. Die späteren Redactionen, 158[a], treffen noch Vorsorge für den Fall, wenn die Verkündigung verzögert wird, oder der Bedachte nicht im Lande ist. Die der Tyroler Ordnung nachgebildete Henneberger LO. von 1539, N. 152, giebt ähnliche Bestimmungen für die beiden Fälle, dafs die Obrigkeit und dafs der Bedachte den letzten Willen in Händen hat. Auch die Landgerichtsordnung Ferdinands I für Österreich, Nr. 161, welche die Verkündigung an die Erben am Dreifsigsten gebietet, ist hieher zu ziehen.

Nach Kurf. Georgs Constitutionen, Nr. 117, sollte die Vollstreckung des Testaments Ausgangs der 4 Wochen erfolgen. — Das Lübsche Recht B. II Tit. 1 Art. 11 bestimmt, dafs alle Testamente durch die Testamentarien binnen Monatsfrist gerichtlich producirt und verlesen werden sollen. Nach Pauli Abhdl. III 344 hängt diese Frist mit dem Dreifsigsten zusammen und wird sie fortwährend strenge in Obacht genommen. — Das K. Sächsische Mandat v. J. 1826 § 5 verordnet, dafs gerichtlich niedergelegte Testamente ex officio regelmäfsig nach Verflufs von 30 Tagen *a morte testatoris* zu eröffnen sind, vgl. Curtius § 821 N. a, § 822 N. d. — Eben so das neue bürgerl. Gesetzb. § 2227. — Auch ein Altenburgisches Gesetz vom J. 1837 läfst die amtliche Eröffnung erst nach dem Dreifsigsten zu, Hesse Handb. § 181 S. 133.

Innerhalb Westfalens hält die Sitte an der Beobachtung des Dreifsigsten auch in diesem Stücke fest. In der Gegend von Brakel, schreibt Hr. Pfarrer Koch, bleibt bis zum 30sten alles im alten Gange, "es gilt als ein arger Verstofs gegen die den Eltern schuldige Pietät, wenn ein Erbe daran denken wollte, vor dem 30sten das Testament zu eröffnen, oder andre Veränderungen eintreten zu lassen". Und aus Delbrück zwischen Paderborn und Rietberg, Hr. Pfarrkaplan Richter: "die Sitte, bis zum 30sten im Hause alles im alten Gange zu lassen, hat sich erhalten. Die Testament werden nicht eher eröffnet, auch nach dem Preufs. Landrechte (1); Ver

(1) Es gestattet §§ 213 ff. I 12 den Betheiligten, gleich nach dem bekannt gewordene

käufe der Nachlassenschaft finden nicht eher statt, eben so unter den nächsten Verwandten keine Hochzeiten. Etwaige Überschreitungen werden als Rohheiten gerügt".

Eine solche Verschiebung der Testamentseröffnung zieht eine gleiche Aussetzung der Delation und somit, wie nach Mevius Comm. ad II, 2 a. 27 § 62 sq. einmal die Greifswalder Facultät erkannt hat, auch des Einfahrens des Erben in das Sterbhaus nach sich.

Mit diesem Termin für die Testamentseröffnung steht denn auch der Satz der Tyroler LO., Nr. 159, in Verbindung, dafs die Frist zur Ausübung eines Wahlrechts des Bedachten vom Dreifsigsten an zu laufen beginnt.

H. Bevormundung der Minderjährigen.

Sie ist ja in Deutschland vorwiegend ein Gegenstand der öffentlichen Sorge geworden, welche in den Städten nach der ältern Verfassung dem Rathe oblag. Auch bei dieser Sorge tritt häufig eine besondre Rücksicht auf den Dreifsigsten hervor.

Nach den Stadtrechten von Gotha 1579 und Ohrdruf 1594, Nr. 86, 87, sollen die Angehörigen der unmündigen Hinterlassenen zu Ausgang des Trauermonats dem Rathe gewisse Personen als Vormünder angeben. — Nach dem Erfurter Recht von 1583, Nr. 94, haben Mütter oder Grofsmütter bald nach Verfliefsung des Trauermonats vor dem Rathe zu erklären, ob sie Vormünderinnen sein wollen. Die Frankfurter Reformation, Nr. 101, legt diese Pflicht der Mutter nach "Verscheinung" des 30sten vor dem Schultheifsen auf. Nach den Statuten von Blankenburg 1594, Rudolstadt 1594, Tauchel 1611, Spremberg 1673, N. 84, 85, 70, sollen die Kinder Ausgangs des 30sten nach Absterben des Mannes oder der Eltern bevormundet werden. Das Recht von Sorau, Nr. 72, verpflichtet den überlebenden Ehegatten, vom Rathe innerhalb 4 Wochen Vormünder zu erbitten. Nach mehreren Thüringischen Gesetzen (s. Nr. 143, 148) sollen die Verwandten der Unmündigen deren Bevormundung binnen einem Monate nach dem Sterbfall beantragen; nach dessen Ablauf hat der Richter von Amtswegen für die Bevormundung zu sorgen. Frisch Wörterb. I 206 citiert überhaupt Fritsch var. tract. p. 387 dafür, dafs die Waisen bald

---

blieben, auf die Publication des Testaments anzutragen und gebietet die amtliche Eröffnung, wenn binnen 6 Wochen nach dem notorischen Ableben niemand dieselbe beantragt hat.

nach dem Trauermonat sich bei der Obrigkeit wegen Bevormundung melden sollen.

Auch die Vormundschafts O. für Kur- und Neumark v. J. 1718, Nr. 123, berücksichtigt diese Frist noch in folgender Art. Nach § 24 soll den ohne Verwandten hinterlassenen Unmündigen von Obrigkeitswegen wenigstens in 4 Wochen Bevormundung widerfahren. Nach §§ 19, 26 soll die Mutter oder Grofsmutter sich wegen Übernahme der Vormundschaft bei der Obrigkeit in Zeit von 4 Wochen angeben, oder um die Bestätigung eines andern Vormundes anhalten. Nach § 29 sollen die nächsten Blutsfreunde binnen 4 Wochen, oder doch binnen anderer 6 wöchentlicher Frist nach dem Absterben des Vaters oder der Mutter, bei der Obrigkeit um die Verordnung der Vormünder anhalten. — Nach dem Cod. Maximil. Bavar. Th. I Tit. 7 § 8 endlich sollen die nächsten Anverwandten des Pupillen die Bevormundung inner dreifsig Tagen von der Zeit ihrer Wissenschaft um den Vormundschaftsfall nachsuchen.

f. Autonomie der Betheiligten.

Im Allgemeinen wird mit Horn § 49, Curtius § 899 zu sagen sein, dafs auf die Vortheile welche der Dreifsigste gewährt, von den Betheiligten verzichtet, auch die Beobachtung der Frist von dem Erblasser ausgeschlossen werden könne. Es mag also der Erbe vor dem 30sten die Gläubiger befriedigen. Die Wittwe mag dem Erben allein den Besitz einräumen etc. Aber doch tritt die Schranke ein, dafs durch die Handlung nicht die öffentliche Sitte verletzt, dafs z. B. nicht zur Versteigerung des Nachlasses während der Sterbhausruhe geschritten werde. Stryk hat darüber, wie weit und lange diese Schranke im Rechtsbewufstsein lebendig war, eine bemerkenswerthe Äufserung in L. 10, t. 2 § 12. Auf die Frage, ob, wenn keine Wittwe vorhanden, die Erben unter sich schon vor dem 30sten theilen können, antwortet er: "vulgus existimat, turbari quietem defuncti et huic maculam inferri, si citius hereditas dividatur". Und selbst heutigen Tages ist diese Anschauung im Volke nach den oben S. 262 aus Westfalen mitgetheilten Zeugnissen nicht völlig erloschen.

Schlufs.

Ich blicke noch auf die innern Ursachen des Abbruchs, den die rechtliche Seite des Dreifsigsten seit einem Jahrhundert erlitten hat, zurück.

Ein Hauptgrund liegt doch in dem häufigen Wegfall des kirchlichen und in Folge dessen auch des weltlichen Begängnisses am Dreifsigsten, also in dem Zusammensinken zweier Elemente, mit denen das juristische aufs innigste im Leben sich verbunden hatte. Damit schwächt sich zunächst die Pietät gegen diese bestimmte Frist als Zeit der tiefern Trauer, das Bewufstsein des Volkes von einer Bedeutung des Dreifsigsten überhaupt. Sonach treten auch die rechtlichen Folgen zurück, wo sie nur auf dem Herkommen beruhten, nicht durch gesetzlichen Buchstaben gehalten wurden.

Aber auch das geschriebene Recht sagte sich, wenn man zu einer neuen Redaction, oder gar zu umfassenden Codificationen schritt und nur nach dem allgemein Vernünftigen oder doch Zweckmäfsigen suchte, los von der alten, aus dem Gemeingefühl mehr und mehr weichenden stillen Zeit. Es mag ja allerdings ein monatliches Ruhen der Disposition über den Nachlafs, ein so langes Hinausschieben der Testamentseröffnung, der Theilung und sonstiger Ansprüche mancherlei industrielle Nachtheile herbeiführen. Es kann angemessener erscheinen, den Eintritt der neuen Haus- und Güter-Ordnung nicht an eine ein für allemal bestimmte Zeit zu binden, sondern den Termin der Verschiedenheit der einzelnen Folgen anzupassen, ihn auch wohl dem Gutbefinden der Behörden, der Übereinkunft der Betheiligten je nach den besondern Umständen zu überlassen.

Dennoch hat die Macht, welche einer bestehenden Norm an sich beiwohnt, auch da wo jene Feier des Dreifsigsten geschwunden, dennoch seine juristische Geltung vielfach bewahrt. Überhaupt sind von den reichen Gestalten, welche das Wort der Schrift "Und die Kinder Israels beweineten ihn dreifsig Tage" hervorgerufen, dem Leben der Gegenwart noch folgende Erscheinungen geblieben. Der heutige jüdische Gebrauch fafst die 30 Tage als reine Trauerzeit, ohne Einwirkung auf die Stellung des Erben auf. Andrerseits haben diese Tage in den Ländern des gemeinen Sachsenrechts, in Liv- und Estbland, in vielen Städten lediglich einen Einflufs auf die rechtliche Lage der Hinterlassenen. Endlich giebt es katholische Gebiete in Bayern, Westfalen, in der Schweiz, wo noch in alter Weise jene dreifache Bedeutung des Dreifsigsten sich vereint, wo an demselben Tage für die Seele des Verstorbenen gebetet, auf sein Gedächtnifs getrunken und sein Gut gänzlich in die Hände der Erben gelegt wird.

Nachträge.

Zu S. 93, 94.

Haupt hat die Güte gehabt, mich auf folgende Zeugnisse über den Dreifsigsten bei den Griechen aufmerksam zu machen.

Das Lexicon rhetoricum in Bekkers Anecd. 268, 19 hat: καθέδραι· ὑποδοχαὶ ἀνθρώπων. τῇ τριακοστῇ γὰρ ἡμέρᾳ τοῦ ἀποθανόντος οἱ προσήκοντες ἅπαντες καὶ ἀναγκαῖοι συνελθόντες κοινῇ ἐδείπνουν ἐπὶ τῷ ἀποθανόντι. καὶ τοῦτο καθέδρα ἐκαλεῖτο. ἦσαν δὲ καθέδραι τέσσαρες.

Photius: καθέδρα· τῇ τριακοστῇ ἡμέρᾳ τοῦ τελευτήσαντος οἱ προσήκοντες συνελθόντες ἐδείπνουν ἐπὶ τῷ τελευτήσαντι κοινῇ· ἐκαλεῖτο δὲ καθέδρα, ὅτι καθεζόμενοι ἐδείπνουν καὶ τὰ νομιζόμενα ἐπλήρουν.

Hesychius erklärt, ohne Nennung des Dreifsigsten: καθέδραι· πένθους ἡμέραι ἐπὶ τετελευτηκότι.

Diese Erklärungen der Lexicographen machen zugleich aus einer Inschrift von der Insel Keos, die sich gegen die Üppigkeit der Leichenfeier richtet, folgende Worte:

Z. 20 επιθανοντιτριηκος....
Z. 21 .. οιεν

lesbar. Bergk im Rhein. Mus. Bd 15 Heft 3 restituiert: ἐπὶ τῷ θανόντι τριηκοστῇ .... ποιεῖν, Naber in der Mnemosyne, bibl. philolog. batava XII p. 82: ε. τ. θ. τ θύη θύεν, auf welche Differenz es hier nicht ankommt.

Die καθέδρα heifst auch τριακάς, Harpocration p. 177 Bekk.: τοῖς τετελευτηκόσιν ἤγετο ἡ τριακοστὴ ἡμέρα διὰ (vielleicht ἀπὸ τοῦ) θανάτου, καὶ ἐλέγετο τριακάς etc., vgl. Schömann Isaei Orationes Gryph. 1831 p. 218 sq., wo auch von der bei den Griechen am dritten und am neunten Tage nach dem Begräbnifs üblichen Feier gehandelt wird.

Es läſst sich nach allem diesen nicht wohl bezweifeln, daſs eine heidnische vorchristliche Sitte der Griechen gleichfalls die Trauer von 30 Tagen und ein feierliches Gastmal an deren Schlusse zu Ehren des Verstorbenen kannte. Doch wird, wie ich glaube, durch diese gewiſs der weitern Beachtung würdige Thatsache noch nicht das Ergebniſs gestört, mit dem die Abhandlung beginnt und schlieſst, die Abstammung des heutigen Dreiſsigsten aus dem alttestamentlichen Gebrauche. Denn es bleibt doch stehn, daſs das heidnische Rom auf neun Tage hielt, daſs das christliche Rom die Tage, die es dem *novendial* substituierte, insbesondre den Dreiſsigsten aus der heiligen Schrift entnahm, um ihn dann über das ganze christliche Europa, so auch über Ostfranken oder Deutschland zu verbreiten. Unser geschichtlicher Weg läſst eine griechisch heidnische Sitte und zwar nahe zur Seite, führt nicht durch dieselbe hin.

Zu S. 115.

In den Statuten von Nordhausen aus dem 15ten und 16ten Jahrh., bei Förstemann N. Mitth. VI H. 2, 1842, heiſst es Nr. 77: "Von begengkenisse, dreissigesten unde iargeczyten. Zum ersten begengkenisse sal keyn unsser borger mer geste haben adir setzen, dan 20 becken. Zum drissigesten unde iargecziten sechs begken .... Poben solche czale magk er pristere setzcen unde haben wie vil er wel." Vgl. über die unbeschränkte Zahl der Geistlichen die altschwedische Vorschrift, oben S. 139 Nr. 9.

Zu S. 163.

Die Zeitschr. des hist. Vereins für Niedersachsen, 1851 theilt über die Sitten im Amte Diepenau (K. Hannover westlich von Minden) S. 109 mit: um das Grab einer Wöchnerin wird ein weiſses Laken gelegt, das nach vier Wochen eine Arme sich holen darf. — Acht Tage nach dem Begräbnisse kommen Nachbaren und Freunde im Trauerhause zum Schmause zusammen.

Inhalt.

Seite.

Über die

Informatio ex speculo Saxonum.

Von

G. HOMEYER.

Aus den Abhandlungen der Königl. Akademie der Wissenschaften zu Berlin 1856.

Berlin.

1857.

Mein letzter Vortrag in der Gesammtsitzung vom 22. März 1855 betraf einen Angriff, den der Augustiner Klenkok um die Mitte des 14ten Jahrh. wider den Sachsenspiegel erhob. Der Kampf führte nicht nur zu einer Verdammung mehrerer der angefochtenen Sätze durch den Pabst, sondern er ist auch in dem Maafse, als der kirchliche Standpunkt zugleich die allgemeinen Rechtsgedanken gegenüber den schroffen Volkseigenheiten vertrat, von der spätern Rechtsentwicklung gutgeheifsen worden. Was ich heute vorbringe bietet in einer Beziehung ein rechtes Widerspiel zu jener Erscheinung. Etwa hundert Jahre nach Klenkok tritt ein Streiter, nicht minder rührig und wohlgerüstet, für jenes Rechtsbuch in die Schranken. Tief verletzt durch die Weise, in welcher die Richter seiner Zeit das Recht handhabten, mifst er ihr Verfahren scharf nach dem Maafsstabe des Sachsenspiegels und verurtheilt dann fast unbedingt jede Abweichung von den alten Regeln als Misbrauch. Und auch seinem Streben werden wir in den meisten Fällen beizustimmen haben. Der gleiche Erfolg aber so gegeneinander laufenden Richtungen wird dadurch möglich, dafs es bei dem letzten Autor sich um andre Institute und Lehren des Sachsenspiegels handelt, als welche des Augustiners Bedenken erregten.

Über das Literarische des neuern Schriftstückes bemerke ich. Schon im J. 1837 war mir unter dem Inhalt einer Handschrift des Soester Stadtarchivs auch eine *Informatio ex speculo Saxonum pp.* angegeben worden. Im J. 1851 erwähnte dann Stüves Schrift über die Landgemeinden S. 109 beiläufig eines noch ungedruckten Rechtsbuches mit ähnlichem Titel. Im vorigen Jahre habe ich die Einsicht sowohl der Soester Handschrift, als auch, durch Stüves Güte, einer von ihm genommenen Abschrift des Werkes aus einem Osnabrücker Codex gewonnen, und in den „Deutschen Rechtsbüchern 1856" S. 25 einige Nachricht über die bisher unbekannte Arbeit, nach den beiden daselbst unter Nr. 527, 625 verzeichneten Handschriften gegeben. Der Soester Text bricht nach ungefähr $\frac{2}{3}$ des Textes mitten in einer Strophe ab, und läſst sofort ein Vemrechtsbuch folgen. Der Osnabrücker führt das Werk auf etwa 70 Quartseiten nicht nur zu Ende, sondern hat auſserdem auf eingeklebtem Blatte einen eignen längern Zusatz, ist auch im Ganzen der correctere. Dagegen hat der Soester Codex Randsummarien voraus. Die Sprache ist in beiden die westphälische, doch mundartlich abweichend; der Osnabrücker Text nähert sich mit *ind, waill, veyl* mehr der Rheingegend. Erhebliche Varianten sind selten.

Beide Handschriften sind gegen das Ende des 15ten Jahrh. geschrieben. Der Soester Codex hat u. a. noch eine vom J. 1470 datirte Reformation der Vemgerichte; der Osnabrücker ist mit einem Drucke der goldnen Bulle von 1483 zusammengebunden. Auch die Arbeit selber fällt in dieses Jahrhundert; sie gedenkt der „Prager Ketzer" also des Johann Huſs und des Hieronymus von Prag, die in den J. 1415 und 1416 litten. Wie lange nachher der Autor schrieb ist mit einiger Sicherheit nicht zu bestimmen; doch deuten später anzuführende Umstände eher auf die zweite als auf die erste Hälfte des 15ten Jahrhunderts. Auch über die Person und den Wohnort des Verfassers erhellt nichts näheres; er selber giebt nur am Ende der Schrift an, er sei in weltlichen Sachen so erfahren, daſs er alles von ihm berührte in und auſser Gericht gesehn und gehört habe. In beiden Handschriften stehn noch vemrechtliche Normen, ja die Soester muſs nach der Warnung auf dem Vorsetzblatte *Dyt bock en sal nement lezen he en zy dan eyn echt recht vrigscheppen pp.* einem Wissenden gehört haben. In der That war auch, wie sich zeigen wird, der Inhalt der *informatio* der Art, daſs die Vemgerichte deren Verbreitung auſserhalb ihres Kreises nicht gerne sehen konnten.

Diesen Inhalt bezeichnet zunächst die Überschrift im Allgemeinen dahin:

Incipit Informacio quaedam collecta ex priuilegio seu Speculo Saxonum, continens quosdam articulos, qui multocies tractantur contra

Deum et Justiciam coram Judicibus secularibus prouinciarum Saxonum (C. Soest. streponum.)

Das Werk beginnt mit einer geschichtlichen Einleitung. Carl der Grofse, dessen Leben und Thaten kurz berührt werden, habe dem Lande das Privilegium gegeben, welches man den Sachsenspiegel nenne. In ihm finde man auch beschrieben das *recht van seven wertligen richteren des landes to westfalen ind to sassen, wat ind woe juweliken richtere to richten gebort.* Auf sieben Stufen werden die weltlichen Gerichtsgewalten in folgender Weise zurückgeführt: *tom ersten so is de sideste richter die burrichter, dar neest die gecorne gogreve die ander, die dirde is die beleende gogreve, die vierde ein leenrichter off leenhere, die vyffte die greve den man meinlike nomet den frigreven, die seeste ein stat richter, die sevende ind erer aller oeverste is die Roemsche Coeninck offt keyser.* Dieser werde zuletzt genannt, weil man von dem untersten *(sidesten)* Richter bis an den obersten sich berufe.

Um die Siebenzahl, welche der Sachsenspiegel sonst wohl liebt aber auf dieses Institut nicht gerade anwendet, herauszubringen, hat unser Autor in die Reihe der Landrichter zwei sonst zur Seite stehende, für besondre Rechtskreise bestimmte Richter, den Lehn- und den Stadtrichter mit aufgenommen, von welchen der Ssp. nur des ersteren zu gedenken Anlafs hatte. Auch die fünf Stufen der Richter zu Landrecht stehen im Ssp. noch etwas anders, nemlich als König, Graf, Schultheifs, Gograf der bald ein belehnter bald ein gekorner ist, und Bauermeister da. Unsre Schrift stellt die beiden coordinirten Gografen als Stufen auf und läfst dagegen den Schultheifsen weg. Dies, so wie die „*meinlike*" Benennung des Grafen ist der Westphälischen Gerichtsverfassung gemäfs, welche den Grafen als Freigrafen bezeichnet und ihm als ordentlichen Unterrichter nur den Gografen gegenüberstellt.

Bei jedem der sieben Richter erörtert der Verfasser seine Zuständigkeit nach dem Ssp.; vornemlich aber nimmt er sichs zur Aufgabe, die Misbräuche derselben, als derer *die die macht hadden gudt und quaet to doende na eren willen* aufzudecken. Hierbei ist für seinen ganzen Standpunkt die Weise wichtig und bezeichnend, in welcher er das strenge Halten am Sachenspiegel begründet. Kaiser Carl habe darin auch für das Gerichtswesen alles erdenkliche ohne etwas zu vergessen vorgeschrieben, er wolle dessen genaue Befolgung, nicht eine Übung nach eines jeglichen Gehirn. Nur durch andres geschriebenes Recht dürfe man die Sätze widerlegen. Auch liege dieses Privilegium Carls so offen und in so vielen Exemplaren vor, dafs jedermann es kennen müsse.

Die Hauptstellen lauten:

We nu weder einen oeven janet, die mach den munt allewegen open hebben. (¹) *Hir sint die werelt ind die lüde so sere inne verblindet, dat si des nicht en geloven, nochtant dat it openbairlike vur in geschreven steit.*

Sus richten sy alle na willen u. nicht na beschreven rechte; doch hevet keyser karl gegeven beschreven recht und up allet dat men erdenken mach up ... alle wertlige gerichte der lande to sassen ... u. hevet gesat, men sulle jo na b. r. richten, u. nicht mallik na sinen bregen und gutdunken (II 41 § 1)

Up dat gy nu vort hoeren u. weten des keyser karolus nicht vergeten hebbe, hie en hebbe alle dink up des greven gerichte beschreven recht gesat, woe men sik dar inne hebben sole.

Ind dat recht licht openbairlik beschreven vur alle manne .... dar en wil man nicht van weten ind richtet in die lucht, mallik na sinen bregen ind gutdunken, und die dit recht nu vurg. wederleggen konde mit anderen schoenen geschrevenen rechten, dar mocht man sik dan na richten. Men man en findet nergene hemelik offte openbair beschreven pp.

Anders vint man openbairlicke beschreven alle dink in dem .... spegell vurfs. Der boeven vyff dusent *syn mogen in dem lande to sassen ind to westfalen, die openbarlike liggen vur geistliken ind wertliken luden, mannes u. frauwen namen, die lesen mach wie wil.*

Ind die desse Informacie colligeirt hevet, die en hevet des nicht gedichtet offte bedacht, men wee is nicht loven wil die mach sien up keyser karolus schrift.

Die Schätzung der damals umlaufenden Exemplare des Sachsenspiegels ist überraschend hoch. Und soll ein heutiger Herausgeber den Untergang vieler tausend Handschriften des Rechtsbuches sich lieb oder leid sein lassen?

(¹) Dieses Sprichwort, welches die Hoffnungslosigkeit eines Ankämpfens, hier wider die Verblendung der Richter, ausdrückt, findet sich auch im Freidank 126, 19 *ez dunket mich ein tumber sin swer wænt den oven übergin,* und in Strodtmanns Idiotikon S. 18: *kegen den backoven is quaat janen.*

In diesem Rechtsbuche nun, als der Grundlage und Richtschnur seiner ganzen Arbeit, zeigt der Vf. sich so belesen wie's ihm gebührte, ob er gleich im Verständnisse einigemale strauchelt. Daneben citirt er fleißig die Glosse, wenn sie durch ein Anknüpfen an die fremden Rechte dem Inhalt des Ssp. eine allgemeinere und höhere Deutung giebt, verschmäht auch nicht, auf das canonische Recht, wenn es seiner Richtung dient, sich unmittelbar zu berufen. Von sonstigen Quellen gedenkt er des Würzburgischen Landfriedens Rudolphs I von 1287 und des Richtsteigs Landrechts unter dem in dem westlichen Deutschland üblichen Namen *scheydecloot, dat die vercluringe u. luter kerne des rechten spegels der sassen lantrechtes is*, vgl. Homeyer Richtsteig S. 43.

Hervorzuheben ist ferner der Eifer, die Entschiedenheit und Unerschrockenheit, mit der er scheltend, klagend, spottend die Ausartungen des alten Sachsenrechts, *de quade, snode gewonte, de bosen plechseden, de unredelike saken, de geckes dedinge* verfolgt. Nur selten bequemt er sich dazu, einen dem Ssp. fremden Satz, der zu tief in der Gewohnheit lebte und nicht geradezu aus Carls Recht widerlegt zu werden vermochte, mit einem *dat late ik nu in sinem wesen, dar late ik dat nu bi bliven,* auf sich beruhen zu lassen.

Seine Darstellung ist nicht ohne Breiten und Wiederholungen. Er entschuldigt dies zuweilen mit einem *ind dat dit so lank geschreven is, dat is daromb dat die lude in dessem articule so ungelowich sint.* Aber er hat noch viel mehreres auf dem Herzen und bricht wohl mit einem *dat late ik nan umb der korte willen* ab, versichert auch, dafs *wee vorder vragede den, die dit colligeirt hevet . . . hie berichtede einen wal vorder.*

Es liegt nicht in meiner Absicht, die ganze Schrift mit ihren langen Citaten aus dem Ssp. und seiner Glosse, den Entwickelungen ihrer Sätze, der Beweisführung dafs ihnen der neuere Gebrauch nicht entspreche, den sich oft wiederholenden Expectorationen hier vollständig abdrucken zu lassen. Ihre sachliche Wichtigkeit drängt sich vornemlich in dem Bilde zusammen, welches wir von dem Gerichtswesen des spätern Mittelalters empfangen. Freilich trifft der Vortrag nur die, nach des Vfs. Ansicht, misbräuchliche Seite desselben; für diese darf er aber auch als ein thatsächlich richtiger gelten, wenn wir dem Eindrucke innerer Wahrhaftigkeit trauen und, was sonst von jenen Zuständen bekannt ist, hinzunehmen. Auf diesen Theil des Inhalts wird sich die folgende Darlegung beschränken.

Der *quaden plechseden* nun wird bei dem Bauerrichter, dem *wartel ind underrichter sines gogreven*, und bei dem gekornen Gografen, — von beiden werde nur selten Gericht gehalten — nicht gedacht. Für die übrigen fünf Richterstufen kommen sie, zum Theil in reichlichem Maafse vor. Es lassen sich deren über vierzig zusammenbringen. Ich ziehe sie nach der Ordnung des Verfassers aus und füge bei, was mir zur gegenseitigen Erläuterung des hier und des anderweitig gegebenen zur Hand ist.

Die vom Vf. citirten Sachsenspiegelstellen führe ich kurz nach meiner Ausgabe an.

I. Die belehnten Richter.

Bei ihnen oder den ordentlichen Gografen, von denen *die meiste ti[...] ind dickest gerichte schuit*, werden zahlreiche Unsitten gerügt.

1. Überschreitung der Competenz gegen Auswärtige.

So verboeden si ind laten vur sik beschrien mit einen wapen gerucht[...] ind swerde(¹) *mannichen man uit einen anderen utwendigen gerichte ind ui[...] anderen landen vur oere gogerichte, dar ein man nicht komen en dar un[...] anxt ind vair sins lives ind guedes, ind dar ouch ein man nicht schuldich i[...] to komen noch to antworden, ind leggen dan so einen man vredelois sin lif[...] ind gut, dat is weder got ind beschreven recht*, Ssp. III 25 § 2, 26. . . . *Da[...] men ouck nemande sin gut vredelois leggen sal, oft mit vestnisse verordele[...] na sassen rechte . . . nisi sequatur regalis proscriptio, dat vint man* I 71.

Der Verfasser hat bei dem ersten Punkte, der Vorladung und Ver[...]festung Auswärtiger, darin Recht, dafs ein Gerichtsstand in einem auswärti[...]gen Gerichte nach dem Ssp. nur in *somliken saken die dat recht uitgenome[...] hevet* stattfindet. Aber er hebt nicht besonders hervor, dafs zu diesen Aus[...]nahmen nach III 26 § 2 auch der Fall *he ne verwerke sik mit ungerichte da[...] inne* gehört, dafs also auch in peinlichen Fällen — und davon ist hier di[...] Rede — das Gericht als *forum delicti commissi* einen Auswärtigen vorladen

(¹) Das Beschreien mit gezogenem Schwerte ist auch sonst üblich, Grimm RA. 878.

die Klage gegen den Abwesenden mit Gerüchte vollführen lassen und ihn verfesten durfte, I 70 § 3. Ein Misbrauch liegt hier also nicht unbedingt vor.

Dagegen ist es richtig, dafs das Gut des Verfesteten ihm nicht abgesprochen, oder wie es hier heifst friedlos gelegt werden durfte, wenn nicht die Verfestung zur Reichsoberacht gesteigert worden war, Ssp. I 38 § 2. Dafs auch, wenn die Klage auf ein Gut geht, dem ausbleibenden Beklagten das Gut nicht sofort völlig abgesprochen werden dürfe, entwickelt der Vf. noch weiter nach Ssp. I 70. Ich setze seine ganze Ausführung über das Contumacialverfahren her wegen einiger besondrer Ausdrücke und weil sie zeigt, wie er das geistliche Recht mit dem Ssp. in Verbindung bringt.

Bekummert ouck ein man guedt to den viertienachten na lantrechte . . went up den lesten richtedach, so secht man dat si ein plichtedach,(¹) *so sulle man dat guedt winnen ofte verlesen. En kompt dan die cleger nicht, so wiset man vur recht, hie hebbe sin ansprake verloren an dem guede. En comet die antworder nicht, so wiset man dem cleger van stunt an dat guet to ind dem antworder af, dem clegere in sine were ind upboernisse ind dem antworder nummer mer recht darane to hebbende; id en benome em dan echte noit, die dar bescheneget worde. Dar secht dat recht up, beide geistlik ind werentlik, wie contumax d. i. ungehorsam wert vur gerichte to komen, e dar dan nicht . . . die antworder, so sal man den cleger in dat guedt wisen, dat irste jair vur einen hoeder, so en hevet die antworder sin guet daomb noch nicht alle verloeren, want hei mach binnen der jairtale noch sin guet verstain ind entreden ind richten dem cleger sine cost. En komet ouck die cleger nicht, so mach hie den antworder richten sine cost, ind gaen up sinen verschen voet stan wan hie wil mit kummer ind mit ansprake* (I 70). *Mer entredet die antworder dat guet nicht binnen der jairtale, so sal man dat guet dem cleger to wisen in sine were ind upboringe ind dem antworder af, ind verdelen eme dan alle ansprake an den gude,* I 70 *et in decre. de dolo et contuma. et ex. ut lite non contes. prout et in fine* d. i. X. II 14, II 6.

Der Satz, dafs der nicht erschienene Kläger, wenn er nur dem Beklagten seine Unkosten entrichtet, frischen Fufses seinen Anspruch auf das

---

(¹) Haltaus nimmt Pflichttag nur für Gerichtstag überhaupt, nicht wie hier für den letzten entscheidenden Tag.

Gut erneuern könne, findet sich nicht ausdrücklich im S. Ldr., aber darf doch wohl als richtig gelten, denn die Fälle II 8, 11 § 2, in denen der Beklagte wegen einer Unthätigkeit des Klägers der Beschuldigung ledig wird, sind andrer Art, und das S. Lehnr. 65 § 16 läfst den Herrn als Kläger nur den Termin, nicht die Sache verlieren.

2. Bestechlichkeit und unrechte Gebühren.

Ouck hebben etlike richtere, we se sin dat laet ik staen, eine quade wohnheit an sik. Komen twe arme lüde vur oere gerichte, welker en meist gevet, mit dem vallen se to weder den anderen. Ind wie nicht des gerichtes v a r e *ind oeres heren* g e m o e t e *(mote, mede)* v e r d e d i g e n *(werdigen, vordragen) wil, die en darf vur oeren gerichte nicht dedingen, it en (?) si ieme umb sin liff ind guet to doende. So nemen se vur die vare ind gemoete vurſs. van einen man wal X, XII oft XX marck, ofte dat guet half, up dat se eme rechtes willen helpen tegen den anderen sin guet aff to dedingen, dar die iene dem si helpen dicke gein recht to en hevet, ind geven so ere sele ind liff dem duvele ind verkopen godes gericht* (I 60 § 2 Gl.)

Aufser der zuerst erwähnten ganz gemeinen Bestechlichkeit etlicher Richter, welche der Vf. nicht nennen will, gedenkt er noch eines andern Verkaufens des Gerichts, welches sich unter einen Schein Rechtens, unter ein Übereinkommen *(verdedigen)* wegen *vare* und *gemoete* birgt. Die *vare* begreift die Nachtheile, namentlich die Geldstrafen wegen Verletzung der strengen Procefsformen, s. Glossar zu Ssp. II 1 S. 618, Nachtheile, welche in manchen Gerichten von selbst wegfallen sollten, *praecipimus u omne ius absque captione quod vulgo* v a r e *dicitur observetur,* Privil. für Goslar v. 1219 (Göschen Gosl. R. S. 115), in andern um eine bestimmte Summe abgelöst wurden, Anhalt. Urk. v. 1239 bei Becmann II 71, *ut illud quod in iudiciis Vare dicitur non sumatur, sed quod* v a r s c h i l l i n g *dicitur detur pro illo.* Das *gemoete* oder *mote* des Herrn ist die Geneigtheit, der gute Wille, insbesondere eine Dispensation, Haltaus 622 unter Gemüte. Welche Gewährung hier gemeint sei, ob etwa nur die Befreiung von der *vare,* die sowohl gegen das Gericht als gegen den Gerichtsherrn erkauft werden mufste, ist nicht deutlich. Das Drückende dieser Gaben lag besonders in deren Höhe, ihr Hauptunrecht darin, dafs sie zum Deckmantel der Bestechung dienten.

3. Unrechtes Verfahren mit den Vorsprechern.

Komet ein arm man vur oere gerichte ind biddet umb einen vursprecken den einen, den andern, die seggen si verwedden dat, ind wilt dar leggen seefs penninge ind sin des loefs. Die dirde den hei biddet, hebben sie vur einen plechsede, die en sals dan nicht weigeren. Dat sint geckes dedinge ..... wen man erst biddet .... die sal des anderen wort spreken, oft verweddent als recht is mit der hant up die hilgen, dat hie is nicht en kunne, oerer ein na dem anderen ... Dat en behaget nu den richteren nicht waill, dar en wert in nein gelt aff, I 60 § 5.

Hier ist nicht ganz richtig, dafs nach dem Ssp. der Vorsprecher sich allgemeinhin eidlich des Sprechens entschuldigen könne. Andrerseits kennen manche Stadtrechte den Satz, dafs wer sich weigert das Wort zu sprechen dem Richter ein Gewedde zahle, s. *Nietzsche de prolocutor.* p. 43 pp. z. B. Saalfelder Stat. *spreche her sin wort nicht, der wette deme richtere funf schillinge.* Das Unrecht der geldgierigen Richter liegt nach jener Schilderung wohl darin, dafs sie das Gewedde für die beiden ersten Gewählten geringe genug ansetzten, um sie jedesmal zu einem Abkaufen der Last zu bewegen, und erst bei dem Dritten nach dem strengen Rechte verfuhren.

4. Misbrauch beim Urtheilfinden.

Des geliken doit ock die lüde, wanner si ein ordel solen wisen, ind winnen des dan dach seefs weken, ind laten sik in dem gerichte verbürgen van dem cleger ind antwerder kost ind schaden, ind driven die lüde so up grote kost ind schaden. Des en sal aver nicht sin, angesin dat die richter sal den einen vur ind den anderen na so lange fragen, dat hei kome an den lesten dat ordel heiten wisen, die sullen sik die eine vur ind die anderen na alle entreden mit oeren eiden dat si des nicht en weten, die leste weit is die dan nicht, die winnet is dan dach went to dem nesten gedinge, die mach es sik befragen oft hie kan ind en darf des nirgen halen, dar hei kost of schaden umb doin sulle, die die cleger ofte antwerder liden dorve. Kan hei sik des nicht befragen, so sal hei it wisen, doch so hei rechtest ind beste kan. Das Urtheil möge dann gescholten werden, II 12 § 5, 7, 9.

Hier hängt die Abweichung von dem Ssp., dafs nicht lediglich der zuletzt gefragte, sondern das Gericht insgemein Aufschub zum Finden des

Urtheils gewinnt, zusammen mit der Sitte vieler namentlich auch Westphälischer Gerichte,([1]) wonach der zuerst gefragte sich mit den übrigen Urtheilern um das Urtheil beräth und es dann einbringt. Waren sie nun dessen insgesammt nicht weise, so ist es nicht mehr der einzelne, der die Frist zur Befragung erhält, und so ist es auch das ganze Gericht, welches etwa den Oberhof um Rechtsbelehrung angeht. Dagegen erscheint es allerdings als beschwerlicher Misbrauch, wenn das Gericht die Unkosten des ob eigner Unkunde geschehenen Befragens den Parteien auferlegte.

5. Förmlichkeit beim Urtheilschelten.

Ouk hevet man ein unrechte an sik vur den richteren, wee ein ordel schelden wil, die snidet af natelen van den remen, ringe, messede ind alle iseren ind stael, eer si dat schelden, of si winnen dat mit ordelen vur dat si des nicht doin durffen, dat is ouk alles geckes dedinge, S. Landr. II 11 § 3, III 70. Jenes Abschneiden sei Lehnrechtens, 67 § 1.

Eine doch ziemlich unschuldige Übertragung eines lehnrechtlichen Ritus s. Ssp. II 2 S. 580 in das Landrecht.

6. Unrechtes Wedden des Unterliegenden.

Komt eyn arm man vur ein gerichte ind claget gewalt umb schaden ind andere gebreke oever den anderen, entgeit eme die ander mit rechte, so moit de cleger vif mark hebben gebroken, ofte so vil als die richter wil, dar na dat die man rik is.

Das ist allerdings gegen den Sachsenspiegel, der nur bei der kämpflichen Ansprache I 62 § 4, II 8 eine Succumbenzstrafe eintreten läſst.

7. Unrechte Bestrafung auſsergerichtlichen Scheltens.

Ouk hebben sik twe geschoulden, oft ein den anderen geheiten buten den gerichte dieff, schalk, morder of des gelikes, ind beclaget daromb oerer ein den anderen int gerichte, ind kennet die it gesecht hevet des, so wil die richter ind die cleger, de ihene die dat gesecht hevet solle dat up den anderen brengen oft hei sulle vaire ind anxt stain eines dieves vorreders oft morders, oft he moit sin lif van den richter kopen vur so vil, als die richter wil, oft als he

---

([1]) Seibertz Urk. III 127, 139, 235.

gudes vermach, ind dem cleger boete doin. Des sal nicht sin, secht dat recht, de wile hei sik mit eme nicht begrepen hevet in gerichte in maten als vurgeschreven (II 8, I 62 § 4), *want wie den anderen so mishandelt hevet buten gerichte, ind secht hie hebbe dat gedain mit scheltworden ind van torne, die sal dem anderen bote geven na sinre gebort ind den richter sin gewedde* (III 45.)

Allerdings eine arge Übertragung der Folgen einer kämpflichen Ansprache wegen Diebstahls auf aufsergerichtliches Schelten.

8. Unrechte Ansprüche an den Nachlafs Hingerichteter und wegen des Begrabens Ermordeter.

Wirt ein man gehangen oft gedodet van gerichtes wegen, oft doedet sik selven, oft verdrinkt ein man, oft wirt ein man gemordet of doet gevunden, die richter wil oer guet hebben ind seget it si dem heren ind iem verschenen. Ouk en moit men des verdrunken ofte vermorden mans nicht antasten oft graven, men en kopet dem richter af dat it sin wille si. Dat is alle weder got ind recht (Ssp. II 31 § 1, III 90).

Der Nachlafs eines Hingerichteten oder Selbstmörders fällt allerdings nach einigen Rechten ganz oder theilweise dem Richter zu. Nach den Statuten von Büren (Wigand Archiv 3 S. 30) der Nachlafs eines Selbstmörders, nach dem Münchner Stadtrecht Art. 84 die fahrende Habe eines Hingerichteten. Die Blume des Magdeb. Rechts II 78 ff. lehrt: *Totit sich ein man in gevengnifs der um ungerichte gevangen is .... welcherlei gut er hinder im lazt, daz gevelt mit merem rechte an den herren der stat odir dez dorfis, wen of dez totin erbin.* Eben so, wenn ein Kornwucherer wegen Sinkens der Getreidepreise sich tödtet. Anders dagegen, wenn ein Wahnsinniger Hand an sich legt. Auch in der Mark wird, nach dem Versprechen des Kurfürsten im Landtagsrecesse von 1534, er wolle sich des Nachlasses der Selbstmörder zum Nachtheil der Erben nicht anmafsen, jener Gebrauch geherrscht haben. Gemeiniglich bleiben jedoch die Rechte beim Sachsensp. II 31 § 1 stehn, der solchen Nachlafs dem nächsten *gedeling* zuspricht, s. aufser den Citaten in meiner Ausgabe noch das Dortmunder Recht § 104, das der Wiener Neustadt (Würth S. 61 87) und Pauli Abhdl. III 6. So auch die Glosse, welche zu II 31 meint, wenn jener Gebrauch gälte: *wu worden de edel gesnellet, uppe dat en* (den Richtern) *dat gut worde. Vorwar, di sus wolden, dat heiten krummere u. nicht richtere. Nu nu Humbold,*[1] *des mach di nicht geschen, di ne mach ir gud nicht werden.* Die Gl. gestattet jedoch nach *l.* 6 § 7 D. XXVIII 3 und *l. ult. C.* IX 53 eine Ausnahme, welche auch unser Verf. mit den Worten wiedergiebt: *uitgesecht it en were, dat sik wee selven dodde up dat en dat gerichte nicht en dodde, als dat begrepen u. beclaget were in gerichte.*

Hinsichtlich des Begrabens der Ermordeten tritt der Ssp. eben so wenig dem hier verworfenen Satze als der Ansicht des Vfs. unbedingt bei. Denn nach III 90 § 2 und sonst verbreitetem Gebrauche, Dreyer Nebenst. 83, bedarf, wer eine Klage mit dem Leichnam vor Gericht begonnen hat und vor deren Vollendung ihn bestatten will, allerdings der richterlichen Erlaubnifs.

9. Anspruch auf den Nachlafs Fremder.

Sterft ein man ofte wif in oeren gerichte, die inkomen sin uit anderen lande verre ofte na, so seggen si hei en hebbe nein echte, dat is ein biwort dar dat recht nicht af to seggen weit. So willen se die alle erven ind nemen oere erve, dat is over weder got ind recht (Ssp. I 3 § 3) . . . *Ouk hebben paefs ind keyser geboden, dat alle incomende lüde ind pelegrimme laten ind erven moegen oer gud war ind weme si willen, ut in tit. de statutis & cons. . . . dat sik beginnet Ad decus et decorem pp.*

Das „Beiwort" (Sprichwort, Redensart), dafs Fremde kein Echt, d. i. keinen *status legitimus* besonders im Familien- und davon abhängenden Erbrecht, haben, ist allerdings dem Ssp. unbekannt, andrerseits entscheidet sein allgemeiner Satz I 3 § 3, dafs der Nächste unter den Verwandten das Erbe nehme, hier noch nicht. Dagegen spricht die von Friedrich II aus der *basilica Petri* erlassene VO., Pertz Leg. II 245 c. 8, welche nach ihrem Beginne *Ad decus* hier gemeint ist, für den Verfasser. Doch drang bekanntlich dieses Gesetz für Deutschland nicht ganz durch, so dafs ja bis in die neuesten Zeiten hin, wenn auch nicht der ganze Nachlafs des Fremden, doch eine Quote von dem ins Ausland gehenden als *gabella hereditaria* an die

---

[1] Humbold, in andern Handschriften Humbolt, Hombold, scheint hier nicht als nomen proprium — wenigstens ist die heutige freiherrliche Familie v. Humboldt keine alte märkische, — sondern als Appellativum zu stehen. Woher aber dann die ihm beigelegte Bedeutung eines habgierigen Richters, weifs ich nicht zu erklären.

Obrigkeit fiel. Bemerkenswerth ist hier, dafs der Vf. den Gebrauch noch damals auf den ganzen Nachlafs bezieht, während davon sonst nur sehr vereinzelte und viel frühere Beispiele vorkommen, z. B. für Cölln im J. 1258, Lacomblet Urkundenb. II. 249 Nr. 53.

10. Zu hohe Bruchgelder.

Ouk hebben die richter aver eine boese gewonheit an sik, ein mensche breke groit ofte clein, so willet se jo tom minnesten vur den bruck vif marck hebben, oft vaken so vil als die man gudes vermach. Dat ist aver weder got ind dat recht, want man in den rechten nirgene beschreven vint, dat ein minsche vur dem goegerichte mer breke dan dat lif oft ein hant oft penninkwedde des gerichtes, ind wergelt ofte bote dem cleger, uitgesecht in drin saken dat ein man mach verwirken lif ind guet . . . . ind wat nu gewedde des goegreven is, dat is sere clein u. dat sal hei ind mach mit goede wail nemen (III 64 § 10, III 53 § 2.)

Des Gografen Gewedde beträgt freilich nach III 64 § 10 nur 6 Pfenninge oder einen Schilling, je nach der Landleute Beliebung (eine berl. Handschrift *underwilen dre schillinge;*) eine Steigerung aber, wenn gleich keine so bedeutende, war bei dem Sinken des Münzwerths angemessen.

11. Anspruch des Richters auf die Bufse.

Ouk nemet die richtere dicke gewedde ind boete beide ind laten den cleger na sien, dat is aver unrecht, wente die richter sal nemen sin gewedde ind laten dem cleger sine bote (III 64, 53)

Der Misbrauch liegt klar vor, zeigt aber zugleich, wie die Richtung des spätern Mittelalters der Privatstrafe widerstrebte, einer Genugthuung, die sich ja, ungeachtet die Carolina für einzelne Fälle und das römische Recht sie kennt, nur in geringen Ausnahmen hat halten können.

12. Abkaufen der Strafe.

a. *So wie nu dat lif breket den sal men doden na siner verschuldeden pinen; welk richter des nicht en doet ind dar gelt ind gut vur nimt, als die richtere vakene doit ind laten die lude vortan stelen ind morden, die is des dodes sulven werdich, ind schuldich rede darvur goede to geven to den jungesten dage* (Ssp. II 13, I 62 § 7).

b. *So en is nicht vil gevreischet in desem lande, wee den anderen lemet ofte wundet dat man deme die hant afsloege. So is dat recht in ein gewonheit gekomen, so wee den anderen lemet oft wundet, die hevet gebroken dem richter vif mark, oft so vele als he gudes vermach ind darna dat hei dedingen kan mit dem richter, ind gift dem kleger to bote so hei minnest kan. Biwilen nemen die richter gewedde ind bote beide, dat is darna dat die kleger sin recht verdedingen kan. Na dem nu dat in eine wontheit komen is, so is den richteren ind oeren heren dat to willen, dar wert in gelt af, dar late ik dat nu bi bliven, doch so en is dat gein recht* II 16.

Der Vf. versteht sich also, obwohl halb unwillig dazu, das Handabhauen der Gewohnheit gemäfs ablösen zu lassen; einem Abkaufen aber der Todesstrafe widerstrebt er entschieden. Der Ssp. indessen ist für beide Fälle einer Ablösung nicht entgegen, I 38 § 1 *die ir lif oder hut unde har ledeget.* I 65 § 2 *Sve lief oder hant ledeget dat ime mit rechte verdelt is, die is rechtlos.* III 50 *Svar die düdesche man sinen lif oder sine hant verwerkt . . . he lose se oder ne du.* II 16 § 1 *Gewere sal man dun umme dotslach u. umme lemesle u. wunde. Gl. dit vernim of it gesunet werd.* Ja in einigen Fällen hat der Verurtheilte ein Recht auf die Lösung, III 56 § 3 *Sin* (des Frohnboten) *recht is ok die tegede man . . dat he ine to losene du,* oder es ist doch der Betrag der Geldvergütung im voraus bestimmt, II 16 § 5 *hende u. vote . . wirt die man daran gelemt, u. sal mant ime beteren* (vgl. § 2 *sve den anderen lemet . . man sleit ime de hant af*) *man mut it gelden mit eneme halven weregelde.* (Vgl. Schwäb. Landr. Lafsb. 176). In der That ist also gegen das Princip der Volksrechte, welche die Verbrechen zunächst mit Geld, im Unvermögensfalle mit Leben und Gliedern büfsen lassen, nur die Änderung eingetreten, dafs die körperliche Strafe voran steht, eine Ablösung aber kraft Vereinbarung mit dem Richter und dem Kläger möglich bleibt. Unser Vf. wird bei jener seiner Unterscheidung schon von dem Gedanken, welche das neuere Strafrecht ausgebildet hat, geleitet. Den Ersatz der Verstümmelungen durch Vermögensstrafen läfst er sich gefallen, da Freikaufen von der Todesstrafe nicht.

c. *Hevet ein minsche missedait gedain, dar hei dat lif ofte gesonthei ane verboeret hevet, so dat in die richter jo richten moit, so dat sy van sinen levende up dat hei leven moge nein gelt of guet krigen kunnen; wirt dan den missededigen to gewiset die galge oft die reep, so nemen si geld ind guet in geven eme dat swert ind dat rad oft den kerkhof, ind seggen si hebben in begnadigt ind laten sik dunken, die heren ind die richtere mogen richten na rechte wanner si willen, ind na genaden ind willen wanner si willen, ind vergeven malke so sine verschuldede pine wanner ind weme si wilt. Dat sal dan gnade heiten dat si doent umb gelt ind umb guet, dat is aver weder got ind recht* (Ssp. I 68 § 2, II 13, III 64, II 40, I 53).

Doch so mach die Roemsche keiser juweliken misdedigen pinigen laten woe hei wil, als die gestolen hadde, den mach hei radebraken laten ind des gelikes, dat bort eme to vur anderen richteren ind anders niemande III 26 § 1.

Der Leichnam des Enthaupteten wird, falls er nicht im Bann starb, auf dem Kirchhofe begraben, s. Richtsteig Landr. C. 35 a. E.; daher erklärt sich eine Begnadigung vom Galgen zum ehrlichen Schwert und Beispiele einer solchen finden sich nicht selten, vgl. Kindlinger Münstersche Beitr. I 417. Auffallend ist aber, selbst nach dem Recht des Mittelalters (Grimm RA. 688), dafs dem Schwerte in beiden Beziehungen das Rad gleichgestellt wird. Auch rechtfertigt sich das besondre dem Könige vorbehaltene Privilegium der Strafverwandlung schwerlich aus dem einfachen Satze des Ssp. a. a. O.: *die koning is gemene richter over al.*

Zuletzt noch

d. die allgemeine wiederholende Anklage:

Die richter nement gelt ind guit von missededigen lüden ind vur alle misdait, se si groet oft clein ind laten die misdedigen vortan gain, ind seggen ouk vaken to mannigen armen manne: gi hebt minen heren gebroken vif mark oft hundert darna dat die man guedes hevet, die doch nicht dan einen pennink wedde gebroken hevet, oft die dickeste tit nicht, ind slippen (slipen?) ind villen so die lude weder got ind recht, dar en nein gelt oft guet van en boret. Welk richter des nu meist kan ind doet, die is den heren levest.

II. Der Lehnsherr oder Lehnrichter

Die einzelnen Misbräuche in den Lehngerichten leitet der Verfasser so ein:

Woe men richten sal oever len na sassen recht, dat vint man beschreven in dem lenrechte der sassen, want die heft keiser karl gegeven beide lantrecht ind lenrecht. Ouk vint man dat beschreven in libro feudorum, dat gemeine lenrecht is oever alle cristenrike; doch so wert selden gerichtet in den saken na beschreven lenrechte, (wat) to lank alle were to schriven. Doch so wil ik roren etlike artikele, dar die heren ind ere mannen vakene ind vele doit weder got inde beschreven recht, ind die mannen oever sik malediciren selven wisen ind doin.

1. Besitznahme erledigter Lehne ohne Aburtheilung.

Ten ersten so belenen die heren dicke manigen man mit gude vur ein verlediget len, ind nemen dat to sik sonder gerichte ind recht ind seggen it si in verlediget. Dat is unrecht, angesien hei si levendich ofte doet, des dat gut gewesen is ofte is, so en sullen sik die heren nenes gudes underwinden, it en werde in ersten togewiset van oeren mannen na lenrechte, dar die besitter, of die sik rechtes daran vermeten, bi geladen werden to eren rechten dedingen, (Lehnr. Art. 38 § 4, 53.)

Allerdings bedarf es, wie regelmäſsig nach dem *liber feudorum*, so auch nach sächsischem Lehnrecht eines besondern gerichtlichen Verfahrens gegen den Vasallen, des *verdelens,* ehe der Herr das Gut als erledigt an sich ziehn kann, s. Homeyer Ssp. II 2 S. 512 ff.

2. Entschädigung der Gerichtspersonen durch den Unterliegenden.

So hevet man dat vur eine snode gewonte, dat hei sik dar moe gefangen geven in solker mate, so dat hei love ind swere ind darto verburge vur dem lengerichte, welker die sake verliese, dat si alsdan den len heren ind allen sinen mannen, die to lenrechte verbodet werden, soler richten ind gelden kost ind schaden, die de here ind sine manne daromb hebben of doin. Dat is eine maledicie, die die man oever sik selven wesen, die weder got ind alle beschreven recht is (S. Ldr. I 53 § 1, Lehnr. A. 65 § 1, 68 § 1, § 12.)

Ein Anspruch der Gerichtspersonen gegen den Unterliegenden auf Ersatz ihrer Mühwaltung und Unkosten ist allerdings im Ssp. nicht begründet; es zeigen aber diese wie andre Erscheinungen, dafs sich der Satz von der Unentgeldlichkeit der Rechtspflege auch im Mittelalter nicht halten liefs. Und besonders entsprach eine direkte Entschädigung an die Urtheilsfinder der Natur der Gerichte, welche mit Genossen, nicht mit Beamten besetzt waren.

3. Verschiedene Misbräuche bei Streitigkeiten zwischen Herrn und Mann.

Sal ein arm man dedingen mit sime heren to lenrechte umb sin gut, so wil (a) *die here richter ind cleger sin, ind* (b) *leggen dat gerichte war hei wil up sin slot ofte anders war eme dat gedelik is, dar die man nicht komen dar, of dar he nicht sculdich is to komen, ind* (c) *dar wil die here dan sinre manne so vil verboden als hei wil die dem heren gedelik sin.* (d) *Ind to lenrechte en moet niemant dedingen, hie en sie dan des heren belende man, ind sal dan die arme man einen vurspreken bidden van den mannen ind der mannen wat bidden in sine achte, so staet die manne ind seet erer ein up den anderen ind segget se sint eres heren man, se en moten weder oeren heren nicht dedingen to lenrechte. Och woe geck sin die man ind woe cleine weten si wat si doet.* (Lehnr. A. 67 § 10, 65 § 17, 65 § 2).

Of die here ind sin man kiveden oft twieden umb guet, so en sal die here nicht richter sin, mer die here ind die man sullen einen geliken richter kisen, oft si mogen arbitreren an einen geliken oeverman. Hevet ouk die here sinen manne sin gut genomen, so en sal die man einen richter kesen ind nicht die here . . . . Ouk oft si nu einen richter kesen, so en sal die here nicht to dem lendage . . laden so vil ind so wen hei wil siner manne, sunder hei lade siner manne en deil de hei hebben wil, ind so vil alsdan die here der man geladen hevet, so vele sal die here ouk laden der mannen die die man hebben wil.

In diesen Sätzen liegen vier verschiedene Angriffe gegen das Verfahren des Lehnherrn der zugleich Partei ist.

a. Er richtet überhaupt in eignen Sachen. — Das ist nun freilich doch nicht eine Rechtswidrigkeit des Selbstrichtens in unserm Sinne; denn der Richter findet nicht das Urtheil, und das S. Lehnrecht s. Ssp. II 2,

S. 572 nimmt daher an jener Stellung, so lange es nicht zur Aburtheilung des Gutes des Mannes kommt, keinen Anstofs. Allein ebd. ist bemerkt, dafs andre Quellen doch des Argwohns halber, den das Auftreten auch des mittelalterlichen Richters als Klägers wohl einflöfsen konnte, ihn nöthigen, von vorn herein, wie im L. feud. II 55 § 5 sich als Richter vertreten zu lassen. Freilich sagen auch sie nicht, wie unser Vf. will, dafs der Herr und der Mann gemeinsam einen Richter wählen.

b. Er setzt das Gericht an ungehörigen Orten an. Zwar hat er in Bestimmung der Dingstätte sehr freie aber doch nicht unbeschränkte Hand, Ssp. II 2 S. 578, und zu den verbotenen Stätten gehört namentlich ein geschlossener Hof, eine Burg, also auch das eigne Schlofs des Herrn, dessen der Autor erwähnt.

c. Der Herr beruft zu Urtheilsfindern so viele er will, die ihm gedeihlich sind. Das war dem Herrn nach dem S. Lehnr. 65 § 9 a. E. auch nicht verboten, konnte aber allerdings zu einer den Gegner bedrückenden Anwendung führen. Bemerkenswerth ist das vielleicht aus dem Gebrauche gegriffene Auskunftsmittel des Vfs., dafs der Mann seinerseits eben so viele Mannen wählen und durch den Herrn laden lassen dürfe, als dieser geladen hat.

d. Die Mannen wollen der Partei nicht als Vorsprecher oder zur Berathung gegen den Herrn dienen. Der Vf. ruft mit Recht aus, sie wissen nicht was sie thun, denn nicht nur mag die Partei überhaupt sich Vorsprecher oder Berather nach Belieben aus den Mannen wählen 65 § 10, sondern die Mannen dürfen sich auch nicht weigern, wider ihren Herrn das Wort zu reden 71 § 23.

III. Die Frei- oder Vemgerichte.

In den Angriffen gegen ihr Verfahren zeigt sich die Grundrichtung des Vfs. in der entschiedensten und merkwürdigsten Weise.

Das Vemgerichtswesen hat eine seiner Grundlagen in der allgemeinen sächsischen Verfassung der Grafengerichte wie sie der Ssp. darstellt, daher so viele seiner Sätze in den Vemrechtsbüchern wiederkehren. Was davon abweicht, läfst sich theils einer gemeinsamen Fortentwickelung des ganzen deutschen Gerichtswesens, theils aber und vornemlich gewissen Eigenheiten jener westphälischen Gerichte zuweisen. Eigenheiten, welche so weit sie hier in Betracht kommen auf drei Principien zurückgehen.

Das erste liegt in ihrer Geltung als oberster kaiserlicher Gerichte. Daher eine Zuständigkeit des einzelnen Freistuhls über ganz Deutschland, über alle Personen mit Ausnahme des Kaisers und seiner besondern Schützlinge, über alle Sachen, sobald man des Beklagten vor seinem ordentlichen Richter nicht mächtig werden kann. Daher der Anspruch, dafs eine Proscription des Freigerichts — die Vervemung — gleich einer Reichsoberacht wirke.

Das zweite äufsert sich in der Obliegenheit der über ganz Deutschland verbreiteten Freischöffen, die ihnen bekannt gewordenen Vergehen zu rügen, sie auf handhafter That zu richten und die Vervemungen zu vollziehen.

Das dritte endlich begreift jene Heimlichkeit des Verfahrens, wonach 1) das Gericht sich durch Entfernung aller Nichtschöffen zu einer geschlossenen Acht bilden kann, 2) die Vervemung, um die Vollstreckung zu sichern, geheim gehalten wird, 3) die Schöffen, um sich als solche zu erkennen, geheime Formeln und Zeichen mitgetheilt erhalten und dadurch zu Wissenden, den Nichtschöffen gegenüber werden.

Diese Besonderheiten mit der unerhörten daraus entspringenden Gewalt dürfen in der Blüthezeit der Gerichte bis etwa zur Mitte des 15ten Jahrhunderts nicht nur als factisch wirksam, sondern auch als rechtlich anerkannt, selbst seitens des Kaisers gelten. Aber daneben gab es manche unsichre, bestrittene Punkte. Der Übermuth einzelner Freigrafen schritt auch wohl noch weiter über jene Grenzen hinaus. Daher das Streben der Kaiser, unter Mitwirkung der Stuhlherren selber, gewisse Sätze fester zu stellen, offenbaren Misbräuchen zu wehren. Wir haben die 29 Fragen, welche K. Ruprecht 1404 oder 1408 einigen Freigrafen vorlegte, mit ihren Antworten, ferner die Reformation, welche die zu Arnsberg versammelten Stuhlherrn, Grafen und Schöffen am 27. April 1437 zu Stande brachten, und deren Bestätigung mit einigen Zusätzen durch K. Friedrichs Reichsabschied von 1442 (1); eine Bestätigung welche Maximilian 1495 wiederholte.

Eine ganz andre als diese blofs reformatorische Stellung nimmt unser Verfasser gegen die Vemgerichte ein. Auch ihr Wirken will er streng an die

---

(1) Alle drei Stücke am besten in Seibertz Urkundenbuch III, S. 6. ff. (vergl. dabei über das Jahr 1408 v. Wächter Beiträge 185), S. 76 ff, 100 ff.

Sätze und Einrichtungen des Ssp. gebunden wissen. Gleich von vorn herein sagt er: *Went nergent mer boesheit ind ungerichte geschuit in der werlde mit gerichte dan vur den greven mit oeren gerichten dat die lude heiten ein fri ofte heimlik gericht, dat keiser Karl, die dat recht gesat ind gegeven hevet dem lande to Westfalen, noemet slecht des greven gerichte, ind die geistliken nomen dat gerichte ius vetitum.* Auch hier erklärt er die Satzungen welche Carl über das Grafengericht gegeben für vollkommen ausreichend, legt sie näher dar und wendet sich dann zu dem abweichenden Gebrauch der Freigrafen seiner Zeit. Folgerecht verwirft er nun in gleichem Maafse einmal jene Ausschreitungen, sodann gewisse allgemeiner im Gerichtswesen eingetretene Änderungen, endlich das Meiste der characteristischen und festen Eigenschaften der westphälischen Freigerichte. Die aufserordentliche Nothgewalt, welche sie im Laufe von Jahrhunderten sich errungen, ist ihm durchweg eine böse, ungerechte. Vielleicht deutet diese rücksichtslose Entschiedenheit des Angriffs auf eine Abfassung nach der Mitte des 15ten Jahrhunderts, wo die schon früher beginnende Auflehnung gegen manche Übergriffe sich stärker und allgemeiner bei den Städten([1]) sowohl als bei den Landesherren([2]) zeigt. Immer aber bleibt die Kühnheit bemerkenswerth, mit welcher unser Autor innerhalb Westphalens selber die Grundlagen des Systems zu einer Zeit bekämpft, wo sie doch durch die fortgehenden Bestätigungen der Arnsberger Reformation von Kaiser und Reich noch geachtet werden.

([1]) Vgl. das Bündnifs schon von 1396 unter Goslar, Braunschweig, Hildesheim, Eimbeck, Helmstedt, bei Bruns Beitr. z. d. D. R. S. 297, welches jedoch denjenigen Beklagten nicht schützt, *des we nicht mechtich weren to den eren.* Märkische Städte verbinden sich 1436, den Vorladungen der Freigrafen nicht folgen zu wollen, weil diese diesseits der Weser keine Macht hätten, Lenz Brandenb. Urk. 570. Die Hanse beschliefst 1447, dafs kein Bürger Freischöffe werden dürfe; doch kommen in Bremen noch 1453 zwei Bürger als Wissende vor, Donandt Gesch. d. Brem. Stadtr. I 140. Im J. 1468 werden zwei Augsburger geköpft, weil sie ihre Mitbürger in Westphalen belangt haben, Wigand 530, v. Wächter 193.

([2]) Die Landesordnung Wilhelms v. Sachsen 1446 verbietet das Klagen bei Vemgerichten. Vgl. die gleichzeitigen Anordnungen des Hochmeisters bei Voigt Westph. Femg. S. 92, und das päbstliche Privilegium welches er sich im J. 1448 erwirkte, ebd. 148, 217. In den J. 1460, 1461 vereinbaren sich der Markgraf v. Baden, der Graf v. Würtemberg und benachbarte Herren, die Eingriffe der Vemgerichte nicht zu dulden, s. Stälin Gesch. v. Wirtemberg, III 736.

Mit den Angriffen welche Johann von Frankfurt um das Jahr 1430, und welche ein Anonymus in Cölln a. E. des 15ten Jahrhunderts gegen die Vemgerichte erhob, (Wigand S. 536 ff.) zeigt sich kein innerer Zusammenhang.

Die Ausstellungen unsers Autors lassen sich unter 19 Rubriken bringen.

1. Behandlung der Unwissenden.

Doch verfemen die greven maningen armen man die ghein schepen en is ind seggen hei si ein unweten man, men en dorve in nicht verboden, ind hangen so die lude, dat weder got ind recht is; dat man jo einen juweliken verboden sal, hei si schepen off nicht . . . . Ind were ouch ein selssen dink ind unredelik, soulde man einen minschen verwisen ind doden ind to sinre antwerde nicht komen laten, als die greven doch doit, (Ssp. I 67).

Dafs die Unwissenden nicht vorgeladen zu werden brauchten, meinten selbst die Freigrafen, welche dem K. Ruprecht auf die Frage 28 antworteten:

Is de man over nin vrischeppen, so mach de vrigreve over en richten sunder vorbodinge, wente man en mach siner in de hemliken achte nicht vorboden eder komen laten.(1)

Aber die Reformation von 1437 gebietet die Vorladung und zwar vor das offenbare freie Gericht, Seibertz S. 80 Nr. 7. Wigand 408 ff. glaubt, die Ladung der Unwissenden sei damals erst eingeführt worden; Eichhorn § 121 Anm. 2 und v. Wächter 165 sehen wohl richtiger darin eine Wiederherstellung des echten Gebrauches, denn da das Sachsenrecht eine Verurtheilung ohne Ladung nicht kennt, so darf die Nichtachtung eines solchen Fundamentalsatzes, von der die Freistühle selber zurückkamen, als ein nur zeitweiliger Misbrauch bezeichnet werden.

Ist aus diesen Vorgängen zu folgern, unsre Informatio falle vor der Ref. oder doch vor ihrer reichsgesetzlichen Bestätigung 1442? Dafs der Misbrauch noch als bestehend geschildert wird, entscheidet nicht, denn die

(1) Ich citire nach dem Texte der Fragen in der Soester Handschrift, der hier übrigens mit Seibertz S. 17 stimmt.

Freigerichte wollten auch der Reformation nicht gehorsamen. (1) Eher dürfte man schliefsen, der Autor würde sich, wenn er später geschrieben, auf jene Vorschriften berufen haben. Doch nimmt er auch auf die sogen. Reformation Ruprechts von 1408, die doch sicher vor ihm zu Stande gekommen und ihm schwerlich unbekannt geblieben war, keine Rücksicht, so dafs auch dieses zweite Argument nicht bindet.

2. Aufschrift der Ladungsbriefe und Scheidung des offenbaren und heimlichen Gerichts.

Nochtant hebben die greven vur einen plechseden, dat se schriven up die verbodesbrieve: desen brieff en sal nyemantz upbrechen ofte lesen, hei en si dan ein echte rechte vri schepen des hilligen rikes. Ouch so hebben die greven einen plechseden, so wanner si oere gerichte sitten ind holden, so hegen ind holden si tweierleie gerichte, dat eine openbair ind dat ander heimlik, dat heiten si in der besloten achte, dat late ik nu in dem sinen wesen.

Dieses auf sich beruhen lassen scheint sich auf die beiden *plechseden* zu beziehen, deren auch keine mit dem sonst gewöhnlichen Prädicat *quat* belegt wird. Jener erste Gebrauch, aus dem man aber nicht mit Wigand folgern darf, dafs Vorladungen gegen Unwissende unmöglich gewesen seien (v. Wächter 167), findet sich, wovon unsre Soester Hdschr. ein Beispiel liefert, auch auf den Büchern der Freischöffen. Die zweite Verfahrungsweise gehört zu den wichtigsten Eigenheiten der Vemgerichte, und es giebt einen nicht geringen Beweis für ihr tiefes Eindringen, dafs selbst unser strenger Verfasser, wie fremd sie auch dem Ssp. ist, sie doch nicht gradezu zu verwerfen wagt.

---

(1) Der Freigraf Pafskendall erwiederte 1453 dem Herzog Wilhelm zu Sachsen, der sich gegen sein Verfahren auf die Reformation berief: der Kaiser sei weder damals ein Wissender und Freischöffe gewesen, noch sei er es jetzt, und die Reformation sei ohne Consens der Stuhlherren gesetzt worden. Worauf der Herzog versetzte, dennoch seien alle Rechte beschlossen „*in siner keyserlichen brust*". Der Kaiser selber schreibt im J. 145[illegible] an die Stände, die Freigrafen verführen wider den Herzog gegen die Reformation, Müller Reichstagstheatrum K. Friedrichs III, 484, 506.

3. Sprachgebrauch der Verfestung.

Nu solle gi vort vernemen, dat drierlie wis ind von drierleie richteren einem man sin lif ind ere verdeilet wirt. Ten ersten van den belenden gogreven, dat heit men vredelois. Ten anderen male van den greven, dat heit men verfemet. Ten derden mael van den Roemschen keiser oft koeninge, dat heit man verachtet. So sulle gi vort weten dat dusse worde, vredelois, verfemet, verwesen, verordelen, verfoeren, woe man die worde nomen kan ofte wil, sint alle Synonima, ind heitet alle na beschreven rechte vervestet oft proscribert (Ssp. III 17, II 4 § 1, I 38 § 2, I 51).

Hier ist richtiges mit falschem gemengt. Im Ssp. heifst die Proscription des Gografen und des Grafen Verfestung, die des Königs aber Acht und nach Jahr und Tag Oberacht. Nur spätere Hdschr. brauchen Verfestung und Acht durch und für einander. — Das für die Verfestung des Gografen angegebene „friedlos" knüpft sich an den Richtst. Landr. 28, wonach die Verfestung den gemeinen Frieden nimmt. Dem Vf. ist es besonders darum zu thun, die Vervemung der Freigerichte auf die Verfestung der Grafen zurückzubringen.

4. Recht der Freischöffen über Leben und Tod.

Frage: *Oft ein vervestet were ind binnen der vervestinge gefangen wurde, woe solde men dar mede vortfaren? oft den mallik hangen moete ind seggen hei si ein weten man ofte ein schepen, hie moege hangen alle die vorfestet ind verfemet sin, oft die snode geruchte hebben dat sint dieve, oft die misdedich sint? als die oeverlender doit, so wanner se schepen geworden sin u. ock mannich ander, so meinen si, si moegen haen wen se willen.*

Antwort: *Oft ein wail vervestet were mit rechte ofte mit unrechte ind binnen der vestinge gefangen wurde, den en sal . . . . neman hangen ofte doden, men en solle in irsten in gerichte brengen ind tugen die vestinge oever iem.*

War sint nu die ghenen die dar secken: ik bin ein schepen offte wetene man, ik mach hangen ter stunt alle die verfemet sint, oft alle die gestolen hebbet ofte misdedich sint, sonder vurbrengen erst in gerichte ofte vertügen dat hei verfemet si; wee den, die so einen man morden, (Ssp. I 66 § 1, III 55 § 1, II 5 § 1, I 64).

War sint dan nu die ghene die dar secken, wee nu verfemet ofte vredelois si, dat doch allet vervestet heitet als gi waill vur gehoirt hebbet, dat sik die lude dunken laten, wie den ankome den moge hei hangen ter stunt, (Ssp. II 9 § 3, I 66 § 1, III 63 § 1, III 33 § 1).

In dem getadelten Verfahren ist zweierlei zu scheiden. Das erste ist: die Proscription der Vemgerichte gilt nicht wie eine gewöhnliche Verfestung nur als Zwangsmittel gegen den Ungehorsamen, wonach er in dem Gerichtssprengel nicht gehaust und gehegt werden soll, ferner von seinem Gegner angefafst, vor Gericht gebracht und dort, nach Bekundung der Verfestung, des angeschuldigten Vergehens ohne Wehre vom Kläger überführt werden kann, Ssp. III 88 §§ 2, 3, Richtsteig Landr. 33, 35. Vielmehr soll die Vervemung, wie eine sonst nur in höchster Instanz und nach Jahr und Tag zu erwirkende Reichsoberacht, den bürgerlichen Tod, die Vogelfreiheit herbeiführen; ja der Verfemte k a n n nicht nur straflos getödtet werden, sondern es s o l l e n besonders damit beauftragte Freischöffen die Todesstrafe an ihm vollziehen, wo sie seiner mächtig werden können, ohne dafs er erst wieder vor Gericht gebracht und des Verbrechens überwiesen zu werden braucht. Das war anerkannten Rechtens, Eichhorn RG. § 421 II 1, v. Wächter 22, 23, 170, 171, und fand eine wesentliche Stütze in dem von Carl IV 1371 für Westphalen gegebenen Landfrieden (Seibertz II 595), der u. a. bestimmt: *Wer aber sache daz ymand also ubel tette, der die recht zubreke, den sal man zu stund mit der taet in des R e i c h s u. des landes . . . achte veme tun, u. ouch rechtloz u. von a l l e n r e c h t e n uberwunnen sein beid heimlichs u. offenlichs, und den mag man freilich angreiffen in allen steten . . . Ouch so gebieten wir . . . . allen freien Grafen die freigrafschafte haben . . . wer es sache, daz dis recht . . . ymand . . . ubergriffe, daz man den sal hangen pp.* Bestimmungen, die zunächst für Zeiten eines grofsen Unfriedens, für Westphalen und auf Widerruf gegeben, gar leicht in den Händen der Freigerichte eine dauernde Macht, allgemeine Wirksamkeit und feste Gestalt gewinnen konnten.

Die zweite Rüge des Vfs. knüpft sich an den in der Antwort auf die 25ste Ruprechtsche Frage (Seibertz III 16) gebilligten Grundsatz, dafs drei oder vier Freischöffen den auf handhafter That ertappten Verbrecher auch ohne vorgängige Vervemung sofort verurtheilen und henken mögen. Diese schon an sich ausgedehnte Befugnifs misbrauchten manche Freischöffen dahin, dafs sie ohne Vervemung und handhafte That auf blofsen Leumund jemand henkten, vgl. den bei *Datt de pace publica* p. 738 umständlich erzählten Vorfall vom J. 1439. Gegen jenes Verfahren auf handhafte That, welches sich allenfalls an die Behandlung der jähen That im Ssp. I 55 anknüpfen läfst, erhebt der Vf. sich nicht ausdrücklich; um so entschiedener gegen diesen Misbrauch, den er bemerkenswerther Weise vorzugsweise den oberländischen also den Freischöffen in Süddeutschland zur Last legt, wo auch in der That noch viel später Herzog v. Ulrich von Würtemberg, als er allein den Hans v. Hutten ohne handhafte That erstochen, sich auf sein Schöffenamt berief.

Schon Klenkok, (s. Kl. wider den Ssp. 390) rügt, dafs *alicubi ubi sequuntur hoc speculum, sicut in Westfalia statutum est, quod quando tres . . . . vemenoten . . . . concordant, unum hominem non auditum suspendunt*, nur dafs er den Satz dem Gebrauche des Ssp. in die Schuhe schieben will, während unser Vf. ihn aus dem Sachsenspiegel widerlegt.

5. Verfestung einer Stadt.

Man en sal ouk nemande mit vestinge ordelen sin lif, ere ofte gesunt, die nicht mit sinen cristeliken namen verboedet is (S. Ldr. I 66 § 3). *Och woe halden die greven dat und den eit den si gesworen hebt, wen si manigen man verboden, als eine gantze stat, unbenoemet die darinne woenen, dar mannich man liflois, guetlois ind eirlois umbe wert.*

Hier will unser Vf. den Satz, dafs man niemanden sein Leben mit der Verfestung aburtheilen soll, der nicht *bi namen* in dieselbe gekommen, doch wie mir scheint zu pedantisch angewendet wissen. Schon das S. Ldr. II 72 §§ 1, 2, gleich der *treuga Henrici* § 17, weifs von der Verfestung einer Burg und aller derjenigen die darauf sind, wobei doch schwerlich eine Vorladung mit Benennung aller Einzelnen erfolgte. Eben so kennt, gleichwie das geistliche Recht ein Interdikt, das Reichsrecht die Achtserklärung für ganze Städte, vgl. Const. a. 1235 § 13 *tam civitas quam homines . . . cadant ab omni iure suo*, natürlicherweise ohne Namhaftmachung der einzelnen Einwohner. Eine spätere, von Pfeffinger Vitriarius ill. II S. 799 mitgetheilte Achtserklärung Bremens ergeht überhaupt wider die Bürgermeister,

Alterleute, Bürger, Einwohner, Unterthanen und ganze Gemeinde der Stadt. Wenn nun in ähnlicher Weise ein Freigraf z. B. den Bürgermeister, den Rath und die ganze Stadtgemeinde von Thorn bis zum Alter von 14 Jahren vor den Freistuhl lud, Voigt westph. Vemgerichte 1836 S. 120, 163, ein andrer im J. 1479 alle Mannspersonen des Zentgerichts von Benshausen, so über 14 Jahre, zum Tode verurtheilte, Kopp. heiml. Ger. 359, so konnte dies der Form nach, selbst wenn man bei dem Ssp. stehen bleibt, wohl genügen. Freilich will die Nr. 6 der Arnsberger Reformation: *so sal man einen freischeffen verboeden u. den mit namen u. zonamen noemen;* jene allgemeine Formel setzte also die Ladung dem Einwande aus, daſs sich in dem Rathe, unter den Bürgern pp. Wissende befänden. In der That erhebt einmal im J. 1419 das verklagte Speier die Einrede: Rath und Gemeinde seien nicht mit ihren persönlichen Namen geladen; das verkürze das Recht der Wissenden im Rath und in der Gemeinde, s. Mone Ztschr. für d. Gesch. des Oberrheins VII S. 394. Aber auch sonst noch scheint unsere Frage zur Besprechung gekommen zu sein. Die allerdings wirre und späte Compilation vemgerichtlicher Normen, welche bei Senkenberg C. J. I 2 p. 92 pp. unter dem Namen der Arnsberger Reformation steht, vgl. v. Wächter 122, enthält im C. 15 (p. 101) den Satz: *Wen man ein gantze statt, commun oder sampnung laden wil . . . so sol man dreyſſig mit namen und zunamen in ladbrief schreiben u. nit mynder, merer mag man ir wol darein schreiben.*

6. Befreiung von der Vervemung.

Nach der Auseinandersetzung, daſs der Ssp. II 4, III 17, 18 ein Ausziehen aus der Verfestung durch Aufgeben des Ungehorsams gestatte, ruft der Vf. wieder aus:

War sint dan nu die ghenen die seggen, id were so mogelik dat ein verfemet man sculde in sin recht weder gesat werden, als dat men einen doden man sculde levendich maken. Och woe cleyne weten si wat si seggen ofte doin; want it is nein richter up erden, die die macht heve dat hei wen excommuniceren ofte condempneren (mochte), hei en hebbe ouk die macht wal dat hei en weder absolveren moge.

Und späterhin: *Dat is ein ungelove, we verfemet were, ... dat man den nicht to beteringe solde komen laten, noch in sin recht setten oft absolveren, oft hei beteringe doin woulde dem cleger u. dem gerichte.*

Es ist unter den Neuern streitig, ob man gleicherweise wie aus der Verfestung so auch aus der Vervemung sich befreien konnte. Eichhorn § 421 (5te Ausg. S. 197) folgert aus den Ruprechtschen Fragen, nach dem Hahnschen Abdrucke, dafs jeder, auch der unwissende Vervemte, durch freiwilliges Erscheinen sich habe ausziehen können. Wigand 447 und v. Wächter S. 215 sind dagegen, und mit gröfserem Rechte, s. besonders des letztern Ausführung. Auch gegen die Oberacht, welcher ja die Vervemung gleich gestellt wurde, gilt nicht das gewöhnliche Ausziehen, sondern nur eine Befreiung durch eine aufserordentliche That, und selbst diese wirkt nur theilweise, Ssp. I 38 § 3.

Nach dem Vemrechtsbuch, Trofs S. 47 ff., kann ein Freischöffe von der Vervemung durch den Beweis frei werden, dafs sie zu Unrecht verhängt worden — dessen es beim Ausziehen aus der gewöhnlichen Verfestung nicht bedarf —; der Unwissende aber hat, weil er nicht in die geheime Acht kommen darf, auch nicht einmal dieses Mittel, sondern mag nur durch den Kaiser einen Aufschub der Vollstreckung auf 100 Jahre 6 Wochen und 1 Tag erlangen.

Übrigens kehrt der von unserm Vf. verworfene Satz in derselben Gestalt in dem Briefe des Freigrafen von Limburg an K. Friedrich III v. J. 1454 in Müllers Reichstagstheatrum K. Friedrichs S. 502 wieder. Er schreibt: was geurtheilt sei, dessen wären sie nicht mächtig, denn sie haben keine Macht, die Todten aufzuerwecken. Hatte unser Autor diesen Brief schon vor Augen, oder war der Satz eine bei den Freigerichten gäng und gebe Redensart?

7. Gerichtsbarkeit über den Kaiser.

Och war sint dan die ghene die secken, die greven moegen den Roemschen Koeninck laden ind oever im richten .... Solde dan die greve richten oever den die oerer aller oeverste is, dar hei die gnade ind macht van hedde dat hei ein richter is, ind richten oever sinen oeversten, dat were ein unmoegelik dink, ind alle die ghene die dat secken ind gelovven, die secken ind gelovven weder got ind recht ind sint erger ketter dan die van prage ie weren .... Die greve en sal noch en mach den

Roemschen konninck noch ninen fursten laden ofte verboden. (Ssp. III 55 § 1, III 26 § 1, III 78 § 1, III 65 § 1).

Was zunächst das Richten über den König betrifft, so verbieten das auch die Vemrechtsbücher selber. So heifst es (bei Trofs S. 40, Wigand Art. 18 S. 554), mit Berufung auf den Ssp. (wohl III 52 § 3) *geynich frigreve en sal nicht richten over den romschen keyser oder konynk.* Bekanntlich unterfiengen sich dessen dennoch einige Freigrafen wider K. Friedrich III im J. 1470, (¹) und schon zwanzig Jahre früher hatte einer der übermüthigsten Freigrafen, Mangold zu Freienhagen, sich wenigstens vermessen den Kaiser selber zu laden, v. Wächter 243 ff. Nur auf solche Aufserungen, nicht grade auf eine schon wirklich erfolgte Ladung weist unsre Stelle hin, sie braucht also nicht nothwendig nach 1470 geschrieben zu sein.

Eine Gerichtsbarkeit der Freigrafen über die Fürsten aber widersprach zwar, wenn es sich um peinliche Sachen handelte, dem Ssp. III 55 § 1, aber nicht dem Gebrauche des funfzehnten Jahrhunderts, für welchen sich auch Anerkennungen des Kaisers und der Fürsten selber finden, wie v. Wächter 199 ff. gegen Kopp und Eichhorn ausführt.

8. Gerichtsbarkeit des Kaisers in Vemsachen.

Ouk so secht man ind men helt it also, dat sik die Roemsche koenink nicht underwinden solle off richten in den saken, die sik an des greven gericht drepen dat man noemet dat heimlike gericht, hi en si irsten schepen geworden, ind wee schepen werden sal, die moit nu vur dem greven ind vur dem rike hulde doin . . . . . . Dat ein Roemisch koennink sculde hulde ind eide doin vur einen pelffer ofte schomaker die ein greve were, als nu die greven underricht (und richtere? underwilen?) sint, und solde oft sole ein schepen werden vur einen greven, dat en is nicht to loeven na vurgeroirten eiden reden u. rechten . . . . Mer men en findet nergene hemelik ofte openbair beschreven, dat ein Roemsch koenink schepen werden solle u. vur dem greven sinen underrichter eede inde huldinge doin; mer men vindet beschreven, dat hie nene eide meer doin en sulle achter des dat hei to einen Roemschen koeninge gekoren is. (Ssp. III 54

(¹) S. den Ladungsbrief bei Wenker *instruct. et appar. archiv.* p. 383

§ 1) Und später: da der Graf selber den Bann vom Könige empfange *da-romb is des nein noit dat hei* (der König) *schepen werde ind hale dat weder van den jenen dem hei dat gegeven hevet* (III 64 § 1).

Dieser Argumentation ungeachtet ist doch das Verlangen der Freigerichte, dafs der Kaiser, um selber in einer Vemsache zu Gericht zu sitzen, Wissender d. i. Freischöffe müsse geworden sein, nur die richtige Folge aus der ganzen Heimlichkeit des Verfahrens. Vgl. Kopp heiml. Gerichte § 248. Zwar erkannten die Freigerichte stets und entschieden den Kaiser als den obersten Herrn und Richter aller freien Stühle oder aller weltlicher heimlichen und offenbaren Gerichte an, in dessen Stelle und kraft dessen Bannes jeder Freigraf richtete. ([1]) Auch räumten sie, nach dem Satze des S. Landr. I 58 § 2, III 60 § 2, dem Könige ist jedes Gericht ledig wohin er kommt, ein, dafs er selber in einer Vemsache richten möge *op eynen frienstole boven allen frigreven, u. ein itlich frigreve sole eme wiken van erer stede.* ([2]) Ferner hält auch die sonstige Gerichtsverfassung die Eigenschaft eines Richters als des Inhabers der Gerichtsgewalt, von der eines Urtheilers oder Schöffen als dessen der des Rechtes weise ist, getrennt und von ihr unabhängig. Aber hier ist diese Trennung nicht möglich. Der Freigraf hegt und leitet auch die heimliche oder beschlossene Acht, in welcher kein Unwissender bei Strafe des Stranges verweilen darf; ja er selber theilt den Unwissenden die Loose und Zeichen der heimlichen Acht mit. Gehört nun dieses geheime Wissen zur Funktion des Urtheilers der Freigerichte, gilt daher Wissender und Freischöffe für gleichbedeutend, ([3]) und kann andrerseits der Freigraf des Wissens gar nicht entrathen, so mufs er vorher Freischöffe geworden sein. Dabei will allerdings der Gebrauch, dafs er vor dem Freigrafen knie und den Eid, Trofs S. 37, leiste. Findet unser Autor hier den Hauptanstofs, so lag doch darin schwerlich ein unübersteigliches Hindernifs. Von dem Ritus des Kniens konnte man doch wohl den Kaiser dispensiren, rücksichtlich des Eides aber füglich den allgemeinen Grundsatz des s. Ldr. III 54 § 2 eintreten lassen, dafs der Kaiser, nachdem er dem

---

([1]) S. die fünfte Ruprechtsche Frage, Seibertz III 9, und das Rechtsbuch bei Trofs S. 29, 33.

([2]) Urkunde bei Thiersch, Vervemung Herzogs Heinrich 1835 S. 131.

([3]) Trofs S. 36 *und wulden gern wittende manne u. frischepfen werden der heimlichen achten*, vgl. oben S. 651.

Reiche gehuldigt, künftig statt einer Eidesleistung nur „bei des Reiches Hulden" versichert.

Übrigens ruht die gewöhnliche Ansicht (vgl. Wigand S. 520), daſs in der That einige Kaiser sich wissend haben machen lassen, auf unsicheren Stützen. Das sog. Dortmunder Weisthum v. J. 1429, bei Senckenberg C. J. II 1 p. 120, will gegeben sein, als K. Siegmund wissend geworden. Allein nach Aschbach Gesch. des K. Siegmund wäre, wie schon Wächter 135 bemerkt, der Kaiser in jenem Jahre nicht in Westphalen gewesen. Die Erzählung sodann in der unzuverlässigen Compilation bei Senckenberg II 1, p. 95, 113, daſs zu Aachen dem Römischen Könige durch den „Erbgrafen aus Westphalen" in den Eid gegeben werde, das Reich zu mehren und nicht zu mindern, läſst sicht gar nicht, wie Kopp S. 270 will, auf die Mittheilung der Heimlichkeit der Vemgerichte beziehen. Wenn es endlich in einer Grenzbeschreibung aus dem Ende des 15ten Jahrh. bei Kindlinger Münst. Beiträge III 638 heiſst: *van Wildenberg hen wynte to Rumershagen, dar ok en recht richtestede is, ind eyn koning van Ungern ind keyser van Rome fryescheppen wart,* so trägt diese beiläufig gegebene Notiz doch einen sagenhaften Anstrich. — Die Bemerkung unsers Autors, unter den Freigrafen seien auch Pelzer und Schumacher, findet sich ähnlicher Weise auch sonst im 15ten Jahrh., so bei Aeneas Sylvius († 1464) der die Freigrafen seiner Zeit *viles personas* nennt, und bei dem noch etwas früheren Johann v. Frankfurt, dem sie *vix digni porcos custodire* sind. Auch Albrechts II Ldfr. von 1438 § 34 verspricht Abhülfe gegen das Halten der heimlichen Gerichte durch *bennisch oder verechtiget lüte.*

9. Die Vemgerichte als oberste Gerichte.

Och woe geckliche schriven seggen ind doin die armen greven ind mannich man die des geloeven, dat oer gerichte dat hoegste gerichte si, dat is weder got ind alle beschreven recht (u. a. S. Ldr. III 60 § 1)

Der hier verworfene Anspruch der Freigerichte ist bekannt genug. Sein Sinn aber ist mehrdeutig.

Soll damit gemeint sein, daſs sie die *justitia alta,* das *judicium supremum* haben, auch über die gröſsten Sachen richten können, so ist der Anspruch gegründet und auch vom Vf. unbestritten, denn die Freigrafen empfangen ja, gleich den Grafen im Ssp., den Königsbann.

Allein die Freigerichte wollen ferner und eben wegen dieses Empfanges als kaiserliche Gerichte gelten, ungeachtet sie in der Gewalt von Landesherren u. s. w. sind.

Dat ik in stat u. stoile . . . des Romschen Keisers ein . . . heimlike achte . . spanne to rechte under koningesbanne, na dem male dat ik den bann van dem keiser u. die gewalt des gerichtes van dem stoilherren hebbe,

sagt der Freigraf bei der Einhegung des Gerichts (Trofs S. 33). Und daher der Anspruch auf ausgedehnte Competenz über alle Personen und alle Reichslande. Wie hinfällig nun auch jene Stütze innerlich war und namentlich dem Ssp. widerstrebte, vgl. u. a. Ssp. II 2 S. 542 ff., so ist doch diese Competenz selber im 14ten und 15ten Jahrh. geltenden Rechtens. Dafs unser Vf. sie nicht, wenigstens nicht durchaus anerkennen will, ergiebt die Nr. 10.

Endlich verstanden die Freigerichte jenen Satz zuweilen selbst dahin, dafs von ihren Ansprüchen eine weitere Appellation nicht statt habe, ohne jedoch dieser noch fugloseren Deutung eine sichre Geltung verschaffen zu können, Kopp § 222 — 232, Wigand S. 467 ff. Das Rechtsbuch bei Trofs spricht nach beiden Seiten. S. 51 heifst es bei den Verfahren gegen einen *strekelink: und dar en tegen sal men geinich behülpe . . vinden noch appelleren . . . want die friengerichte . . . die hogsten u. schwarste gerichte sint u. boven alle gerichte gaen.* Dagegen S. 32: *of hei* (der Beklagte) *sich dan sulches unrechts* (des ungebührlich verfahrenden Freigrafen) *van eme icht beropen u. mit rechte van eme appelliren moge an den . . . . . Romischen keiser als einen oversten richter aller werntlicher gerichte als vor ein born u. fontein aller der gerechtigkeit . . . Dat vindet men dij dan ouch also.* Sollte dieser Sinn des höchsten Gerichts als einer letzten Instanz in dem den Grafen schuld gegebenen Ausspruche liegen, so träfe ihn die Verwerfung des Vfs. mit vollem Recht.

10. Vorladung Auswärtiger.

So dan mannich man uit Swaven Franken Beyeren Sassen Hessen u. vort uit anderen verren landen, van dem Ryne ind uit Westfalen ind hir bi uit anderen uitwendigen gerichte, verre oft na beseten. die nie rech-

tes geweigert en hebben vur eren temeliken richteren, dan verbodet ind geladen werdet vur den greven uit eren gerichte (gegen S. Ldr. III. 25 § 2).

So dan mannich boeve oft anderman komet lopen in Westfalen land mit einen procuratorio vur einen greven . . . ind werden schepen, ind beclagen aldar manigen berven man, die in verren landen in uitwendigen gerichten beseten is, mit einer pinliken clage . . . . dar ein man nicht schuldich is to komen ofte to verantworden, u. kopet u. keset to sulker clage den greven umb gelt ind guet (gegen I 60 § 2, II 25 § 1). *Ouk en sal men in pinliker saken geinen procurator setten* (I 59 § 1, II 11 § 1). *Ouk en sal men eine pinlike sake nergene clagen dan dar die broke geschen is, oft dar die brokhaftige man wonet* (III 79 § 1, I 67 § 1). *Bi den vurgeroirten capittelen mach men proven, wat die Swaven Franken Beyeren ind ander mannich man hebben to doende in Westfalen vur den greven ind vur eren gerichten, dar mannich man liflois erlois ind guetlois umb wirt* (gegen III 26 § 1). *Ouk hadde ein vur sinen temeliken richter rechtes geweigert, of man in mit rechte dar nicht to brengen konde, so mach man in mit rechte laden in ein ander uitwendich gericht* (III 87 § 4).

Diese Rügen treffen einen Hauptpunkt in dem Verfahren der westphälischen Gerichte. Wenn der Vf. ihnen das Richten über Fremde nur in dem Ausnahmefall einer Rechtsverweigerung des Beklagten — die zu klagen befugt *ieiewar svar man rechtes bekomen mach over ine* — zugestehen will, so verwirft er damit zunächst deren Ansehn als kaiserlicher Gerichte, für die es eben keine Auswärtige im deutschen Reiche giebt, und ferner ihre vielfach, auch vom Kaiser anerkannte subsidiäre Gerichtsbarkeit für alle Fälle, in denen vor dem ordentlichen Richter nicht Schutz und Recht zu erlangen war, v. Wächter 16, 189, Fälle die doch über den vom Ssp. zugelassenen, einer Rechtsverweigerung des Beklagten, noch hinausgehen. Aber es ist bekannt, dafs die Freigerichte jene anerkannte Grenze sehr häufig, nicht ohne den Verdacht der Geldgier, zu überschreiten suchten und Personen vorluden, deren das ordentliche Gericht vollkommen mächtig zu sein behauptete, Kopp, heiml. Gerichte § 186, v. Wächter 193, Voigt 119 ff. 172. Und dieser Misbrauch war es wohl, der unseren Vf. vornemlich vor Augen lag.

11. Verrath einer Vervemung.

Frage: *Die verfestet of verfemet is, wer sal man dat alle manne nasecken hei si schepen ofte ghein schepen oft he si wiff oft man, oft sal dat nemant weten dan die schepen sin; ind die ghene die dat na seggen, wer hebben die die veme gemeldet of nicht, want die lüde dat so holden hei hebbe die veme gemeldet? Resp.: dat is ein ungeloove .... Daromb wee verfemet is, ... dat sal man openbair kundigen allen lüden, ... ind men sal im sin liff nicht hemelike so aff stelen ofte vordelen; wie anders secht die secht unrecht, want dat is die veme, of man it so heiten wil, gesterket, geert ind nicht gemeldet.* (S. Ldr. III 23 und Würzburger Landfriede von 1287 § 14: *daz dekein richter nieman zu aht tu wanne offentliche*).

Allerdings liegt in der Geheimhaltung der Vervemung und in der strengen Ahndung ihrer „Meldung" der schneidendste Gegensatz zu den alten Grundsätzen, aber auch ein Hauptstück der anerkannten Verfassung der Vemgerichte und eine wesentliche Bedingung ihres furchtbaren Ansehns gegenüber der Kraftlosigkeit der sonstigen Gerichte.

12. Lösung der Verfestung durch einen andern Freigrafen.

Nu vort, of ein man vur einen greven verfestet were, dat man loch verfemet u. vervoert noemet, ofte die vervestede man dan komen noege vur einen anderen greven u. stoelheren u. geven dem sin gelt u. guet, u. seggen eme si unrecht geschien u. laten sik so van einen anderen greven ... absolveren u. in sin recht setten. Respondeo, des en sal nicht sin, denn es sei sowohl wider die Competenzverhältnisse als wider die Regel, dafs man kein Recht verkaufen soll. (III 12 § 1, III 30 § 1, I 60 § 2, II 25 § 1) ..... *Dusser boeverie wirt so vil gehandelt in westfalen lande, want wat die eine bindet dat untbindet die ander u. doet dat umb gelt u. guet ... Och wisten Swaven Franken die eren u. mannich man woe se sik hijr inne hebben u. doen scholden, so hedden se cleine in Westfalen to schicken vur den greven u. eren gerichten.*

Diese Lösung erscheint, auch abgesehen von dem Absolviren um Gewinnstes willen, selbst nach den vemgerichtlichen Quellen als unzulässig. Nach der Arnsberger Reformation Art. 17 (Seibertz III S. 83) soll überhaupt eine Sache, Nothfälle ausgenommen, bei demjenigen Freigrafen verbleiben und durchgeführt werden, bei welchem sie angefangen ist. Und bestimmter sagt das Rechtsbuch bei Trofs S. 47, man solle den unrechtmäfsiger Weise vervemten kommen lassen *in dat heimelike gerichte, dar die unrechte verbodinge ordel u. gerichte over en . . . geschein sint*, und nur wenn er wegen echter Noth dahin nicht kommen kann, mag der betreffende Freigraf ihm kraft einer besondern Vollmacht erlauben, vor einem andern Freistuhl zu erscheinen. Wovon Beispiele in Kindlingers Münsterschen Beiträgen III 2, 202.

13. Anrechnung einer durch einen andern Kläger geschehenen Ladung.

Oft ein geladen wurde van einen manne eins twie oder drie, u. die ladinge bleve staen ein tüt ein jair min oft mer, so dat se gescheiden wurden, ofte so dat die ladunge nicht gefordert en wurde, mochte dan wail ein ander des ersten mannes ladinge to baten nemen, u. darup den anderen vort laden u. vervesten, dat men noemet verfemen, des so vill doch geschuit? Respondeo, dar up secht dat recht nein (I 67 § 1).

Das Unzulässige des Gebrauches liegt klar vor. Zu bemerken ist noch, dafs der Autor das *dries over ses weken* des Ssp. mit *to dren sasseweken* bezeichnet.

14. Lossprechen der nicht erschienenen aber nicht verfesteten Partei.

Of ein man eins twie ofte drie verboedet were u. nicht vervestet, hie were greve oft schepen ofte we he were, behoevede die verbodede man ok des, dat men en in sin recht setten sculde? ofte were hie ock umb der verbodinge willen uit sime rechten komen darumb dat hie verboedet is? Dat holden die greven doch so gemeinlike, up dat si dat gelt darvan krigen moegen, dat se so mallik in sin recht setten moegen. Respondeo, darup secht dat recht, die wile dat ein man nicht vervestet en is, so en hindert en die verbodinge nicht an sinen rechten (III 70 § 1).

Auch hier liegt der Misbrauch klar vor, der sich wohl an das wegen Versäumung des Gerichtstages allerdings zu entrichtende Gewedde anschlofs.

15. Grund der Verfestung.

Wanner nu ein man vervestet ofte vervemet wirt, so steit die cleger vur dem greven . . und moet die dat dar hie umb vervestet . . wirt sweren up die hilgen self sevende. So seggen die greven u. die lude, wanneer die eide geswaren sin, so si die sentencie oever in gegeven, so en moege hie nummer weder in sin recht komen u. seggen: war solde men die eide dan laten, u. woe solde men den ghenen dan doen die die eide geswoeren hebben? Respondeo, lieve frunt, dat is aver eins geckes sake. Angesien want hebben se unrecht geswoeren, wee erer selen, hebben se recht geswoeren, wee in. Und daromb dat die greve u. die richter geloven dat se recht geswoeren hebben, daromb wirt die beclagede man vervestet ofte verfemet umb sins unhoirsams willen, u. nicht umb der daet willen (I 67 § 2, I 68 § 1, III 17, II 4).

Der Vf. hat vollkommen Recht zunächst darin, dafs nicht durch den Schwur der Zeugen, durch das Besiebnen die Sentenz gefällt werde, sondern durch den Ausspruch des Gerichts. Denn ungeachtet des formellen, die Urtheiler bindenden Charakters des altdeutschen Beweises fällt ja doch nicht, wie Rogge für das germanische Gerichtswesen meinte, Beweis und Urtheil zusammen. Gleichwie z. B. in der Urkunde bei Kindlinger Hörigkeit S. 217 v. J. 814, nachdem die Zeugen *juraverunt et per judicium testificaverunt, quod ecclesia sancti Ferrucii . . . . de captura . . legitimas investituras habuisset,* dann die *scabini, tale testimonium in veritate perpendentes . . . iudicaverunt, quod . captura . . ad partem s. F. esset . legitime conquisita,* so ist auch hier mit dem Vf. anzunehmen, dafs die Urtheiler nicht blofs das *veredictum* der Zeugen verkünden oder es mechanisch nachsprechen, sondern weil sie es für glaubwürdig halten, danach die Sentenz abgeben. Sodann ist auch das richtig, dafs nicht das Verbrechen für sich die Verfestung bewirkt, sondern der frevelnde Ungehorsam des Verbrechers.

Übrigens ist die praktische Bedeutung der vemrichterlichen Ansicht nicht ganz klar. Sollte dadurch die Verantwortlichkeit einer Vervemung dem Gerichte abgenommen und auf den Kläger mit seinen Gehülfen gewälzt werden?

16. Anspruch an den Nachlafs eines Hingerichteten oder Selbstmörders.

So war nu wat gestoelen wirt, oft so waer nu ein man gehangen ofte gedoedet wert, oft sik sulven doedet, so komet die greven ofte die richtere ofte die heren van dem lande und willet sin gut hebben, dat is allet weder got und recht.

Wiederholung der oben I 8 angegebenen Rüge, mit Hinzunahme des Anspruches auf Diebesgut, hinsichtlich dessen zwar das S. Ldr. II 37 § 3 dem Richter $\frac{2}{3}$, aber nur nachdem der Eigenthümer vergeblich aufgeboten worden, zuspricht.

17. Todesstrafe für den Vervemten.

Wer sal man den (welcher der Verfestung überführt worden) *nu haen, oft sal men den nu koppen, of wat dodes sal men dem nu an doen? so hefft men dat nu vur eyne wonheit ofte recht: so wen die gogreve verrestet, dat heit men vredelois, dem sal men dat hoevet afslaen mit eime swerde; vort, den die greven vervesten, dat heit men verfemen, den sal men haen; vort, so wen die Roemsche koenink verfestet dat is in die achte und dan vort die oeverachte, dem sal men ock dan dat hovet afslan. Des solle gi weten, dat die twee mit dem gogreven u. mit den Roemschen koeninge staen bi gueden reden u. beschreven rechte; mer dat derde mit dem greven dat is weder got u. beschreven recht .... Wanne die vestinge dan so bi bracht is up en als recht is, den sal men allen dat hoevet afslan, so van wem se ok vervestet sint, als men dat ok alle beschreven vint in deme scheidecloete, dat die verclaringe u. lute kerne des rechten spegels der sassen lantrechtes is .... So hevet (die greve) vur sik liggen einen reip u. ein swert. Sal man nu alle die ghenen haen, die van eme vervestet werden, ... wat sal dan dar dat swert doin? Daromb wee vervestet wert dat en geschuyt nicht umb der misdaet willen die ein gedain hevet, mer umb den unhoirsam, daromb wee begrepen wirt bynnen der vestinge, men sal en allen dat hoefft afslaen und geinen haen.* (Ssp. I 59 § 1, I 68 § 2).

Die Sache verhält sich nach den sächsischen Rechtsbüchern wie der Autor will. Der Verfestete welcher nicht, wie er mag, durch freiwilliges Erscheinen vor Gericht sich von dem Unfrieden befreiet, sondern während seiner *contumacia* ergriffen und gefangen vorgeführt wird, soll, nachdem er der That und der Verfestung überzeugt worden, zum Tode verurtheilt werden, ohne Rücksicht auf die Strafe welche auf das Verbrechen für sich gesetzt sein mag (S. Ldr. I 68 § 5). Und zwar nach dem Richtsteig 35 § 7 zur Enthauptung, *wen al vorvestede lude holt me vor woldenere, dorch dat se vreveliken in der vestinge stunden.* Die Vemgerichte dagegen sahen schon sofort in ihrer Verfestung das Todesurtheil, *gelich of men denselben vort in der stont henge* (Trofs 46) und vollstreckten dieses, so wie das etwa gegen den vor Gericht erschienenen Angeklagten gefällte jederzeit durch den Strang. Warum? erklärt v. Wächter daraus, weil dies die alte sächsische Strafe des Landfriedensbruches gewesen. Der Ssp. jedoch II 13 § 5, II 71 § 1 setzt auf den Friedensbruch die Enthauptung, und kennt den Strang nur beim Diebstahl. Eher wählte man wohl diese Strafe, weil sie allenthalben — am nächsten Baum — leicht zu vollziehen war, und die häufige Vollstreckung der Veme aufserhalb des Gerichtsplatzes eine möglichst bequeme Handhabung forderte. K. Carls IV Westphälischer Landfriede von 1371, der dessen Bruch mit dem Strange bedroht, fand diesen Gebrauch, dessen schon Klenkok s. oben 653 gedenkt, wohl vor und half ihn nur bestärken.

18. Unrechtes Sportuliren.

So hebben ok die greven ein quade gewonheit an sik, als mannich ordel als vur en gewiset u. die volbort to gelaten wert, so mannich orkunde willen se hebben van gelde. Ok woe ein unschoult vur en doin, u. sine hant up einen crucepennink leggen (*sal*), *dat moet dan jo ein olt tornissche sin. So steit jo alle ere gericht up gelt u. giricheit des gudes; dat is alle weder got u. recht, want gerichte sal geschien umb godes willen u. umb des menschen* (I 53 § 1).

Das hier gerügte Gebührennehmen beruhte auf einer allgemein in dem Gerichtswesen eingetretenen Wendung der Dinge. Vergütigungen für die Thätigkeit des Gerichts in der ganzen Sache wie für einzelne Acte kommen vielfach und in mannigfacher Gestalt vor. Die Gerichtspersonen werden beköstigt, Grimm RA. 869 ff, Noordewier nederd. RO. 412; das Friedewirken hat seine Gebühren, s. Haltaus unter Friedeschilling, v. Maurer geschichtliches Weinen München 1846, Entcheidungen des K. Obertribunals zu Berlin XVII 61; der Richtsteig Landr. 33 § 5 klagt über unrechte Gebühren für das Gerüchte; das Weichbild (Daniels C. 15) läfst den Sieger jedem Schöffen einen goldenen Schilling für das gefundene Urtheil als *kuntscap* geben; die Blume des Ssp. (Homeyer Richtsteig S. 367) billigt für ein Gerichtsbekenntnifs dem Richter einen Schilling, jedem Schöffen einen Pfenning und dem Schreiber einen Schilling zu. Die Hauptklage unsers Verfs. besteht auch nur darin, dafs nicht nur das Endurtheil, sondern auch jedes Zwischenurtheil, über welches die *volbort* zugelassen d. i. abgestimmt worden war, vergütigt werden sollte, dafs insbesondre beim Unschuldseide eine ziemlich hohe Gebühr verlangt wurde. Mit dieser letztern scheint es folgenden Gang genommen zu haben. Der Eid wurde nicht nur auf Reliquien sondern auch auf das Kreuz geleistet, Leobschützer Willk. bei Böhme II 5. Nach Noordewier 364 stand vor dem Schultheifs eine Bank, worauf drei Kreuze mit Kreide geschrieben, *of daer ymant eet doen solde.* Anderswo gestattete das Gericht, wie es scheint, dem Beweisführer der das Heilthum herbeizuschaffen hatte, s. Lehnr. 64 § 1, den Eid auf einem Kreuzpfennig zu leisten, der dann dem Gericht verfiel. Nach und nach steigerte man den Pfenning auf einen *grossus Turonensis*, d. s. meist zwölf Pfenninge, vgl. Frisch unter Tornosen. — S. überhaupt über die Einkünfte der Stuhlherren Kopp heiml. Ger. § 315.

19. Zwang zur Klage.

Ock hebben de greven u. goegreven aver eine quade wonheit an sik. Se twingen die lude to clage, dat is aver unrecht, want mallik mach sines schaden wal swigen oft hie wil; u. will ein des nicht klagen, so sint si cleger u. richter; dat des nicht sin en sal, vint man I 62 § 1, (III 24 § 1).

Die Abweichung vom Ssp. ist allerdings klar. Auch als man später aus dem politischen Princip oder aus fiscalischen Rücksichten dafür, dafs kein Verbrechen ungerügt bleibe, zu sorgen sucht, ist der Weg, dafs der Verletzte zur Klage genöthigt wird, freilich ungewöhnlicher als der andre hier auch angedeutete, dafs öffentliche Beamte von Amtswegen die Klage erheben. Doch fehlt es auch für jenen nicht an Beispielen. So heifst es im Kl. Kaiserrecht I 13 allgemein: *Ein iglich mensche sal wissen daz der keiser hat geboten u. gesatzt, daz ein iglich mensche sal vur den keiser bringen waz im geschiet; u. en tete ers nit, der keiser sente in mit recht in sin vinsternisse.* Ähnlich für gewisse Vergehungen, Leobschützer Handf. 1270 § 30 (Stenzel Urk. S. 279), Hamburger Stadtr. v. 1270 IX 3, Rechtsbuch nach Dist. IV 45, D. 9.

IV. Die Stadtgerichte.

Geringer an Zahl aber von besonderm Gewicht sind die unredlichen Sachen, welche den städtischen Gerichten vorgeworfen werden. Wie ehrlich und rechtfertig der Städte *sate u. gewonheit* sei und gehalten werde, möge man, sagt der Vf., an folgenden Artikeln prüfen.

1. Verkennen der obersten Gerichtsbarkeit des Kaisers.

Ten ersten so en wilt die stede nicht to laten dat men van einigen ordelen, die vur eren gerichten gewiset werden, moge appelleren vorder dan up ere raethuifs offte an ere hovetstat und en kennen nicht pauwes offte keiser vur ere oeversten, dar alle recht van gekomen is und die boeven allen rechten sin.

Die Appellation vom städtischen Gericht an den Rath, oder an das „Haus" kommt mehrfach vor; so in Goslar (Göschen S. 86 Z. 31 ff., S. 401, 402) in Hamburg, 1270 VI 11, Lübeck Cod. II Art. 60, 61, (Hach S. 274, 275), so dafs in Städten Lübschen Rechts vom Stadtgericht an den Rath, von diesem an den Rath zu Lübeck gegangen werden konnte. *Hovetstat* ist die Stadt, deren Gericht andre Städte als ihren Oberhof anerkennen. Wenn nun kraft eines Privilegiums seitens des Herrn der Stadt, oder wie so häufig kraft Gewohnheit, die gescholtenen Urtheile eines Stadtgerichts an seine *hovetstat* gezogen werden durften ja sollten, so war damit an und für sich noch nicht eine weitere Berufung an den König als den höchsten und allgemeinen Richter über alle Sachen, Ldr. III 26 § 1, 52 § 2, ausgeschlossen, um so weniger, als eine grundsätzliche Beschränkung der Instanzen auf eine bestimmte Zahl nicht bestand. Allein in einzelnen Fällen konnten die gewonnenen Privilegien wohl im Sinne einer solchen Beschränkung gedeutet werden, wie wenn es in K. Rudolphs Urkunde für Buchhorn v. J. 1275 heifst, die Bürger sollten nach Überlingen appelliren *et quidquid sententiatum fuerit a civibus de Uberlingen, illud ratum a partibus est ser-*

vandum. (1) Und auch wo nicht, so erwuchs doch, getragen von der sonstigen Kraft und Selbständigkeit der Städte und ihrem Streben, den Bürgern die Beschwerden und Kosten eines Zuges an das Reich zu sparen, leicht die Ansicht, dafs die nach Stadtrecht zu fällenden Urtheile ihr Ziel in dem obersten städtischen Hofe zu finden hätten. Diese Ansicht bildet das sächsische Weichbildrecht dahin aus (Berliner Codex v. Daniels Art. 13, 14), dafs wenn ein Magdeburger Urtheil gescholten werde, der Zug an ein eigenthümlich zusammengesetztes Gericht auf der Pfalz zu Magdeburg gehen solle, *wente si ne mochten alle tiet umme en besculden ordel vor dat rike nicht getien* und *wat men dar geve dat solde recht u. redelik wesen to wichbelde rechte in deme lande to sassen.* Und die Magdeb. Fragen I 4 d. 4 geben die merkwürdige Entscheidung, dafs wenn der König einmal an einem Orte wo Weichbildrecht ist zu Gericht sitzt, dann das Urtheil gescholten und gezogen werden darf *an das öberst weichbilden recht, da die stad yr recht pfleget zu holen,* was ich dahin verstehe, dafs ungeachtet der König Richter gewesen, doch der gewöhnliche Rechtszug stattfinde, der aber mit einer Stadt abschliefst. Vgl. auch Blume des Ssp., Homeyer Richtsteig 364.

Im Ganzen kann man daher wohl sagen, dafs der Vf. hier ein abstractes Princip gegen eine besondre aus dem Leben hervorgegangene Rechtsentwickelung geltend machen will.

Eine eigenthümliche Vermittelung beider versucht später die Langenbecksche Glosse zu dem Hamburger Stadtrecht von 1497, welches gleich den frühern Formen von dem Ausspruche des Rathes noch eine Art Läuterungsinstanz an das „Buch" zuläfst. *Dit bok* sagt sie (Lappenberg RA 192) *is dat overste gerichte boven den radt in der stede des fursten . . Wente up dat des kriges ein ende werde, so machme nicht mer alsze twyes ein recht schelden, derhalven schal wesen dat bok alze in de stede des oversten richters . . in dem de keiser ein richter is aver alle ander richtere doch bevelet he sin recht sinen stedeholderen derhalven dat he dar sulves nicht wesen kan. Sus heft de furste imgeliken daen bi den sinen van Hamborch.*

(1) J. Moser Reichsstädtisches Handb. p. 262. Andre sog. *privilegia de non appellando* Thomas Oberhof S. 63, gehören nicht hierher, weil sie z. B. für Cölln 1298, Seibertz Urk. I 588, nur so lange, als die erzbischöflichen Gerichte Recht zu sprechen bereit, eine Evocation durch das kaiserliche Gericht verbieten.

2. Dingen von Mördern und falschen Zeugen.

Noch hebben die stede einen vel quader seden . . . Willen se einen minschen dem si nicht gud sin to dode hebben, die nochtant wal recht to den steden hevet, u. en sint sime nicht mechtig, so loeven u. geven se gelt u. guedt snoden boeven, die se doet slan. Und hebben se ok wen gefangen den se doet hebben willen, hie hebbe schoult ofte geine schoult, so nemen se ere portener n. staedesknechte, ofte se winnen snoede boeven . . . die cleger u. tuch sin u. winnen so einen mit seven handen sin lif af, die nicht van der sake en weten ofte nu (nie) *gehoirt ofte gesien en hebben.* (Ssp. II 13, II 22, III 21 § 1).

Es ist auffallend, wie der Verf. Bubenstücke der erstern Art, die sich gar nicht einmal unter einer Rechtsform verstecken und doch nur dann und wann geübt sein können, unter bösen Rechtsbräuchen mit aufführt. Die ferner angebenen, vielleicht häufiger angewandten Bestechungen knüpfen sich an eine Freiheit, welche selber schon eine Abweichung von den Grundsätzen des Ssp. enthält. Denn nach diesen wird der Beschuldigte nur übersiebnet, wenn er auf handhafter That ergriffen oder als Verfesteter vorgeführt war. Dawider aber erlangten oder statuirten viele Städte die Befugnifs, dafs auch ohne solche Voraussetzungen der Kläger mit sechs Gehülfen den Angeklagten überführen könne, *Albrecht de prob.* I 59 sq., Eichhorn RG. § 459, v. Wächter 264 ff. Und ein Gewinnen der Gehülfen durch Geld und Gut war um so leichter, als diese nicht grade als Augen- und Ohrenzeugen zu schwören brauchten.

Zu den tiefen Mängeln der Criminaljustiz dieser Zeit, welche mit dem schwierigen Übergange von dem alten formellen zu dem neuern materiellen Beweissystem sich verbanden, gehört auch

3. Der Gebrauch der Tortur.

Unser Autor sagt kurz darüber:

Noch hebben die stede an sik ein vyl quader sede ofte recht ofte oc se et heiten willen. Wem si nicht guedt en sin u. en begripen ofte vangen, so pinigen se mannigen darto, dat hie secht u. bekennet umb der groeten pinen und plage willen, des hie nie en dachte ofte willen en hadde to doende, des en sal nicht sin. (Ssp. I 64 § 1, II 5 § 1).

Die Tortur ist zwar den germanischen Völkern nicht ganz unbekannt, scheint aber in Deutschland sich erst recht als ein Ersatz der Gottesurtheile mit dem Römischen Recht verbreitet zu haben. Über das Wo, Wie und Wann wäre eine genauere Untersuchung wünschenswerth. Die Blume des Ssp. aus dem Ende des 14ten Jahrh. kennt den Fall, dafs einer *gemartirt* wird und *bekante allis daz man en frogete u. gab sich der untat selber schuldig*; als jedoch der Gegner sich auf dies Bekenntnifs stützen will, wird gefunden: *sotan bekentnisse daz man mit martir abe twingit ist im unschedelich czu seinem rechte*, Homeyer Richtsteig S. 378. Dem Laienspiegel aus dem Anfange des 16ten Jahrh. ist die Tortur eine allgemeine stehende Einrichtung. Nach Eichhorn § 459 zeigt sie sich am frühsten in den Städten, und hat sie im 15ten Jahrh. bereits in allen Gerichten Eingang gefunden. Den ersten aber nicht den letztern Ausspruch bestätigt unser Autor, wenn er den Gebrauch nur als einen Misbrauch in den Städten kennt. Eben so urtheilen auch die Magdeburger Schöffen (Fragen III 9 D. 1): man soll von Rechtswegen niemand peinigen um Ungericht noch um Missethat, ehe denn er des Ungerichts überwunden sei von Rechtswegen. Vgl. auch für Hamburg Trummers Vorträge 1844 S. 9 ff.

4. Erkaufen der Richter.

Heft ein arm man recht to den steden u. langet hie si an mit rechte, so hebben die stede so vil geldes u. gudes dat et ein arm man nergen tegen die stede brengen en kan mit rechte, wante se koupen en van allen richteren, hie si die sideste offte die hoegeste richter mit eren gelde offt gude: want wat se den einen dach binden dat untbinden se u. revoceren den anderen dach.

V. Das oberste Gericht.

Nach einer längern Entwickelung der Rechte des Königs als obersten Richters hebt der Vf. als Misbräuche in der Handhabung der königlichen Gerichtsbarkeit heraus.

1. Unrechte Gunst.

Als gi dan wall hier vur vil unredelikes dinges vernomen hebben van den richteren hir vurgeroirt, so dan die Roemsche keiser . . . . ere alre oeverste richter is, u. solde moegeliken alle richter u. alle dink dat vur en queme dat unredelike were soe regieren u. straffen, so nemen koeninge vursten u. heren alle gelt u. gudt, der sake ik vele gesien u. vernomen hebbe, dat si armen luden to gewiset u. gerichtet hadden u. revocerden dat umb gelt u. gut, so dat sik gein arm man rechtes mit dem riken manne bekomen en kan, daromb is dat recht up erden ein spinnwebbe, als socrates secht lex est tela aranee, vluget dar up ein spinne oder mugge, se moet wederkeren. vluget dar up ein kevere ofte ein luninck, se vlegen dardurch.

2. Liegenlassen der Sachen.

Ock geschuit mer quades van dem Roemschen koeninge. Wert an en appelliert, ofte kompt ein arm man in den hof die sik geines rechtes in anderen landen bekomen ofte wederfaren en kan, die laten se dar liggen X, XI, oder XX jare, so lange dat se sterven, oft van armoede van dan gaen moegen ungehoulpen ieniges rechten, so dat nummende gein gerichte van en wederfaren en kan, so dat dat recht der werelde verblindet is, des joe nicht sin en sulde, want hie eine toflucht sin soulde als werentliges rechtes.

Ein neuer Belag zu den Klagen über die Handhabung der obersten Reichsjustiz im 15ten Jahrhundert.

Der Schlufs lautet:

Und die ghene die dussen Informacie colligeirt hevet uit den rechten als gi hijr vur vernomen hebben, die hevet sik der werentliger saken so erfaren, dat hie dit alle so vurgeroirt is gesien und gehoirt hevet, dat dit gehandelt und geschien is in gerichte und buten gerichte van den ghenen, die die macht hadden gudt und quaet to doende na eren willen, als des leider wol meer geschuit, dat to lank were alle to schriven, dat hie staen leet umb der korte willen. Daromb dat eme dat nicht en behagede, noch nicht gotlich noch loevelich en duchte sin, daromb heevet hie goede to loeve und to eren dusse Informacien colligeirt, of se an ienigen rechtferdigen man queme, die macht hedde, dat hie an godt und an dat rechte dechte, und wiste sik na dusser Informacien vürg. to richten und to hebben als sik dat geburde, und hulpe sulke unredelike dinck, als hir vur geroirt sin, wederstaen. Und darmede dusser rede ein ende, Got unss sin hulde sende hir up dusser erden, so dat wi van eme nummer gescheiden werden. Amen.

Der Überblick des Ganzen ergiebt noch. Die Rügen des Vfs. gehen zuweilen gegen einzelne schlechte Thaten als offenbare Verletzungen richterlicher und menschlicher Pflichten, wie gegen Bestechung, I 2, IV 4, V 1, Parteilichkeit II 2, Verschleppungen V 2, oder gar Dingen von Mördern und falschen Zeugen IV 2; vornemlich aber gegen Einrichtungen und Gebräuche, welche den Richtern als zu Recht bestehend galten. Diese letzteren zielen bald, namentlich bei den Vemgerichten, auf eine Ausdehnung ihrer Gewalt, bald gradezu auf Steigerung der Einkünfte der Gerichtsherren oder auf Ergötzlichkeiten für die beim Richten thätigen Personen.

Es zeigen diese Abweichungen von dem reinen Recht des Sachsenspiegels theils, wie die lästige Dingpflicht sich auf die Länge nicht als bloſse Ehrenpflicht halten lieſs, theils aber und insbesondre, daſs die Auffassung der Gerichtsbarkeit als einer einträglichen im Verkehr befindlichen Gerechtsame, trotz der Hinweisung der Rechtsbücher auf die Würde und Hoheit ihres Ursprunges und Zieles, (1) doch der Handhabung der Rechtspflege am Ende groſse Gefahren und tiefe Schäden bereiten muſste.

---

(1) Vgl. System des Lehnrechts, Ssp. II 2 S. 528, 546.

Wortregister.

Versch frisch, *up sinen verschen voet stan gan* sofort daran gehn 635.

Verschenen Prät. von *verschinen* d. i. verschwinden, ablaufen, fällig sein, hier in der ungewöhnlicheren Bedeutung für: dem Richter verfallen 639.

Verstan vertreten 635,

Vervoert geächtet 661.

Verwedden mit Wedde lösen 637.

Verwesen verbannen 651.

Villen schinden, das Fell abziehn 643.

Vorder weiter 633.

Vredelois, enen leggen 634.

Vreischen erfahren, *gevreischet* 642.

Wartel Diener, Gehülfe 634.

Wee, wie wer.

Went bis 637.

Wer ob, z. B. 661.

Werentlig weltlich 635, 671.

Weten man, ein Wissender, von den Freischöffen 650.

Woe wie.

Inhalt.

DIE EXTRAVAGANTEN

DES

SACHSENSPIEGELS.

VON

G. HOMEYER.

AUS DEN ABHANDLUNGEN DER KÖNIGL. AKADEMIE DER WISSENSCHAFTEN
ZU BERLIN 1861.

BERLIN.

1861.

Vorwort.

Unter **Extravaganten** eines bestimmten Rechtskörpers versteht der juristische Sprachgebrauch im Allgemeinen Satzungen, welche zwar jenem Körper sich anzuschliefsen streben, aber doch nicht die völlige Einverleibung gewonnen haben. Wir bedienen uns des Namens auch dann noch, wenn die Stücke nicht mehr vereinzelt und in unstäter Weise sich anhängen, sondern unter sich verbunden eine regelmäfsige Beigabe des geschlossenen Ganzen bilden. So scheiden wir ja von dem *Corpus iuris canonici clausum*, nachdem es noch im Anfange des 14ten Jahrhunderts die Clementinen in sich aufgenommen, als Extravaganten die späteren Decretalen, wenn sie gleich, seit dem 16ten Jahrhundert in zwei Sammlungen gebracht, den Quellen des canonischen Rechts überhaupt zugerechnet zu werden pflegen. Auch die Extravaganten des *liber Feudorum*, welche nicht wie dieser von der Rechtsschule zu Bologna als *decima collatio* der Novellen dem *Corpus iuris civilis* mit einverleibt wurden, haben dennoch gehörig geordnet längst ihren Platz in den Ausgaben des longobardischen Lehnrechts eingenommen. Ich versuche es nun, jenen Begriff für den **Sachsenspiegel**, insbesondere für den landrechtlichen Theil, einzuführen und auch **diese** Extravaganten aus ihrer Zerstreutheit und Flüchtigkeit in Rand und Band zu bringen, mag gleich der versteckte Stoff nur unvollständig aufgefunden sein, mag ferner das Zusammengebrachte sowohl weit hinter unserm Rechtsbuche selber zurückstehen, als auch mit den Extravaganten zu jenen Rechtskörpern sich nicht messen dürfen.

Vor allem erhebt sich hier, bei dem Mangel eines officiellen oder doch mit der Autorität einer hohen Schule erfolgten Abschlusses eines Körpers, die Frage, ob überhaupt und wie eine Grenzlinie zwischen einverleibten und Nebenstücken zu ziehen sei.

Der Sachsenspiegel ist nicht gleich dem *Corpus iuris canonici* oder dem *liber Feudorum* aus mehreren ansehnlichen neben oder nach einander erwachsenen Bestandtheilen zusammengefügt, sondern, so viel wir wissen, in seiner Hauptmasse mit einem Male vom Autor seinen Landsleuten dargeboten worden. An diesen Kern hat dann noch im Laufe des Mittelalters von verschiedenen Seiten her Einzelnes sich ansetzen wollen.

Solchem Zuwachs darf man den Character einer Extravagante zunächst in dem Falle nicht beilegen, wenn mit der Mehrung des Sachsenspiegels zugleich eine Abänderung seiner Sätze und zwar in einer bestimmten durchgeführten Richtung sich verband, dergestalt daſs nun ein eignes mit dem Sachsenspiegel nur verwandtes Rechtsbuch uns entgegen tritt. Was der Spiegel der Deutschen, die sächsischen Distinctionen, das Berliner Schöffenbuch u. s. w. über jenes ihr Vorbild hinaus haben, ist doch nicht mehr als Extravagante des Sachsenspiegels zu bezeichnen, wiewohl die Grenze dann schwanken mag, wenn die selbständige Richtung des Bearbeiters nicht entschieden genug sich ausspricht.

Es handelt sich also bei unsern Extravaganten um solche Zuthaten, welche innerhalb des Geistes der ursprünglichen Anlage den Ssp. als solchen erweitern. Die Fragen nun, ob bei einem in zahllosen Abschriften umherkreisenden, jeder beliebigen Behandlung ausgesetztem Privatwerke von einer Einverleibung zu sprechen, und woran sie zu erkennen sei, lösen sich doch leichter, als von vorn herein zu erwarten wäre. Die etwa 30 Ausgaben des sächsischen Landrechts, welche von 1474 bis 1614 dem praktischen Bedürfnisse dienten, überliefern uns das Buch sämmtlich in demselben Bestande; sie zeigen auch, mit einer geringen Ausnahme ([1]), diesen Bestand als eine gleichartige Masse. Erst die neuere kritische Forschung hat aus der Vergleichung der handschriftlichen Gestalten erkannt, daſs in diesem Körper etwa der achte Theil nicht der ursprünglichen Fassung angehöre. Die Aufgabe

([1]) Der Cöllner Druck von 1480 (*Ck*) giebt die Artt. I 7-13, III 82 § 2-91 nur in einem Anhange als *artikele sunder glosen*, Homeyer Genealogie der Hdss. des Ssp. S. 121.

gieng hier nicht dahin, nachzuweisen, dafs gewisse Zuthaten doch die Einverleibung erlangt haben, sondern dahin, in dem homogen erscheinenden Leibe etwas später hinzugekommenes zu entdecken. Jene Forschungen haben dann noch ferner gelehrt, dafs die vollere Gestalt der Drucke nicht etwa erst dem Sammlungseifer der Herausgeber zu danken ist, dafs vielmehr die Zusätze, mit unbedeutenden Ausnahmen, schon im 13ten Jahrhundert erwuchsen und nach dem ersten Viertel des 14ten bereits häufig in den Handschriften zu finden waren. Um diese Zeit erkannte allerdings der Glossator von Buch einen Theil der Zuthaten noch nicht als ächt (nach seiner Auffassung nicht als Privilegium K. Carls) an, und versagte diesem die Glosse. Doch hielt seine Begrenzung die auf das Erweitern gehende Bewegung nicht auf; man schrieb auch die unglossierten Stücke immer regelmäfsiger den übrigen zu, richtete die Artikeleintheilung nach ihnen ein, versah auch sie endlich mit einer Glosse, s. Genealogie S. 88, 108, 109, 112, 116, 135, 145, 169. Die Handschrift von 1369, welche meiner Ausgabe zum Grunde liegt, zeigt schon den nemlichen vollen Bestand wie jene spätern Drucke. Zwar waren auch noch im 15ten Jahrhundert manche Texte mit frühern einfacheren Gestalten verbreitet; doch grade um die Wiegenzeit der Druckerkunst legte Theoderich von Bocksdorf, Professor zu Leipzig, 1463 Bischof zu Naumburg, seiner „Correctur" des Sachsenspiegels die durchaus vorwiegende vermehrte Gestalt zum Grunde, und seine Autorität hatte wohl wesentlichen Theil daran, diese Gestalt auch in den Drucken zur herrschenden zu machen. Gleich die *editio princeps*, Basel 1474, giebt den Sachsenspiegel als solchen, „*den der erwirdige in Got vater u. herre Theodericus von Bockstorf Bischoff zur Nuenburg seliger gecorrigieret hat.*"

Sonach ist es eine thatsächliche allgemeine Anerkennung, welche schon im Laufe des 14ten Jahrhunderts die Einverleibung einer Reihe von Zusätzen bewirkte, und als sichres Kennzeichen dieser Einverleibung dient die Aufnahme eines Stücks in die obigen Drucke, ja, bei der Übereinstimmung ihres Gehalts, schon in einen derselben.

Es bleiben diejenigen Zuthaten übrig, welche aufserhalb dieser Drucke sich in einzelnen Handschriften oder Handschriftsgruppen des Ssp. finden. Auch dieses Mehr ist noch nicht schlechtweg als Extravagante zu behandeln. Es giebt darunter eine Anzahl kleinerer Sätze, welche so eng an den Tenor sich anschliefsen, dafs sie ohne ihn nicht bestehen, dafs sie gar nicht zu extravagieren vermögen, sondern einen Platz nur als Varianten zum Text einnehmen können; wie wenn beispielsweise zu II 59 § 4: wer zuerst zur Mühle kommt, mahlt zuerst, die Hdschr. *Bv* hinzufügt *ane der molherre*. Solchen nur in Verbindung mit dem Texte unterzubringenden Sätzen hätten wir dann die für sich eines Verständnisses fähigen und damit auch umfangreicheren Zuthaten gegenüber zu stellen. Sonach würden also überhaupt als die eigentlichen Extravaganten unsers Rechtsbuches

> die den Handschriften des Sachsenspiegels zugefügten, aber nicht allgemein anerkannten, namentlich nicht in die Drucke übergegangenen, für sich verständlichen Sätze

zu fassen sein.

Dabei ist freilich zu gestehen, dafs dem letzten Merkmal einer gewissen Selbständigkeit die Schärfe fehlt, dafs dem Ermessen des Herausgebers ein ziemlicher Spielraum in Behandlung eines Satzes als Variante oder als Extravagante verbleibt. In meinen Ausgaben des Ssp. von 1827 und 1835 habe ich die Aufnahme unter die Varianten vorwalten lassen. Die in den damals verglichenen Handschriften, namentlich auch in der Quedlinb. *Aq* vorkommenden, nicht einverleibten erheblicheren Zusätze waren gering an Zahl, sie stehen mit dem Texte, dem sie zugegeben sind, meist in nahem Zusammenhange, haben zum Theil eine wenn auch nicht ganz allgemeine doch ausgedehnte Verbreitung erlangt; auch fehlte es zu einer eigenen Publication an Gelegenheit. So haben sie fast sämmtlich ihre Stelle in den Noten gefunden (¹). In der dritten Ausgabe von diesem Jahre ist ihnen sämmtlich dieser nun schon hergebrachte Platz verblieben. Dagegen bedurfte es für die Zuthaten in den zu dieser Ausgabe neu verglichenen Handschriften durchaus einer Scheidung. Manche Zusätze waren zwar gleich den obigen füglich nur als Varianten unterzubringen (²). Andere aber treten so zahlreich, in solchem Umfange und zugleich in dem Grade trennbar von dem vulgaten Text auf, dafs, wie die Ausgabe S. 105 bemerkt, sie den Stoff der Noten unge-

---

(¹) Siehe (nach der Bezeichnung in der dritten Ausgabe) I 2 N. 37, I 38 N. 8, 23, I 48 N. 2, II 36 N. 23, II 39 N. 8, II 42 N. 6, II 49 N. 3, II 54 N. 33, 35, II 59 N. 1[illegible], II 66 N. 34, II 71 N. 3, III 8 N. 6, III 9 N. 8, III 18 N. 8, III 20 N. 6, III 35 N. [illegible], III 82 N. 6, III 86 N. 25, III 91 N. 26.

(²) Vgl. I 24 N. 29, I 38 N. 8 (*Br*), I 42 N. 19, II 14 N. 20, 21, II 17 N. 5, II 2[illegible] N. 21, II 27 N. 21, II 50 N. 10, II 52 N. 7, II 72 N. 9, III 2 N. 4, III 81 N. 6.

hörig geschwellt haben würden, aber wohl verdienten, einmal als Extravaganten des Rechtsbuches zusammengestellt zu werden. Das soll hiemit in der Weise geschehen, daſs ich zuvörderst die Handschriften, welche dergleichen Zuthaten enthalten, angebe, sodann diese selber zusammenstelle und soweit erforderlich mit Bemerkungen begleite.

I. Die Handschriften.

Ihrer Bezeichnung füge ich, wenn sie bisher, namentlich auch in den „D. Rechtsbüchern des MA. 1856", gar nicht oder ungenügend beschrieben waren, noch nähere Angaben hinzu. Der laufenden Nummer ist die Zahl aus den „Rechtsbüchern" und das Siglum der Hdschr. aus meiner dritten Ausgabe des sächsischen Landrechts beigesetzt.

1. Rb. 590. *Br.*

Rostock, Universitätsbibl. Die Beschreibung im Ssp. II 1 S. 32 Nr. 77 ist dahin zu ergänzen, daſs die Zahl der Blätter überhaupt 75, die Zahl der Capitel des Landrechts 223 beträgt, indem mit C. 224 auf Bl. 48 Col. 2 das Lehnrecht beginnt. Das Landrecht gehört zur Classe I, Ordn. 2, s. Genealogie S. 99 ff. Es ist ziemlich reich an eigenthümlichen Zusätzen. Die meisten sind als vom Texte nicht trennbar in obiger Ausgabe zu den Varianten gestellt, vgl. namentlich I 38 N. 8, II 17 N. 5, II 22 N. 21, II 27 N. 21, II 72 N. 9, dagegen dreie, zu III 8, 20, 53 stehende, den Extravaganten vorbehalten worden.

2. Rb. 623. *Cσ.*

Soest Stadtarchiv N. LXIII. 13. In der Beschreibung, Rechtsb. S. 148, ist die das Register betreffende Stelle dahin zu fassen. Auf Bl. 137 steht unter *Dit is de numerus des olden lantrechtes* ein deutsches Register der Artikel der 3 Bücher bis Bl. 141 Sp. 1. Auf Sp. 2 heiſst es dann: *Hir achtene in deme dredden boke ne sint twelf articuli unde ire glosen nicht. dar umme ne stan se ok hir in deme registro nicht.* Auf Bl. 143 ff. stehen aber dennoch von andrer Hand eine Reihe unglossierter Artikel, s. Genealogie S. 119 c). Sodann von andrer Hand 21 reprobierte Artikel unter: *Isti sunt articuli contenti in quodam libro nuncupato speculum Saxonum, qui in pluribus partibus almanie praesertim Saxone pro legibus observatur*, (ein Nachtrag zu „Klenkok wider den Sachsenspiegel" 397, 405). Hierauf von Bl. 147 Sp. 3 an das Lehnrecht ohne Glosse.

Gleich nach jener Notiz „*Hir achtene*" Bl. 141 Sp. 2 ist mit kleinerer späterer Schrift ein Satz unter „*Nota*" eingetragen, den ich als Extravagante zu I 36 gebe.

3. Rb. 337.

Ein Fragment des sächs. Landr. in meinem Besitz enthält vor II 29 einen eigenthümlichen Satz, der als Extravagante zu I 5 §§ 1, 2 seine Stelle findet.

4. Rb. 308. *Bh.*

Hamburg Stadtbibl. Nr. 89, früher Uffenbach. Die Mundart ist wohl genauer als niederrheinische zu bezeichnen. Das in der Beschreibung der Rb. zweifelhafte gelassene *A Johannē* des Epiphonems ist *pro Johañe* zu lesen. Von den, auch durch Wilda, Rhein. Mus. VII 310, 311 mitgetheilten, der Hdschr. eigenthümlichen Stellen habe ich die kürzere zu III 2 der Ausgabe als Variante, die weitläuftigere zu II 52 unten als Extravagante gegeben.

5. Rb. 163. *Cδ.*

Dresden K. Bibl. M. 27. Die Hdschr. enthält die zu III 56 § 1 mitgetheilte Erweiterung der Vorschrift über die Bestellung des Frohnboten.

6. Rb. 314. *Eb.*

Heidelberg Universitätsbibl. Am Schlusse des sächs. Landrechts steht eine Satzung Heinrichs von Braunschweig, welche eine Extravagante zu I 63 § 5 bildet.

7. Rb. 164. *Bo.*

Dresden K. Bibl. M. 28 (Böhmes *Cod. Oppolensis*). Die Hdschr. setzt dem sächs. Landrecht als Cap. 351 eine Bestimmung über das Verfahren bei Krankheit der Partheien hinzu, welche passend ihren Platz zu II 7 findet.

8. Rb. 60. *Eε.*

Berlin K. Bibl. Ms. Boruss. f. 240. Der auch sonst anomale Text des sächs. Landrechts, s. Genealogie S. 161, enthält als letzten, 89sten Art.

des dritten Buches eine ausführliche Anweisung über das Verfahren beim Gottesurtheil des heifsen Eisens.

9. Niederländische Handschriften.

Es giebt eine gewisse Zahl von Hdss. des sächs. Landrechts in mehr oder minder entschiedener niederländischer Mundart. Finden sich Extravaganten gleich nur in einigen derselben, so lohnt es sich hier doch überhaupt die Gestalten zu überblicken, welche der Sachsenspiegel in den westlichsten Gebieten des deutschen Reiches angenommen. Ich vervollständige dabei früher gegebene Nachrichten über Beschaffenheit und Schicksale dieser in den Rb. unter Nr. 3, 289, 290, 292, 374, 593 angeführten Handschriften. Die Nr. 8, 293, 295, 375, 376 daselbst, obwohl jetzt in den Niederlanden befindlich, scheinen doch nicht dort geschrieben zu sein.

A. Rb. 3 und 384. *Ah.*

a. (Nr. 3) Haag, K. Bibl. Um die Mitte des vorigen Jahrh. sah v. Uffenbach beim Zollinspector Cornelius v. Alkemade zu Rotterdam „ein Volum in 4to, Membr., drei Finger dick, es war der Sachsenspiegel, ziemlich alt ... in holländischer Sprache." Die spätern Schicksale der Hdschr. kannte ich bei der Herausgebe der „Rechtsbücher" Jan. 1856 nicht. Bald darauf theilte Prof. de Wal in Leiden mir mit, dafs die Alkemadeschen Hdss. erst im Jan. 1848 verkauft worden seien, und dafs die K. Bibl. im Haag den Sachsenspiegel für 136 fl. erstanden habe. Durch die Güte des dortigen Bibliothekars Dr. Holtrup erhielt ich den Codex zur Einsicht, und konnte ihn schon in der „Genealogie" S. 92 berücksichtigen. Hier folgt eine nähere Beschreibung.

Die Handschrift, schmal Quart oder klein Folio, in weifsem goldverzierten Pergamenteinbande, sehr sauber, wenig gebraucht, zählt 119 zweispaltige Membranblätter. Auf dem letzten Vorsetzblatte steht: *Ex libris Mss. C. v. Alkemade.* Die rundliche Minuskel gehört wohl dem 14ten Jahrhundert an. Die Initialen der Capitel sind reich verziert, auch sonst finden sich Arabesken. Vor dem Landrecht ein Bild: Christus auf dem Regenbogen; vor dem Lehnrecht: der römische Kaiser. Die niederländische Mundart zeigt sich in Formen wie *wien* (wen), *hoe* (wie), *scout* (Schuld), *houden* (halten), *soutere* (Psalter) etc.

Bl. 1 bis 5 geben ein Rubrikenregister, welches jedoch nach Cap. 329 mit der Rubrik des C. 330 abbricht, während der Text bis C. 344 fortläuft. Die Zählung geht durch Land- und Lehnrecht durch. Dem auf Bl. 6 beginnenden Landrecht gehören 206 Capp. an, von denen die 3 ersten auf die Vorreden kommen. Über C. 207, Bl. 74, steht die allgemeine Rubrik *Hier beghint alle leenrecht.*

Der Text gehört in seiner Einfachheit der ältesten Gestalt des Ssp. an, so dafs der landrechtliche zur Cl. I Ordn. 1 (dritte Ausg. S. 26), der lehnrechtliche zur Cl. I (Ssp. II 1 S. 57 ff) zählt. Unter den übrigen Hdss. dieser Classen tritt die Eybensche, nach Geldern oder Cleve gehörige Hschr. Nr. 214 (*Ae*) der Alkemadischen am nächsten, vgl. rhyth. Vorr. V. 98 N. 64; doch ist die letztere (*Ah*) noch etwas freier an Zusätzen, vgl. Genealogie S. 83 ff. Einzelne Incorrectheiten sind, dafs zu I 3 § 2 der dritte Heerschild den Äbten und Äbtissinnen gegeben wird, I 51 § 3 *hantgemaghe* für *hantgemal*, rh. Vorr. V. 271 *leen* für *leue* (Liebe) steht.

b. (Nr. 374) Berlin K. Bibl. Ms. germ. f. 820. Die frühern Schicksale der Hdschr. bis zum Erwerbe durch Lange van Wijngarden beim Haag sind Ssp. II 1 S. 16, 17 Nr. 29 angegeben. Eine auf der Haager Bibl. befindliche neuere Abschrift erhielt ich zugleich mit der obigen Nr. 3 zur Benutzung, und schon hiebei ergab sich eine so grofse Übereinstimmung beider Texte, dafs ich sie in der dritten Ausgabe unter demselben Siglum *Ah* anführen konnte. Doch weichen die Rubriken, welche nicht dem Schreiber sondern dem Miniator überlassen zu werden pflegten, zuweilen ab, und einige kleine Incorrectheiten uud Lücken der Nr. 3 finden sich in 374 nicht. Bei der Versteigerung der Langeschen Bücher erstand der Buchhändler Frederik Muller zu Amsterdam den Codex für 270 fl. und als er im J. 1860 von neuem mit der Bibl. des Dr. van Voorst feil wurde, ist der K. Bibl. zu Berlin der Erwerb gelungen. Die nahe Beziehung zu der Nr. 3 hat sich nun auch im Äufserlichen bestätigt. Das Format ist das gleiche; der Einband hier rothes Leder mit goldnem Schnitt; die Verzierung eine ähnliche, doch fehlt in Nr. 384 das Bild des Weltrichters, das Bild des Kaisers steht vor dem Landrecht, bei dem Lehnrecht ist nur eine verzierte Initiale. Die Zahl der Blätter beträgt 100. Das Rubrikenregister, wie in Nr. 3 unter *Hier beghint die tavele van den spieghel van Zassen*, ist hier vollständig. Die Schriftzüge stimmen, so viel mir erinnerlich, mit denen der Nr. 3. Die beiden Handschriften wurden also wohl von demselben Schreiber besorgt, wobei, wenn eine derselben der andern zum Grunde lag, die Nr. 374 als das Vorbild für Nr. 3 zu betrachten. Dafür spricht die gröfsere Correctheit, und der Umstand, dafs V. 271 der rhythm. Vorr. Nr. 374 *lene* liest, also den Übergang von dem richtigen *leue* zu dem *leen* der Nr. 3 erklärt. Auf dem Vorsetzblatt des hiesigen Exemplars steht von älterer Hand *Dit boeck hoert toe Zweder van Culenborch wonachtich to Culenborch. Die dit vynt geeft hem weder om goods wil.*

B. Rb. 593. *Aδ.*

Prof. Tydeman in Leiden, (*Cod. Roukensianus*). Aus der Beschreibung Ssp. II 1. S. 32 Nr. 79 und aus den ebd. S. 333 Nr. 12 und in der Genealogie S. 176 mitgetheilten Stellen ergiebt sich eine dem linken Rheinufer angehörige Mundart. Die von Zacher erhaltenen Notizen, wonach das Bl. 30 befindliche Landrecht ohne Büchereintheilung sei, und ähnlich wie die Cellesche Hdschr. Nr. 120 (*Ax*) mit einer Abänderung des § 2 II 44 schliefse, bewogen mich 1859 zu weitern Forschungen über die Gestalt dieses Textes. Doch ohne Erfolg. Der Besitzer hochbejahrt vermochte den Codex aus dem Labyrinth seiner Papiere nicht herauszufinden. Nach jener Übereinstimmung im Schlusse und nach der einfachen Gestalt des Art. I 71 (Geneal. 176) habe ich den Text des Landrechts in der Cl. I nicht der zweiten sondern der ersten Ordnung zugewiesen. Um seine künftige Wiedererkennung zu sichern theile ich aus ihm hier noch B. I Art. I mit. *Got leet twe sweirt in ertriche tho beschirmen die kristenheit. den pais ist gesat dat geistliche ind den keiser dat wertliche. den pais ist gesat to rijden to bescheiden tijden vp eynen blancken perde. Ind der keiser sall om den stegerep halden op dat die sadel nyet en wende. dat is die bekentenisse so wat den pais weder sta. dat hei mit geistlichen richte nyet wynnen en kan. dat it die keyser myt wertlichen rechte twinge. den paise gehoirsam the sijn. also sal ouch die geistliche gewalt helpen den werentlichen gerichte off das not yst.*

C. Rb. Nr. 292 (*Ca*), 289, 290.

Seit der Beschreibung in den „Rechtsbüchern" habe ich die Haager Nr. 292 selbst eingesehen und von den beiden Groninger Hdss. 289,

290 durch die Güte des Herrn Prof. Jonkbloet nähere Nachrichten erhalten.

a. Haag K. Bibl. Nr. 437. Die Hdschr., früher im Besitz des Jan de Witt van Dordrecht, auch Jan Albinus genannt, ist in gr. Quart, papiern, einspaltig, zählt 168 Bl. Auf dem Vorsetzblatt steht unter einem Monogramm de Witts: *Dat Sassenrecht ende keyserrecht draghen al ouer een*; doch ist nur das sächs. Landrecht mit der Glosse vorhanden.

Bl. 1 bis 20 geben das Inhaltsregister über Text und Glosse der drei Bücher zu 83, 70, 76 Artikel. Im Texte selber folgt noch ein Art. 77. Am Schlusse: *Dis is wt* (aus) *god danck eñ heeft ghescreven pieter van scouwen priester Int laer ons heren m. cccc. li. bidt voir hem om god. dat god siinre ontfermen wil.* Hierauf drei Notizen über eben so viele ältere Besitzer. Die früheste beginnt: *Dit boec heeft coft heer ian rippes van scaghen van symen symenz om ses rinsche gulden... Eñ dit was int jaer ons heren m. cccc. eñ lvij daghes nae sinte bartelmeus dach.* Die niederländische Mundart zeigt sich in Formen wie *vonnifs* Urtheil, *vercracht* überwältigt, *ontfermen* sich erbarmen, *onnosel* unschuldig etc.

Der Priester Peter verfährt mit dem Texte eigenmächtiger als bei den Schreibern des Ssp. gewöhnlich. Er scheut sich nicht, in III 45 §. 1 den Fürsten und freien Herren die *priesters* gleichzustellen; er läfst in I 2 den Schlufs des § 1 nebst den §§ 2, 3, wohl als in Holland unanwendbar fort; verbrämt andrerseits den Ausdruck, z. B. im Anfang und am Ende von I 1 in folgender Art:

Twe zwaerden heeft god op aertrijck ghelaten mit welken zwaerden dat men bescermen sal die gansse kerstenheit ..... dat sal hem die keyser mitten waerliken rechte helpen bedwinghen ende bewisen den pawes daer in ghehoorsamicheit. Eñ dat gheestelike recht sal oec helpen den waerliken rechte in dien daert hem beuolen is. Vgl. auch unten den *textus prologi.*

Endlich fehlt es auch nicht an eigenthümlichen Zusätzen. Dem Schlusse von III 87 wird zugefügt: *ten waer dat sake, dat hiis niet machtich en waer te betalen eñ begheerdan dan die clagher van des gherichtes weghen den man te hebben* etc. (von der Schuldhaft) ... *so veruestet hem seluen die sculdenaer mit dien worden en wort daer mede echteloos eñ rechteloos.* Einen andern Zusatz am Schlusse des Ganzen gebe ich unten als Extravagante.

b. Groningen, Universitätsbibl. B. d. 4, 281 Blätter in Papier, zweispaltig, vgl. *Catal. librorum univers. quae Groningae est, cur. I. R. van Eerde* 1833 fol. 306.

Voran auf 6 Bl. Vorschriften über Fragen und Finden der Urtheile; auf 12 Bl. Utrechtsche Urkunden des 14ten und 15ten Jahrhunderts. Das dann folgende sächs. Landrecht ist dem des *Codex Wittianus* verwandt in der characteristischen Zahl der Artikel der drei Bücher 83, 70, 77, deren letzter hier auch schon im Register steht, in der Beziehung der Rubriken des Registers auf den Inhalt der Glosse, in der Ausschmückung des *textus prologi*, welche hier noch weiter geht, in einzelnen Lesarten z. B. dem *misdader* I 81 N. 13, endlich in dem Zusatze am Schlusse, wenn gleich mit etwas abweichender Fassung. Das Epiphonem lautet: *Et sic est finis. Sub anno Domini m. cccc. lxxvij feria ante Iohannis festum baptiste etc.*; der Groninger Codex ist also der jüngere.

c. Groningen, Bibl. der *genootschap pro excol. iure patrio*, v. J. 1479, 143 Bl. Das sächsische Landrecht theilt nicht die Eigenheiten der beiden vorigen Hdss. in Zählung der Artikel (es sind deren 65, 70, 81), in der Beschaffenheit des Registers, in dem Zusatz am Ende; dagegen stimmen manche Lesarten, z. B. die obige aus I 71 N. 13, und der *textus prologi* fährt in der Dehnung fort.

Als Probe der Behandlung und zugleich der Mundart stelle ich den *textus prologi* nach den beiden Groninger Hdss. und theilweise nach dem Cod. Witt. (*Ca*) zusammen.

Nr. 290 a. 1477.

Got de dar ys een begyn ende eyn eynde aller gueden dynghen de makede aller yrsten den hemel ende de erde ende makede den menschen van der erden ende settede en dat paradys schone wylke mensche ongheborsam wert den almechtighen gode ende brack syn gebot dat on allen groten scaden ende verdreyt van gecomen ys. Hyr om so ghinghen wy doe dwelende als dey vordwalende scape doen de sonder herde gaet. Went ter tyt dat god den menschen verloesten myt [1]

Nr. 289 a. 1479.

God de daer is een beghin ende een eynde aller gueder dinghe de makede alder eerst hemel ende erde ende allent dat daer ynne begrepen is. En makede den menschen van der eerden na synes selves beelde ende settede daerna den menschen in dat wonderlike schone paradys daer hy inne hebben mochte alle soetecheit ende alle ghenoechte der weerlt welker mensche unhoersam gheworden ys den almechtigen gode ende brack syn ghebott dat de almechtige god Adam ende euam ghebo-

---

[1] Auch *Ca* hat statt matere: sinem duerbaren bloede ende mit siinre grote zwaerre pinen die hi om des menschen wille liden woude.

sinen duren blode ende groten swaren pynen de he om des menschen wille lyden wolde. Nu wy weder bekert sint ende god ons allen totter ewygher vroweden ende salicheyt geladen ende geropen henet So solle wy gerne holden sine geboden ende ee Ende verwllen de myt allen gueden wercken na onser macht willkoer gebode ende ee ons geleert hebben de hilge leerres ende geestliken lude ende och guede kerstene so myngen (l. konyngen) de ons de bode ende ee geset ende geboden hebben als Constantinus ende Karle In dat lant van Sassen in horrer tyt des rechtes dor alle kerstene lude hem na rechten sullen. (¹)

den hadde also dat se eten solde van alle de vrucht de inden paradyse was mer van den bome ende vrucht der wysheit so en solden se nicht eten ende van desses unhoersambeyt so ys uns allen groet arbeyt kumen ende vordreet ghekomen. Hyrumme so ghengben wi alle to der tyt dwelen als de sunder heerde synt al went to der tyt dat god synen enighen son ihesum χstm̄ wt sande in de eerden de uns mit synen dueren blode verlosede van den ewighen dode. Na den dat wy nu alle verloset synt ende god ons toe der ewygher salicheyt ende vrouwede gheladen ende gheropen heft. Inden dat wy seluen willen ende de houet sunden vormyden so wie alderbest moghen. Ende vervllen de myt allen gueden werken na aller unser macht. Welkeer ghebode ende ee uns gheleert hebben de hillighe lerers ende guede kristene lude ende konighen als ende och dyt recht ende dese priuilegium gheset hebben in dat land van sassen in horer rechtes tyt. Ende na dessen rechten so machmen ock berichten alle menschen de dat recht behouen.

So bildete sich in den nördlichen Niederlanden im 15ten Jahrh. eine eigene Recension des S. Landrechts, deren einzelne Glieder es wieder an Besonderheiten nicht fehlen lassen. Von dieser Gestalt des Sachsenspiegels scheidet sich aber noch immer der sogenannte holländische Sachsenspiegel, Rechtsb. S. 15, der nach der Weise seiner Verarbeitung ein eignes Rechtsbuch darstellt.

10.

Berlin, Geh. Staatsarchiv, früher zu Erfurt, bei den „Rechtsbüchern" und in der „Genealogie" noch nicht benutzt, aber in der dritten Ausgabe des s. Landr. S. 25 unter Nr. 63ᵃ kurz beschrieben. Dem füge ich hier hinzu:

a. für das Landrecht. Das Rubrikenregister giebt unter *He heben sich an dy irsten capitel desis buches* 331 Numern; die erste bezieht sich

(¹) Auch *Ca* schliefst: kaerl in dat lant van sassen in hoorre tijt des rechtes daer alle kersten lude he na rechte sullen.

auf I 3, die letzte auf II 33. Der Text, Bl. 11' bis 44 enthält eben so viele Absätze, wiewohl der letzte fälschlich mit 332 bezeichnet ist. Also auch der Text beginnt ohne die Vorrede und ohne die beiden ersten Artikel. Die Absätze 1 bis 231 folgen zwar der gewöhnlichen Ordnung, lassen aber zahlreiche Stellen aus, ohne Rücksicht darauf, ob sie der ersten Classe der Hdss. fehlen oder nicht. Ein Princip des Weglassens ist noch nicht darin zu erkennen, dafs die öffentliches Recht betreffenden III 57 § 2 bis III 65 § 1 zu den übergangenen Stücken gehören. Absatz 231 entspricht dem alten Schlufssatz des Landrechts III 82 § 1. Die Absätze 232 bis 235 sind dem Ssp. fremd, so auch später 237—241, 243, 244, 264—266, 270, ohne dafs diese Zusätze eine eigene ihnen gemeinsame Richtung verfolgten. Die übrigen Absätze des Landrechts, also 236, 242, 245—263, 267—269, 271—331 tragen nur früher übergangene Sätze nach, namentlich auch I 9—15, manches aus III 57 § 2—65 § 1, III 82 § 2 bis zum Ende, doch weder in der gewöhnlichen Folge, noch vollständig, so dafs z. B. I 1, I 2 §§ 1—3 fehlend bleiben.

b. Lehnrecht. Das dem landrechtlichen unter *He heben sich an dy andern capitel deses buches* Bl. 7' — 11' folgende Register zählt 167 Numern. Der Text geht von Bl. 44 bis 65. Nach 44 fehlt ein Blatt, welches den Schlufs des Abs. 8 bis in den Anfang des Abs. 21 enthalten hat. Die Absätze gehn über das Register hinaus bis 189. Die Behandlung entspricht der des Landrechts, nur ist, da die gewöhnliche Ordnung bald verlassen wird, nicht so bestimmt zu erkennen, wo die Nachträge beginnen. Die letzte Numer 168 stimmt mit dem letzten Art. 80 der gewöhnlichen Ordnung. Nachgetragen werden auch noch einige Stücke des Landrechts wie I 4, 35, I 68 §§ 2—5, III 63 § 1. Neu sind hier die Abs. 158, 188. Nach der Angabe des Jahrs 1390 steht noch zum Schlusse: *Dit buch heiset der Sachsenspegel vnde lert von lantrechte vnde von lenrechte.*

Ich theile unten die neuen Stücke aus beiden Abtheilungen mit.

11. Rb. 134.

Cracau, Universitätsbibl. Das darin enthaltene Landrecht gehört innerhalb der Cl. I Ordn. 2 zu der in den östlichen Gebieten des Ssp. verbreiteten Recension, welche den ja in dieser Ordnung ansehnlich bereicherten Stoff andrerseits auch wieder verkürzt, s. Genealogie S. 102, 106.

Nach der Reimvorrede, der aber, gleich der Hdschr. *Bu*, die V. 175—190, 261—280 fehlen, folgt als C. 1 die Rubrik: *Czu den ersten hat man beschrebin das meister ecke von Repekou durch des herrin bete willen von walkinstein in duczir rede beschribin das meideburgische recht hat. das Kunc Karl in das lant brochte czu sachsin. und Keiser Otte bestegete czu meideburc mit der klugesten rat von dem lande;* als C. 2 *Got der gebe siner sele rat* etc., als C. 3 und 4 der *prologus*, als C. 5 der *textus prologi*, so dafs erst mit C. 6 der eigentliche Text beginnt. Von den 390 Capp. kommen 6—123 auf das erste, 124—213 auf das zweite, 214—363 auf das dritte Buch der gewöhnlichen Eintheilung, so jedoch, dafs die Capp. 323—328 die lehnrechtlichen Artt. 24 § 9, 60 § 2, 61 § 1, 62 § 1, 68 §§ 7, 8 einschieben. Die Capp. 365 bis 390 endlich fallen unter die Extravaganten. Sie haben meist eine besondere Beziehung zu städtischem Wesen, stehen namentlich in Verbindung zu den verschiedenen Formen des Magdeburgischen Rechts, von welchen u. a. das Privilegium des Erzbischofs Wichmann von 1188 (Gaupp Magd. R. 215, Stenzel Urk. 266) fast ganz benutzt ist.

12.

Aus Gaupps Nachlafs erhielt ich im J. 1860 eine Handschrift von 90 Folioseiten in Zügen dieses Jahrhunderts mit der Überschrift *Copia*. Mein verewigter Freund hat ihrer nie gegen mich erwähnt, auch ist nicht zu ermitteln gewesen, wann und woher er sie erhalten. Der Schreiber bezieht sich in seinen Noten bisweilen auf den Originalcodex, bemerkt z. B. dessen Unleserlichkeit, orthographische Fehler, sucht auch wohl die Schriftzüge wiederzugeben.

Der Inhalt beginnt unter: *Sex aetates sunt mundi; prima est ab Adam usque ad Noe* mit einer der kürzeren Darstellungen der Weltgeschichte nach Isidor und Beda, vgl. v. Daniels Staaten- und RG. II 1 S. 66. Schlufs: *Elias et Enoch praedicabunt et ab ante Christo cito occidentur. Postea cito dies Iudicii erit.* Dann folgen das Halle-Neumarkter Recht von 1235 und das sächs. Landrecht dergestalt verbunden, dafs die Capitel durch beide durchgezählt werden. Jenes begreift unter dem Rubrum: *Hic inchoantur jura civilia Magdeburgensia* die Capp. 1—23. Eine Note des Abschreibers erwähnt schon des durch v. Kamptz in Mathis Monatsschrift 1811 besorgten

Abdrucks, aber nicht der von Gaupp, Magdeb. Recht 1826, gegebenen Gestalt. Das Schriftstück mag also in die Zwischenzeit fallen. Der Text weicht so bedeutend von den sonst bekannten Formen des H. N. Rechtes ab, dafs ich ihn der Mittheilung, s. unten den Anhang, werth achte. Schon hier ist zu bemerken, dafs er im Anfange *in Lubic* statt *scabini in Halle* liest.

Das Landrecht hat in der Copia die Überschrift: „Hie hebet sich dies Buch im Deutschen an und spricht von dem heiligen Geiste" Cap. XXIII (also diese Zahl kommt zweimal vor). C. 24 giebt den *textus prologi*, C. 25 den letzten Absatz vom *prologus*. C. 26 geht zu I 1 des Landrechts selber über. Der Schreiber hat es leider unternommen, den ihm vorliegenden Text in das heutige Deutsch zu übertragen; ob die vielfachen Fehler auf ihn oder den Codex kommen, ergiebt sich mit Sicherheit nur dann, wenn er in den Noten dessen Formen nachzubilden versucht. Mehrmals wird bemerkt, dafs in dem Codex mehrere Blätter ausgerissen seien; so bricht auch das Landrecht im Cap. 581 völlig ab, weil einige Blätter fehlen. Dagegen hat das noch folgende Register, welches auch die Rubriken der fehlenden Capitel giebt, nach dem Cap. 581 (welches hier die Nr. 580 trägt) noch die Capp. 581 bis 606. Dann folgen unter „Hie hebet sich an das Registrum von Magdeburg und die Zahl," mit neuer Zählung die Rubriken von 100 Capp. des Weichbildrechts, von deren Text nichts vorliegt.

Über die Beschaffenheit des Landrechts erhellt nun. Es gehört, wie die vorhergehende Nr. 11, nach dem Fehlen einer Büchereintheilung und nach der Aufnahme der der ältesten Gestalt mangelnden Sätze, in die zweite Ordnung der Classe II, und hier wiederum in die dort bezeichnete östliche Gruppe. Denn die einzelnen vom Schreiber mitgetheilten Worte eines Vorbildes zeigen die schlesische Mundart; manche Lesarten finden sich nur bei den Gliedern jener Gruppe wieder; wie in ihnen werden eine Anahl von Artikeln namentlich des dritten Buches vermifst, (II 19 § 2, 35, 6—58, 70; III 8, 16—19, 21 § 2, 42 §§ 1—3, 47 § 1, 60, 65 § 1, 70 § 2, 72, 73, 80 § 2, 81 § 1); das Cap. 101, d. i. I 30, schiebt nach dem „Schwaben" noch den „Polen" ein.

Es ergeben sich aber auch eigenthümliche Änderungen des Sachsenspiegels. Der dritte Satz z. B. in I 42 § 1 lautet hier: über eins und zwölf Jahren so ist der Mann zu Jahren gekommen und über sechs Wochen. Namentlich tritt eine besondere Rücksicht auf Land und Stadt Neumarkt im Fürstenthum Breslau hervor; nicht nur in jener Verbindung des an Neumarkt ergangenen Schöffenbriefes mit dem Landrecht, sondern auch in Folgendem. Gleich dem Schöffenbriefe gedenkt Cap. 340 des Elendeneides, 281 des Vogtes, 385 Lübecks statt *sassen* in II 61 § 2. Dem Könige wird meistens der Herzog, der Titel der schlesischen Fürsten, substituiert, C. 28, 29, 109, 110, 178, 194, 261, 262, 314, 461, 362, 542, 550; einigemale steht dieser statt des Grafen, C. 264, 561. Statt in und aufser der Grafschaft II 12 §§ 4, 6, werden C. 263, 264 Stadt und Dorf geschieden. C. 164 spricht vom Burgemeister, 492 von den Rathmannen. Insbesondere wird statt *land to sassen* I 30, 61 § 4, in den C. 101, 172 „Land zu dem Neuenmarkte" gesetzt. Das Buch war also, amtlich oder privatim, für den Gebrauch in Neumarkt bestimmt. Gegenwärtig findet sich weder in dem Stadtarchiv der Originalcodex, noch ist dort eine Spur früherer Existenz eines solchen Rechtsdenkmals geblieben.

Hervorzuheben ist schliefslich die bestimmte Verwandtschaft mit dem unter 11 angeführten Cracauer Codex. Zunächst werden wie dort eine Reihe von Lehnrechtsartikeln eingeschoben, doch hier in weit gröfserer Zahl. Aufser den Capp. 509—533, von denen nur im Register kurze Rubriken vorhanden ([1]), geben C. 534—541 die Artt. 55 § 8, 56, 57 §§ 1, 2 58 §§ 1, 2, 60 § 2, 61, 62 § 1, 65 §§ 7, 8, 12, 68 §§ 7, 8 des Lehnrechts wieder. Sodann aber treten auch hier Extravaganten ein. Sie sind theils an verschiedenen Stellen des Landrechts eingeschoben, theils wie im Cracauer Codex ihm von C. 577 an angehängt; die meisten namentlich der Schlufscapitel finden sich auch dort, einige sind eigenthümlich; der gröfsere Theil ist nur im Register, der kleinere auch im Texte.

So bietet, nach dieser Verfolgung einer bestimmten Richtung, die Gestalt des Ssp. in dem Gauppschen Codex schon einen Übergang von ihm zu einem besondern Rechtsbuche dar. Und läge sie uns vollständig und ächt vor, hätte sie aufserdem eine gewisse Verbreitung erlangt, so würde man sie vielleicht ganz von ihrem Vorbilde trennen dürfen. Nach dem jetzigen Stand der Sache schien es mir angemessen, sie noch als anomale Form des Sachsenspiegels zu behandeln. Bei jener unvollkommnen Bekanntschaft läf

([1]) Schon vor dem C. 495 steht im Register die Rubrik: „Hie hebet sich an Lehnrec und von dem Kaiser und spricht," aber die C. 495 bis 508 gehen doch noch auf das Landrecht, und erst die Rubrik des C. 509 „Gefängnifs" pafst auf das Lehnrecht, Art. 24 §

sich auch das genealogische Verhältnifs zu der Cracauer Gestalt nicht sicher beurtheilen. Die natürliche Vermuthung ist jedoch, dafs diese letztere als dem normalen Sachsenspiegel näher stehend auch die frühere sei; ein besonderer Grund für diese Priorität wird sich unten bei Nr. 33 der Extravaganten ergeben.

II. Die Extravaganten.

Ich gebe sie in durchgehenden Numern nach der Folge des Sachsenspiegels und zwar zu denjenigen Stellen desselben, welchen sie ihrem Inhalt nach am nächsten stehen, sollten sie auch im Codex selber nicht grade dort eingeführt sein. Ausnahmsweise habe ich die Extravaganten der Cracauer Hdschr. (Nr. 11), denen nach ihrer besonderen Richtung auf städtische Verhältnisse häufig ein Anschlufs an das Landrecht fehlt, für sich zusammengestellt und bei ihnen auch diejenigen Zusätze der Gauppschen Hdschr. angegeben, welche ihr mit der Cracauer gemeinsam sind.

Dem gemäfs stehen nun die Extravaganten

1, aus der Rostocker Hdschr. in den Nr. 19, 24, 30,
2, aus der Soester in Nr. 5,
3, aus meinem Fragment in Nr. 1,
4, aus der Hamburger Hdschr. in Nr. 14,
5, aus der Dresdner M. 27 in Nr. 25,
6, aus dem C. Palatinus in Nr. 7,
7, aus der Dresdner Hdschr. M. 28 in Nr. 8,
8, aus der Hdschr. der K. Bibl. zu Berlin in Nr. 6,
9, aus dem C. Wittianus im Haag in Nr. 29,
10, aus der Hdschr. des Staatsarchivs zu Berlin in den Nr. 2, 3, 9, 11, 12, 13, 15, 16, 17, 18, 20, 21, 22, 23, 26, 27, 28,
11, aus der Cracauer Hdschr. in Nr. 31—56,
12, aus der ehemals Gauppschen in Nr. 4, 10, 31—38, 40—46, 48—53, 55, 56.

Anhangsweise folgt der Schöffenbrief von 1235, oben S. 237.

1. Zu Ldr. I 5 §§ 1, 2, aus der Hdschr. oben Nr. 3, Rb. Nr. 337.

.... eine tochtere uz geradet bi sinem libe. di eynen svn hat. der svn nimet billicher dez elder uoter erbe. ob er ime ebenburtik ist denne der richter. der richter nimet aber sin herwete.

Im Anfang ist Hat ein man (oder vater) zu ergänzen. Die Entscheidung selber, wonach der ausgestatteten Tochter Sohn das Heergewäte des Grofsvaters, weil er nicht dessen Schwertmage, dem Richter lassen mufs, aber das Erbe vor demselben nimmt, ist ganz dem Ssp. gemäfs. Denn nach I 5 § 2 behält die ausgestattete Tochter ein Erbrecht neben der ausgestatteten hinsichtlich des Erbe. Die Ausradung der Tochter ist also kein Grund, ihren Kindern ein Erbrecht in den Nachlafs des Grofsvaters zu entziehen. I 5 § 1 sodann räumt den Töchterkindern zwar das Einrückerecht neben den Töchtern nicht ein, aber nimmt ihnen doch nicht das Erbrecht gegen den Grofsvater überhaupt; ja nach I 17 § 1 gehen sie sogar den Eltern des Verstorbenen vor.

2. Zu I 7, aus der Hdschr. oben Nr. 10 Art. 241.

Waz eyn man vor gerichte bekennet, da mag he nicht vor geswern, ob hez obirczugit wert mit de(m rich)tere vnde noch met czwen mannen.

Ist eine concretere Fassung des letzten Satzes im Ssp. I 7, vgl. Homeyer Richtst. S. 503.

3. Zu I 21 § 2, aus der Hdschr. oben Nr. 10 Art. 270.

Welch vrowe er lipgedinge vz ern geweren list (st. lezit), weme daz an gehort nach erme tode, der sal der vrowen mit geczuge gebiten, daz sye daz gut weder in ere gewere neme bi sechs wochen. Tut sye des nicht, man vorteylt er daz lipgedinge.

Das im Ssp. I 21 § 2 to svelker wis — — verliesen enthaltene Verbot der Leibzuchtsveräufserung wird hier näher bestimmt. Der Erbe des Leibzuchtsgutes fordert die Frau auf, es wieder an sich zu bringen. Die dazu gegebene Frist ist die gewöhnliche, die rechten degedingen, von sechs Wochen, vgl. den analogen Fall im s. Lehnr. 68 § 3.

4. Zu I 29, aus der Gauppschen Hdscbr. oben Nr. 12 Art. 100.

Nach dem unveränderten Art. I 29 folgt der sehr unbestimmt ausgesprochene Satz:

Das kann anderen Leuten nicht geschehen, sie verlieren es binnen Jahr und Tag, ob sie es nicht ansprechen vor dem rechten Lehnherrn und gehegtem Dinge.

5. Zu I 36, aus der Soester Hdschr. oben Nr. 2, Rb. Nr. 623.

Heft eyn man eyne vrowen to redeleken dinghen unde heft se kindere by ome vele eder lüttek (?) unde nympt he se dar na to der e, wo vele kindere se vore von ome hadde, er he se sek gheven let to der e, de sint allentsamen rechte e kint unde erven eghen unde len von vader unde von moder unde von anderen eren vrunden, also wol alse de kindere, de se na mit en ander winnen, do se sek to eyn ander to der e namen. Wil men on des vor wertliken ghericbte nicbt gheloven, so scolen se or elich recht vor geystliken richte beholden unde scolen des breve un inghesegbel nemen; so behalden se ore recht vor allen wertliken richte mit rechte.

Wie sich die Rechtsbücher zu der Lehre von der legitimatio per subs. matr. verhalten ist im Ssp. II 2 S. 185 dargelegt. Unsre Extravagante giebt in ihrer Gleichstellung der Mantelkinder mit den ehelichen einen Satz des Schwabensp. wieder, s. dessen verschiedene Formen bei Wackernagel C. 332. Dem entsprechend ist im Anfange „ledichliken" statt „redeleken" zu lesen.

Die im Sinne übereinstimmende neuere Glosse zu Ssp. I 36 lautet vollständig: Na geystlikem rechte auer, efft leddige lude sek beslepen vnde kindere teleden vnde sek dar na in dem echte vortruweden, de kindere wurden echte, de sus vor vnde to vro vntfangen edder geboren weren; sus bescheideliken, efft in der tijd des bislapendes mochte twischen den suluen luden hebben echte gewest, alse efft se do beyde leddich weren, vt ex. qui fi. sunt legit. c. tanta (c. 6 X IV 17). Vnde dusse heite wy mantel kindere.

6. Zu I 39, aus der Berliner Hdschr. oben Nr. 8, Rb. 60, als III 89.

Wenne der richter eynem manne, der beclagit ist vnde nicht geczug haben magh, gebutet czu vechten, vnde jener spricht her moge nicht vechten, unde bewiset seyne vnschult eczwo mete, so mus her das isen tragen. Der zete ist czweyerleye.

Der eyne zete ist, das man leget isen iglich von deme andern eynen schrete, nicht zcu weyth, sunder das eyn iderman gemeclich geschreyten moge. So zal geczeichent seyn schrete von dem ersten ysen, do von zal her schreyten uffe das andere isen. Die isen zullen gemachet seyn also die zoele eynes mannes von der verssen bis mittene an den fus. Bornet sich der man, her ist vorwunden, vnde en tryt her uffe die isen nicht vnde trit her zam eynen trid vnrechte, her ist vorwunden. Man zal im aber den brand bewirken mit wachsse bis an den dritten tagh, vnde den man mit vliessen behalden, so mag man kiesen ab her gebrant sey ader nicht. Den man, der die isen alsust treten zal, mussen czwene manne wol furen unde leren wie dicke her wil uffe dem cziele do her treten zal,. das her is wol konne czu seyner rechten czeyt vnde nicht en snabe (d. i. strauchle). Hier beuorn pflogen czwene gegerwete priester den man zcu leyten, wenne her das ysen trat, das ist nv vorplogen vnde in leyten czwene andere man wer sie seyn.

Der andere zete ist, das man eyn isen entpoer leget uff eynen steyn ader uff eyn isen, so das eyn man dar vnder greiffen moge vnde das isen uffheben das her sal tragen drey schrete. Wirft her is neder, her ist vorwunnen des man im schult gibt ader hat gegeben. Das zelbige ist ouch ab her sich bornet; die hand zal man im wircken also hie vorgesprochen ist.

Die zelbigen isen beyde das erste vnde ouch das leczste zal man gluende machen vnde sie zal eyn priester gezegenen mit deme zeyne der hie noch geschreben ist. · Wenne der priester kompt an die stat do man das isen gluende machen zal, so sal her die stat vnde das isen besprengen mit wye wassere zcu uortreybende die getrognisse der tuuele. Hie beuor pflag man eyne misse zcu singende die hie czu gesaczt was, der ist nv vorpflogen, doch zal her sprechen die zeben zalmen vnde dis gebethe: Das nun folgende Gebet lautet ähnlich, wie das bei „Rockinger, drei Formelsammlungen München 1857" S. 348 gedruckte; es beginnt: Deus iudex iustus fortis et paciens, qui auctor es pacis et iudicas equitatem, respice ad deprecationem nostram und schliefst: Benedicere dignare domine sancte pater optime eterne deus hoc ferrum ad discernendum in eo verum iudicium tuum per dominum nostrum iesum christum.

So wenne dis gerichte getan ist vnde deme manne mit gewyetem wachsse die hende beworcht seyn, so ist gut das der man aller erst nutze das gewyete wasser, vnde dornoch bis das gerichte ende nympt ist gut, das her alle syne spise gewyet salcz vnde do mit gewiet wasser gemenget vnde domit nutcze.

Über die verschiedenen Anweisungen zum Verfahren bei den Gottesurtheilen s. Rockinger a. a. O. S. 322 ff. Die obige gehört zu denjenigen, welche nicht blofs die Gebets- und Einsegnungsformeln mittheilen, sondern den ganzen Hergang darstellen. Unter den a. a. O. S. 341 ff. abgedruckten findet sich keine deutsche; auch Grimm RA. 912 giebt nichts ähnliches. Manche Züge, wie die Gestalt des zu betretenden Eisens, die beiden Männer, welche den Beschuldigten leiten, scheinen der obigen Schilderung eigen zu sein.

7. Zu I 62 § 5 und I 66 § 3, aus dem Codex Palatinus, oben Nr. 6, am Schlusse des Landrechts.

Do hertoge albrecht dot was, do quam henric sin sone to deme leyneberge mit allen lantlüden unde satten dar recht. We en uüllest uoruestet umbenomet, benomet he it des anderen [dages] oder dar na, de richtere scal it ene weten laten, so is it eme nie, dat he sik ut der uestinge ten mach, of he wil, binnen ses weken.

Albrecht der Fette von Braunschweig starb 1318. Sein Sohn Heinrich, dem der Vater schon 1314 die Mark Duderstadt abgetreten hatte und der im Jahre 1324 sich mit seinen Brüdern zu einer Gesammtregierung verband, ward im J. 1331 Bischof von Hildesheim, s. Sudendorf Urkundenbuch der Herzöge v. Br. Bd. I. S. XXVI, XXXIII, XXXIX. Der hier erwähnte, sonst wohl nicht bekannte Beschlufs der Landesgemeinde steht mit den Grundsätzen des Ssp. in folgendem Zusammenhang. Nach I 62 § 5 kann man einen Friedebrecher, dessen Namen man nicht weifs, auch ungenannt verklagen. Erfolgt dann dessen Verfestung, so kann ihm doch, nach I 66 § 3, auf Grund derselben nicht das Leben abgeurtheilt werden, Richtst. 35 § 7, sollte er sich gleich nicht aus der Verfestung gezogen haben. Unbenannte wurden, wie es scheint, besonders in dem Falle verklagt und verfestet, wenn der Verletzte gegen einen benannten Friedebrecher und gegen seine Helfershelfer (den unrechten vullest) klagte, ohne diese sogleich einzeln namhaft machen zu können, vgl. Richtst. 43 § 1, 35 § 4, und S. 506. Jener Beschlufs nun gestattet dem Kläger, noch nachträglich den verfesteten Gehülfen zu nennen, worauf dieser, durch den Richter davon benachrichtigt, noch eine sechswöchentliche Frist zum Ausziehen erhält. Im Ssp. ist von solcher besondern Frist nicht die Rede.

8. Zu II 7, aus der Dresdner Hdschr. oben Nr. 7, Rb. 164, Schlufscapitel 351.

Wirt eyn man geladen der do suchtende siech ist, also das her czu dinge nicht komen en mak, dyweile das her also kranc ist, mak her vorboten syne seuche vnd bleibet ane buse vnd ane gewette. Wil aber iener der en geladen hat der vorbotunge nicht gelouben, so sal der bote dy vorbotunge behalden uff den heilgen. Wil her abir das lasen besten, bis das der siche czu dinge selbir komen mak, so mus her selber behalden dy vorbotunge dy her getan hat, alze verre als en ienir (G. fh. des) nicht wil dirlasen. Vorczogen (G. fh. sich) aber syne seuche bis noch dem virden tage, czu welchim dinge tage der cleger nicht lenger (f. bei G.) beiten welde, so sal der richter vnd czwene schepphen mit dem cleger varen adir reyten in des siechen mannes hous vnd deme clegere czu dem siechen noch clage vnd antworte rechtes helfen gleicher weis als vor dem gehegeten dinge, als verre als der richter mit den schepphen dirkennen, das der sieche alze guter vernvnft sey, daz her sich vorantworten moge ane vorsprechen.

Dieser schon in Böhmes diplom. Beiträgen VI 25 abgedruckte Zusatz, der das Verfahren bei einer Krankheit des Verklagten bestimmt und insbesondere eine gerichtliche Verhandlung im Hause des Kranken zulässt, findet sich auch als erstes der Capitel, welche das schlesische Landrecht von 1356 dem Ssp. zufügt, s. Gaupp schles. Landr. S. 193. Die wenigen Abweichungen von unserm Text sind oben unter G. bemerkt. Da der Dresdner, vormals Oppelnsche Codex erst 1405 geschrieben worden, so mag seine Zuthat aus dem schles. Landrecht entnommen sein, wiewohl auch die Benutzung einer gemeinschaftlichen Quelle möglich bleibt.

9. Zu II 13 § 1, aus der Berliner Hdschr. oben Nr. 10, Lehnrecht C. 188.

Obir wen man richten sal czu hut vnde czu hare, deme sal man dy hut engenczen obir der sternen vnde sal eme eynen rūk tun obir daz antlicze.

Mit der Züchtigung zu Haut und Haar verbinden sich häufig noch schärfere Strafen, s. Grupen Obss. 127, Grimm RA. 703, Osenbrüggen Alem. Strafr. 95; sie werden wohl gar gradezu mit unter jener Bezeichnung befaſst, wie in der Glosse zu II 13. So auch hier; denn engenczen ist unganz machen, zerstören, s. Müller Wb. 499ᵇ. Die Glosse zum Weichb. 38 spricht von einem „Kreuz" durch die Stirne. Was der „Ring" über dem Antlitze bedeute, ob etwa einen ringförmigen Einschnitt oder einen Metallring, stelle ich dahin.

10. Zu II 15 § 1, aus der Gauppschen Hdschr. oben Nr. 12. Cap. 281.

Wette heiſst alles, das der Mann gewinnt zu Wergeld vor Gericht; da hat der Richter das dritte Theil; Wergeld dem Mann, Buſse dem Vogt.

Der Sinn bleibt, beim Fehlen des Originaltextes, unklar.

11. Zu II 16 § 2, aus der Berliner Hdschr. oben Nr. 10, Landr. Cap. 233.

Wer eynen wundit eyner clagebern wunden vnde en darnach anderweide anvertigit. Wer eynen man wunt eyner clabern wunden vnde dy erstet met deme richtere, wer die wunden tut der ez (ist) eyn vredebrechir vnde do mete vorwerkit he sine hant. Anevertigit he en dar nach anderweit, daz et (?) der vreuel, da mete eyn man vorwerkit lip vnde gut.

Der Sinn der wohl verderbten Stelle „vnde dy erstet met deme richtere" scheint zu sein: und vor Gericht derselben überführt wird. Der ganze Satz giebt einen Belag zu der Regel, daſs auch im mittelalterlichen Recht der Rückfall bei einem Vergehen dessen Strafe steigert, s. John Strafr. I 339, Osenbrüggen Alem. Strafr. 185.

12. Zu II 16 § 2, aus der Berliner Hdschr. oben Nr. 10, Landr. Cap. 244.

Komen czwene uff eynen wege czu samene, so daz eyner den anderen wunt, eyner met eyme swerte, der andere met eyme messer, der daz messer hat, der sal ieme bessern der daz swert hat, wen daz messer ez duplich were.

Von dem Grundsatz, daſs Verwundungen mit einem Messer strafbarer sind, als die durch ein Schwert zugefügten, macht das Weichbildrecht (Zobel Cap. 83) die andere Anwendung, daſs die Verwundung dem Führer des Schwertes nur an die Hand, dem des Messers an den Hals geht. Das Motiv, das Messer sei ein heimliches, verstecktes Werkzeug (vgl. K. Rudolfs Landfr. v. 1281 § 55) lautet in der Berliner Hdschr. des Wb. von 1369 Art. 58 und in dem Text bei v. Daniels C. 82 dahin, das Messer sei en düflik mord, bei Zobel eine diebliche mordtwer, in einer mir gehörigen Hdschr. (Rb. Nr. 332), es sei eyne dupliche wer vnde brenget duplichen mort, in der Glosse endlich zu Weichb. 83 wie hier einfach und correct duplich wer.

13. Zu II 16 § 5, aus der Berliner Hdschr. oben Nr. 10, Landr. C. 232.

Bricht eyn man deme andern sine augen vz ane recht, der sal sye gelden mit sinen ougen, ab he en mit rechte vnderwindt.

Anerkennung der dem Ssp. fremden Talion nach 3 Mos. 24, 20 und dem schwäb. Landrecht (Lafsb. 176ᵃ, 201ᵇ, Wack. 150, 172 S. 162). Vgl. Osenbrüggen in der Z. für D. R. XVIII 183.

14. Zu II 28 § 2, aus der Hamburger Hdschr. oben Nr. 4, Rb. 308, im Art. 211.

So we in eins mans boemgarden geit inde eme syne boeme uffheuwet, inde sint it boeme die oefz dragent. hie sal eme dat oefz gelden so wat hie bewert dat ein iaer dae uppe wurde. off hie id woulde verkouffen. Also vil der boeme is. dat moes hie vür eme iecliche geven. dat hie beweren mach. also vil zwelff iar inde sal eme ander boeme possen. Inde sint hie is neit entberen wilt. Wilch ander boem. hie eme aff gehauwen haet de secze eme hin weder. inde so zwelf iaer hin komet. inde sint die boeme dae noch neit als nutze worden. dat up iecliche neit en weest eins schillings wert. So en sal hie sich ire neit underwinden. e sy werden zo nutze als hie vur is gesprochen. Inde sal eme zo buesse geuen zwentzich schillinge.

Wie die einzelnen Sätze zu trennen, ist nicht ganz klar. Ich halte „Inde sint hie — — hin weder" für zusammengehörig und verstehe überhaupt. Wer Obstbäume abhauet, soll den vom Eigenthümer zu erhärtenden jährlichen Verkaufswerth des Obstes ihm für 12 Jahre entrichten und neue Bäume setzen. (Dies Setzen soll auch bei Bäumen andrer Art geschehen, wenn der Eigenthümer ihrer nicht entbehren will). Wenn die neu gesetzten Bäume nach 12 Jahren noch nicht eines Schillings werth Frucht tragen, so braucht der Beschädigte sie nicht eher anzunehmen, als bis sie so nutzbar geworden und erhält 20 Sch. Bufse.

15. Zu II 42 § 4, aus der Berliner Hdschr. oben Nr. 10, Lehnr. C. 158.

Wer sine len behalden sal keyn eyme manne, daz sal geschen vor deme lenhern vnde nicht andirswae, ez were denne willekor met dez lenhern gunst.

Der Grundsatz, dafs der Streit unter den Mannen über ein Lehn vor den Lehnsherrn nicht vor den Landrichter gehöre, ist den Entscheidungen im S. Landr. II 42 § 4, und im Lehnr. 43 § 1, 66 § 5 gemäfs; allgemein ist er wie hier im Goslarschen Recht (Göschen 13 Z. 16) und danach in den sächs. Dist. (Ortloff I 25 D. 3) ausgesprochen, s. Ssp. II 2 S. 565.

16. Zu II 43 § 1, aus der Berliner Hdschr. oben Nr. 10, Landr. C. 239.

Spreken czwene eyn gut an mit glicher gewere, wer allerbest kan bewisen die gewere vnde erczugen met guten luten, deme sal (erg. man) di gewere teylen czu behaldene.

Vgl. über den Fall des Ansprechens eines Gutes mit gleicher Gewere: Ssp. II 2 S. 619, Planck, Z. f. D. R. X 287 ff., Hänel Beweissystem des Ssp. 190 ff.

17. Zu II 44 § 3, aus der Berliner Hdschr. oben Nr. 10, Landr. C. 238.

Alle gewere muz eyn man selben sebende behalden, wo czwene vmme gut krigen, weme di gewere geteilt wert.

Verallgemeinerung der Bestimmungen in II 44 § 3. Vgl. über die sechs Zeugen Planck Z. f. D. R. X 289, Homeyer Richtst. S. 474.

18. Zu II 59 § 3, aus der Berliner Hdschr., oben Nr. 10, Landr. C. 266.

Ryten lute uff eynen wege keyn eyn andir vnde wicht eyner vz dem wege dorch vredez willen vnde anevertigit en der andere in deme wege, tut he deme schaden, he darff eme nicht wandel darumme thun. Tut aber ienir schaden deme der gewichen hat, he muz darumme roubers recht lyden.

19. Zu III 7, aus der Rostocker Hdschr. oben Nr. 1, Rb. 590.

Bvwet en iode ene nye synagoge ane sines herren willen, alse dicke alse he dar in geit, alse dicke mut he geuen enen guldinen penning, de sca wesen enes verdinges wert.

Der Strafe des Juden steht die Bestimmung zur Seite, wonach der Besitzer eine befrohnten Grundstückes für das jedesmalige Aus- und Eingehn zahlen muſs, s. Albrech Gew. N. 88, 358. Der verding, ferto ist eine Viertelmark.

20. Zu III § 4, aus der Berliner Hdschr. oben Nr. 10, Landr. C. 240.

Eigen vnde erbe sal eyn man behalden vor deme gerichte da daz gu ynne geleyn ez.

Nach Ssp. III 34 § 4 braucht bei einem Streit über ein Grundstück der vor de königlichen Gerichte belangte Beklagte nur im Lande wo es liegt zu antworten. De Richtst. Ldr. 23 § 4 sieht darin mit Recht, nur den Ausspruch einer allgemeinen Rege die selbst „vorme rike" gelte, und bestimmt sie näher dahin, daſs der Beklagte nur i Gericht der belegnen Sache zu antworten habe. Unsre Stelle zieht die natürliche Folge rung, daſs er dort auch den Beweis seines Rechts führe.

21. Zu III 41 § 1, aus der Berliner Hdschr. oben Nr. 10, Landr. C. 26

Wert eyn man gevangen so daz he eynes gevenkenis bekennet, so s he eyne kulen vuren vnde eynen sporen.

Dafs der erniedrigte Zustand einer Person durch besondere Abzeichen an ihr kenntlich gemacht wird, ist altdeutschen Gebrauches. Nach dem Bamberger Stadtrecht mufs z. B. der „geschworne Gülte" d. i. der dem Gläubiger hingegebene Schuldner an dem rechten Bein und Fufs barschenkel und barfufs gehn, Zöpfl Bamb. R. Urkundenb. 73. Eine hier näher liegende Anwendung ist, dafs Gefangene, oder die sich auf Gnade und Ungnade ergeben, Gerten oder weifse Stäbe tragen, Grimm RA. 134, 341. Die Keule in unserm Falle (statt des Schwertes) und der eine Sporn (hie und da das Zeichen des Bauern) sollen wohl insbesondere die Verkümmerung des Waffenrechts für den Gefangenen ausdrücken.

22. Zu III 45 § 11, aus der Berliner Hdschr. oben Nr. 10, Landr. C. 265.

Wer eynen vorlumunten man tot slat ader wi he en von deme lebene brengit, der sal en besseren sinen nesten alzo sin wergelt stet vnde deme richter dy hosten wette.

Der Ssp. III 45 § 10, 11 fafst unter den „unechten" Leuten die einzelnen im § 9 aufgezählten Classen der „Rechtlosen" (unsrer Ehrlosen) zusammen, spricht ihnen das Wergeld ab, bedroht aber den Friedebruch an ihnen mit dessen gewöhnlicher Strafe, d. i nach II 13 § 5 mit dem Tode, wobei denn, die Strafe mag erlitten oder abgekauft sein, Bufse und Gewedde wegfallen, III 50. Da nun die obige Bezeichnung „verleumdet," wenn gleich unbestimmterer Art, s. Budde Rechtslosigkeit 151, doch wohl die „Rechtlosen" mit umfassen soll, so liegt in unserm Satze die doppelte Abweichung vom Ssp., dafs die Verwandten des getödteten Ehrlosen ein Wergeld bekommen, und dafs statt der Lebensstrafe ein Gewedde an den Richter eintritt.

23. Zu III 47 § 2, aus der Berliner Hdschr. oben Nr. 10, Landr. C. 243.

Hat eyn man vande vederspel vnde entphlugit eme daz, wert ez gekouft von eyme andern manne, he sal ez ieme wedir geben dez ez was, ob he dornach sendit. Vlugit ez abir alzo lange daz sich daz vedirspel nicht locken [erg. lasin] wil, wert ez denne gevangen, wi ez gevangen wert, so darff hez nymande wedir geben, ez si denne sin guthe wille.

Das „fahende Federspiel" ist was der Ssp. III 47 § 2 klemmende (al. grimmende) vogele nennt, das zur Jagd abgerichtete Raubgevögel. Das Weichbild (Berl. Hdschr. 108, Zobel 119) scheidet nun rechtlich zwischen den nicht grimmenden Vögeln (wie Tauben, Elstern u. s. w.), welche beim Ausfliegen gemeines Gut werden, und den grimmenden, welche vindicabel bleiben. Hievon geht auch unsre Stelle aus, macht dann aber näher die Vindication, der L. 5 § 5 D. de acq. rer. dom. entsprechend, davon abhängig, ob das entflogene Thier sich noch locken läfst.

24. Zu III 53 § 1, aus der Rostocker Hdschr. oben Nr. 1, Rb. 590.

Dat rike hadde stan vierdehalf hvndert iar in der herschup van brunswic. Dat verlos in en, de het hertoge henric; de hadde bi deme rike vierteinhundert riddere vnde ne wolde nicht ouer berge ten weder de heydene.

Dar vmme wart de koning sin vient vnde verlos der herschup van brunswic den kore der palenz vanme rine vnde den kore, den he heuet de hertoge van sassen vnde de marcgreue van brandeburch, vnde alle sin lant, dat he nicht mer behielt wanne brunswich vnde de heyde. Dar vmme hetent disse noch vedderen.

Da die beiden Linien des welfischen Hauses, welche im J. 1267 sich bildeten, Braunschweig und Lüneburg (die Heide), als blühend gedacht werden, so stammt die Notiz wohl aus der Zeit vor 1369, da eine Braunschweigische Unterlinie durch Erbvertrag das Fürstenthum Lüneburg erwarb, Eichhorn RG. § 399 IX. Also schon vor dem Ablaufe zweier Jahrhunderte nach dem Falle Heinrichs des Löwen hatte die Sage ihre Macht an seiner und seiner Vorfahren Geschichte reichlich geübt.

25. Zu III 56 § 1, aus der Dresdner Hdschr. M. 27, oben Nr. 5, Rb. 163.

Die theilweise in die Ausgabe, III 56 Nr. 4* aufgenommene Extravagante über die Bestellung des Frohnboten lautet vollständig:

So sal en denne der richter nemen by der hant vnde sal en furen vor den scheppenstul vor gehegit ding vnde sal en keren kegen der sonnen vnde sal en heisen offheben czwene finger kegen dem offgange der sonnen vnd sal sprechen: ich holde. Dornach sal en der richter off eynen stul seczen vnde sal em legen eyn kossin off seyne schos vnde off das kossen sal her em legen dy heiligen, of den heiligen sal her siczende sweren den eyd: ich swere gote vnde meyme hern dem konige, meynen hern den Rotmannen, meynen hern den scheppen, das ich meyn ameth getrewlichen verwesen wil vnd dorynne recht geczeugnis furen vnd tuen wil dem armen als dem richen dem gaste als dem eynwoner, vnd das nicht lassen wil weder durch libe noch durch leit noch durch gobe, vnde swere euch richtern, das ich euch von gerichtis wegen gehorchich wil seyn yn allen czemelichen dingen dy das gerichte antreten, vnde ab ich der stat schade yndert dirfure, das ich das melden wil als mir got helfe vnde dy heiligen. Dornoch sal em der richter frede wirken.

Es handelt sich also um den Frohnboten eines städtischen Gerichts. — Dafs der Schwörende sich gegen den Aufgang der Sonne wendet, kommt auch sonst vor, s. Homeyer Richtsteig 456 Note **.

26. Zu III 74 a. E., aus der Berliner Hdschr. oben Nr. 10, Landr. C. 237

Mit welchir vrouwen ader iuncfrouwen nicht metegabe geloist wert wer darumme manen mag. Welch iuncfrouwe adir vrouwe vorgeben wer vnde metegabe ern manne gelabit wert vnde sterbit er di man, er dy metegabe gelest wert, vnde hat he er eyn lipgedinge gemacht von sime gute, da mete sye eynen andern man nemt adir den dirten, bi welchem manne die vrowe kindere gewinnet, die mogen vordern er muter metegabe, ob su nach ungeleist ez (ist), vnde met deme andern noch met keyme kindere gehat hat, denne met deme leczten manne.

Dafs eine Mitgift, falls der Mann kinderlos vor der Frau verstirbt, auf die Frau und ihre Erben, also etwa auf die von ihr einem spätern Ehemanne gebornen Kinder falle, findet sich auch sonst in deutschen Rechten bestimmt, z. B. im Bayr. Landr. XI 17 (Heumann S. 83). Der obige Satz, dafs auch der Anspruch auf die noch nicht ausgezahlte Mitgift sich in gleicher Weise vererbe, zeigt weiter, dafs, der Römischen Ansicht entsprechend, in dem Geloben der Mitgift schon deren Bestellung, nicht blofs eine Verpflichtung zum künftigen Bestellen liege. Der von dem Manne bestellten Leibzucht wird wohl gedacht, weil eine solche oft die bedungene Gegenleistung für die Mitgift bildete. Auch bestätigt unsre Stelle, dafs der Wegfall einer Leibzucht durch Verrücken des Wittwenstuhls keineswegs deutsche Rechtsregel war, vgl. Ssp. III 76 § 3.

27. 28. Zu III 78 § 7, aus der Berliner Hdschr. oben Nr. 10, Landr. C. 234, 235.

234. Wer czu dem andern fluet dorch gnade vnd eyner denne uffen hilft.

Flut eyn man czu deme andern dorch gnade willen vnde hulfe he denne darczu, daz he sines gesundes wert beroubet, der ez dez selben schuldig also ienir der die tat tut.

235. Wer mit eyme izsit vnde trinkit vnde hilft sinem knechte uff dem wege sines gesundes berouben.

Get eyn man czu dem andern vnde issit vnde trinkit mit eme, vnde hilft vff deme selben wege sime knechte sine ougen vz brechen adir sines gesundes berouben, der hat wedir ere getan vnde muz daz wandeln nach des riches rechte.

Dem, der zu unsern Gnaden flieht, soll man nach dem Ssp. gegen jedermann, wie nahe er uns auch verbunden, beistehen. Wenn man nun gar den Verfolgern gegen den Schutzsuchenden Hülfe leistet, so soll nach C. 234 dieselbe Strafe wie für den Hauptthäter eintreten. Man möchte eher eine stärkere erwarten, denn dafs der Helfer gleich jenem bestraft wird, ist ohnedem die gemeine Regel in den norddeutschen Rechten, Ssp. II 13 § 6, John Strafr. 228. Doch gilt anderswo diese Gleichstellung nicht, so dafs sie dort als eine besondere Schärfung für den Fall des concurrierenden Treubruchs angesehen werden konnte.

Die zweite Stelle will die besondere Treue, welche nach III 78 § 7 man dem Reisegesellen, dem Wirthe, dem Gaste schuldet, auch gegen den, mit dem man ifst und trinkt beobachtet wissen.

29. Zu III 91 § 3, aus der Haager Hdschr., oben Nr. 9, Rb. 292.

Der Schlufs des sächs. Landrechts lautet hier überhaupt: Die richter of peynder en sal ooc ghenen oncost last noch onraet op dat lantrecht setten vorder dan dat landrecht wtwiset. Ooc so en sal hi gheen beden, dienst, gunst noch gheenrehande oncost op die bueren setten, dan bi den ghemenen bueren ende buermeyster om sijn bathe ende den bueren te scaden. Want wat rechter of pander voor den richten gichten of eysschen, tsi mit beden of mit dwanghe van den bueren, dan van outs ghewonliken is, ende bi den ghemenen bueren ende buermeyster in gheset is, die verdoomt siin ziel (Seele). Es folgt der Rath an die Richter, die Höllenstrafen zu meiden, eine Erörterung über Constantins Zeichen Siegel und Brief, eine Vermahnung zur Redlichkeit im Handel und Wandel, das Lob des alten Regiments im Münz- und Steuerwesen dem heutigen gegenüber, endlich mit dem Eingange „so wil ic min reden mede sluten des voirg. bokes" eine neue Ermahnung an Richter, Schöffen und die mit dem Rechte umgehen, dafs sie das jüngste Gericht bedenken. Nu merct den rechten wech wel ende laet den onrechten wech after.

30. Zu Lehnr. 59, aus der Rostocker Hdschr. oben Nr. 1, Rb. 590 Cap. 159.

Swelc man gůt heuet oder gekoft heuet, vnde heuet he enen vrunt, deme het tů gůde lien let, vnde wel het důn, he mach mit ime gripen in dat gůt gelike alse iene des dat gůt ist, vnde ne mach des gůdes nicht laten ane ienes willen.

Das s. Lehnrecht Art. 59 und der Richtsteig Lehnrechts 17 a. E., 20 § 1 erwähnen des Verhältnisses, wonach der Vasall das Lehn einem andern zu Gute hat, d. i. ihm den ganzen Nutzen des Gutes gewährt, als eines dem Herrn schädlichen, unerlaubten. Die Urkunden kennen es aber auch als ein zulässiges, namentlich mit dem Willen des Herrn bestehendes, unter verschiedenen Formen und Ausdrücken, s. Ssp. II 2 S. 430, 431 und Sudendorf Urkundenb. f. Braunschw. I Nr. 421, 620, 678, 679, 681, 697. Unsre Stelle bestimmt nun, dafs, wenn der Erwerber des Lehngutes es sich einem Freunde zu Gute leihen läfst, auch dieser beim Empfang des Gutes mit anfassen, und dafs er es ohne jenes Willen nicht veräufsern mag.

Die folgenden Stellen gehören sämmtlich dem Cracauer Codex oben Nr. 11, Rb. Nr. 134 an. Die meisten finden sich auch in der Gauppschen Hdschr., oben Nr. 12, sei es im Text, oder nur im Register.

31. Crac. C. 365, G. C. 577.

Von slayne.

Slet einis mannis son adir wndit einin anderin, adir tut noch grosir dinc, ([1]) is der vatir do bi nicht gewesin noch enhat doreczu nicht geholfin, und mac her das bewisin mit sechs erhaftin ([2]) mannin, her blibit es ane ([3]) schadin.

Die Quelle ist das Privil. des Erzbischofs Wichmann für Magdeburg von 1188 § 2. Die Freiheit des Vaters von der Verhaftung für das Vergehen des Sohnes setzt natürlich des Sohnes eigne Haftbarkeit also dessen Zurechnungsfähigkeit voraus, während bei dem Vergehn eines „Kindes" der Vater, abgesehen von seinem Rechte den Sohn loszuschwören Ssp. II 17 § 2, wohl gleich einem Vormunde einstand, John Strafr. I 116. S. über die Stellung des letztern Richtst. Landr. 43 §§ 7, 9 und John I 105 ff.

32. Crac. C. 366, G. C. 578.

Von slain.

Wirt ein man in der stat adir vor der stat geslagin adir beroubit, und clagit her is mit gerufte dem richter, kumt ienir nicht vor, man vervestit in. Begrifit in sint der cleger vnd mac das bewisin mit geczuge das her is geclagit habe, man sal vbir in richtin als recht ist.

Die Quelle, das Privil. v. 1188 lautet: Si vero aliquis infra vel extra civitatem spoliatus, vulneratus vel occisus fuerit et infra terminos, in quibus injuriam sustinuit, ad judicem proclamaverit, de reo, si comprehensus fuerit, debita fiat justicia, aut si aufugerit, si postmodum ille, qui lesus est, reum invenerit et injuriam suam testibus idoneis se proclamasse probare potuerit, tanquam si injuria recens existeret, ei satisfaciat. Unsre dem sichtlich nachgebildete Stelle schliefst sich, insofern sie den Act der Verfestung hineinbringt, den landrechtlichen Bestimmungen, Ssp. I 66 § 2, 67 §. 2, 68 §§ 2, 5, an, doch fordert sie gleich der Quelle zur Verurtheilung des ergriffenen Verbrechers nur den Beweis des frühern Klagens, nicht den der verübten That, dessen der Ssp. a. a. O. und III 82 § 3 gedenkt.

33. Crac. C. 367, G. C. 490.

Von betevart.

Swelch man betevart varin wil adir in andir lant noch siner werbunge des koufis, wirt her beclagit, adir ab her uf ymande clagit, swas sache is si, man sal si czu hant endin und sal in nicht irren an sime wege. Dasselbe sal man eime gaste czu dem burger und dem burger czu dem gaste clagende ([4]) tun; man sal is endin des selbin tagis. Ob der richter der scheppin nicht gehabin mac, her sal is endin mit anderen burgerin.

([1]) adir-dinc f. bei G. ([2]) f. bei G. ([3]) f. bei Cr. ([4]) f. bei G.

Auch diese Bestimmungen zu Gunsten der schleunigen Erledigung von Rechtssachen der Wallfahrer, Handelsleute, Gäste sind ziemlich genau aus dem Privilegium Wichmanns für Magdeburg von 1188 §§ 6—8 entnommen. Daraus, dafs der Cracauer Codex in seinen Capp. 365 bis 368 diese Quelle in der Reihefolge ihrer §§ nutzt, der Gauppsche Codex aber von derselben etwas abweicht, läfst sich auf eine Priorität des ersteren schliefsen, vgl. oben S. 239. — Das Magdeb. Bresl. R. von 1261 § 31, Weichb. A. 66, giebt obige Sätze nur theilweise wieder. Über das zu jener Erledigung dienende Nothgericht (pordinc) vgl. Homeyer Richtst. 363.

34. Crac. C. 368, G. C. 579.

Von torechtin lutin.

Man sal ouch torechte lute nicht lasin czu dem rate, di do wedir tribin wollin der bestin burger saczunge, das das recht von in icht gestorit werde. Woldin abir si von in nicht engen, als man sie gemanet dries, so sal man si also pinegin, das die anderen do bi bilde nemen.

Die Bestimmung gewinnt etwas bessern Sinn aus ihrem Vorbilde, dem Priv. v. 1188 § 9. Danach will der Erzbischof, dafs nach der Milderung der strengen Formen des Verfahrens durch Aufhebung der vare (§ 1) dennoch in conventu civium nulli stulto liceat inordinatis verbis obstrepere, neque voluntati meliorum in ullo contraire etc. Es ist also von den Bürgerversammlungen die Rede, und hier soll, gegen die von den meliores gefafsten Beschlüsse, ein Widerspruch der Menge, namentlich ein tumultuarischer nicht geduldet werden. — Ein „bilde nemen" ist ein Beispiel nehmen, s. Grimm Wb. II 12.

35. Crac. C. 369, G. C. 580.

Von scheppin.

Keinin scheppin mac man von dem sheppin ammechte nicht seczin, her en si meineidic adir sei mit valsche begriffin.

Vgl. Weichbild C. 16 in der Glosse, und C. 100.

36. Crac. C. 370, G. C. 581.

Von heimsuche.

Swer heimsuchunge tut mit gewafintir hant adir des andern wartet im schadende, adir der wip genotit hat und meide, mac man das beweisin mit sechs mannin, is get im an den hals.

Das Erfordernifs der sechs Zeugen in Sachen jener Art ist dem Ssp. gemäfs, s. Register unter „Z. von sieben;" etwas näher schliefst sich unsrer Stelle noch das Weichbild, Hdschr. v. 1369 Art. 86, an, vgl. Zobel Art. 109.

37. Crac. C. 371, G. Reg. C. 581.

Swelch wip beclagit wirt umme schult, swi vil si schuldic si, man mac se nicht beczugin, si en welle is selbe bekennin vor gerichte. Man sal ouch kein wip czu geczuge nemin, ane do ein wip adir maid genotit ist, do sal man kein wip verwerfin, wi sundic se ist.

Da nach Ssp. I 7 ein Schuldner seiner Verbindlichkeit nur, wenn er sie vor Gericht eingegangen, überführt werden kann, nach I 46 aber man Frauenzimmer dessen, was sie vor Gericht sprechen oder thun, nicht überzeugen mag, so ergiebt sich freilich die allgemeine in dem ersten Satze ausgesprochene Regel. Der zweite gründet sich auf das Magdeburg-Goldberger Recht (Gaupp M. R. 219, Stenzel Urk. 270) § 13 wonach, wenn es nöthig wird einen Nothzüchter zu überführen, tam femina quam vir ad probandum recipitur. Der Ssp. kennt übrigens ein Frauenzeugnifs auch noch beim Beweise der lebendigen Geburt eines Kindes I 33. Die regelmäfsige Unfähigkeit der Frauen zum Zeugnifs spricht das Goslarsche Recht (wives namen ne moghen nicht tügen S. 93 Z. 9) gradezu, das Magdeburger Urtheil (Fragen II 2 d. 10) indirect aus.

38. Crac. C. 372, G. Reg. C. 582.

Von manslacht.

Us swelchim huse die manslacht di mort heisit ist getan adir rat dar czu gegebin ist, das man bewisin mac, also das di mordere mit blutegin vleckin dar in weder gegangen sein, man sal is czu grunde czustorin.

Eine Analogie bietet die Zerstörung eines Gebäudes wegen darin begangner Nothzucht, im Ssp. III 1, vgl. II 72. Über die Zerstörung eines Hauses wegen verschiedenartiger Vergehen des Besitzers vgl. Weichbild 38, 39 (1369 C. 41).

39. Crac. C. 373.

Von burgin seczcin.

Swelch man in der stat gesessen ist vnd hus vnd hof hat, der sal keinin burgin seczin, swas clage vf in get. Der richter sal vf sin gut sen.

Entspricht den landrechtlichen Grundsätzen Ssp. I 61 § 1, II 5 § 1 vgl. Weichb. 25 § 3.

40. Crac. C. 374, G. Reg. C. 583.

Von swert tragin.

Swer swert treit als se vorboten sint, wirt her begriffin do mete, her sal den burgerin besserin vnd dem richtere.

Entspricht der Glosse zum Weichbild C. 47 a. E.

41. Crac. C. 375, G. C. 491.

Von birgelde.

Swer sin birgelt mit gewalt us dem lithuse treit, her sal is dreualt gelden und deme richter wetten.

Biergeld wird hier eine Abgabe sein, die auf das Bier gelegt ist und zugleich in dem Brauhause geleistet wird.

42. Crac. C. 376, G. Reg. C. 584.

Von roubene.

Swer des nachtis lute die im begeinin roubit, man sal vbir in richten als vbir einin rouber.

Der zur Nachtzeit gelegentlich verübte Raub also soll gleich dem vorbedachten geahndet werden.

43. Crac. C. 376, G. Reg. C. 585.

Von geczuge.

Swer dem anderen mit geczuge wil an gewinnen sin gelt, her sal geczuc han vremde erhafte lude vnde nicht sine mage noch sine brotesin noch keinin man der im czugehort.

Die Magdeb. Fragen I 9 D. 6 wollen in peinlichen Sachen nicht den Vater, Bruder, gemiethete Leute, das Brodgesinde des Angeklagten mit ihm schwören lassen. Nach dem Goslarschen Recht soll „enes mannes brodede ghesinde" überhaupt „ime nicht helpen tügen" (S. 93 Z. 12).

44. Crac. C. 478, G. Reg. C. 586.

Von ufhaldin.

Is en sal nimant di geste vfhaldin adir pfenden, her enhabe in e beclagit in sime lande vnd von sime richter im nicht recht si getan.

Eine Anwendung der landrechtlichen Grundsätze, wonach man in einem auswärtigen Gerichte nur angesprochen werden kann, wenn man daselbst Wohnung oder Gut hat, oder ein Verbrechen begieng, oder sich verpflichtete oder selbst klagte, es sei denn, dafs dem Kläger das Recht verweigert worden ist, III 86 §§ 2, 4.

45. Crac. C. 379, G. C. 492.

Swelch burger mit valschim koufe vmmeget, is si der kouman mit der kurcen elin adir czweirleige gewichte adir mit vnrechtir mase, si blibin erlos vnd sullin der stat vnd dem richter besserin.

Ähnliche Bestimmungen im Weichbild (1369 A. 42 § 5, A. 44), vgl. Ssp. II 13 §§ 1, 3.

46. Crac. Cod. 380, G. Reg. C. 587.

Von meineideren.

Swelch man des meineides vbirwnden wirt, der blibit erlos vnd rechtelos vnd sal der stat vnd dem richter busin.

Ergänzung des Ssp., der (selbst in II 13) der Strafe des Meineides gar nicht gedenkt.

47. Crac. C. 381.

Von der scheppin rechte.

Scheppin recht ist, das si der stat an allin dingin sullin also vor sin an dem koufe vnd an dem rechte czu aller wis, also das das arme volc irlidin muge vnd si nicht meineidic werdin.

Die nicht ganz klare Bestimmung scheint dem § 11 des auch oben Nr. 37 benutzten Goldberger Rechts nachgebildet zu sein, welcher lautet: Item ad tuendum civitatis honorem soli duodecim scabini, qui ad hoc electi sunt et statuti, et quia civitati juraverunt frequentius considere debent et studere.

47. Crac. C. 382, G. Reg. C. 588.

Von inkomin lutin.

Swelch inkomen man in di stat sich ceut durch genadin vnd durch vredis willin, der andirswo vercztalt ist, volgin im iene vnd vorderen in mit clage, di burger sullin in nicht antwortin, se enwissin mit welchem rechte. Komen abir iene mit erim richter, der in virczalt hat vnde vorderen in, dennoch sullen se in nicht antwortin, nuvir (d. i. aufser) czu kampfe, ab se en kempfin wollin.

Nach dem Ssp. III 24 § 1 wirkt die Verfestung nur für den Bezirk desjenigen Richters, der sie ausgesprochen hat. Soll sie eine weitere Geltung erlangen, so mufs sie durch den höhern Richter, also etwa durch den Grafen oder gar durch den König bestätigt werden I 71. Der Unterrichter aber braucht die Verfestung die er nicht selber gethan nur zu richten, wenn der höhere Richter sie ihm bezeugt. Diese Grundsätze bringt die Form des Weichbildes im Berliner Cod. v. 1369 Art. 63 §§ 4, 5 auch für die Städte in Anwendung. Sie fügt aber hinzu, dafs wenn es am Zeugnifs des höhern Richters fehle, der Kläger den Verfesteten doch, wenn das verfestende Untergericht die Verfestung bezeugt, durch Kampf in einem andern Gerichte überführen könne. Diesen besondern Ausweg läfst auch unsre Stelle, indem sie im übrigen das allgemeine Princip bestätigt, am Schlusse zu.

49. Crac. G. 383, G. Reg. C. 589.

Von clage vmme dube.

Wer den anderen beclagit vmme dube adir vmme roub adir vmme ander valsche dinc, vnd in nicht virwindin mac, her sal im besserin vnd der stat vnd dem richter.

Nach dem Ssp. tritt eine nachtheilige Folge für den Kläger, der seinen Gegner des angeschuldigten Vergehens nicht überführt, nicht so allgemein wie hier bestimmt ist ein. Er zahlt Buſse und Gewette nur dann, wenn er den Gegner kämpflich angesprochen hat und dabei unterliegt, I 53 § 1, I 62 § 4, I 63 § 4 a. E., II 8. Die Friedensbruchstrafe trifft ihn freilich dann, wenn er den Gegner verwundete, tödtete, gefangen vor Gericht führte und nun die Beschuldigung des an ihm gebrochnen Friedens nicht zu erweisen vermag I 50 § 1, I 69. Doch ist zu bemerken, daſs der Ssp. bei dem regelmäſsigen Freibleiben des Klägers von jenen Nachtheilen voraussetzt, der Beklagte habe die Beschuldigung abgeschworen I 62 § 4, II 8, während hier wohl vorausgesetzt wird, daſs dem Kläger die unternommene Überführung miſslang.

50. Crac. C. 384, G. Reg. C. 590.

Von kampfe ansprechin.

Swer den anderen mit kampf anspricht, dri vircennacht behelt der man, der do vechtin sal mit dem anderen. Also sal ouch der habin dri vircennacht, der virgoldin schult sal bewisin mit geczugin.

Der erste Satz gilt nach dem Ssp. II 3 § 2 für die Schöffenbarfreien. Für den zweiten findet sich eine analoge Bestimmung im Weichbilde der Berl. Hdschr. von 1369 Art. 50 § 2.

51. Crac. C. 385, G. Reg. C. 591.

Von bekanntir schult.

Der vmme schult beclagit wirt de her bekennit, her sal se binnin vircennachten gelden. Der her loukint, her sal vor si swerin.

Der ersten Bestimmung entspricht im Ssp. II 5 § 2, der zweiten I 6 §§ 3, 5.

52. Crac. C. 386, G. Reg. 592.

Von pfant haldin.

Swer des anderen wette nicht lengir haldin wil, der sal is dristunt vor gerichte brengin vnd vfbiten. Wil is denne iener nicht losin, so sal her is wol vorkoufin vnd sinen nucz mete schaffin. Hat er is aber tugir (d. i. theurer) verkouft wen is im stunt, her sal im wederkerin; ist is abir snodir, so pfende her abir, bis her das sine habe.

Wesentlich stimmend mit Ssp. I 70 § 2, wo sich namentlich auch der Inhalt des letzten Satzes findet.

53. Crac. C. 387, G. Reg. 602.

Von den vredis tagin.

Swer einin vint offinbar hat, wil her im leit tun, das mac her tun an dem dinstage vnd montage vnd mitwochin an sime libe vnd nicht an sime dinge vnd sal ouch in nicht von (d. i. fahen). Und an dem durstage vnd vritage vnd sunnabinde vnd an dem suntage vnd ouch in anderen heiligen tagen sal iclich mensche vrede han, ane die verczalt (d. i. verfestet) sin vnd velscher sint vnd ander bose lute, di keinin vrede haben sullin czu allen citen. Swer desin vrede brichit, man sal vbir in richtin als recht ist. — Slet her einin czu tode, man sal in enthouptin. Wndet her in, man slet im di hant abe. Slet er in ane vleischwnden, her wettit dri pfunt dem richter vnd bessirt dem geslagin. — Volgit aber ein man sinim vinde in den tagin als er im czu rechte schadin mac, vnd vervurit in sin ros weder sinen willen in di czune des dorfis, her sal czu hant in dem dorfe swerin, das in sin ros virvurit habe wedir sinin willen, tar her do nicht swerin, so swere her is vor dem richter vnd blibe ane schadin.

Das Capitel giebt ziemlich genau die §§ 3 bis 5 der treuga Henrici (Monum. Leg. II 267) in derselben Reihefolge wieder. Mit § 3 stimmt „Swer-vrede han". Das folgende bis „als recht is" fehlt in der treuga; dagegen entspricht das „ane di verczalt—allin citen" dem Ssp. II 66 § 2 a. E. Mit § 4 der treuga stimmt „Slet — geslagin", mit § 5 das übrige, doch fehlt hier das tam principalis quam complices sui und das timore personae.

Die Aufnahme ist nicht durch den Ssp. vermittelt, denn dieser kennt den § 5 der treuga gar nicht und die §§ 3, 4 nur umgestaltet und an verschiedenen Stellen (vgl. II 66 § 2, 71 § 1, 13 § 5, 16 §§ 2 u. 8, III 37 § 1). So bietet denn diese Benutzung einen beachtenswerthen Belag für eine gewisse weitere Verbreitung jenes erst kürzlich und nur aus einer Handschrift bekannt gewordenen, in mancher Beziehung noch räthselhaften Rechtsdenkmals.

54. Crac. C. 38.
Von reise tun.

Nimant sal keine reise tun. Swer reisit in den stetin den vrede geboten ist, man sal vbir in richtin (als) vbir einin vredebrecher. Slet man in ouch czu tode in vrischir tat vnd wirt ienir der in sluc vor dem gerichte beclagit, mac her is bewisin mit sebin geczugin, das is in der reisin si geschen, her blibit ane schadin. Wirt ouch der reiser beclagit vor dem gerichte vnd mit sebin geczugin vbirwnden erhaftir lude, das her in der reise si gewest, man sal vbir in richtin als vbir einin virczalten (d. i. verfesteten) man.

Dies Verbot eines jeglichen bewaffneten Zuges setzt wohl einen besondern Frieden voraus, der die auch sonst erlaubten Fehden hindert, Eichhorn RG. III § 408 Anm. 2. Vgl. die constitutio Henrici a. 1234 (Leg. II 301): omnibus imperii fidelibus, ne in reysa publica procedant, omnibus modis inhibemus; den Landfrieden Rudolfs v. 1281 § 36: swer offenlichen raiset wider ieman, der den fride gesworen hat, den reishoubtman sol man enthoubten.

Der Gedanke eines besondern Stadtfriedens erscheint als Uebertragung des Satzes, dafs jedes Dorf steten Frieden innerhalb seines Grabens und Zaunes habe, s. Frensdorff Stadtverf. Lübecks 1861 S. 48, 137 ff., Osenbrüggen Alem. Strafr. 55.

55. Crac. C. 389, G. Reg. C. 603.

Von der sone manunge.

Eyn iclich selegir man der got vorchtit sal sine sone vnd sine moge vnd alle sine frunt von bosin vnd torlichin dingin haldin, das her nicht en dorfe, ab sin son vnrechte dinc bege adir andir sine mog, vrteil vindin vbir in nach sinen werkin, ab her ir schonen welde wedirs recht.

Pädagogischer Rath.

56. Crac. C. 390, G. Reg. 604.

Von den drin vardingin.

Dri tage sint in dem iare als man das rechte vardinc siczein sal. Der irste ist sente iohannis tac des lichten; der andir ist der achte tac sente mertins; der dritte ist sente agaten tac. In den tagin swas man vor gerichte clagit, das sal man richten des tagis, vnd swer dem richter wettit, der sal dri pfunt wettin; an anderen dinctagin wettit man acht schillinge. Vallin ouch di selbin tage an den suntac adir an einen anderen viertac adir in gebundin tage, man enmac si nicht legin noch en sal in einin anderen tac.

Diese Bestimmungen finden sich wiewohl anders gefasst und geordnet in dem Magdeb.-Breslauer Recht von 1261 §§ 7, 8, 10, dann im Weichbilde 44, (Berliner Hdschr. v. 1369, Art. 42 §§ 7, 8, 9, 15, Art 43 § 5). Es ist in diesen Quellen das dreimalige Gericht des höchsten Richters, des Burggrafen gemeint. Die Urk. von 1261 und danach das M. Görlitzer Recht von 1304 Art. 3, nennt es botding, das Weichb. in jener Hdschr. burding, in der gedruckten Form voitding. Unser varding kommt noch in einer Urk. von 1306 bei Haltaus Sp. 439 vor, ohne dass dort der Zusammenhang dessen eigentliche Bedeutung erkennen liesse. Dem Worte nach kann varding ein Gericht bezeichnen, in welchem die vare, d. i. die strenge Handhabung der Processregeln mit ihren nachtheiligen Folgen für die Streitenden, namentlich hinsichtlich des Gewettes gilt, s. Ssp. II 1 S. 618. Das gäbe auch hier einen ganz guten Sinn.

Von den drei echten Dingtagen fällt der zweite in den November, der dritte in den Februar. Schon hienach ist der erste nicht der Tag Johannis des Evangelisten Ende Decembers, sondern der des Täufers d. i. unser heutige Johannistag zu Mittsommer. Irrig geben daher manche Texte des gewöhnlichen Weichbildes, auch der von Hrn. v. Daniel edierte, 44 § 1, den Tag „des Evangelisten" an, richtig die alten Drucke, z. B. die Zobelschen „des Täufers". Weshalb führt aber hier, wie in der Urk. von 1261 und dem Weichbilde der Berliner Hdschr., der Täufer den Beinamen des lichten? Stenzel Urkundenb. S. 352 N. 7 bemerkt, dass weder Pilgram noch Haltaus, Steinbeck und Helwig diese Bezeichnung kennen, dass jedoch, nach Haltaus Jahrzeitbuch von Scheffer S. 111, St. Johanne nebst St. Paul als Wetterherren und Schutzpatrone gegen das Ungewitter verehrt wurden. Den gütigen Mittheilungen Haupts und des Wirkl. Geh. Oberregierungsraths Aulike verdanke ich eine treffendere Erklärung. Johannes kam ἵνα μαρτυρήσῃ περὶ τοῦ φωτὸς Ev. Joh. 1 V. 7, 8. Darin liegt der Grund für die theologische Literatur von St. Augustin bis ins 15. Jahrh., nicht minder für die officielle Liturgie, für die Poesie und Legende, Johannes den Täufer als die helle Leuchte zu bezeichnen. Ein paar Zeugnisse aus sehr vielen mögen hinreichen. Augustin. serm. 20 de Sanctis: Ille erat lucerna ardens, i. e. spiritus sancti igne succensus, ut mundo ignorantiae nocte possesso lumen salutis ostenderet. — Missale gothicum: ut praemitteres Ioannem puerum.. praevium viae, lucernam luminis. — Hermann v. Fritzlar (Pfeiffer D. Mystiker I 145): wanne her (Kristus) sprach „Johannes ist ein lucerne burnende und luchtende". — Deshalb wurde das heidnische Feuer am Tage der Sommersonnenwende den Christen zum Johannisfeuer, Joh. Beleth de divinis officiis (c. 1162): feruntur brandae seu faces ardentes et fiunt ignes, qui significant sanctum Iohannem, qui fuit lumen et lucerna ardens et praecursor verae lucis, Grimm Mythol. 587. — Er also, der nicht das Licht, sondern dessen Zeuge und Vorläufer war, wird selber in der religiösen Anschauung der „lichte". Ein Beispiel sonstigen Vorkommens des Ausdrucks giebt Zöpfl Alt. 3, 362 Z. 5.

Anhang.

Das Magdeburg-Halle-Neumarkter Recht.

Die Mittheilung des Magdeburgischen Rechts von Halle an Neumarkt in Schlesien von 1235 war bisher aus vier Handschriften bekannt. Aus der ersten vormals Brieger jetzt Dresdner (Rb. 161) liefern es Böhmes Dipl. Beitr. II 1—3, aus der zweiten vormals Brieger jetzt Breslauer (Rb. 89) ist es von Stöckel (nach ihm von v. Kamptz), dann von Gaupp (Magdeb. R. 223 ff. vgl. S. 75 ff.) gegeben. Eine dritte findet sich im Schweidnitzer Stadtbuche (Rb. 609) und eine vierte in einem andern Schweidnitzer Stadtrechtscodex, s. Stenzel Urk. S. XII. Die letzte ist dem Abdruck bei Stenzel S. 294, unter Mitbenutzung der zweiten und dritten, zum Grunde gelegt. Ebd. finden sich Nachweisungen verwandter Bestimmungen in andern Rechtsquellen. Heydemann, Elem. der Joach. Constitution, S. 49 ff, stellt die verschiedenen Abtheilungen jener Hdss. neben einander und erläutert den das Erbrecht und das eheliche Güterrecht betreffenden Inhalt der Urkunde.

Ich gebe hier eine fünfte eigenthümliche Form aus dem Gauppschen Codex, o. S. 237, mit Bemerkung der erheblichern Abweichungen jener früheren Drucke unter *D, B, S*. Die Rubriken kommen nur in unserm Codex vor.

Hic inchoantur jura civilia Magdeburgensia (*). Cap. I.

Universis Christi fidelibus praesentem paginam inspecturis in Lubic (1) salutem vero (2) salutari (3). Propter petitionem venerabilis ducis Heynrici Poloniae nec non (4) burgensium suorum in novo foro praesentem compilavimus paginam et jus civile inspeximus (5) a nostris senioribus observatum. Scire ergo nos volumus, quod summus noster advocatus (6) ter in anno praesidet judicio et dies quatuordecim ante judicium et dies quatuordecim post judicium nullus alius judex judicat nisi advocatus praedictus. Si autem praedictus advocatus tres dies (7) assignatos neglexerit, excepto si fuerit in servicio vel si dies celebris fuerit (8) vel in septuagesima fuerit, praedicto judicio non astamus. Ad judicium et nemo civium venire tenetur nisi ex parte judicis prius ei publice denuncietur. Quicunque autem sibi editum judicium neglexerit, satisfaciet XXX solidis (9) vel sola manu se expurgabit.

De homicidio. Cap. II.

Si infra terminos quod Wichbilde dicitur vulgariter homicidium contingerit, (10) advocatus bona sua potest jure impedire, nec non ipsum reum si profugus fuerit.

De judicio advocati. Cap. III.

Idem advocatus (11) noster praesidet judicio per circulum anni post (12) XIV dies, exceptis festivis diebus et in adventu et in septuagesima (13) non juratur, et quicunque neglexerit dabit octo solidos.

(*) I (S. § 1—5). Hic continentur jura aliqua de Hallis et de Megdeburc *S*. (1) i. L.] scabini in Hallo *BDS*. (2) in vero *BS*, in Deo *D*. (3) salvatori *S*. (4) n. n.] et ad utilitatem *BDS*. (5) inscripsimus *BDS*. (6) dominus burggravius de Meideburg *D*, judex dom. b. de M. *BS*. Auch folgends steht in diesem Capitel burggravius *BDS* statt advocatus. (7) *BS* fh. suo judicio. (8) Der Schreiber hat im Text in servicio — fuerit ausgelassen, aber doch zu servicio die Variante s. imperatoris *D* (s. domini imperatoris *BS*) angegeben. (9) tribus talentis *BDS*.

II (S. § 6). (10) adv. — fuerit] si alicui culpa homicidii imponitur, tribus talentis satisfaciet burkgravio vel unica (sola) manu se expurgabit. Si autem compositio intervenerit in judicio confirmato se non poterit expurgare.

III (S. § 7). (11) praefectus *BDS*. (12) per *BDS*. (13) non — solidos] et suam vadium, scilicet wettunge, sunt octo solidi *BDS*.

De advocato summo. Cap. IV.

Si autem advocatus summus (1) dies determinatos neglexerit, in aliis diebus judicio non astamus.

De advocato civitatis. Cap. V.

Advocatus civitatis (2) omnes causas judicat (3) exceptis tribus causis. Si vis illata quod Not dicitur et in propriis domibus Heymsuchunge contingerit (4) et exceptis insidia quod Wegelagin (5) dicitur, quod summus judex (6) judicat.

De muliere vel virgine quod Noth dicitur. Cap. VI.

Si autem alicui mulieri vel virgini vis illata fuerit et factor mali detentus fuerit, et domina septem habuerit, qui Schreilute appellantur, actor facti cum gladio capitali sententia punietur. Si domina testes habere non poterit, homo accusatus se itaque (7) expurgabit.

De loco quod Were dicitur. Cap. VII.

Item in quemcunque locum quod Were dicitur domina vis illata (8) ducta fuerit (9), locus ille, quod Were dicitur, condempnabitur cum securi.

De Heymsuchunge. Cap. VIII.

Si aliquis accusatus fuerit de Heymsuchunge ipse se itaque (10) expurgabit (11).

De homicidio. Cap. IX.

Si homicidium factum fuerit et actor manifestus (12) actione detentus (13) fuerit, capitali sententia punietur.

IV (S. § 8). (1) a. s.] praefectus *BDS*.
V S. § 9). (2) A. c.] Prefectus etiam noster *BDS*.
(3) *BDS* fh. et decidit. (4) in — cont.] vim i. pr. d. factam quod dicitur H. *BDS*.
(5) Lage, Loge *BDS*. (6) s. j.] burkgravius *BDS*.
VI (S. § 10). (7) *BDS* fh. septimus.
VII (S. § 11). (8) v. i.] cui v. i. est *BDS*. (9) *BDS* fh. et inventa fuerit.
VIII (S. § 12). (10) *BS* fh. septimus, *D* fh. metseptimus.
(11) *BD* fh. Idemque judicium de Lage.
IX (S. § 13). (12) manifesta *BDS*. (13) deprehensus *BDS*.

De vulnere. Cap. X.

Si autem aliquis aliquod vulnus fecerit et detentus fuerit ([1]) manu intruncatur.

De homicidio. Cap. XI.

([2]) Si antem aliquis accusatus fuerit de homicidio, ipse semet ipsum expurgabit vel jurat Enelende.

De vulneribus. Cap. XII.

Homo vulneratus et vivens tot in causas ([3]) trahere potest quod vulnera est perpessus.

De judicio. Cap. XIII.

Si aliquis acomodatus coram judicio fuerit, et ille qui eum accomodavit non potest judicio praesentare, faciat suum wergelt ([4]) quod est XVIII marcae ([5]). Idem judicium est de vulnere cum dimidio wergelt.

De Wergelt vel de dimidio. Cap. XIV.

Si wergelt vel dimidium in judicio aquesitum fuerit, una pars attingit judicem, duae partes causam promoventem.

De bonis et pueris. Cap. XV.

Si aliquis moriens bona dimiserit; si pueros habuerit et non uxorem, pueri ([6]) sibi pares in nacione, bona ipsius ad pueros spectabunt. Si pueros vero non habuerit, proximus ex parte gladii bona ipsius possidebit. Idem judicium est de rade in femineo sexu.

De muliere. Cap. XVI.

([7]) Si mulier incipit virum accusare de Rade, ille se sola manu expurgabit.

X (S. § 14). ([1]) *S* fh. capitali.

XI (S. § 15). ([2]) Item si aliquis accusabitur coram judice de homicidio, ipse se septimus expurgabit, nisi sit, quod duello aggrediatur *BDS*. *BD* fh. Idem judicium est de volnere recenti.

XII (S. § 16). ([3]) causam *BDS*.

XIII (S. § 17, 18). ([4]) s. w.] Weregelt (wedirgelt *D*) ipsius *BDS*. ([5]) talenta *BDS*. *BDS* fh. preterea in reliquiis jurabit, si judex voluerit, quod accommodatum non valeat praesentare, insuper reus publice denunciabitur.

XV (S. § 20—23). ([6]) et n. u. p.] f. *BDS*.

XVI (S. § 24). ([7]) Si illa, que hereditatem quod Rade dicitur recipit, illum incusare voluerit de pluri Rade, ille qui representat sola manu se expurgabit *BDS*.

De uxore. Cap. XVII.

Si alicui homini ([1]) uxor sua morietur, bona ipsorum, quae possidet ([2]), spectabunt ad maritum ([3]).

De viro qui moritur. Cap. XVIII.

Si alicui dominae maritus ejus moritur et bona dimiserit, una pars attingit mulieri, duae partes spectabunt ad pueros ([4]). Si aliquis puerorum praedictorum morietur, bona ipsius ([5]) spectant ad gremium matris.

De debitis. Cap. XIX.

Si aliquis incusatus fuerit coram judice de debitis et debita fatetur, infra tribus diebus ([6]) debitum persolvet, et (si) non habuerit possessionem ([7]), statuit fidejussorem. Si respondet, se solvisse debitum, statim vel ad duas ([8]) septimanas in reliquiis obtinebit (ipse) mettercius, vel jurat Enelende ([9]). Si autem plane negaverit, agens melius (ipse) mettercius in reliquiis obtinebit ([10]), quam respondens.

De Wergelt. Cap. XX.

Si Wergelt vel Buze acquisitum fuerit coram judice, judex ille ([11]) sex septimanas introducit vel ([12]) Wette similiter ([13]).

Innunge. Cap. XXI.

Haec est Innunge pistorum civium in Novoforo ab antiquo ([14]). Si aliquis alienus vult habere societatem pistorum quod Innunge dicitur, ille dabit III Lotte ([15]) et duae partes spectabunt ad civitatem, una pars ad

---

XVII (S. § 25). ([1]) hominum *BS*. ([2]) possident *BDS*. ([3]) *BDS* fh. excepto quod Rade vocatur.

XVIII (S. §§ 26, 27). ([4]) et bona — pueros] bona ipsorum non spectabunt ad dominam, sed tantum illa, que maritus tradidit uxori coram judicio et hoc per testes si poterit approbare *BDS*. ([5]) *BDS* fh. pueri qui moritur.

XIX (S. §§ 28—30). ([6]) t. d.] quatuordecim dies *BDS*. ([7]) prestitum *D*. ([8]) sex *BDS*. ([9]) v. j. E.] f. in *BDS*. ([10]) probabit *BDS*.

XX (S. § 31). ([11]) illud infra *BDS*. ([12]) *B* fh. pro. ([13]) v. W. s.] per W. summum *D*. — *BDS* haben noch Bestimmungen über Gewinnung des Bürgerrechts (S. § 32), Wortzins (§ 33), das Vermögen eines entflohenen Todschlägers (§ 34), die Zahlung von Bufse, Were, Wette (§ 35).

XXI (S. §§ 36—38). ([14]) N. a. a.] Hallo *BDS*.
([15]) III L.] duas marcas *S*, $1\frac{1}{2}$ marcam *B*, mediam marcam *D*

pistores. Si pistor habens Innunge et moritur, filius suus dabit solidum magistro pistorum et relicta illius pistoris tenebit eandem Innunge ([1]). Et pistores solent dare ter in anno nostro advocato ([2]) XII albos panes ([3]).

Innunge. Cap. XXII.

Haec est Innunge carnificum. Si aliquis vult habere Innunge ipsorum, dabit fertonem ([4]). Duae partes spectant ad civitatem, una ad carnifices. Si carnifex moritur, filius ejus dabit tres solidos; relicta eandem Innunge obtinebit ([5]).

Innunge. Cap. XXIII.

([6]) Innunge sutorum sic est. Si aliquis vult habere Innunge sutorum, dabit medium fertonem. Duae partes ad civitatem, una ad sutores. Si sutor moritur, filius ejus dabit solidum, relicta eandem Innunge habet ([7]).

Nomina Scabinorum.

Haec sunt nomina scabinorum, qui praesentem paginam composuerunt ([8]). Bruno. Conradus. Heynricus ([9]). Burkhardus. Ludegerus ([10]). Cunradus. Bruno ([11]) praesentem paginam apposicione nostri sigilli in unum confirmatum ([12]). Anno domini MCLXXXI ([13]).

Die Vergleichung dieser Gestalt mit der ohne Zweifel ursprünglicheren, welche die obigen vier Hdss. in wesentlicher Übereinstimmung über-

([1]) relicta — J.] budello (hedello *D*) ipsorum sex denarios *BDS*.

([2]) n. a.] prefecto *BDS*. ([3]) *BDS* fh. advocato octo, cuilibet scabino quatuor. Ad predictos panes pistores communiter (f. *D*) dant quatuor choros Hallensium *BDS*.

XXII (S. §§ 39, 40). ([4]) tres fertones *BDS*.

([5]) rel. — obt.] carnificibus, budello sex denarios *BDS*.

XXIII (S. §§ 41, 42). ([6]) Innunge sutorum constat ex $1\frac{1}{2}$ fertone (II fertonibus *S*), III lotti cedunt ad civitatem, dimidius ferto ipsis sutoribus, lottus magistro eorum. Magister sutorum dabit nostro (marcam *S*) episcopo duos stivales estivales et duos calcios parvos et duos stivales hyemales et similiter duos calcios (*B* fh. parvos) *BDS*.

([7]) *BDS* haben noch Bestimmungen über die Bestandtheile der hereditas (S. § 43), der Gerade (S. § 44), über das Verbot für den prefectus in seinem Gerichte Vorsprecher zu sein (S. § 45), und über das aus der Gerade zu entrichtende lebendige Heergewäte (S. § 46).

([8]) compilaverunt *BDS*. ([9]) *BDS* fh. Alexander. ([10]) Rudegerus *BS*.

([11]) *BDS* fh. predicti Scabini. ([12]) nostri — conf.] sigilli burgensium muniunt et confirmant *BS*; s. h. invenerunt et confirmaverunt in boll. *D*.

([13]) Schon vor den Namen der Schöffen haben *BS* datum Hallis a. d. MCCXXXV, *D* (nach Böhme II S. 3) d. H. a. d. MCCCCXXXXV.

liefert haben, ergiebt, abgesehen von einer nachlässigeren Fassung, folgende Abweichungen.

1. Vor allen Dingen wird jede Spur des Hallischen Ursprungs verwischt. Die Überschrift gedenkt nur Magdeburgs; am Schlusse fehlt das Datum Hallis; im C. 21 steht Novo foro statt Hallo. Im Eingange ist sogar dem Hallo ein Lubic substituiert, wie denn auch s. oben S. 238 in dem Ssp. unsrer Hdschr. C. 385 einmal Lübeck statt Sachsen gesetzt ist. Diese auffällige Herbeiziehung des Lübschen Rechts in den Kreis des Sächsischen Land- und des Magdeburgischen Stadtrechts steht doch nicht vereinzelt da. Die Versio Vratisl. des sächsischen Landrechts und nach ihr der lateinische Text im Commune Privil. schliefsen mit einer Form des Lübschen Rechts ([1]).

2. Eine Reihe von Bestimmungen, bei S. §§ 32—35, 43—46, sind ganz weggelassen, s. oben S. 263 N. 14, S. 264 N. 7.

3. Es treten erhebliche materielle Änderungen ein.

a. Die Bufsen und Gebühren sind oft anders angesetzt, vgl. S. 262 N. 5, S. 263 N. 15, S. 264 N. 4, S. 264 N. 6; eben so die Fristen S. 263 N. 6, 8.

b. Statt des der Magdeburgischen Gerichtsverfassung entsprechenden Burggrafen und des Schultheifsen ist der summus advocatus und der advocatus noster oder advocatus civitatis genannt, s. Capp. 1, 3, 4, 5. Vgl. über die Vögte der schlesischen Städte Stenzel a. a. O. 180 ff, 212 ff, 244 ff, 352 Note 7.

c. Nach C. 15, 18 ist der Wittwe ein Erbrecht am Nachlafs des Mannes neben den Kindern und zwar wie in dem Freyburger Stadtrecht und in den sächs. Dist. (s. Kraut Grdr. § 189 Nr. 21—28), in dem Brünner Schöffenbuche 344, 355, 364, 623, und auch in schlesischen Städten (Stenzel 413, Stylo Provr. v. Niederschlesien 1830 S. 427) zu einem D r i t t e l eingeräumt. Vgl. das System des Schöffenbriefes selber bei Heydemann Elem. S. 54.

d. Unser Text kennt C. 11, 19 im Beweise die besondre Begünstigung des Beklagten durch das Elendenzeugnifs, gleichwie, nach dem Register zum Ssp. oben S. 237, das C. 340 desselben und das Leobschützer Recht, Böhme II 11. Vgl. über jenes Zeugnifs Homeyer Richtst. 473.

([1]) Homeyer Jahrb. f. wiss. Kr. Jahrg. 1827 S. 1334; Hach das alte Lübsche Recht 1839 S. 32 ff.

e. Auch das Innungsrecht ist C. 21, 22, 23 umgestaltet, theils in den Gebühren bei der Gewinnung der Innung und beim Tode des Genossen, theils in dem Wegfall gewisser Gaben an den Bischof, theils endlich darin dafs die Wittwe des Genossen die „Innung" behält.

Sonach giebt unser Neumarkter Buch einen neuen Belag zu der Umwandlung eines empfangenen Mutterrechts durch die Autonomie der Tochterstädte. Auch das ist hervorzuheben, dafs sich in ihm eine Benutzung der drei ältesten nach Schlesien gekommenen Formen des Magdeburger Rechtes, des Wichmannschen Privilegii von 1188 (s. oben Nr. 31—34), des Goldberger Rechts (Nr. 37) und des Hallischen Weisthums von 1235, also von Rechtsdenkmälern zeigt, welche man erst in neuester Zeit wieder zusammengestellt hat.

CPSIA information can be obtained
at www.ICGtesting.com
Printed in the USA
LVHW040402200422
716646LV00005B/254